KB181139

공지영 장편소설

높고 푸른 사다리

높고 푸른
사다리

공지영 장편소설

해냄

차례

| 일러두기 |

일부 가톨릭 용어는 외래어 표기법이 아니라 가톨릭에서 쓰는 통상적 표기법을 따랐습니다.

1부 _____ 🖋

제 영혼이
밀랍처럼

우리는
사랑의 섬광을 견디는 법을 배우기 위해
잠시 지상에 머문다.
— 윌리엄 블레이크

1.

누구나 살면서 잊지 못하는 시간들이 있다. 고통스러워서 아름다워서 혹은 선연한 상처 자국이 아직도 시큰거려서. 아직도 그때를 생각하면 뛰는 심장의 뒤편으로 차고 흰 버섯들이 돋는 것 같다.

2.

그해 세 사람이 내 곁을 떠나갔다. 그 이후로도 내게 난관은 있었고 그 이후에도 죽음은 있었으며 때로는 참을 수 없을 것 같은 이별도 있었지만 그해처럼 이별이 내 존재를 휩쓸고 간 적은 없었다. 아마도 그 이유의 대부분은 나의 젊음이 대답해야겠지만 말이다. 그때 나는 신부(神父) 서품을 앞둔 베네딕도 수도회의 젊은 수사였다.

3

베네딕도 수도회나 프란치스코회의 수사든 가르멜 수도원의 일원이든, 수도원 생활을 설명하기란 가톨릭 신자들에게조차 어려운 일이다. 세속적으로 물어온다면 물론 단순하게 결혼을 하지 않고 정결을 맹세하며 재산을 포기한 채 공동생활을 하면서 사는 사람들 뭐 이렇게 답할 수도 있겠다. 누구는 수도사를 일컬어 "자신이 숨겨두어 잊고 있었던 가장 심오한 목소리를 듣기 위해 세계를 떠난 사람"이라고 했다. 20세기 초 스페인의 한 젊은 수사는 "세상에서 가장 귀한 것을 얻기 위해 모든 것을 버린 사람"이라고도 했다.

한 인간의 삶이 무엇인지 이야기하기 위해 과연 이런 몇 마디의 정의들이 그 대답에 가 닿을 수 있을까. 차라리 나는 그럴 때 트라피스트 수도원의 수사 토머스 머튼의 말을 빌려 이야기하고 싶다. 보들레르나 랭보 같은 열혈 시인들을 그는 전도된 그리스도인이라 불렀다. 조금의 주저도 없이 말이다. 그는 "결사적 각오로 죽음을 들여다보고 인간 무(無)의 심연을 헤아리고 인간의 불확실성을 탐색하며 인간 해방을 부르짖었다"는 이유로 동시대를 산 하이데거, 카뮈, 사르트르 같은 이들도 수도자에 빗대었다. 나는 그의 비유가 가장 맘에 들었다. 하나의 생을 설명하기 위해서는 다른 하나의 생에 비유하는 것이 가장 적합할 것이다. 이를테면 흘러가는 강물을 무엇에 비유할 수 있을까. 세월, 시간, 인생 혹은 바람이나 구름. 이렇게 흐르는 것들을 뺀다면 말이다.

4.

수도원 생활을 이야기할 때 제일 먼저 다뤄야 할 것은 역시 침묵이다. 이곳에 머무르면서 나는 침묵이란 단순한 고요, 단순한 소음의 부재 상태가 아니란 것을 배웠다. 그것은 오히려 소음의 공백이 아니라 매우 적극적인 듣기의 상태라고 할 수 있다. 소리를 넘어선 소리, 감각을 넘어선 감각을 위해 침묵은 필연적이리라.

처음 이곳에 왔을 때 산책을 하다가 멈추어 서면 내 발소리 때문에 들리지 않던 소리들이 들려왔다. 그때 내 샌들의 밑창은 고무였기에 거의 소리가 나지 않았는데도 불구하고 그 작은 소리에 가려졌던 무수한 소리들이 귓가로 다가왔다. 소나무 가지 위에 쌓였던 눈꽃이 푸수수 흩어지고 이파리 없는 가지들이 바람에 가만히 흔들리는 소리. 깊은 땅속 고물거리는 벌레들이 몸을 뒤척이는 소리. 나무뿌리들이 아주 조금씩 깊은 데로 가느다란 발을 뻗는 소리. 그때 내 귀를 스쳐 가던 여린 바람 소리는 지구가 자전하면서 내는 마찰음이었을까? 우주가, 신이 혹은 인간의 생이 아주 가녀리게 자신을 드러낼 것만 같은 순간들이 바로 그런 때였다. 그럴 때 가끔 내게 하늘이 홀연히 열리고 이루 말할 수 없는 평화 같은 것이 가슴으로 쏟아져 내렸다.

5.

그해가 오기 전까지 수도 생활은 비교적 내게 잘 맞았다. 다섯 번의 일과 기도에도 제법 맛을 들였고 신학교로 편입하여 계속하였던 신학 공부도 어려웠으나 신선했다. 선배 수사들과 장상(長上)들에게 신뢰도 받았다. 나는 세상을 해석하고 싶었고 우주를 통찰하고자 했다. 수도원 도서관의 높은 천장까지 닿은 키 큰 책장들이 나는 좋았다. 거기에는 2,000년이 넘은 그리스도인들의 지혜가 압축된 책들이 내 손과 눈을 기다리고 있었다. 거기 있는 모든 책을 다 읽으리라 마음먹고 나는 날마다 도서관에 앉아 있었다. 그리고 독서에 지친 오후면 수도원 경내를 산책했다. 50년이 넘은 아름드리나무들이 조용히 줄 이어 서서 나를 격려해주는 듯했다.

아직 대학 캠퍼스에 머물며 술 마시고 학원을 다니며 고시를 준비하던 친구들의 편지가 도착하는 날도 있었다. 나는 국립공원 유원지에 그들을 두고 혼자 정상을 향한 등산길로 들어선 등정가처럼 나 자신을 느꼈다. 그것은 특별히 선택된 자가 누리는 호사 같았고, 내게는 스스로 선택된 자라는 오만이 물론 있었다. 스물 몇 살에 벌써 침묵의 맛을 본 자에게 자연은 현란한 선물들을 계절마다 쏟아부었다. 그해가 오기 전까지는 말이다.

6.

물론 소란스러운 세상에서 살아온 내게 수도원의 침묵이 처음부터 잘 맞았던 것은 아니었다. 처음 수도원에 도착한 날을 기억하는 것도 아마 침묵 때문일 것이다. 수도원은 W시의 역사 바로 뒤에 있었다. 걸어서 5분도 되지 않는 거리였다. 본관 입구에서 용건을 꺼내자 문지기 수사님이 아빠스(Abbas, 대수도원 원장)님이 기다리고 계신다면서 나를 안내하기 위해 자리에서 일어섰다. 할머니가 전화를 해두신 모양이었다. 나는 어린 시절부터 할머니와 이 수도원을 자주 방문했었다. 그러나 이곳에 정주(定住)할 사람으로서의 느낌은 사뭇 달랐다. 언제나 이사 올 사람은 여행하는 사람이 보지 못하는 것을 보는 법이다.

수도원 내부는 겉보기보다 소박했고 긴 복도가 있었고 어두웠고 고요했다. "Ora et Labora." '기도하고 일하라'라는 유명한 베네딕도의 말과 함께 "당신이 진리를 사랑한다면 모든 것보다 더욱 침묵을 사랑하십시오"라는 말이 수도원 내부로 향하는 문 입구에 붙어 있었다. "휴대전화를 꺼주세요." 문지기 수사님이 약간은 상투적인 목소리로 말했다. 코트 주머니에서 휴대전화를 꺼내 전원을 끄는데 저잣거리에 서 있던 내 청신경의 스위치를 누군가 차단한 듯했고 순간 마음의 기압이 변하면서 이유를 알 수 없는 울음 같은 것이 무중력의 목울대로 차올랐다. 이렇듯 소란의 커튼이 젖혀지자 침묵이 다가왔다.

7.

침묵은 아무리 옷을 껴입어도 내 뼈와 살의 원천을 투시하는 어두운 거울 같았다. 그것은 일견 두려운 일이었다. 수도 생활을 각오하며 그 고요함을 동경했으나 침묵의 이 막강한 힘은 예측하지 못했었다. 실제로 그랬는지 잘 기억나지 않지만 나는 머뭇거리면서 되돌아보았던 것 같다. 내가 타고 온 기차가 떠나는 기적 소리가 환청처럼 들렸다. 나는 내 짧은 젊음을 기차에 두고 내린 것 같았다. 소음들과 소망을, 열락과 구토를, 초조와 울음을, 선망과 질투들을……. 다시 길고 부드러운 어둠이 내려앉은 복도로 한 발을 내딛는데 젖혀진 소음의 휘장 틈으로 처음 알몸뚱이의 내 영혼이 언뜻 보였다.

8.

"왜 수도사가 되었습니까?", "왜 이 수도원에 왔습니까?"라는 말은 "당신은 어떻게 살아왔고 어떻게 살 것입니까?" 하는 말보다 어렵다. 할머니와 연관이 있다고는 해도 꼭 이 수도원이 내가 살 곳이라고 느꼈던 이유에 대해서는 나도 더 이상은 무엇이라 설명하기 어렵다. 그래서 사람들은 소명(召命)이라는 말을 생각해냈나 보다. 라틴어로 '부른다(vocare)'라는 어원을 가진 말. "당신은 왜 거기 있습니까?"라고 물으면 "불렀기에 대답할 뿐이었습니다. 예, 주님. 제가 여기 있습니다" 하고.

9.

아빠스 신부님 방으로 가기 위해 우리는 긴 복도에 섰다. 그때 나는 긴 복도 끝에서 이리로 다가오는 한 사람을 보았다. (나중에야 알게 되었지만 그는 당시 70이 넘었던 토마스 수사님이었다. 수도원이 지금은 북한 땅인 함경남도 덕원에 있던 그 시절부터 고향 독일을 떠나 한국에 정착해 이제껏 쭉 살아온 분이었다. 나이가 들고 자신의 소임에서 은퇴한 후 그저 쉬고 있어도 뭐랄 사람은 아무도 없었지만 책을 읽거나 가벼운 소일 하는 것으로 그는 대걸레로 늘 긴 복도를 닦았다. 일하고 기도하라, 라는 것이 베네딕도회 수도자의 본분이라고 한다면 그는 죽는 날까지 베네딕도회의 충실한 일원이었다.) 그때 그렇게 긴 대걸레를 밀면서 오던 그의 모습은 내게 참으로 강렬한 인상을 주었다. 서향으로 난 유리창에 걸러진 석양빛이 복도에 고인 어둠을 부드럽게 만들고 그는 그 안을 천천히 헤엄쳐 오는 성스러운 물고기 같았다.

빠른 걸음의 내가 그와 마주치게 되자 독일 사람치고 키가 작은 그는 구부정한 몸 위에 얹힌 주름진 얼굴을 들고 나를 향해 잠깐 미소를 지었다. 아직도 그 이유를 알 수 없는데 그 순간 전율 같은 것이 정수리에서부터 발끝까지 나를 관통했다. 아마 그의 눈길 속에 담긴 투명함, 명징함 혹은 무심함, 그 미소 속에서 번져 나오던 한 젊은이를 향한 단순한 축복 혹은 염원이 그 이후로도 나를 이끌었다고 나는 오래도록 생각하곤 했다. 아빠스 신부님과의 면담에서 왜 수도사가 되고 싶으냐는 질문에 나는 대답했다.

"저기 복도에서 대걸레를 밀고 계시는 저 노수사(老修士)님처럼 살다가 죽고 싶어서요."

내 대답에 아빠스 신부님은 차를 마시다가 잠깐 멈칫하고 나를 바라보았다. 그의 불룩한 배 위로 십자가가 잠시 흔들렸다. 그는 무슨 뜻일까 조금 생각하더니 미소를 지으면서 대답했다.

"그런가? 그래, 하지만 너무 일찍 그러지는 말게."

10.

나는 지금 수도원 안에 있는 내 집무실에 앉아 이 글을 쓰고 있다. 언제나 느끼는 것이지만 산다는 것은 한 치 앞을 알 수 없는 것이라서 어제저녁까지만 해도 나는 내가 10년이나 지난 이 시간들을 다시 회상하게 되리라고는 상상하지 않았었다.

어젯밤 기도가 끝난 후, 사무엘 아빠스님의 호출이 있었다. 나를 수도원에 입회시켜준 아빠스 신부님은 은퇴하고 나서 마산 바닷가의 수녀원 지도신부로 가 계시고, 그 후 우리 수도원은 지금의 사무엘 아빠스를 선출했다.

베네딕도 수도회의 아빠스 선출 방법은 참 독특하다. 후보를 세우지 않고 무작위로 이름을 써내어서 그중 3분의 2의 득표를 한 사람이 아빠스가 되어 수도원의 모든 것을 책임지는 형식이다. 교황을 선출하는 독특하고 유명한 콘클라베(conclave)가 이 베네딕도회의 전통에서 유래되었다는 사람들도 있다. 콘클라베는 라틴어로 '열쇠로(with key)'라는 뜻이며 추기경들이 교황 선출을 위해 투표장에 입장하면 밖에서 문을 잠그는 전통에서 비롯되었다. 콘클라베는 입후보자도 없고 선거운동도 없고 선거기간 중에는 토론도 금지되어 있다. 베네딕도회에서도 마찬가지이다. 4차까지 투표해 3분의 2의 표를 얻는 사람이 없으면 5차, 6차까지 다시 투표를 하는데 이때는 과반수를 얻으면 당선된다. 다만 7차에서 과반을 얻은 이는 아빠스 호칭을 얻지 못하고 관리원장이라는 호칭을 얻어 3년 뒤에 다시 투표에 임해야 한다. 평생을 함께할 지도자

를 뽑는 이 독특한 방식은 그러나 나름 꽤 합리적인 면도 가지고
있다.

어쨌든 그렇게 이어진 사람이 지금의 사무엘 아빠스님이었다.
나는 개인적으로 그가 젊은 신부였을 때부터 그를 잘 알고 있었고
그도 나를 신임하고 있었다. 그러므로 어젯밤 그의 호출은 그리
이상한 일도 아니었다.

11.

내가 아빠스님을 찾아가 문을 열었을 때 그러나 나는 이 부름
이 가지는 특이한 의미를 감지했다. 그는 내가 들어서는 기척을 알
고도 여전히 등을 보인 채였다. 창문 너머에는 밤안개가 내리고 있
었다.

뒷모습이 보여주는 표정으로만 짐작하건대 그는 무언가 중대하
고 심각한 결심을 한 듯했다. 지금부터 내가 하려는 일이 잘하는
일일까, 확신이 서지 않는 자 특유의 몸짓이라고나 할까. 평소 무
슨 일이든 조용히 처리하려는 성품은 가끔 이런 느림 혹은 우유
부단함 같은 것으로 비쳐질 때가 많아서 기실 이곳에 기거하는 성
격 급한 수사들의 인내를 시험하는 강도 높은 시련 대상이 되곤
했다. 그러나 그날 그의 뒷모습은 그런 선입견에 의한 성급한 판단
을 머뭇거리게 하는 분위기가 있었다.

"부르셨습니까? 정요한 신부입니다."

내가 입을 열자 그는 천천히 뒤를 돌아보았는데, 뭐랄까 그 눈빛

은 아주 먼 곳을 헤매다 온 사람의 그것 같았다.

"아, 신부님. 어서 오세요. 여기 앉으세요."

아빠스님은 마치 그제야 자기가 나를 불렀다는 것을 깨달은 것처럼 약간 놀라고 당황하는 기색이었다. 그는 내게 자리를 권하고 내 앞에 앉았다. 그러고는 잠시 두 손을 기도하듯 맞잡은 채 눈을 내리깔고 있었다. 전혀 짐작 가는 일이 없었다. 그와는 이미 20여 년의 세월을 아버지와 아들처럼 살아온 터였다. 온화하고 부드러웠지만 대신 건조한 장점을 가진 그는 사람을 앞에 두고 이렇게 감정의 동요를 보인 일이 전혀 없었다. 나는 그를 안다면 좀 아는 사람이었다.

"우선 쉬운 일부터, 아니 그게 쉬운 일인지 잘 모르겠지만 사무적인 일 하나와 제 개인적인 일 하나 이렇게 두 가지 일이 있습니다. 그래서 오십사 했습니다. 첫째는,"

아빠스님은 거기서 잠시 말을 멈추었다. 아마도 개인적인 두 번째 일이 첫 번째 사무적인 일의 사무적인 단순함조차 방해하는 듯했다.

"미국 뉴저지 뉴튼 수도원에서 연락이 왔습니다. 미국 정부에서 이번에 한국전쟁사를 대작으로 엮으면서 흥남 철수를 삽입한답니다. 그중에 마리너스 수사님 이야기도 당연히 들어가는데 우리가 그 수도원을 인수했던 그 이야기를 정리한 자료를 요구한답니다. 그때 정 신부님이 제 비서수사님이셨으니 누구보다 더 많은 기억과 자료를 가지고 계실 것으로 알고 부탁을 드리려고요."

"네, 그거라면 어려운 일이 아닙니다. 제 컴퓨터에 아직도 그때 자료들이 다 남아 있을 겁니다. 제 머릿속에도 역시요."

무거운 분위기가 거북해서 나는 약간 가벼운 말투로 대답했다. 뉴저지 뉴튼, 그리고 어떤 가을날이 내 머릿속으로 빠르게 지나갔다. 마치 그 시간들의 배경 화면처럼.

"네, 좋습니다."

아빠스님은 미소를 짓다 말고 다시 눈을 내리깔았다. 그러곤 천천히 입을 열었다. 이제 두 번째 용건이 남은 것이다. 내 어깨도 공연히 그를 따라 굳었다.

"많이 생각하고 많이 기도했습니다. 그러나 역시 알려주는 것이 좋을 거 같아 말씀드리겠습니다. 소희…… 소희가,"

12.

그때 내 느낌을 어떤 말로 형언할 수 있을까. 가만히 대화하던 그의 온화한 얼굴 속에서 철 몽둥이가 튀어나와 뺨을 때리는 것 같은, 모든 땅이 꺼지고 건물이 통째로 땅속으로 빨려 들어가는 걸 안 그 첫 찰나의 황망함 같은 그런……. 아빠스님이 내 표정을 살피고 있다는 것을 알았지만 억지로 태연한 표정을 지을 힘조차 이미 무너진 뒤였다. 이건 기습이었다. 나는 그 자리에서 밀초처럼 녹아드는 것 같았고 10년의 세월이 흐른 뒤에도 내가 그녀의 이름을 듣고 이런 반응을 보인다는 사실에 실은 더 당황하고 있었다.

"다음 주에 여기 온답니다. ……정 신부님을 만나게 허락해달라고 하더군요. 아시다시피 그 애 가족 모두 미국으로 떠난 지 20여 년, 한국에 있는 연고라고는 달랑 저뿐인데 저를 보기 위해서가 아니라 정 신부님을 뵙기 위해 이곳에 온다고 청해왔습니다."

아빠스님은 아까부터 자신의 앞에 놓여 있던 식어버린 찻잔을 들었다. 딱히 차를 마시기 위해서는 아니었을 것이다.

"내게 그 말을 꺼낼 때까지 그 애가 겪은 고통이 느껴졌습니다. 남편도 아이들도 다 있는 어엿한 부인이 말입니다. ……다들 성인들이시니 알아서 결정하십시오. 내키지 않으시다면 다음 주에 다른 곳으로 가서 쉬시게 출장을 허락해드릴 수도 있습니다."

"알겠습니다."

나는 대답하면서 일어섰다. 알겠다는 말이 실제로 입 밖으로 나왔는지 알 수 없었지만 그리고 뭘 알겠다는 말인지 나조차 알 수 없었지만 그대로 뒤돌아섰다. 갑자기 수치심이 귀를 빨갛게 물들이면서 몰려오고 있었다. 대체 언제부터 아빠스님은 이 일을 알고 있었던 것인지. 나는 10년 동안 그녀와의 일을 아무에게도 말한 적이 없었다. 그랬기 때문에 버틸 수 있었다고 나는 쭉 생각해오고 있었다. 그랬기 때문에 마치 아무 일도 없는 것처럼, 검은 수도복 속에 타는 듯한 젊은 육체를 묻어놓고 날뛰는 영혼을 수없이 옭아매면서 버틸 수 있었다고. 그런데 이제 감정도 사라지고 기억마저 희미한 바로 지금, 나의 장상이며 그녀의 삼촌인 그가 처음부터 이 일을 알고 있었을지도 모른다고 생각하자 나는 갑자기 10년 전 신과 인간에게 동시에 조롱당하는 듯 모멸감에 몸부림쳤던 스물아홉 살로 돌아가고 있었다.

그녀를 만나고 안 만나고는 사실 아무 문제도 아니었다. 암이라도 선고받았나보지, 나는 억지로 생각해보았다. 바람 빠진 웃음조차 나오지 않았다. 누가 그랬다. 당신의 약점을 찾고 싶으신가요? 결코 당신을 웃게 하지 못하는 문제를 찾으면 됩니다.

"정 신부님,"

문을 열려고 하는데 아빠스님이 다시 나를 불렀다.

"그 아이는 죽음을 앞두고 있는 것 같습니다."

암이라도 선고받았나보지, 하는 억지 생각을 하자마자 이런 말을 듣게 되자 갑자기 스스로에 대한 모멸감과 죄의식이 충격과 함께 나를 휩쌌다. 그런 건 아니었는데 싶었지만 나는 이미 아무런 대꾸도 할 수 없었다.

"제가 제일 망설인 것은 그것이었습니다. 결국 말하게 되는군요. ……저는 다만 정 신부님이 자유로워지시기를 바랍니다."

나는 잠깐 뒤를 돌아보고 말았다. 마지막 말을 할 때 아빠스님의 목이 메어왔던 것이다. "슬픈 것이 자네만이 아니잖은가?" 뭐이런 말투였던 것도 같았다. "그래서요?"라고 나도 묻지 않았다. "결국 뉴저지 뉴튼을 만나는 일과 그녀를 만나는 일은 같은 일이 아닙니까?" 나는 말을 삼켰다.

13.

도저히 수도원 안 내 방으로 돌아갈 수 없을 것 같아, 나는 숙소를 나와 수도원 경내를 천천히 걸었다. 안개는 건물과 건물 사이의 윤곽을 부드럽게 만들면서 수도원 전체에 신성한 기운처럼 어려 있었다. 나는 수련수사들의 숙소로 쓰고 있는 빨간 벽돌 건물을 지나 사람들 눈에 띄지 않는 공터 쪽으로 발을 돌렸다. 거기에는 수령이 60년은 더 넘었을 은행나무가 서 있었다. 한때 수련수사 시절 집이 그립거나 공연히 슬플 때 나는 그 은행나무에 기대거나 그 은행나무를 안아보거나 그 밑에서 잠들곤 했다. 때로는 그 은행나무 가지 위로 올라앉기도 했다.

멀리 낙동강이 흐르고 가까이서 기차가 그 곁을 지나쳐 갔다. 그때 나는 어린 시절 읽은 『아낌없이 주는 나무』라든가 『꽃들에게 희망을』 같은 책들을 떠올렸다. 활자라면 무엇이든 빨아들이듯 읽던 시절, 책 뒤에는 경북 W시 369번지라는 글씨가 쓰여 있었다. 서울에서 태어나 자란 나에게는 참으로 생경한 지명이었다. 어린 소년은 훗날 그곳이 제 주거지의 주소가 될 것을 예감했을까?

수련자 시절 새벽 5시면 울리는 수도원의 종소리보다 4시 40분에 W시로 진입하는 기차의 소음이 먼저 잠에 겨운 나를 흔들었다. 다시 잠들기도 깨어나 앉기도 애매한 그 20분의 시간은 젊은 육체와 정신 모두에게 힘겨웠다. 과연 내가 평생 여기서 살 수 있을까, 가장 심각한 고민을 하던 게 아마 그 시간이었을 것이다. 뒤척이던 잠결에 다시 새벽 5시를 알리면서 울리던 종소리.

수도원의 모든 일과는 종소리로 시작되어 종소리로 끝난다. 특별히 허락을 받지 않는 한 하루 다섯 번 모여 기도했다. 실제로 이 새벽의 기상이 너무 힘겨워서, 조금은 분주해 보이는 기도 일과 때문에 끝내 수도원을 떠나는 지망생들도 있었다. 나로 말하자면, 힘들다고 해서 그 종소리를 싫어한 것은 아니었다. 아니 어쩌면 나는 그 종소리를 사랑하고 있었다. 새벽하늘, 푸르스름한 빛 속에 종탑이 우뚝 솟아 있고 종소리가 퍼져가고 있었다. 새벽의 찬 기운을 피하려고 검은 후드를 뒤집어쓰고 올려다보면 그것은 이 지상에 유일하게 허락된 영원에의 통로, 야곱이 보았다는 그 사다리가 소리를 타고 쏟아져 내리는 듯했다. 만져볼 수도 붙들 수도 머물 수도 없으나 분명히 거기 있는, 그런.

14.

한때 저 종소리가 역겨워 이곳을 떠나고 싶었던 시간들도 있었다. 달려갔지만 이미 기차는 떠나버린 뒤였다. 텅 빈 정거장에서 발길을 돌려 다시 수도원으로 돌아올 때, 평소에는 5분도 되지 않는 그 길이 영원보다 길게 느껴졌을 때, 그때 수도원에서 종소리가 울렸다. 종소리는 육중한 쇠붙이 같았고, 메마른 우물 바닥처럼 말라붙은 내 가슴 저 밑을 아프게 훑고 지나가는 것 같았다. 눈물 대신 잇몸 새로 신음이 새어 나왔다. 그날 나는 종소리를 저주했다. 그랬다. 그리고 그 후로도 오랫동안…… 그랬다.

한때는 다시 한 번 그녀를 만나 꼭 묻고 싶다고 생각도 했었다. 꼭 물어보게 해달라고 기도한 적도 있었다. 그러나 물음조차 사라져버린 지 오래였다. 기차 문이 열리고 조그맣고 기다란 구두 위로 흘깃, 아슬거리며 나풀거리던 그녀의 부드러운 스커트 자락에 그만 아찔해져 버렸던 젊은 수사는 이제 머리가 희끗한 중년의 신부가 되어 있었다. 그렇게 그녀를 보내고 예정대로 신부 서품을 받고 로마로 가는 비행기를 타기 위해 유학 짐을 싸서 저 기차를 탔다. 로마에서 학위를 받고 다시 돌아올 때도 저 기차에서 내렸다. 그때도 종소리가 울렸다.

15.

나는 사실 아무것도 실감할 수 없었다. 돌아옴, 죽음, 해후. 그제야 안개의 축축한 기운이 가뜩이나 감기 기운으로 약해져 있는 기관지를 자극하는 것을 나는 느꼈다. 나는 후드를 쓰고 발길을 돌렸다. 수련수사 몇이 두 팔에 소시지며 포도주 몇 병을 들고 가다가 나를 알아보고 목례를 보냈다.

"오늘 수련장 신부님이 간단하게 친교 시간을 갖자고 하셔서요."

묻지도 않았는데 그중 한 수련수사가 내게 말했다. 불교로 치면 행자 생활에 비유할 수 있을까. 지원, 청원, 수련기 이렇게 3년 동안의 고된 노동과 강도 높은 수련을 거쳐야 겨우 첫 서원을 하고 4년간의 유기(有期) 서원기로 접어든다. 그때 그는 다시 수도원이 적합한 곳인지, 수도원은 그가 적합한 사람인지를 지켜보게 된다. 이곳은 어쨌든 삶의 터전, 함께할 식구를 고르는 데 까다로운 것은 피할 수 없었다.

"내일 새벽에 일어나려면 힘들 텐데 너무 늦게까지 마시지는 마세요."

젊은 수사들은 방긋 웃으면서 일제히 네! 하고 대답했다. 잠시 마주친 젊은이들의 싱싱한 기운 탓일까 잠시 일그러졌던 마음이 펴지는 것 같았다. 이것이 세월의 힘일까. W역으로 기차가 들어서고 있었다.

16.

수도원의 입회 동기들은 세상 누구와의 인연과도 비길 수 없는 존재들이었다. 내가 베네딕도회에 입회하던 그해 지원자는 총 여덟 명. 우리를 지도하는, 학교로 말하자면 담임 선생님과도 같은 수련장 신부님은 나이가 지긋한 독일 출신이었는데, 우리를 모아 놓고 "이렇게 말 안 듣고 힘든 반은 처음 보았습니다. 올해는 참 유난하군요. 수도자는 순명(順命)해야 하고 수도자는 겸손해야 합니다. 인간(humanitas), 흙(humus), 겸손(humilitas)은 모두 같은 라틴 어원을 가지고 있다는 것을 명심하십시오"라고 아직 독일 억양이 남은 한국말로 혀를 차곤 했다. 우리가 봐도 스스로가 그리 고분고분한 자들은 아니었기에 우리는 그저 아무 말도 못 하고 고개만 숙이곤 했다.

나중에 알고 보니 그 수련장 신부님은 해마다 그 말을 했다고 한다. 그리고 그 말을 들은 지원자들 모두가 해마다 고개를 숙이고 "솔직히 우리가 좀 그래" 하고 느끼며 조용히 반성하는 분위기였다고 한다. 그것이 베네딕도회의 전통이 되었다는 농담까지 나

돌곤 했다.

첫 서원, 그러니까 "여기서 살겠습니다"라는 약속식을 하기 전의 3년은 고된 노동의 시간이었다. 개인적 시간도 공간도 거의 주어지지 않았다. 생전 처음 만난 낯선 이들과 함께하는 노동이 수월할 수 없었다. 다섯 번의 기도 그리고 묵상과 미사가 아니면 참으로 힘든 나날이었다. 노동과 노동 사이의 기도 시간에 주어지는 침묵이 그 빡빡한 일정들의 힘겨움을, 분노와 짜증으로 밀착되어가는 인간과 인간 사이의 거리를 조금씩이나마 완화시켜주면서 서늘한 간격을 내주었다. 한 가지 다행인 일도 있었는데, 빨래를 하든 미사 준비를 하든 청소를 하든 그리도 마음이 맞지 않아 힘겨웠던 우리 지원자 여덟 명이 언제나 만장일치로 의견이 맞는 것도 있었다. 그것은 먹거나 마시는 일이었다.

우리가 입회하던 그해에 베네딕도 수도원에서는 중국에 수도원을 세웠다. 모든 수도원은 노동을 통해 자립해야 하기에 그 중국 수도원은 포도주 공장을 세웠다고 했다. 아직 포도주 수요가 많지 않은 중국이었기에 우리 수도원에서 신생 수도원을 돕기 위해 두 컨테이너분의 포도주를 수입했다. 미사주로도 쓰고 후원자들에게 선물도 하기 위해서였다.

포도주 두 컨테이너분은 굉장한 양이었다. 포도주 저장 방에 가면 높은 방 가득 포도주뿐이었다. 우리 여덟 사람은 수시로 포도주 방에 드나들면서 모든 핑계를 동원해 포도주를 비축했다. 미사주로 준비한다고도 하고, 수련장 신부님께서 가지고 오라고 하신다고도 했고, 핑계야 얼마든지 많았다. 포도주를 관리하는 나이 든 독일 수사님은 우리 말을 정말 다 믿은 건지 아니면 산더미처럼 쌓인 포도주가 과연 세상 종말 전까지 다 없어져주기나 할는지 걱정스러웠던 건지 우리가 달라는 대로 언제나 쉽게 그걸 내주었다.

수도원에서 저녁 8시에 드리는 끝기도가 끝나면 다음 날 아침기도 시간까지 대침묵의 시간이었다. 그리고 수련수사들의 공동 방의 불은 늦어도 9시 30분에는 꺼야 했다. 수련장 신부님은 9시 30분이면 침실의 소등을 확인하고 자신의 방으로 가셨다. 그때서부터 우리 여덟 명은 하나둘씩 일어나 담요로 공동 방의 창문을 가려 불빛이 새어 나가지 않게 하고 언젠가 식당에서 얻어둔 커다란 냉면 그릇 가득 포도주를 따랐다. 커다란 스테인리스 냉면 그릇에는 포도주 한 병이 온전히 다 들어갔다. 우리는 어둠 속에서 그것을 돌아가면서 마셨다. 장정 여덟 명에게 그렇게 한 바퀴가 돌면 냉면 그릇은 텅 비었다. 소시지 공방에서 얻어 온 소시지가 안주 삼아 있을 때도 있었고 없을 때도 있었다.

돌이켜보면 축성되지 않았던 그 포도주가 그러나 우리에게는 축성된 포도주보다 더 위안을 주었던 것 같기도 하다. 어떤 날은 나이 든 수사님 흉을 보았고 어떤 날은 신앙에 대해 날카롭게 논쟁을 벌였다. 어떤 날은 집안 문제 때문에 괴로워하는 한 지원자의 이야기로 모두들 눈시울을 적셨고 어느 날은 우연히 튀어나온 어머니 이야기에 모두 밤새 뒤척거리곤 했다. 우리는 그렇게 자신이 두고 온 곳에서 묻어온 세상의 자취를 조금씩 버려갔고 노동의 곤

고함을 알아갔으며 한없이 낮아져야 높이 오를 수 있는 곳을 바라보았다. 그리고 날마다 4시 40분에 기차는 땅을 뒤흔들면서 지나갔고 5시엔 하늘로부터 종소리가 쏟아져 내렸다.

일요일이 되면 미사가 끝나고 약간의 휴식 시간이 주어졌다. 그래서인지 수도원에서는 일요일 오찬에 테이블마다 한 병씩, 그러니까 네 명당 한 병꼴로 포도주가 나왔다. 우리는 여덟 명이니 두 병이 배당되는 것이 당연했다. 그러나 우리의 포도주 실력은 이미 그 두 병 정도로는 성에 차지 않았기에 우리는 일찌감치 냉수 마시듯 우리에게 배당된 포도주를 마시고 입맛만 다시고 있었다. 나이 드신 수사님들이 자신들에게 배당된 포도주를 눈치껏 우리 탁자에 올려다 주고 말없이 윙크를 하면서 나가셨다. 그렇게 받은 포도주가 댓 병. 게다가 공식적으로 좋은 잔에 식탁에서 포도주를 마실 수 있는 기회였기에 우리는 각자 한 병 정도씩 비축해놓은 포도주를 식탁 밑에 감추어두고 있었다.

아무리 우리가 젊고 아무리 밤마다 포도주에 익숙해져 있다 해도 낮에 마시는 술은 얼굴마다 붉은 자취를 남기고 입술을 꼬아놓을 수밖에 없었다. 문득 고개를 들어보니 수련장 신부님이 우리의 식탁 머리에 서 계셨다.

"한 테이블당 한 병입니다! 한 병!"

정신을 차려보니 우리 두 테이블 위에 놓인 빈 포도주 병만 장장 다섯 병이었다. 그날 우리는 수련장 신부님께 불려가 독일인 신부님이 구사할 수 있는 부정적인 한국어를 총망라한 시간만큼 훈계를 듣고 징계를 받았다. 저녁기도가 끝난 후, 휴게실 등에서 잡담을 하지 말고 모두 도서실로 가서 10시까지 신앙에 대한 책을 읽으라는 벌이었다. 수련장 신부님이 만일 식탁 밑에 감추어둔 나머지 병들을 보셨으면 어땠을까? 우리는 아마 모두 짐을 싸서 집으로 돌아가야 했을지도 모르겠다. 그날 이후 우리는 침실에서 담요로 불빛을 가리고 포도주를 마시는 대신 책을 읽기 위해 밝은 도서실로 모두 모여야 했다. 물론 우리는 담요로 가린 불빛 밑에서가 아니라 도서실 등 밑에서 포도주를 마셨다. 두툼한 책으로 포도주 냄새가 새 나가지 않게 냉면 그릇을 잘 가렸음은 물론이다. 그해가 다 갈 무렵 포도주 방에 갔더니 담당 수사님이 말했다.

"신기합니다. 올해 포도주 한 컨테이너를 다 마셨어요……. 세상 종말 전에 저걸 다 마시겠나 걱정스러웠는데! 말이 한 컨테이너지, 휴우, 대단해요, 대단해."

17.

그렇게 시간이 갔고 종소리는 푸른 하늘에서 쏟아졌다. 빨래를 널다가 문득 바라보면 강물이 흐르고 기차가 달렸다. 토요일 오후 동기들과 축구를 하다가도 수사님들의 심부름을 하다가도 나는 가끔 우두커니 서 있었다. 기차가 지나갈 때였다.

"왜 그래?" 동기들이 물으면 "응, 기차가 몇 칸이나 달고 다니나 세고 있었어." 나는 대수롭지 않게 대답했다. 글쎄, 기차가 가는 그 종착에 서울이라는 이름의 도시가 있고 나의 집이 있고 여동생과 남동생, 할머니와 아버지가 있는 곳이 그리웠던 것일까.

한번은 대구에 심부름을 나갔다가 동대구역에서 정말로 우연히 예전에 다니던 대학의 같은 과 동기 여학생과 마주쳤다. 여자 동기는 "수도원?" 하고 묻더니 '왜 그런 비현실적인 선택을?' 하는 표정으로 애매하게 웃었지만 곧 친절하게 커피를 한잔 샀고, 자신은 프랑스로 유학을 떠나려고 대구 부모님 집에 갔다가 이제 서울로 돌아가는 길이라고 했다. 아마 지금 떠나면 한 3년은 돌아오지 않을 거라고. 무슨 일인지 나는 플랫폼까지 그녀를 배웅했고 거기서 손을 오래 흔들었다.

기차가 사라져버렸을 때 나는 그 플랫폼에 한참을 서 있었다. 아마 나도 그냥 서울로 그녀를 따라 올라가버리고 싶다고 생각했던 것 같기도 하다. 그리고 며칠 동안 차가 지나가면 그녀의 얼굴이 떠오르기도 했다. 그 떠오름의 정체를 무엇이라 부를 수 있을까. 분명 구체적인 한 인간에 대한 생각은 아니었다. 그러니 그건 아마도 그리움이었으리라. 두고 온 곳, 가 닿을 수 없는 곳, 돌아가지 못할 곳에 대한. 아직도 나의 마음 한 자락은 두고 온 세상에 걸쳐 있었고 기차가 지나가면 철길의 꽃들이 흔들리듯 따라서 흔들렸다.

18.

한번은 동기생들과 봄 야유회를 간 적이 있었다. 오랜만의 격렬한 육체적 활동 끝에 수련장 신부님이 사 준 여러 잔의 차가운 맥주로 인해 우리는 기분 좋게 노곤해 있었다. 돌아오는 주말 저녁의 기차는 몹시 붐볐다. W시로 돌아오는 기차를 탔을 때 나는 내 자리만 다른 칸에 있는 좌석으로 배정된 것을 알게 되었다. 나는 주저 없이 다른 칸에 있는 내 자리로 갔고 덜컹거리는 좌석에 몸을 맡기고 달콤한 잠에 빠졌다. 그러다 문득 깨어보니 기차는 이미 W시를 지나 구미까지 가버린 뒤였다. 그것조차 늦게 알아 문이 닫히기 직전 겨우 탈출하듯 뛰어내렸는데, 생각해보니 동기들이 나를 고만 잊어버린 것이 확실했다.

수련수사들에게 휴대전화가 허용되지 않던 시절이므로 서로 연락할 방법도 없었고 주머니에 돈도 물론 없었다. 다행이라면 아까 나누어준 W시행 표가 있었다는 것 정도였다. 만일 검표를 하면 이 표를 보여주고 사정을 해보거나 아니면 수도원에 전화를 해달라고 할 생각으로 나는 다음 기차가 하행선이라는 것만 확인하고는 아무것에나 올라탔다. 다행히도 검표는 없었고 고단함은 긴장감에 밀려 달아난 지 오래였다.

W시가 가까워지자 나는 내릴 준비를 하고 천천히 자리에서 일어났다. 그런데 기차는 속력을 줄이지 않았다. 이건 W시에서 서지 않는 기차였던 것이다. 당연히 설 줄 알고 탄 나 자신에 대한 화가 울컥 치밀면서 등줄기로 후욱 하고 뜨거운 것이 내리꽂힌다 싶었는데, 눈앞으로 수도원이 지나가고 있었다.

언덕 위에서 기찻길을 조용히 내려다보고 선 수도원. 드문드문 밝혀진 창들이 멀리서 빛나고 있었다. 마치 영원히 도달할 수 없는 낙원을 올려다보는 것처럼 내 가슴속 깊이 동경(憧憬)의 등불이 환하게 밝혀지는 것 같았고 신기하게도 그 짧은 순간, 내가 늘 우두커니 서서 기차가 지나가는 것을 내려다보던 언덕이 선명하게 보이는 것 같았다. 내가 없는 그 언덕은 텅 비어 있었다. 가슴 한쪽이 이루 말할 수 없이 쓰려왔다. 나는 수도원 밖으로 쫓겨난 자가 가질 비애를 이미 느끼고 있었다. 언제나 기차 밖에서 기차를 내려다보며 알 수 없는 그리움에 젖던 내가 막상 기차 안에서 수도원을 올려다보자 그리움의 대상이 순간 전도되어버린 것이었다.

대구까지 가서 다시 기차를 갈아탄 나는 그날 밤 자정이 다 되어서야 수도원 정문으로 들어섰다. 나를 두고 자기네들끼리 가버린 동료들에 대한 괘씸함보다 먼저 다가왔던 것은 울컥 치미는 안도감 같은 것이었다.

19.

수도원의 불은 모두 꺼져 있었다. 수도원 뒤로 검푸른 밤의 휘장이 드리워진 듯했다. 그렇게 검푸른 휘장 위로 크고 둥근 별들이 조용히 반짝이고 있었다. 별은 강물과도 같이 부드럽게 반짝이면서 수도원 지붕과 벽의 선을 휘돌고 있었다. 우주가, 고요가, 침묵이, 침묵 속에서 말씀하시는 그분의 현존(現存)이 수도원을 감싸고 있었다. 그때 나는 처음으로 생각했다. 이제 여기가 내 집이구나, 나는 여기서 평생을 정주하게 되는구나. 이 돌연하고 짧은 떠돌이의 시간이 내게 정주의 확신을 주다니 놀라운 일이었다. 나는 두 손을 모았다. 아아, 모든 일에 있어서 주님은 영광을 받으소서!

우리는 고단했으나 충만했고, 부족했으나 넘쳤고, 초보였으나 인생 자체를 결국 언제나 초심으로 살지 않으면 안 된다는 것을 배웠다. 우리는 저잣거리의 불빛 속에서는 결코 찾지 못하는 고귀한 무엇을 언뜻 보았다고 느꼈고, 진리를 안다면 그 순간 우리의 생명조차 문제가 되지 않는다고 무모하고 용감하게 생각했다. 우리는 신성한 무엇이 되고자 했다. 우리는 그때 참으로 젊었던 것이다.

20.

그 젊은이들의 중심에서 단연 돋보이는 존재가 있었다. 그는 미카엘 수사였다. 아름다운 안젤로도 있었다. 형제처럼 친해져서 붙어 다니는 우리 세 사람 미카엘, 안젤로 그리고 나 요한을 사람들은 미, 안, 요 수사님들이라고 줄여 부르기도 했다.

미카엘은 어디서나 눈에 띄었다. 누구나 이름을 대면 "왜 그런 대학을 박차고 수도자가 되었나요?" 할 만큼 좋은 대학을 졸업하고 이리로 왔으니, 나보다는 두 살 위였다. 그는 키가 아주 컸고 팔다리도 길었다. 키에 비해 터무니없이 가벼운 체중 때문에 가끔 휘청거리는 듯 유약해 보이기도 했으나 강인한 턱선이며 날카로운 콧날, 거무스름한 피부색은 그가 이 모든 것을 잘 이겨나가 마침내 동기생들 중에 가장 우뚝 설 사람이라는 기대를 모으기에 충분했다.

신학교 생활에서도 그는 단연 두각을 나타냈다. 우리를 가장 힘들게 만들었던 라틴어 시간, "할머니들이 시장에서 번 푼돈 아끼고 아껴서 바친 성소 후원금을 모아 너희들은 공짜로 공부하고 있다. 그분들은 그런 돈을 내면서 너희들이 훌륭한 성직자가 될 것이라 굳게 믿고 있단 말이다. 그 할머니들께 부끄럽지도 않으냐!"고, 고전적이긴 하나 언제 들어도 가슴이 뜨끔한 훈계를 하던 라틴어 교수 신부님까지 눈이 휘둥그레지게 만들 명석함을 가지고 있었다. 수도원 장상들은 이례적으로 그를 다른 수사들에게 그랬던 것보다 일찍 로마나 독일로 유학 보낼 생각을 하고 있었다고 했다.

그는 새벽 5시 정각에 누구보다 먼저 일어났고, 누구보다 단정하게 수도복을 차려입었으며, 미사를 드리고 난 아침이면 식탁에 올라 있던 빵이나 소시지 혹은 잼을 먹는 대신 우유를 조금만 마셨다. 식사가 끝난 다음에는 묵주를 들고 수도원 뒤뜰을 산책하면서 기도를 올렸다. 수련수사 생활이 끝난 뒤 유기 서원 후에 각자에게 자기만의 방이 주어졌을 때 그의 방은 언제나 늦게까지 불이 켜져 있었다. 책을 빌리러 수도원 도서관으로 가면 내가 빌리고 싶은 책의 대출자 명단에는 늘 미카엘 수사가 있었다.

그는 기도 시간에 거의 한 번도 빠진 일이 없었고 시간만 나면 텅 빈 성당에 앉아 묵상을 했고 어느 날부터는 포도주도 조금밖에 마시지 않는 것 같았다. 사순절(부활 대축일 전, 40일 동안의 기간. 이 기간 동안 교인들은 그리스도의 수난을 기억하며 단식과 절제의 생활을 한다)이나 대림절(크리스마스가 오기 전 4주) 때는 수요일, 금요일마다 단식을 했고 늘 약간 고개를 숙이면서 천천히 걸어 다녔다.

누가 보든 그가 깊은 사색을 즐기는 사람이라는 것을 알 수 있었다. 그런 그의 모습을 보고 있노라면 유럽의 박물관에 있는 성화 속 미카엘 천사의 옆모습을 보는 듯했다.

그는 가끔은 내 방에 들러 내가 무슨 책을 읽는지 묻기도 하고 자신이 현재 읽고 있는 책 이야기 같은 걸 했다. 한번은 그가 내 방에 왔는데 샤를 드 푸코의 책을 들고 있었다. 신앙에 대한 반감과 방탕으로 젊은 날을 보낸 귀족의 아들. 후에 사막으로 가서 깊은 침묵과 참회 그리고 기도의 나날을 보냈던 사람, 샤를 드 푸코.

"요한, 이 구절 들어볼래?"

그는 끼고 있던 책을 펴고 내 앞에서 소리 내어 읽었다.

"나의 하느님, 나는 악(惡)만을 저질렀습니다. 나는 악에 동의치 않고 그것을 사랑할 수도 없었습니다. 당신은 나에게 쓰라린 공허를 느끼게 하였고 나로 하여금 그제야 비로소 슬픔을 맛보게 하였습니다. 그 슬픔은 나를 온통 벙어리로 만들었으며 사람들이 축제와 향연을 벌일 때면 더욱 끈질기게 나를 괴롭혔습니다. 내가 베푸는 파티에서도 한순간이 지나면 오히려 깊은 침묵에 빠졌고 마침내는 모든 것이 역겨워졌습니다."

그는 읽고 난 책을 잠시 가슴에 끌어안더니 네가 이걸 이해해준다면 얼마나 좋을까 하는 듯 간절한 표정으로 나를 바라보았다.

"이것 좀 봐, 요한. '그 슬픔은 온통 나를 벙어리로 만들었으며…… 마침내는 모든 것이 역겨워졌습니다.' 이 구절이 어느 날 아침부터 내내 내 가슴을 쳤어. 그래서 나는 이곳으로 왔지."

수도원에 오기 전 세상에서 겨우 스물한 해를 살았고 기실 방탕이나 방황이라는 것을 해본 적 없이 그냥 고만고만한 사람으로 살던 내게 방탕이 슬픔이 되어 나를 벙어리로 만드는 것이 무엇인지 나는 그때는 알 수 없었다. 그러니, 심지어 그것이 역겨워진다는 것이 무엇인지 실은 잘 이해되지 않았지만, 나는 그의 말이 아무에게나 할 수 없는 존재의 고백 같은 성격을 띤 것이라 믿었고 그것이 우리의 우정 혹은 친교(koinonia)를 깊이 이끈다 믿었기에 잠자코 있었다.

21.

미카엘의 곁에 안젤로가 있었다. 키가 작고 체구도 작은, 그러나 뛰어나게 아름다운 육체의 비율과 조각 같은 얼굴을 가진 그. 얼굴에 비해 코가 아주 컸고 깊고 커다란 눈동자가 숨어 있는 투명한 눈이며 뚜렷하고 붉은 입술, 갈색의 고수머리가 나부끼는 그의 흰 얼굴을 바라보고 있노라면 나도 모르게 이상한 감정이 일어날 때도 있었다. 한때 부드러운 고수머리를 길게 기르기도 했던 그는 수도원을 방문하는 사람들에게 "여자도 여기?"라는 말을 많이 들은 다음부터 수련장 신부님의 권고로 머리를 잘랐다. 그런 걸 보면 어떤 날 무심히 내 시선 끝에 있던 그의 실루엣에 가슴이 덜컹했던 것이 나의 유별남을 말해주는 것은 분명 아니었으리라. 어쨌든 아무리 수련장 신부님의 권고라고는 해도 만일 그게 나라면 남들이 나를 여자로 오해한다는 듣기에 좋지 않은 이유 하나만으로 그렇게 순순히 머리를 잘랐을지 모르겠지만, 안젤로는 권고를 받은 그날로 아무 미련 없이 머리를 빡빡 밀어버리고는 파르스름한 머리통으로 웃었다.

안젤로는 자신을 가리켜 거의 '모태 고아'라고 했다. 수련장 신부님이 신학교 입학을 권할 때 그는 그걸 거절했다.

"저는 그냥 아무것도 아닌 것으로 살기 위해 왔어요. 유일한 혈육인 어머니가 돌아가시기 전 저보고 고등학교 졸업하면 수도원으로 들어가라고 했던 것도 같은 이유인 것 같아요. 저는 할 줄 아는 게 없어요. 미카엘처럼 명석하지도 요한처럼 준수하지도 못합니다. 심지어 학교 다닐 때 공부도 못했어요. 몸도 약하고 힘도 없어요. 저는 그냥 세끼의 밥과 작은 일이면 만족합니다. 신학교라뇨? 저는 신부님이 될 자격이 없는 사람입니다. 그리고 남 앞에서 가르친다는 것은 생각만 해도 끔찍해요."

그런데도 사람들은 신기하게도 미카엘이나 내가 아니라 안젤로를 사랑했다. 자주 시간을 어기고, 자주 물건을 빼놓고 오고, 자주 지시받은 사항을 잊어버리고 말아서, 말하자면 성마른 사람이 잘 참고 있던 성질을 기어이 돋우고, 모든 일의 원활한 진행에 늘 방해가 되는 그였다. 주방 소임을 맡아 할 때는 올려놓은 냄비를 태워먹기 일쑤였고 스테인드글라스를 제작하는 유리공예 소임을 맡아 갔을 때는 기운이 부쳐 수입 유리 여러 개를 깨먹고는 쫓겨났다. 농사짓는 소임을 맡아 갔을 때는 삽질 몇 번에 허리를 다친 그였다. 이미 소임지를 맡고 있던 수사들에게 "안 되겠다!"라는 말을 들고 떠돌던 그를 그러나 나 또한 사랑했다. "왜?"냐고 물으면 딱히 뭐라 할 말이 없긴 했다.

안젤로…… 그러니까 안젤로는 이랬다. 모두가 단식하는 성금요일(예수가 십자가에 못 박혀 죽은 날을 기리는 날), 안젤로는 평소에 가끔 간식으로 나오는 초콜릿을 모아두었다가 그걸 들고 병실을 찾아갔다. 거의가 8, 90대 노수사인 병자들에게는 그날도 당연히 식사가 나왔지만, 수도원 전체의 분위기는 아무래도 어둡고 가라앉을 수밖에 없었다. 안젤로는 병든 수사님들 머리맡에 앉아 그 특유의 웃음을 웃었다. 그의 웃음을 어떻게 표현할 수 있을까. 자구로 쓰자면 흐드드득 흐드드득, 음계로 쓰자면 두 옥타브 정도 고음이었던, 리듬으로 치자면 8분음표가 네 마디쯤 이어지는 그런.

"그래요. 오늘 주님이 돌아가신 날이니 보속(補贖)으로 드시라는 거예요. 너무 마르셨어요, 수사님. 그러니 이 초콜릿이 보속이죠. 이렇게 모두가 슬픔에 고통에 잠겨 있을 때 실은 제일 예수님하고 비슷하게 고통을 받고 계시는 이곳 병실 수사님들은 위로받으셔야 해요. 자 어서요. 그리고 굶는 게 너무 힘겨운 저도 그 덕에 위로받고요."

안젤로는 초콜릿을 노수사님들의 입에 넣어주고는 노수사님들의 식판에 담긴 밥을 자신의 입에도 넣었다.

"예수님이 당신이 십자가를 지고 가는 고통을 받았다고 해서 우리가 꼭 같이 고통받기를 정말 바라실까요? 토마스 수사님, 정말

38

그렇게 생각하시는 거예요? 우리 엄마는 병실에서 자기는 아파서 물도 삼키지 못하면서 제가 친척들이 사 온 주스며 빵을 먹고 있는 걸 보기를 그리 좋아하셨는데요."

평생 엄격한 계율을 하느님처럼 모시고 살아온 노수사님들에게 일견 위험스럽기도 한 그 말이 그들을 찌푸리게 하거나 위협하지 않았던 이유는 그런 말 다음에 이어지는 안젤로의 웃음소리 때문이었을 거라고 나는 생각하곤 했다. 아름다운 얼굴이 활짝 펴지고 희고 가지런한 잇속으로 나오던, 작은 새들이 날아오르는 것 같은 웃음소리. 흐드드득, 흐드드득.

22.

안젤로는 또 이랬다. 수련 시절, 한번은 낮기도 시간에 나타나지 않았다. 수련장 신부님에게 불려 간 안젤로는 기도 시간에 빠진 경위를 이렇게 설명했다.

"소시지 방에 일을 도와드리러 갔어요. 소시지 방 수사님께서 바비큐 판을 닦으라고 하시더군요. 왜, 그 우리가 가끔 바비큐를 굽는 기다란 쇠 상자 말이에요. 청소를 하려고 긴 겨울 동안 쓸 일이 없던 그 쇠 상자 위에 덮어놓은 두꺼운 나무판자를 들었는데 놀랍게도 그 안에 새 둥지가 있었어요. 그리고 제 엄지손톱보다 조금 더 큰 하얀 새알들이 조롱조롱 놓여 있더군요. 신부님, 상상할 수 있으세요? 작은 어미 새는 바람이 통하라고 뚫어놓은 쇠 상자의 작은 구멍으로 드나들면서 그 둥지를 짓고 알을 낳은 것이었어요.

그건…… 그걸 어떻게 설명드릴 수 있을까요? 그건 너무 아름다웠어요. 죄송합니다만 우리가 미사 시간에 받아먹는 주님의 몸, 성체보다 더요. 저도 모르게 손을 대보았는데, 아…… 심지어 그건 따뜻했어요. 그러다 문득 고개를 들었는데, 아뿔싸, 어미 새가 허공에서 비틀거리면서 저를 보고 있더군요. 그래요, 분명 허공에서 비틀거리면서……. 그제야 저는 제가 얼마나 큰 죄를 그 새에게 짓고 있는 건지 알았죠. 새는 날아가버렸어요.

저는 뚜껑으로 쓰는 판자를 도로 덮어놓고 기다렸어요. 아주 한참 뒤에 어미 새가 저만치 나타났어요. 그때 낮기도를 알리는 종소리가 울렸지만 저는 움직일 수 없었어요. 제가 움직이면 어미 새는 또 겁에 질려 도망갈 테니까요. 봄이라고는 하지만 아직 바람이 찬데, 그러면 따뜻했던 새알들이 식어버릴 거고, 그러면…… 아아 그건 안 되잖아요. 그래서 저는 목련 나무 그늘에 앉아 아주 오래전부터 거기 있던 천사 조각상이라도 되는 양 움직일 수 없었어요. 어미 새는 여러 번 제 주변을 맴돌았어요. 그러니 더욱 움직일 수 없었어요. 미안해서, 아까 놀라게 한 게 미안해서요……."

우리의 수련을 책임지고 있던 독일인 신부님은 독일, 하면 떠오르는 모든 것을 가지고 있는 분이었다. 논리적이었고 원칙에 충실했고 결정이 내려지면 단호했다. 게으른 것, 거짓말하는 것, 규칙을 어기는 것, 긴 변명을 늘어놓는 것을 병적으로 싫어했던 사람. 실제로 그가 내보낸 수련수사도 여럿이었다. 규칙을 잘 지키고 원만하게 지냈지만 거짓말을 자주 하던 수련수사가 "저는 이 생활이 좋습니다. 이 수도원 생활이 행복합니다" 하고 진술하자 "당신 같은 사람이 그랬다면 그건 마귀의 장난입니다"라는 단호한 말로 그 수사를 내보낸 일화는 유명했다. 규칙도 잘 지키고 성격도 좋고 거짓말도 하지 않은 수사를 내보낸 적도 있었다. 신심 깊은 어머니가 하라는 대로 수도원에 입회했던 모범적 수사였던 그는 그러나 뜻밖에도 자신이 왜 수도원에 들어와야 했는지 대답하지 못했다. 수련장 신부님은 그에게 말했다. "어떻게 합니까? 당신이 아니라 당신 어머니에게 성소(聖召, 성직자의 길로 부르심)가 있군요. 당신이 아니라 어머니의 성소예요!"

다른 수사가 낮기도 한 번 빠진 일로 이렇게 장황한 변명을 했다면 당장 불호령을 받았을 것이었다. 그러나 안젤로의 이야기를 듣던 수련장 신부님은 아무 말도 하지 않고 "오늘부터 동료들의 구두를 1주일 닦아주는 것으로 꿀빠(culpa, 과실·과오란 뜻으로 잘못에 대해 보상하는 행위를 일컫는 용어)하십시오" 하고 말했다. 안젤로에게 이 이야기를 전해 들으면서 더욱 믿을 수 없었던 것은 "예, 순명하겠습니다" 하고 나오던 안젤로를 수련장 신부님이 다시 불러 세워 물었다는 것이었다.

"그래서 어미 새가 알을 품으러 다시 들어갔나요?"

안젤로가 그렇다고 대답하자, 그는 포스트잇에 "여기 새알 있어요"라는 글씨를 휘갈겨 주면서 "다른 사람들이 모르고 손댈 수도 있고 들고양이들이 먹을 수도 있으니 이거라도 가져다 붙여놓으세요" 했다는 후문이었다. 그 덕분에 우리는 그 봄과 여름이 다 가도록 소시지 숯불구이 반찬을 기대할 수 없었다.

23.

미카엘이 대학을 졸업하고 이리로 왔고 안젤로는 고등학교 졸업 후 바로 이리로 왔으니 나이로는 두 살씩 차이가 났지만 우리는 그렇게 함께였다. 그렇지만 우리가 늘 갈등하지 않았다는 것은 아니었다. 가끔 미카엘의 지나치게 논리적인 말투에 안젤로가 상처 입는다는 것을 나는 알고 있었다. 한번은 수도원 내에서 게으르기로 이름난 수사 한 사람이 자기가 해야 할 일까지 모두 안젤로에게 시키고 외출해버리자 미카엘은 몹시 화를 냈다.

"대체 저런 인간들은 수도원에 왜 들어와 있는 거야? 적당히 농땡이나 치고 적당히 기도 빠지고……. 하긴 나태한 삶을 사는 데 수도원보다 그럴듯한 곳은 없지."

그러자 안젤로가 대답했다.

"그러지 마세요, 미카엘 수사님. 내가 먼저 도와드리겠다고 한 거예요. 나태로 말하면 나도 그래요. 나도 적당히 사는 사람일 거야……. 실은 하느님 앞에서 우리 모두가 어쩌면 그럴지도 모르잖아요."

그럴 때 미카엘의 마른 미간이 종잇장처럼 구겨지면서 관자놀이에 핏줄이 솟아올랐다.

"수도원이 게으르고 갈 곳 없는 사람들이 오는 곳인 것처럼 이야기 좀 하지 말아! 네가 그렇다고 해서 우리가 다 그런 건 아니라

구. 일반화의 오류라고 그건!"

그런 날 안젤로의 얼굴은 내내 창백했다. 기도 시간에 그레고리
안 성가를 부를 차례가 왔을 때도 그리 기쁜 얼굴이 아니었다. 안
젤로는 뛰어난 미성을 가지고 있었다. 그러고 보니 모든 사람이 그
를 사랑했던 이유가 또 있었다. 그는 그레고리안 성가(1,500년 된,
반주 없이 사람의 목소리로만, 모든 음계를 가장 단순화해서, 두 손을 낮
게 맞잡고, 겸손한 자세로 불러야 할 것 같은, 음악이 된 기도, 침묵이 되
고 싶어 하는 소리!)를 누구보다 잘, 그리고 아름답게 불렀다. 어쨌
든 그날 저녁기도 후, 안젤로는 내 방에 들러 얇고 파삭한 누룽지
를 내밀었다.

"요한 수사님, 이거 드세요. 아까 저녁 식사 끝나고 당번도 아닌
데 설거지 도와드렸더니 주방 수사님이 주셨어요. 참 고소하고 맛
있어요."

나는 안젤로가 내미는 누룽지를 받아 들었다.

"맛있죠? 주방 수사님은 참 좋은 분이세요. 난 이 수도원하고 여
기 사람들이 정말 좋아요."

안젤로는 언제 우울했냐는 듯 흐드드득 웃었다. 나와 주방 수사
님은 그리 좋은 관계가 아니었다. 그런데 이상하게도 안젤로가 그
렇게 말하면 실제로 그가 지칭하는 사람 안에 있을 작은 선의(善
意)가 나의 선입견을 뚫고 배어 나오는 것 같았다. 그건 안젤로의
신비였다.

"내가 미카엘 수사님을 또 화나게 했나봐요. 아까 기도 시간에

그레고리안 성가 부르다가 잠깐 눈이 마주쳤는데 내가 웃어드리려고 하기도 전에 얼른 눈을 내리까는 게 마음으로 후회하는 것 같았어요. 알지요? 미카엘 수사님은 화를 벌컥 내기도 잘 내지만 맘속으로 그만큼 빠르게 왈칵거리면서 후회하고 있다는 거. 그렇지만 자존심 때문에 내색도 못한다는 거. 미카엘 수사님 맘 풀어주십사 기도했어요. 지금 힘들 거야. 화를 내고 나면 제일 힘든 사람은 자기 자신이니까요……. 그런데 참, 요한 수사님, 일반화의 오류가 뭐예요?"

24.

안젤로가 가고 깊은 밤 미카엘은 포도주를 가지고 내 방으로 왔다.

"하필이면 책을 폈는데 이런 구절이 나오는 거야. '하느님이 인간이 되셨다. 오, 인간이여. 네가 인간임을 알라! 너의 완전한 겸손은 네가 너를 아는 데 있다.' 휴우, 이럴 때가 제일 힘들어. 베네딕도 성인은 '네가 오만을 가지고 선을 행하느니 차라리 겸손으로 실수를 해라' 하셨다는데 낮에 안젤로에게 화를 냈던 게 맘에 걸리네. 요한, 난 어리석은 사람들, 머리 안 돌아가는 사람들, 같은 말 두 번 이상 하게 만드는 사람들을 참아내지 못하겠어. 생각해봤지, 나 머리 좋아, 나 말귀 금방 알아들어. 그런데 그거 내가 노력해서 얻은 거 아니잖아. 다 하느님께 공짜로 받은 거잖아. 안젤로 머리 별로 안 좋은 거 그 애 탓 아니잖아. 하지만 요한, 공부하지 않는 거,

게으른 거, 좋은 게 좋다는 식으로 넘어가는 걸 보면 참기가 힘이 들어……. 하지만 내가 뭐라고 그 사람들에게 화를 벌컥거리면서 내고 있냔 말이야. 이런 생각 하면 내가 너무 싫고 화가 난다구!"

25.

관계란 건 참 이상하다. 한번 역할이 맺어지면 대체로 그 역할이 고정되어 진행된다. 한번 내가 누군가의 고민을 듣는 것으로 관계가 시작되면 대체로 그를 만나 나는 그의 고민을 들어주는 자가 되고, 내가 누군가에게 고민을 털어놓는 것으로 관계가 시작되면 대체로 나는 고민을 털어놓아야 할 때 그를 찾아가게 된다. 다른 이들과의 관계에 있어서는 내가 공격자가 될 수도 있고 상처 입는 자가 될 수도 있으나 우리 셋의 경우 미카엘과 안젤로가 그런 형국이었고 그 사이에 내가 끼어 있었다. 늘은 아니지만 가끔씩 미카엘은 화를 냈고 안젤로는 상처 입었다. 나는 화를 내는 미카엘이 상처 입는 안젤로를 힘겨워한다는 것을 알고 있었다. "약한 자는 강한 자를 절대 참아내며 견디지 못한다!"라고 말한 것이 카시아누스였던가? 그러니 약한 것은 언제나 안젤로가 아니라 미카엘이었을 것이다.

그렇게 또 강물이 흐르고 기차가 떠나고 종소리가 쏟아졌다. 계절이 오고 갈 때마다 비가 내렸고 수도원 한쪽에 흰 광목 빛깔 산목련이 여덟 번을 피고 졌다.

45

26.

우리의 생을 뒤바꿔버린 사건이나 시간들을 통틀어 떠올려보면 그때는 보지 못했던 징후들이 마치 영화의 티저 영상처럼 삶의 거리 여기저기에 깔려 있었다는 걸 깨닫게 된다. 살갗에 닿는 바람결로 봄을 느끼기 전에 이미 여기저기서 조그만 들꽃의 싹이 피어나고 뜻밖에도 양지쪽에 보랏빛 제비꽃이 피어난 걸 보게 되듯이. 몸이 봄을 느끼기 전에 봄의 징후들이 도착하듯이.

그 징후들이 가지고 온 사명의 기호가 해독되는 것은 이미 사건이 종료되고 나서이거나 더 이상 돌이킬 수 없을 때라는 것이 삶의 비극이었다. 모든 일이 끝나고 난 후에 다시 돌아보면 삶이 우리에게 보여주는 스포트라이트는 늘 우리가 그렇다고 믿었던 그곳 말고 엉뚱한 곳을 비추고 있었다.

그러니 그해의 이야기를 하기 위해 어디서부터 시작해야 할까? 누구를 먼저 이야기해야 할까?

불암산, 요셉 수도원, 흰 배꽃⋯⋯. 그래, 그녀의 이름을 여기에서 처음 발음해보기로 한다. 김소희, 소화 데레사. 처음 보았을 때 그녀는 헐렁한 완두콩빛 스웨터에 무릎까지 오는 나풀거리는 흰 스커트를 입고 납작하고 세련된 연둣빛 데크 슈즈를 신고 있었다. 내가 멀리서 그 아름답고 하늘하늘한 실루엣을 처음 바라보았을 때 그녀는 다른 수사와 배꽃 사이를 걷고 있었다. 어깨까지 오는 생머리를 쓸어 올리다가 함께 걷던 수사의 무슨 말인가에 그녀는 고개를 뒤로 젖히고 웃어댔다. 내가 처음 본 것은 그런 그녀의 모습이었다. 그때 나는 아주 먼 거리였지만 그녀가 머리카락을 쓸어 올리던 흰 손가락을 본 듯했다. 가는 손가락이었다. 그리고 나는 그녀를 대면한 첫 기억의 스냅사진을 무의식의 가장 밑바닥에 밀어 넣었다. 아마도 그것은 나를 강렬하게 자극했나보았다. 첫 대면이 위협적이지 않았다면 굳이 그럴 필요가 없었을 것이니까 말이다. 시간이 지난 후 W시에서 그녀의 도전적인 질문을 받고 나서야 무의식에 구겨진 채 저장된 그 기억은 내 의식으로 인화되었다. 그때까지 그리고 그 후로도 얼마 동안 그래서 그녀는 내게 아무 의미도 아니었다.

"아빠스님 조카, 미국에서 석사과정을 마치고 논문 쓰러 왔대요. 종교인의 스트레스에 대한 논문을 쓴다나봐요. 곧 W시에도 간다고 하던데."

요셉 수사가 묻지도 않았는데 내게 말했다.

"아침에 우리 식당 와서 밥 먹었어요. 수사님들 입이 찢어졌지. 이쁘잖아."

농담처럼 그는 깔깔 웃었다. 나는 별로 같이 웃어줄 생각은 없었다. 그때 나는 할머니의 수술 소식을 듣고 서울로 온 길에 요셉 수도원에 들른 것이었다. 불암산 자락 요셉 수도원 마당 가득 흰 배꽃이 흐드러지는데 나는 실은 오랜만에 만난 가족들 생각 때문에 마음이 몹시 무거워 있었다.

꼭 그게 다라고 말할 수는 없지만, 내가 대학 2학년만 마치고 수도원으로 들어가게 된 데에는 언제나 나를 입 다물게 만들고 고개 숙이게 만들며 우울하게 하여 내 방에 들어가자마자 라디오의 볼륨부터 크게 틀게 만드는 가족들이 있었던 것이 사실이었다.

지금은 가로막힌 북쪽에서 태어난 나의 할머니. 그녀는 전쟁 때 흥남 부두를 통해 거제로 내려왔다고 했다. 이미 원산 근처의 베네딕도 수도원에 취직해 있던 영특한 소녀. 독일어와 영어를 할 줄 아는 드문 재원. 할머니는 생전 처음 보는 탱자나무 울타리가 있고 한겨울에도 동백꽃이 피어나는 남쪽 땅에 보따리처럼 내팽개쳐졌다. 눈보라가 6개월이나 치는 추운 북쪽이 세상의 전부였던 처녀에게는 도무지 이해할 수 없는 따뜻하고 푸른 나라였다. 할머니는 그때 갓난아기였던 나의 아버지를 등에 업고 미군 부대에서 일을 하기 시작했다고 했다. 그렇게 돈을 모아 차린 것이 냉면 전문점. 거제에서 부산으로, 부산에서 서울로. 할머니의 냉면은 지금은 전국에 체인점을 가진 기업이 되었다.

할머니는 내팽개쳐진 이 땅에서 오직 천주 한 분만을 믿고 살았다고 했다. 천주께서 자신에게 주신 이 아이를 결코 헐벗고 굶지 않게 하실 거란 믿음으로 말이다. 그러나 기실 그녀가 믿었던 것은 그 당시로서는 거의 아무도 가지지 못한 유창한 영어와 독일어 실력, 그리고 홀로된 젊은 여성이라는 이미지가 의미하는 묘한 아름다움이 아니었을까. 그런데 그녀는 그렇게 젊은 그녀를 이 악물고 살아내게 한 아들보다 그 아들이 낳은 첫아들인 나 요한을 사랑하였다.

나는 할머니의 마음에 드는 손자였다. 할머니의 표현에 따르면 점잖고 사려 깊고 신앙심이 깊었다. 나는 할머니의 맘에 들기 위하여 평생을 애썼으나 끝내 한 사내로서 인정받지 못한 아버지와, 할머니의 수족처럼 순종했던 어머니가 결코 누리지 못한 소공자의 대접을 받으면서 컸다. 가끔 아버지와 어머니를 생각하면 나를 할머니의 사랑의 제단에 봉헌(奉獻)하기 위하여 동원된 엑스트라처럼 언제나 무대의 뒤편에 물러서 있는 듯한 이미지가 떠올랐다.

할머니는 나를 사랑했고 아버지도 나를 사랑했으며 어머니도 나를 사랑했다. 그러나 그렇다고 해서 내가 행복했던 것은 아니었다. 그들은 모두 제각기 떨어져 불화했으며, 나는 그들이 나에 대해 퍼붓는 사랑에서보다 그들의 불화에서 나오는, 그들끼리의 관계 속에서 흘러나오는 불행에 더 깊이 영향받았다.

어쩌면 한 여자를 사랑한다는 것의 회의를 그렇게 어린 시절부터 나는 느끼고 있었는지도 모르겠다. 최민식 작가의 사진첩이 생각난다. 가끔 활자에 지칠 때면 나는 도서관 한쪽에 나란히 꽂힌 그의 사진집을 펼치곤 했다. 그의 사진들은 인간들 군상을 자연스럽고 집요하게 담아냈다는 데에서는 사실적이었으나, 현실에서는 도무지 존재하지 않는 가상의 색채, 흑과 백으로만 드러냈다는 점에서는 환상이었다.

어느 날인가 햇살이 아주 밝던 도서관 한쪽에서 나는 한 남녀가 로마의 한 공원 벤치에서 서로 깊숙이 포개어져 입맞춤하는 사진을 발견했었다. 훗날 로마 유학 도중 이런 광경은 수도 없이 목격했지만, 그때로서는 거리에서 깊숙이 포개어 앉은 이국 남녀의 모습이 수도복을 입은 내게는 퍽이나 충격적이었다. 아마도 봄날이어서였겠지만 도서관 창으로 비껴 들어오는 햇볕에 데워지던 등줄기의 따끈한 촉각과 두 남녀 사이에서 피어오르던 열정의 온기가 시각으로 혼합되어 다가왔다.

참으로 묘했다. 해설을 보니 사진은 이미 20여 년 전의 것이었다. 그렇다면 이들은 이미 중년이 되었을 것이고, 이 사람들은 어떻게 변해 있을까 궁금했다. 이들은 아직도 이렇게 입 맞추고 있을까? 그들의 포옹은 아직도 이렇게 깊숙할까? 다시 20년이 지난 후의 이들은? 그리고 다시 20년 후의 이들은…… 유한과 무한, 찰나와 영원, 사랑과 시간, 창밖의 분홍빛 꽃들과 검은 수도복…… 창밖으로 봄 햇살이 비추고 새로 돋은 미루나무 이파리 사이로 하늘이 아주 푸른 토요일 오후였다.

나는 그때 어렴풋하게 다시 한 번 결심했다. 이러한 삶을 동경하지 않아서가 아니라 보다 영원한 것에, 보다 더 항구한 것에 나를 바치고 싶다고. 그것은 얼마나 가슴 벅찬 감동이었는지 모른다. 나는 필부필부이기를 포기하고 고독과 형극의 길을 가기로 한 사내의 대견함 같은 것도 스스로 느끼고 있었다. 야자수가 있는 남국의 푸른 바다를 그리면서 그 백사장에 널린 날파리 떼와 모기 혹은 쐐기벌레를 경험하지 못한 자가 갖는 그런 무모한 패기로 나는 충천해 있었다. 히말라야로 떠나면서 갈고리로 뺨을 도려내는 듯한 칼바람과 타는 듯한 추위를 전혀 겁내지 않는 얼치기 등반가 비슷하기도 했을 것이다.

머리만으로 못할 것이 무엇이 있을까⋯⋯. 아아 지금 그런 무모하고 충만한 자신감을 생각하면 사실 약간 오싹하기도 하고 설핏 웃음이 나오기도 한다. 하지만 돌이켜 생각하면 그런 무모함이 아니라면 누가 감히 히말라야에 오르고, 누가 바다 깊숙한 곳을 탐험하러 떠나며, 누가 빙하의 극지에 과학 기지를 세우고, 누가 영원히 사랑하겠다는 터무니없는 말로 한 여자를 제 생(生) 안으로 데려온단 말인가.

29.

그날, 나는 일부러 서울 집으로 가지 않고 요셉 수도원에서 하루를 묵고 다음 날 아침 미사를 드렸다. 우리 수사들은 검은 수도복을 입고 후드를 뒤집어쓴 채 성당으로 나갔다. 근교에 있는 수녀원의 수녀님들과 피정의 집에 머무는 사람들이 신자석에 드문드문 앉아 있었다. 미사를 마치고 마당으로 내려섰는데 시린 새벽 사이로 흰 배꽃들이 그득했다. 나는 배꽃 사이를 걸어 식당으로 갔다. 새로 돋는 연둣빛 이파리와 배꽃의 흰빛이 아침 햇살을 받으면서 빛났다. 식당에 들어서자 아침 미사는 거른 채 식당에 먼저 와서 앉아 있는 그녀가 보였다.

김소희. 그녀의 하얀 접시에는 새 모이만큼 적은 양의 산딸기와 요구르트 한 숟가락 그리고 토스트 반쪽이 놓여 있었다. 그녀는 미사를 마친 사람들이 아침 식사를 위해 들어서는 모습을 충분히 의식하고 있었으나 알은체하기에는 좀 쑥스러운 듯 눈을 내리깔고 커피를 마시고 있었는데, 자신에게 쏠리는 선망의 눈길을 충분히 아는 자의 오만함을 이미 보여주고 있었다. 아름다운 여자가 자신이 얼마나 아름다운지 충분히 의식할 때 나오는, 다른 사람을 괜히 주눅 들게 하는 부신 빛이 그녀에게서는 뿜어져 나오고 있었다.

요셉 수사의 반가운 인사에 그녀는 마지못한 듯 잠시 웃고는 다시 커피 잔 위로 얼굴을 숙였다. 나는 그쪽을 굳이 바라보지는 않았지만 조금 있다가 희고 마른 손가락으로 살며시 입을 가리고 긴 하품을 하는 것을 보고 말았다.

30.

그날 저녁 다시 기차를 타고 돌아온 수도원에서는 작은 소동이 벌어지고 있었다. 저녁기도 시간이 되도록 보이지 않던 미카엘이 경찰서에 연행되었다는 소식이 들려온 것이었다.

우리 수도원은 이미 저 박정희의 독재 시절부터 인권이나 민주화에 관심이 있는 독일인 수사님들과 더불어 반독재 민주화 선교 활동을 하는 것으로 유명했다. 광주 학살이 담긴 필름을 목숨 걸고 해외로 반출시켜 전 세계에 광주를 알린 독일인 힌츠페터의 다큐멘터리를 경북 지역에서 처음 상영한 것도 우리 수도원이었다. 대구 시내에서 우리 수도원 신부님들이 파견되어 있는 성당은 70년대와 80년대 독재자들의 집중 감시 대상이 되어 미사 시간마다 성당 밖에 전경 버스가 두어 대 출동해 있었다고 했다. 선배들은 이것을 오래도록 자부심으로 삼았다. 우리는 한 정당에만 40여 년째 투표하는 사람들과 다르지 않을까, 뭐 이런 종류의 자부심이었을 것이다. 그러나 젊은 수사가 홀로 단독 행동을 하다가 연행된 것은 처음이라고 했다.

수도원에 도착하자마자 나는 아빠스님의 호출을 받았고 그의 차를 몰아 함께 대구의 한 경찰서로 갔다.

대구의 경찰서까지 가는 40여 분의 시간 동안 아빠스님은 아무 말도 하지 않았다. 장상에게 허락을 맡지 않고 외출한 것은 미카엘의 커다란 실수였다. 사제품(신부가 되기 위한 성사)을 앞두고 이런 일이 벌어진 것은 수도원 전체로 봐도 심각한 일이었다. 세속으로 말하자면 결혼을 앞둔 신랑이 경찰서에 잡혀 있다는 연락을 받은 것에 비할 수 있을까? 나는 뒷좌석에서 눈을 감고 있는 아빠스님의 분노와 경직을 감지할 수 있었다. 왠지 조마조마한 기분이 엄습해왔다. 이제 미카엘의 평소 품행의 방정과 두뇌의 명석함에 기대를 걸 수밖에 없었다. 다만 요즘 들어 미카엘이 아빠스님과 조금씩 삐그덕거리기 시작했던 것이 맘에 걸렸다.

미카엘은 자주 아침기도에 빠졌고 대구의 신학대학에 가는 날은 자주 저녁기도에 빠졌다. 몸과 마음을 바친다는 종신서원을 한 사람이 기도 시간에 자주 보이지 않는다는 것은 누가 보아도 그 사람의 영혼에 심각한 문제가 일어나고 있다는 징표였다. 그건 1,500여 년 이어져온 베네딕도 수도원에 입회한 지 하루만 지나도 알 수 있는 일이었다.

물론 미카엘과 가장 근거리에 있는 나는 얼마든지 그를 이해할 수 있었다. 늦게까지 그는 책을 붙들고 있는 것 같았고 가끔은 공동 방에 있는 컴퓨터 앞에서 긴 글을 쓰고 있는 것도 볼 수 있었다. 그러니 아침기도가 힘겨웠을 것이었다. 방에 독주를 숨겨놓고 몰래 취하도록 마시느라 아침기도에 빠지는 그런 수사들과는 분명 다른 대접을 받아야 했다.

그런데 1주일에 두어 번 논문 지도를 받으러 가는 신학교에서 그는 요즘 들어 새로운 그룹들과 함께 어울리는 것 같았다. 정의로운 사제가 되고 싶은 그룹들 말이다. 말하자면 그리스도의 혁명성과 가난한 이들에 대한 당파성을 가지고 가장 낮은 곳으로 내려가 가장 고통받는 이들과 함께하고자 하는 사람들 말이다. 아빠스님의 비서수사 임무만 아니었다면 나 역시 그와 함께였을 거라고 생각하곤 했다. 가난하고 억눌린 자를 빼놓고 그리스도교가 무슨 말을 할 수 있단 말인가. 다만 나는 현실적으로 언제나 아빠스님이 지시한 여러 가지 자질구레한 일들을 처리해야 했기에 그것이 불가능했을 뿐. 그렇게 그들과 어울리며 술자리까지 참석한 후 미카엘은 대구서 오는 막차를 타고 헐레벌떡 들어오곤 했다. 그것 때문에 아빠스님이 벼르고 있다는 것을 나는 알고 있었던 것이다.

"가톨릭교회의 비뚤어짐을 이제는 누군가가 바로잡아야 할 때가 아닐까? 요한, 하느님이 이 눈물의 골짜기인 세상에 여기저기 악의 지뢰를 묻으시고 그 지뢰밭의 지도를 장상들과 교황과 주교들에게만 은밀히 내려주셔서 우리는 일요일 미사에 가서 그 지뢰에 대한 정보를 조금씩 얻어오는 형국이 아닌가 싶어!"

그즈음 미카엘의 비아냥거림은 날카로워졌다.

"부르주아의 부인들이 교회에 와서 가난한 이들을 위해 눈물로 기도하고 심지어 때로는 거리로 나서서 그 고운 손으로 몸소 먹을 것과 마실 것을 나누어주지만 그들은 자신의 남편들의 공장에서 일어나는 부당한 해고와 인격 말살에 대해서는 아무런 감각이 없지. 그러고도 스스로 예수의 제자라 믿으며 미사에 참석하고 거기서 어떤 죄책감도 얻어가지 못해. 이게 우리의 현실이야. 그 현실의 가장 큰 옹호체가 교구와 수도원! 주교와 장상들!

과연 예수가 다시 온다면 그들에게 무슨 말을 할까? 내 생각에 예수가 다시 온다면 그들이 가장 먼저 나서서 예수를 십자가에 못 박아버릴 거야. 아니면 쥐도 새도 모르게 지하에 감금하겠지. 아니다. 현대에서는 그런 방법이 아니다. 그건 비난받을 확률이 너무도 높아. 제일 좋은 건 미디어를 이용해 그를 바보로 만드는 거야. 그의 일거수일투족을 트집 잡아 기사를 내겠지. 그가 한 집에 초대되어 갔는데 젊은 여자 막달라 마리아를 동반해 물의를 빚었다. 심지어 그녀는 사치스럽게도 200만 원짜리 향유를 그의 발에 부었다. 평소 그들은 모든 것을 팔아 가난한 이에게 주라고 해놓고 말이다."

미카엘의 말은 길게 이어졌다.

"향유의 상표가 추적되고 가격이 공개되고 향유 좌파라는 말, 아니 향유 예수라는 말이 나올지도 몰라. 일부 네티즌들은 그 향유만 팔아도 가난한 아이들 30명의 한 달 급식비가 될 거라고 질타했다고 보도하겠지. 그리고 말할 거야. 문제는 그런데 예수는 그녀를 옹호했다는 것이다, 그 이유가 그 향유를 자신의 발에 붓는 것은 괜찮다니 참으로 어처구니가 없다, 일부에서 예수와 막달라 마리아는 부적절한 관계라고 하는 소문이 있으나 아직 알려진 바는 없다, 밝혀지지 않았지만 그를 잘 안다는 지인의 말에 따르면 그 둘 사이에 아이가 있다고도 한다. 뭐 이러겠지. 나자렛의 예수를 검색하면 막달라 마리아가 향유를 붓는 사진이 올라오고 예수와 막달라 마리아의 한때, 뭐 이런 제목이 붙고, 예수는 정말 독신일까, 뭐 이런 기사가 연일 뜨겠지. 그는 자신이 하느님의 아들이라고 주장하고 있다, 그는 어떤 날은 율법을 지키라고 했다가 어떤 날은 율법이 사람을 위해 있다면서 자신과 제자들은 면죄부라도 받은 듯 행동한다, 그는 늘 술에 취해 있고 심지어 때가 안 됐다고 스스로 말해놓고도 술이 떨어지자 그걸 만들어내는 걸로 첫 기적을 이룰 정도로 애주가라고 한다, 그의 제자라는 사람들은 전체 합쳐봐야 학력이 중졸도 안 된다, 이렇게!

처음에는 예수를 좋게 생각하던 사람도 이건 좀 심한데, 오늘은 좀 많이 나갔군 하다가 그 이미지가 쌓이게 되지. 그리하여 한마디로 매일매일 예수의 행적 중 트집 잡을 것만 콘텍스트에서 떼어내 그 이미지를 쌓아놓다 보면 결국 그는 또라이로 귀결되지…….
그렇게 말이야, 그렇게 죽이는 것이 현대의 살인이지. 현대의 십자가는 미디어야, 십자가형은 미디어형이고."

나는 운전대를 잡은 채 미카엘의 수호천사인 대천사에게 맘속으로 기도했다.

"미카엘을 지켜주세요. 그가 너무 과격하지 않도록, 그가 너무 비평화적인 방법은 쓰지 않도록, 그가 오직 평화로운 방법으로 이 길을 걸어가 마침내 선으로 침묵으로 순명으로 승리하게 해주세요."

그런데 그렇게 미카엘 대천사에게 기도하다보니 우습게도 미카엘 대천사가 누구보다도 앞선 전사(戰士) 천사로서 몸소 창과 칼을 들고 최전방에 서서 악을 무찌르는 천사라는 것이 생각났다. 나는 나의 성인인 세례자 요한에게 기도하려 했다. 그러나 공교롭게도 세례자 요한 또한 당대의 세도가들에게 곧은 소리로 질타를 가하고 예수보다 더 결벽적으로 그들과 싸웠다. 그는 상류층의 음식이라면 먹지도 않았다. 심지어 권력에 의해 잘린 그의 목은 마치 잘 익은 과일처럼 은쟁반에 담긴 채 권력자들의 파티에 전시되었다. 나는 아빠스의 성인인 사무엘에게 기도하려 하였다. 하지만 사무엘 또한 하느님의 뜻에 이미 벗어나버린 사울을 왕위에서 쫓아내고 가난한 목동 출신의 다윗을 새로운 왕으로 세우는 혁명 대열에 서 있던 사람이었다.

여기까지 생각하고 나자 왜였을까, 문득 내 등줄기로 서늘한 것이 지나갔다.

"평화를, 평화를!" 나는 평화의 기도를 만든 프란치스코를 떠올렸다. 그에게 기도하고자 했던 것이다. 그런데 하필이면 그의 전기가 떠올랐다. 그가 수도회에 입회하여 탁발승이 되려고 하자 그의 아버지가 그를 고소한다. 그의 아버지는 당대의 잘나가던 부유한 상인으로서 아들을 이해할 수도 용납할 수도 없었다. 그는 법정에 서서 그동안 먹이고 입히고 교육시켰다는 아버지의 말을 듣고 있다가 "그렇다면 당신이 사 준 이 옷 도로 가져가시오" 이러면서 아버지가 사주었다는 옷을 그 자리에서 벗어 던진다. 그러고는 알몸으로 그곳을 나와 자신이 원하던 대로 수도자가 된다. 평범한 사람들의 눈으로 보았을 때 그보다 더 비평화적이고 비윤리적이며 비도덕적일 수가 있을까. 그보다 더 미친 짓이 있을 수 있을까. 그 아버지는 얼마나 부끄러웠을까?

나는 기도를 멈추었고 차는 그사이 대구 인근의 한 경찰서에 도착했다. 미카엘은 의외로 담담하게 앉아 있었다. 그러나 아빠스님의 표정을 보자, 그 자리에서 굳었다. 그에 대한 아빠스님의 기대를 누구보다 잘 알고 있던 나도 온몸이 떨려왔다.

사건은 의외로 간단한 것이었다. 대구 근교 고압선이 지나가는 철탑에 인근 섬유 공장에서 해고된 여성 노동자 한 명이 올라가 농성을 하고 있었고 그 밑에 함께 해고된 노조 조합원들이 있었는데 미카엘은 틈이 나는 대로 그곳을 찾아갔던 모양이었다. 그날 마침 경찰이 불법으로 점거한 철탑 위의 여성 노동자를 크레인을 사용해 끌어 내리려 했고, 그 때문에 경찰과 해고된 노조 조합원들 간에 몸싸움이 있었고 미카엘은 그 자리에 있다가 연행되었다.

이 지역에서 우리 수도원이 가지는 지역적 기여도와 아빠스님의 인맥이 아니더라도 사건은 크지 않았고 경찰도 겁을 한번 준다 차원의 단속이었던지라 단순하게 훈방될 사안이었다. 우리는 미카엘을 데리고 수도원으로 돌아왔다. 문제는 형사적 처벌의 경중이 아니었다. 일단 유기 서원이라도 한 후면 수도자의 모든 것은 봉헌되어진다. 엄밀히 말해서 육체조차 그렇다. 순명이라는 것이 왜 중요한지 말해주는 대목이다.

31.

우리가 수련자 시절부터 수련장 신부님께 늘 들었던 어떤 베네딕도회 수사의 일화가 있다.

1,000년 전쯤 어느 베네딕도 수도원에 예수, 성령, 하느님 등등의 말만 들으면 기쁨에 겨워 몸이 둥둥 떠오르는 수사가 있었다. 분명 은총의 결과였다. 그러나 같은 수도원에 있는 동료들은 그의 둥둥 떠오르는 이적 때문에 몹시 힘겨웠다. 기도에 미사에 묵상에 방해를 받았던 것이다. 하느님은 왜 저 사람에게만 그런 능력을 주시나 회의도 일었고 시기심도 가득했을 것이다.

어느 날 성당 개축을 하면서 1톤이나 되는 큰 십자가를 지붕에 달아야 했는데 그는 그 소임을 자청했다. 성당 마당에서 동료 수사들 모두가 "예수, 성령, 하느님" 등을 외치자 그의 몸은 육중한 십자가를 안고 떠올라 성당 지붕 꼭대기에 십자가를 제대로 안치시켰다. 그런 그가 다시 지상으로 내려오자 분위기는 싸늘해져 버렸다. 모든 수사는 그를 외면한 채 방으로 들어가버렸다. 장상은 고민 끝에 그를 불러 명령했다.

"오늘부터 떠오르지 마십시오!"

그는 마술을 부려 떠오른 것도 아니었고 그가 그렇게 되고자 해서 그런 것도 아니었다. 심지어 그 능력을 가지고 좋은 일에 썼다. 그러나 그는 서원 때 맹세한 대로, 내키지 않았으나 장상에게 순명했다. 그로부터 그는 예수, 성령, 하느님 등등의 말을 듣지 않으려 귀를 막았고 몸을 땅에다 묶었다.

이 이야기를 하다 말고 수련장 신부님은 우리를 죽 둘러보았다.

"그리하여 그는 그로부터 몇 십 년 후 진정 성인(聖人)이 되었습니다."

젊은 우리는 그 말을 듣고 "요즘 같으면 뭐 하러 순명을 하겠나? 기적을 일으키는 사건 하나 인터넷에 동영상으로 올리고 나서 따로 나가 수도회 하나 창설하면 전국에서 몰려드는 신자들로 수도회의 바닥이 바로 돈방석이 될 텐데……" 하고 농담을 하면서 킥킥 웃었다. 그러나 참으로 많은 것을 생각하게 하는 일화였다.

함께, 더불어, 산다는 것, 그 지난하고 힘겨운 길. 현대에 뭐 그런 게 있어, 라고 말하는 사람이 있기는 하지만 순명 또한 1,500여 년 이상을 이어온 이 조직의 놀라운 경영 비법이라면 비법인 것이다.

"오늘은 우선 주무시고 내일 아침기도 끝나고 이야기합시다!"

아빠스님의 말은 차가웠다. 미카엘은 고개를 숙이지 않았다.

32.

안젤로는 주차장 입구에서 서성이고 있었다. 아빠스님이 건물로 들어가고 나서 우리는 누가 뭐랄 것도 없이 요즘 안젤로가 새로 얻은 소임지인 양초 공예실 밀랍 양초 방으로 갔다. 양초 방에서는 늘 달콤하고 새콤한 날[生] 꿀의 냄새가 났다.

"배고프죠? 주방 수사님에게 김밥을 좀 얻어놨어요."

안젤로가 작은 접시를 내밀었다.

"고마워. 그런데 포도주가 좀 있을까?"

미카엘은 김밥에는 손도 대지 않고 포도주를 마셨다.

아직도 그날을 잘 기억하는 이유는 그날 내가 그들과 포도주를 끝까지 마시지 못하고 일어선 이유와 같았다. 그 무렵부터 우리 수도원은 미국 뉴저지 뉴튼 수도원을 인수하라는 권고를 베네딕도회의 세계적 조직 중 하나인 오틸리엔 연합회로부터 받고 있었다. 아빠스님의 비서수사로서 나는 뉴튼 수도원과 그에 대한 자료들을 정리해서 내일 있을 회의에서 보고할 수 있도록 아빠스님을 도와드려야 했다. 할머니의 갑작스러운 수술로 인해 서울에 다녀오고, 와서는 미카엘 때문에 대구를 또 다녀왔기에 나는 일을 전혀 처리하지 못했고 밤잠을 이루지 못할 각오를 했기에 나는 그들과 마냥 함께할 수는 없었다.

미카엘이 눈 밖에 나고 있는 이때에 나라도 아빠스님의 마음을 안심시켜야 한다는 마음이 조급하게 일고 있었다. 그렇지 못한다면 미카엘에게 더 좋지 않은 결과를 가져올 수도 있다는 생각이 든 것도 사실이었다. 그래야 아빠스님이 질문을 해올 때 내가 미카엘을 조금이라도 변호해줄 수 있다는 그런 생각이었다고나 할까.

"알면 알수록 어이가 없어. 그 여성 노동자를 해고한 사장 말이야. 가톨릭 신자래. 우리 수도원에도 기부를 많이 했다고 하네. 그런데 말이야, 실상을 들여다보면 그 자본가라는 사람들 참으로 자본가이기 전에 인간적으로도 양심이 없다는 생각이 들어. 하루아침에 2, 30년씩 일하던 노동자들을 경영 악화를 이유로 해고하고는 그 자본을 빼돌려 미얀마에 새로운 섬유 공장을 지었어.

이 사람들 내가 가기 전까지 아무도 없이 라면 끓여 먹으면서 싸우고 있더라구. 게다가 여자 몸으로 그 철탑 위에 올라가 세수도 못 하고 머리도 못 감고 용변조차 그 위에서 해결하고 있는 그녀를 생각하니…… 도저히 외면할 수가 없었어. 그들이 뭘 빼앗은 것도 아니고 놀고먹게 해달라는 것도 아니고 일하게 해달라는 거잖아. 그런데 오늘도 경찰은 그들이 올리려는 그녀의 식사마저 빼앗았어. 나는 도저히 저녁기도를 바치기 위해 올 수가 없었어. 어떻게 그걸 외면하고 저녁기도를……."

"외면할 수 없지요. 저라도 그랬을 거예요. 미카엘 수사님, 잘하셨어요."

미카엘은 두 손으로 머리를 비볐고 안젤로가 눈물을 글썽였다.

"물론 나도 허락 없이 외출했고 어쩌다 우리 수도원 식구들에게 누를 끼친 거 미안하지. 미안해. 내 처지가 처음으로 속상했어. 그리스도를 위해 살려고 수도복을 입었지. 그분 뜻대로 산다고 모든 걸 포기하고 여기 들어왔어. 그런데 그 그리스도가 몸 바쳐 살라고 이야기한, 바로 그 가난한 사람들을 위해 사는 데 이 수도복이 다시 걸림돌이 되다니."

우리는 잠시 침묵했다. 그날 밤 우리는 조금 더 그런 이야기들을 나누다가 내가 먼저 일어나 내 사무실로 돌아갔다. 포도주가 반 병 남은 것을 보고 왔기에 그들이 곧 잠자리에 들 거라고 생각했던 것이다. 나는 커피를 진하게 내려 거푸 마셔가면서 영어와 독일어 문서를 정리했다.

아침기도를 알리는 종이 울렸을 때 내가 책상 위에 엎어져 자고 있는 것을 알게 되었다. 서둘러 아침기도에 달려가보니 안젤로가 죽을상을 하고 와 있었다. 눈짓으로 나는 그들이 내가 가고 난 다음 여러 병의 포도주를 더 땄다는 것을 알 수 있었다. 미카엘은 없었다. 안젤로와 나의 눈이 걱정스레 마주쳤고 그 위로 아빠스님의 찌푸린 눈길이 스쳤다.

아침기도가 끝난 후 미사 시간까지는 20여 분의 여유가 있었다. 안젤로는 미카엘의 방으로 먼저 달려갔고 나는 내 사무실로 가서 커피를 내렸다. 욕심 때문이었을 것이다. 나는 평소보다 두 배 정도 되는 양의 커피를 넣었다. 나도 미카엘도 빨리 잠에서 깨어나기를 바라는 마음에서였다. 그렇지 않은가.

33

그렇게 미카엘을 깨워 커피를 억지로 먹이고 미사가 시작되기 전 복도에서 스타시오(statio)를 시켰다. 스타시오는 수도 생활에 있어서 아주 중요한 덕목이었다. 그것은 일단 라틴어 '서 있다(stare)'에서 유래한 말로 서 있음, 이라는 뜻이었다.

그날 일을 밝혀 이야기하기 위해 우리 베네딕도 수도원의 독특한 전통인 스타시오를 조금 더 설명함을 양해하기 바란다. 보통 수도원에 있으면 기도 5분 전에 종이 울린다. 그러면 각자 하던 일을 중단하고 기도 책을 챙겨 성당 앞 복도에 줄을 선다. 이윽고 수련자가 성당 문을 열면 성당 안으로 들어가는 것이다. 이 줄은 하루 세 번, 아침 미사 때, 저녁기도 때, 그리고 끝기도 때 서게 된다. 이 복도에서의 긴 줄은 단순히 긴 줄을 의미하는 것은 아니다. 그 많은 사람들이 침묵 중에 서 있다. 기도하기 전, 미사하기 전에 마음을 모으는 것이다. 아침 미사 전에는 자신의 마음을 주님을 향해 모으는 일에 대한 침묵을, 저녁에는 하루를 산 것을 돌아보는 그런 성찰을.

우리 수도원은 서향으로 긴 창이 나 있어 계절마다 편차가 뚜렷했다. 춘분이 지나고 나면 스테인드글라스를 통과한 햇빛이 복도의 동쪽 창을 물들이기 시작하고 추분이 될 때까지 그 길이가 길어졌다가 다시 줄어든다. 나는 스테인드글라스가 복도에 자아내는 그림자의 길이를 보고 계절을 인식했고 추억했다.

여름철에는 논이나 주방, 각 공예실이나 야외에서 땀을 흘리던 수사들이 미리미리 방으로 들어가 씻고 정갈한 수도복으로 갈아입은 후 복도에 모인다. 그러면 딱히 스킨 냄새라고만은 할 수 없는 향취가 그 복도를 물들였다. 공동 기도가, 공동생활이 아름다운 것은 이런 멈춤 때문이 아닐까 하는 생각이 스칠 때가 그런 때였다. 언젠가 우리 수도원을 견학하기 위해 스님 한 분이 오셨을 때 마지막으로 가장 기억에 남는 것으로 이 스타시오를 꼽으셨다. 기도 시간 전에 수도원 오르막을 올라가는데 허름한 노동자 같은 사람이 흙 묻은 삽을 들고 가길래 당연히 이곳에서 일하는 분인 줄 알고 수고하십니다, 인사했는데 깔끔하게 샤워하고 여름철의 제복인 흰 수도복을 갈아입은 후 스타시오 시간에 다시 자신 앞에 섰을 때의 신선한 충격에 대해서 말이다.

우리 수도원에서 강조하는 정주 역시 잘못된 관념으로 보면 그저 고정된 나태한 세계일지도 모른다. 그러나 머물러 있으면서 역동성을 추구하고 분주하면서 어느 순간 멈출 줄 아는 것, 이것이 씨실과 날실처럼 교차하는 것이 이곳 수도원에서 추구하는 삶이었다.

34.

그날 아침 미사 종이 울리자 우리는 그렇게 복도에서 스타시오를 했다. 미카엘은 입을 꾹 다물고 있었다. 나는 일단 미카엘을 미사에 참석시키는 것이 중요하다고 생각했었기에 그의 창백한 얼굴에 그리 크게 신경을 쓰지 않았다. 그런데 줄이 막 움직이려는 찰

나였을 것이다. 내가 한 발을 앞으로 내디뎠을 때 등 뒤로 무언가 뜨거운 것이 후욱 하고 끼얹어졌다. 돌아볼 새도 없이 다시 내 뒤에 있던 미카엘이 휘청하더니 내 수도복 뒤로 먹은 것을 분수처럼 쏟아냈다. 아침 미사가 시작되기 전 향기로운 복도의 스타시오는 졸지에 시큼한 포도주의 악취로 뒤덮였다.

비명이 나올 것 같아 내 입을 틀어막는 순간 뜻밖에도 나는 사늘하고 완강한 침묵이 우리에게 쏟아지고 있는 것을 느낄 수 있었다. 아직도 게워낼 것이 많은 미카엘의 목구멍에서 그르륵거리면서 올라오는 유쾌할 수 없는 액체의 소리만 그 긴 복도를 울렸다. 수많은 시선들이 그와 나 그리고 안젤로에게 아주 잠시 머물렀지만 이내 냉정하게 떠나갔고 대열은 움직였고 성당 안으로 사라졌다. 복도에는 더럽혀진 옷을 입은 나와 쓰러질 듯 창백한 얼굴의 미카엘, 그리고 눈물이 그렁그렁한 안젤로만이 남아 있었다. 성당 안에서는 그레고리안 성가가 울려 퍼지기 시작했다.

그날 미카엘의 눈빛을 내가 잊을 수 있을까? 평소의 미카엘이 조금만 덜 깔끔한 사람이었다면, 평소의 미카엘이 조금만 덜 자존심 강한 사람이었다면, 이제껏 미카엘이 말썽을 부리고 무능하고 나태한 수사였다면, 이제껏의 미카엘이 조금만 더 약삭빠른 사람이었다면, 아아 그랬다면 그날 아침이 내게 이제껏 그리도 저주스럽지는 않으리라.

66

종신서원을 앞둔 수사로서, 사제 서품을 앞둔 신학생으로서, 경찰서에 연행된 일과 새벽의 구토, 이 일련의 소동은 불길한 것이었다. 그날 아침 미사 후 미카엘을 호출하다던 아빠스님은 낮기도 시간이 다 되어가도록 아무 말이 없었다. 한번 사람을 신뢰하면 남들이 눈살을 찌푸릴 만큼 잘못해도 믿고 견뎌주는 그의 장점은 가끔 거꾸로 한번 사람에 대한 신뢰를 잃으면 그가 잘한 일까지도 탐탁지 않게 보는 단점으로 변했다. 나는 미카엘에 대한 기대만큼 아빠스님의 실망이 더 큰 분노로 바뀌어가는 것을 여기저기서 감지할 수 있었기에 그것이 더 불길했다. 아빠스님은 어쨌든 아직 종신서원을 하지 않은 우리들에게 언제든 짐을 싸서 나가라고 명령할 수 있는 권한을 가진 사람이었다.

미카엘은 아침에 먹은 것을 다 쏟아낸 후, 방에 꼼짝없이 누워 있었다. 안젤로 역시 자기 방에 누워 있었다. 낮기도 직전 나는 안젤로의 방에 먼저 들렀다.

"너도 아파?"

내가 묻자 안젤로는 고개를 저었다.

"저는 별로 마시지 않았어요. 어젯밤 실은 포도주가 좀 모자랐는데 미카엘 수사님이 많이 마시고 싶어 하는 것 같았어요."

"그럼 왜 누워 있는 거야? 너까지 누워 있으면 일이 더 커 보이지 않겠어?"

내가 인상을 찌푸리자 안젤로가 잠시 생각에 잠겼다가 대답했다.

"그럴까요? 수사님, 정말 그렇다면 제가 잘못한 거니 일어나야 겠네요. 제가 또 어리석었나봐요. 다만 저는 그런 생각을 했죠. 만일 내가 일어나서 멀쩡하게 돌아다니면 모든 게 미카엘 수사님 개인의 문제가 되지 않을까 하고 말이에요. 우리 셋은 늘 함께였는데 요한도 안젤로도 괜찮고 미카엘 혼자 자제심을 잃고 말썽을 피운…… 하지만 저라도 함께 누워 있으면 미카엘의 문제가 아니라 소위 '요즘 젊은 수사들'의 문제가 되지 않을까 싶어서요. 나이 드신 수사님들의 시선이 아무래도 미카엘만 비난하게 되지는 않을 테니……. 어쩌죠? 이제라도 일어날까요?"

안젤로는 말을 마치고 내 눈을 피하더니 부끄러운 듯 조그맣게 흐드드득 웃었다. 그의 말을 듣고 있던 내 가슴속 밑바닥에 작은 돌 하나가 떨어져 내린 듯, 콩! 소리가 울렸다. 나도 모르게 퉁명스레, 그럴 거 없어, 그냥 누워 있어! 하고 말았던 것은 내 가슴 낮은 곳으로 떨어져 내린 그 작은 돌멩이 때문이리라. 안젤로는 내 기색을 살피더니 다시 말했다.

"예전에요, 요한 수사님, 우리 엄마 살아 계실 때 그러셨어요. 언제든 엄마는 내가 옳다고 하셨죠. 사춘기 들어서 제가 한번 엄마한테 물었죠. 엄마 말은 믿을 수가 없어. 엄마는 맨날 내가 옳다고 하잖아? 하니까 엄마가 그러셨어요. 그러니? 미안하구나. 하지만 난 언제나 네가 옳은 거 같아. 난 솔직히 뭐가 옳은 건지 잘 모르겠다, 안젤로. 하지만 혹여 네가 잘못한다 하더라도 네가 옳다고 해주고 싶어. 그래야 네가 정말 잘못했을 때 혼자 잘못한 듯 외로워지지 않을 거잖아…… 저 그 후로 엄마 말 많이 생각했어요. 내가 미카엘 수사님한테 해줄 수 있는 게 뭐가 있겠어요? 그냥 같은 편이 되어주고 싶어요. 혼자만 잘못한 것같이 너무 외롭지 않게."

그날 그 순간 나는 안젤로의 그 말을 다 받아들이지 못했던 것 같다. 아빠스님의 침묵이 엄청난 분노를 뜻한다는 것을 감지한 초조함 때문에, 아이를 꾸짖지도 못하는 한 엄마에 대한 한가한 회고담 같은 것이 마음에 다가오지 않았다. 시간이 많이 흐른 후 나는 가끔 안젤로의 이 말을 생각했다. 그리고 그들이 그리워질 때면 혼자, 울었다.

36.

그날 저녁기도 시간이 되기 전, 아빠스님으로부터 메일이 하나 도착했다. 인쇄해서 저녁기도 전 식당 앞 게시판에 붙여놓으라는 지시와 함께였다.

윤 미카엘 수사가 최근 장상의 허락 없이 시위에 참가하여 경찰에 연행되는 일이 발생하였고, 그 이후 공동체 안에서 불미스러운 일을 야기하였으므로, 본인은 양성위원회의 의견을 듣고, 장로회에서 이 문제를 신중히 고려하여 아래와 같이 결정합니다.

─윤 미카엘 수사의 종신서원을 1년 연기하며, 그의 사제 서품에 대해서는 추후 다시 결정하기로 합니다.

—신학교에서 신학 공부는 계속하되, 신학교 이외 장소의 경우 장상의 허락 없이는 외출을 1년 동안 금지합니다.

—꿀빠로 6개월 동안 병실의 연로한 형제들을 방문하여 그들이 필요로 하는 일에 봉사하도록 명령합니다.

수도원장 박 사무엘 아빠스

인쇄지를 들고 선 내 손은 떨렸다. 중징계였다. 나는 미카엘이 이 소식을 게시판을 통해 본다는 것이 잔인하다고 생각했기에 게시판에 인쇄물을 붙이기 전에 먼저 그의 방에 들렀다. 마침 그의 방에 안젤로도 와 있었다. 왠지 안젤로가 함께 있어서 다행이라는 생각이 들었다. 두 사람의 눈길은 내 얼굴에서 내 손에 든 종이로 옮겨갔고 그들은 이 모든 사태를 어느 정도 짐작한 것 같았다.

"꿀빠야?"

빨대를 꽂아 마시던 두유를 침대 옆 탁자에 올려놓으면서 미카엘이 말했다. 거기에는 이 모든 사태를 어떻게든 가벼이 여겨보려는 안쓰러운 노력이 깃들어 있었다. 내가 종이를 건넸다. 나는 미카엘의 윗입술이 뒤틀리고 마른 경련이 일어나는 것을 보고야 말았다. 나는 그의 손에서 그 종이가 구겨지게 되는 것도 각오했으나 뜻밖에도 미카엘은 순순히 인쇄물을 내게 내밀고는 입술을 얇게 뒤틀면서 웃었다.

"가난한 자들을 돌보라 역설하면서 가난한 자들이 왜 가난하게 되었는지 도무지 살펴보려고 하지 않는 교회, 낙태하지 말라고 경고하면서 왜 젊은 엄마들이 배 속에 든 자신의 아이를 죽일 지경까지 이르렀는지 조금도 알고 싶어 하지 않는 교회, 수백 명의 인명을 살상하려는 강대국의 무기 판매에 아무 경고도 하지 못하는 교회! 이혼은 죄라고 하면서 이혼하지 못하는 사람들이 얼마만큼 불행하게 사는지 보이는데도 모른 척하는 교회! 동성애가 무슨 취향인 줄 아는 교회!

그 교회가 나를, 여자들과 성적인 문제를 일으키고 수도원의 형제들이 노동한 대가인 그 돈을 떼어먹고 도망간 수사들과 같은 수위로 처벌하려 하는군. '부자가 재산을 자랑할 때 약탈과 착취가 묵인되고, 군 지휘관이 승전보를 알릴 때 대량 학살이 묵인되고, 고관대작이 권력을 뽐낼 때 폭력이 묵인되어 있는 것이 분명함에도 이것들이 그들 눈에 보이지 않는다면 자신도 그 부류 속에 있음을 의심하라!' 하고 톨스토이가 말했던가……."

안젤로의 얼굴이 창백해져 갔고 나는 일단 입을 다물었다. 미카엘이 내게 물었다. 낮은 목소리였다.

"내가 여기 더 머무를 이유가 있는 걸까?"

비판이 견디기 힘든 이유는 그 비판 속에 비판자의 비난이 교묘하게 숨어 있기 때문이다. 우리가 비판에 대하여 화를 내는 것은 그 비판이 나의 행위가 아니라 행위하는 나를 겨냥하고 있다는 것을 알아차리기 때문일 것이다. 만일 그 비판이라는 것이 비난을 내포하지 않고 오로지 사랑과 염려만으로 이루어져 있다면 인류는 얼마나 많은 회개하는 사람을 만들어냈을까?

나는 그날 한 젊은이의 앞날을 두고 내린 아빠스님의 성급한 결정에 크게 실망하였다. 그러나 회의하는 미카엘 앞에서 그런 분노는 일단 도움이 되지 않았고 예수가 죽은 이후로 끈질기게 이어져 온 교회의 약점에 대해 말하기에도 위험한 순간이라는 것을 알았다. 그를 달래고 그를 안정시키기 위해 내가 무슨 말인가 해야 할 것 같아서 망설이고 있는데 안젤로가 미카엘의 손을 잡았다.

"수사님, 차라리 제가 그런 징계를 받았다면 얼마나 좋을까요? 저도 가끔 내가 여기 머무를 이유가 있을까 생각해본 적 있어요. 전…… 나가서 딱히 갈 곳도 없는 사람이긴 하지만 설사 갈 곳이 있다 해도 가지 못할 이유가 있다는 걸 알아냈어요. 그건 바로 요한 수사님, 그건 바로 미카엘 수사님 때문이었어요. 두 분이 너무 좋아서 전 여기 있기로 했어요. 그거보다 더 큰 이유가 있겠어요? 우린 형젠데. 한집에 사는 정말 형젠데."

미카엘이 짜증이 나서 못 견디겠다는 듯이 안젤로의 손을 뿌리쳤다. 두 사람 사이가 어색해지기 전에 내가 말을 돌려야 할 차례였다.

"긴 인생에서 겨우 한 해 늦추어졌을 뿐 아무것도 달라진 건 없잖아요. 우리 수련수사 때 수련장 신부님 말씀하신 거 전 가끔 생각해요. 나가는 것도 좋다. 길을 바꾸는 것도 나쁘지 않을 수 있다. 그러나 그 중요한 결정은 반드시 평화 속에서 이루어져야 한다."

미카엘의 눈이 그제야 반짝, 하고 빛났다. 그는 이 밀려드는 수

치심을 방어할 지적이고 도덕적인 명분을 찾고 싶었던 것이다. 그제야 그의 입술의 경련이 희미해졌다.

"맞아, 요한. 생에 대한 모든 해답은 언제나 고독과 고통 속에 있다! 내가 잠시 그걸 잊었어."

안젤로는 기도하듯 두 손을 모으고 우리 두 사람의 대화를 주시하고 있었다. 우리를 바라보는 그의 눈은 사랑과 존경으로 빛나고 있었다. 그는 우리에게 들릴 듯 말 듯한 톤으로 우리의 말을 따라 하고 있었는데 "결정은 반드시 평화 속에서, 아아, 평화 속에서!"라든가, "고독과 고통! 아아, 그래요, 고독과 고통!" 이런 식이었다.

나는 미카엘더러 그날 저녁까지 그냥 방에 머물라고 충고했다. 그리고 안젤로에게 부탁해 주방에서 약간의 음식을 미카엘의 방으로 날라주도록 했다. 민감해 있는 미카엘이, 비난이 일상이 되어버린 일부 늙은 수사님들의 비아냥대는 말을 듣거나 사람들의 흔하고 값싼 동정의 말에 다치지 않게 하기 위해서였다. 그건 잘한 것 같았다. 오뉴월의 훈풍에도 살갗이 베이는 이유는 훈풍에 있지 않고 내 살갗이 약해진 데 있기 때문이었다. 폭풍우 속에서도 용감해도 되는 인간이 인류 가운데 몇이나 되겠는가?

"포도주도 한 병 더 조달해볼까요?"

내가 묻자 미카엘은 그제야 웃었다. 포도주라는 말에 진저리를 치면서 말이다.

37

그날 저녁기도 전 아빠스님은 다시 나를 불렀다. 아버지처럼 믿어오던 그에 대한 한 줄기 회의가 내 태도를 딱딱하게 만들었을 것이다. 그러나 아빠스님은 언제나처럼 그로서는 평정심이라고 불리고 싶을 무심한 표정으로 말했다.

"조카아이가 저녁 식사 전에 도착하는 모양이네. 짐이 좀 있다고 하니까 미안하지만 자네가 역에 좀 나가줘야겠어. 조용한 손님방을 예약해주고 좀 도와주게. 달포 정도 머물 모양인데 종교인들의 특수한 심리적 스트레스에 대해 논문을 쓴다고 하네."

그때 내가 아빠스님의 조카라는 한 사람이 있었다는 사실을 알았던가. 그때 내가 배꽃 화사했던 요셉 수도원에서 완두콩빛 헐렁한 스웨터에 흰 스커트를 입고 목을 젖히면서 까르르 웃던 한 여자를 기억했던가. 내가 W역에서 마중할 사람이 바로 그 사람이라는 것을 의식했던가. 젊음을 다 바쳐 올랐던 봉우리를 코앞에 두고 정상에서 조난을 당한 내 형제 미카엘의 슬픔을 아는 내가 그녀의 머리카락을 쓸어 올리던 손가락과 무릎 바로 아래서 스룻스룻 나풀거리던 하얀 스커트를 설레며 기대했던가.

38

가끔 생은 우리를 배반하는데 그건 주로 가슴이 나설 때의 일이다. 몇 백만 년 동안 그런 가슴이 골치 아팠던 머리는 그 사실을 쇼윈도에 전시하기를 꺼려 지하 창고에 처박아두려 했지만 가련한 그 시도가 승리한 적은 한 번도 없었고 가끔 승리했다 해도 엉뚱한 곳에서 터져 나오는 역습에 곧 무너지고 말았다.

나는 서둘러 내 사무실로 들어와 몇 가지 일을 처리한 후 W역으로 달려 나갔다. 기억하는데 봄 저녁이었다. 수도원 정문 입구에 산목련꽃 이파리들 하얀 잔해가 자욱했고 나는 그것을 밟고 뛰었다. 저녁기도 종소리가 내 등 뒤로 울려 퍼졌다. 낮이 생각보다 성큼성큼 길어지고 있는 것을 느꼈고 어디선가 꽃향기가 풍겨 나오는 듯도 했다. 우리 수도원에서 W역으로 가기 위해 내려선 비탈길 저 멀리 흐르는 낙동강의 물결이 석양의 오렌지빛으로 젖어 흘러가고 있었다.

그랬다. 분명 나는 운명이 방향을 틀고 있는 그 고통스러운 기척을 감지했다……. 그랬던가. 이 글을 써 내려가는 내 가슴이 환각과 기억 사이에서 헤매고 있다. 어쩌면 처음부터 모든 것이 환각을 내포하고 있었을 것이다. 나는 그때 아직 스물아홉 해를 다 살아내기 전이었고 이성에 대한 동경이 호수처럼 고여 넘치던 젊은이였으니까. 나는 황무지에서 잠자고 있다가 처음으로 발굴된 유전처럼 자신이 불이 아니라 그저 검은 액체일 뿐이라고 믿는 사람일 따름이었으니까.

저녁 어스름 속으로 기차가 도착했다. 소희는 그렇게 우리에게 왔다.

39

"생각보다 너무 추워요, 얇은 옷만 가져왔거든요."

손님방에 그녀의 커다란 트렁크 두 개를 들여놓아주었을 때 돌아서는 내게 그녀가 말했다. 그녀의 이 말을 처음으로 기억하는 것은 그때 처음으로 그녀의 눈과 나의 눈이 마주쳤기 때문이었다. 그녀의 눈은 단순한 검은빛으로 빛나고 있었다. 그 눈은 오래 생각하기를 거부하고 있었고, 그 눈은 복잡하고 슬픈 일을 비켜온 생의 이력을 표현하고 있었으며, 그 눈은 무조건적으로 사랑받아온 나날들과 어리광이 오래도록 통했던 시간들을 즐겁게 기억하고 있는 듯했고, 그 눈은 남자들만 사는 이곳을 방문해 옷이 얇으니 어쩌면 좋겠냐는 투의 불평도 불만도 요청도 아닌 말을 할 수 있을 만큼 태연하고 당당하게 빛나고 있었다.

당황한 내가 무슨 말을 해야 할지 몰라 망설이는데 그녀의 얼굴이 순간 굳어졌다가 펴지면서 까르르 웃었다.

"아, 그냥 한 말이에요. 옷을 사달라거나 껴안아달라는 말을 하려던 것은 아니니까 너무 그렇게 긴장하실 거 없어요."

그때 그녀는 희고 긴 손가락으로 웃음이 터지는 입을 반쯤 가렸는데 그건 그냥 오래된 습관인 것 같았다.

"외삼촌이 요한 수사님께 뭐든 부탁하라고 하셨는데 혹시 젊은 수사님들을 모아주실 수 있는지요? 설문 조사를 좀 해야 하거든요. 실은 제가 종교인들의 스트레스에 대한 논문을 써요. 들으셨는지 모르지만 특히 가톨릭 성직자 지망생들의 이성에 대한 호감도

억제 연구가 중요한 테마예요. 요한 수사님 사랑해보셨어요? 수사
님들은 어떻게 사랑하나요? 사랑 이야기 듣고 싶어요."

그녀는 또 웃었다.

40.

처음으로 든 생각은 불쾌감이었다. 손님이라는 것도 아빠스님의
조카라는 것도 이해할 수 있었다. '손님을 예수처럼 환대하라'는
베네딕도회 규칙서 53장을 들추지 않더라도 누구나 수도원을 찾
아온 사람에게 정성을 다하는 건 우리 베네딕도 수도원의 자랑이
었다. 나 역시 그런 일에 큰 반감을 느끼고 있지는 않았다. 그러나
하필이면 이때 우리에게 찾아와 '사랑 타령'이나 하고 있는 그녀를
보자 아빠스님에 대한 실망감이 더욱더 짙어지기 시작했다.

한편, 이성에 대한 동경을 분명히 다 떨쳐버리지 못하고 있는 젊
은 수사에게 이런 소임을 또 맡기는 아빠스님의 의도를 이해할 수
없었다. 그녀는 분명 보통 여성보다 아름다운 외모를 가지고 있었
고 살아오면서 한 번도 상처받지 않았음을 분명히 보여주는 흰 얼
굴은 우윳빛으로 빛나고 있었다. 중학교 1학년 때 미국으로 건너
가 쭉 거기서 교육받았다는 그녀는 가슴의 곡선이 잘 드러나는 티
셔츠를 입고 있었다. 서울에서 학교를 다닌 지도 꽤 오래되어 이곳
W시에서 신심 깊은 아주머니들과 수녀님들에게 눈이 익숙해진 나
로서는 그녀의 자유분방한 옷매무새에 눈이 시려서 솔직히 어디
다 시선을 맞추어야 할지 당황스러울 뿐이었다. 그러니 아무리 자

신의 조카라고 해도, 차라리 이 모든 것을 견디어낸 나이 든 수사님에게 그녀를 안내할 일을 시킬 것이지, 젊은 자신에게 아무나 들어갈 수 없는 손님의 집, 소희의 방을 들락거리는 소임을 맡긴 것을 나는 당황스럽고 불쾌하게 느끼고 있었다. 아빠스님이 무딘 것인지 무관심한 것인지, 아니면 그는 젊은 날부터 지금까지 그저 들끓는 생명을 모두 검은 수도복 속으로 밀어 넣고 정말로 모든 감각이 죽어 있는 듯 규칙만을 지키면서 오로지 '죄짓지 않고' 살아온 것인지…….

손님의 집에서 소희에게 커피를 끓일 수 있는 방법을 알려주고 냉장고, 싱크대 등의 공동 사용법을 알려준 후 돌아섰을 때 나의 마음이 조금이나마 불쾌감을 억누를 수 있었던 것은 아빠스님의 악의보다는 그의 무감각 쪽에 내가 더 많은 패를 던졌기 때문이었으리라. 규칙을 지키는 것을 목숨처럼 여기는 그이니 그 규칙을 어긴 미카엘을 중징계하는 것도 따라서 이해할 만했다.

그에게는 삶이 이런저런 울타리들로 이루어져 있을 테고 그에게 중요한 것은 어느 울타리에서 어느 울타리까지가 내 영역인가 하는 그런 것이리라. 미카엘과 내가 왜 저 울타리는 저기서 우리를 막고 있고 왜 이 울타리는 여기까지 연장되어 있는 것인지, 그 울타리를 정하는 것은 누구이며 어떤 세력인지에 관심을 두는 부류라면 말이다. (아아, 그러나 사족을 달자면 아주 오랜 시간이 지난 후, 내가 수련장 신부가 되었을 때 나는 젊은 여성을 안내하는 일을 젊은 수사들에게 맡겼다. 말하자면 절벽 끝으로 아기 사자들을 밀어 넣는 그런 마음. 한 사람의 수도자를 양성하는 일은 그토록 지난한 일이다. 아빠스님이 나와 같은 마음이었는지 아닌지는 하느님만이 아실 일이니.)

41.

그날 저녁기도가 끝나고 아빠스님은 아직 종신서원을 하지 않은 젊은 수사들을 모아 소희와 만나게 해주라는 지시를 내렸다. 미카엘이 방에서 내려올 리도 없었고 일이 힘들어 잠이 모자라는 젊은 수사들에게 억지로 귀중한 밤 시간을 할애해주라고 말하기도 힘들었다. 겨우 우리 동기들 몇몇에게 건의를 해보았으나 "그 여자 이뻐?"라는 농담 어린 말만 들었고 혹시라도 그가 호감을 보일까 싶어 내가 얼른 "응" 하고 대답하면 "그러면 요한 수사님이 가서 즐겁게 만나면 되겠네" 하고 거절당했을 뿐이었다. 나는 알고 있었다. 그건 저녁기도 전 게시판에 공고된 미카엘의 징계에 대한 젊은 수사들의 집단적 반감이었고 아빠스님에 대한 노골적인 반항이었다.

그래도 이런 농담을 한 부류들은 어쩌면 나은 편이었다.

"그야말로 10년 공부 도로아미타불이 될지도 모르게 미카엘 수사를 징계해놓고 우리더러 가서 스트레스에 대해 이야기하라고? 어이가 없군. 그럼 우리가 가서, 스트레스요? 그걸 주로 주는 쪽은 대개 아빠스인 당신 외삼촌이죠, 이래야 하는 건가?"

이런 말을 들을 때면 비서수사로서 아빠스님의 말을 전해야 할 뿐인 나까지도 얼굴이 화끈거렸다. 모든 사람이 거절을 해도 거절하지 않을 마지막 남은 사람, 거절할 줄 모르는 안젤로조차 저녁도 먹지 못하고 미카엘 곁을 지키고 있어 나는 차마 그에게도 소희와 미팅을 하자는 말을 할 수가 없었다. 나는 하는 수 없이 소희와 단둘이 마주 앉았다. 면회실이었다.

"많이 추우신가요? 남자들 것밖에 없지만 외투나 담요를 구해 드릴까요?"

면회실로 들어온 소희를 마주 대하면서 내가 물었다. 소희는 대답 대신 들고 있던 작은 모직 체크 숄을 들어 보였다. 아이보리와 민트 그리고 핑크가 어우러진 체크무늬의 모직 천이었다. 그 빛깔들은 문득 요셉 수도원의 배꽃을 떠올리게 만들었다.

"찾아보니까 하나 있더라구요. 괜찮아요, 고맙습니다."

소희는 면회실의 소파에 나와 마주 보고 앉았다. 그녀는 들고 온 가방에서 작은 수첩과 녹음기를 꺼내 들었다. 그리고 작은 숄을 흰 스웨터 밑에 입은 자신의 청바지 위로 덮었다. 푸른빛 청바지 밑으로 흰 스니커즈가 보였다.

"죄송한 말씀을 전해야겠어요. 요즘 신학생들 중간고사 기간인데다가 오늘 우리 수도원에 일이 좀 있어서 오늘 밤 젊은 수사들 중에 나올 사람이 없을 것 같습니다."

실망감 때문이었을 것이다. 내가 말을 하는 동안 소희의 얼굴이 살짝 어두워졌다. 그러더니 잠시 입을 앙다물고 있다가 하는 수 없죠 뭐, 하는 듯 활짝 웃었다. 입술은 좀 작은 편이었는데 웃을 때마다 살짝 덧난 이가 보였다.

"한 달 반 정도 머무를 테니까 괜찮아요. 그럼 오늘은 요한 수사님만 인터뷰하지요. 그것도 뭐 재미있을 거 같아요."

그녀는 심드렁하게 말하면서 녹음기를 켰다. 막상 녹음기에 빨간 녹음 표시가 들어오자 나는 무척 당황스러웠다.

"죄송합니다만, 저는 비서수사라서 아빠스님의 명을 따라 오늘 자매님을 안내했을 뿐이고요. 저는 대학 2학년을 마치고 바로 이 수도원에 들어온, 말하자면 동자승이라 죄송하게도 사랑 같은 건 아무 경험이 없습니다."

내가 듣기에도 내 말은 약간 떨리고 있었다. 문득 머릿속으로 고등학교 시절 성당에서 늘 만나곤 했던 주근깨가 가득했던 한 소녀의 얼굴이 나를 스치고 지나갔다. 왠지 내가 거짓말을 하고 있는 듯 가슴이 뛰었고, 설사 내가 아무에게도 말 못 할 영화 같은 사랑을 했다 한들 왜 그녀 앞에서 그걸 말해야 하는지 도무지 알 수 없었기에 나는 좀 딱딱한 얼굴이 되었을 것이었다.

"그러면 그렇게 아무 사랑도 해보지 못한 청춘에 대한 회한 같은 것은 없나요? 그래도 가끔 젊은 연인들을 보거나 영화나 소설을 보거나 할 때."

"없습니다."

내가 그녀의 말을 잘랐다. 소희가 고개를 약간 숙이고 수첩에 메모를 하다가 그 자세 그대로 눈만 치켜 올려 나를 빤히 보았다. 면회실의 부신 불빛이 이마 위로 흐드러져 내린 그녀의 머리카락을 비추고 있었고 그 머리카락의 그림자가 반쯤 덮인 콧날이 날카로운 선으로 흐르고 있었다.

그 순간 전화벨이 울리지 않았다면 나는 대체 어떤 표정을 지었을까. 전화벨은 소희의 핸드백 속에서 울리고 있었다. 소희는 가는 손가락으로 머리카락을 쓸어 올리고 핸드백을 뒤져 휴대전화를 들더니 "잠시만요, 국제전화라서"라는 말을 남기고 자리에서 일어섰다. 나는 소희가 앉아 있던 자리에 걸쳐진 아이보리와 민트와 핑크가 어우러진 체크무늬 숄을 멍하니 바라보았다. 요 며칠 동안 일어난 일들이 머릿속으로 뒤죽박죽 지나갔다. 할머니의 수술과 요셉 수도원, 미카엘의 연행과 징계……. "네, 저예요." 복도 밖에서 전화하는 소희의 목소리가 희미하게 울렸다. 피곤하다, 라는 생각도 채 하지 못하고 눈이 감겼고, 나는 그만 그 자리에서 잠이 들고 말았다.

42.

깨어난 것은 끝기도를 알리는 종소리 때문이었다. 화들짝 눈을 떴을 때 나는 그녀가 물끄러미 창밖을 바라보고 있는 것을 보았다. 그게 언제였는지 알 수 없지만 저기 저렇게 앉아 있는 그녀를 바라본 일이 있었던 것 같았다. 내 인생을 통틀어 처음 있는 일이었지만 익숙하게 느껴지는, 돌연한 기시감이었다. 그때 창밖을 바라보고 있는 그녀의 옆모습에서 나는 누군가의 일기장을 들춰본 듯한 부끄러움을 느꼈다. 나는 어떤 깊은 호수의 밑바닥 모래 속에 반쯤 잠긴, 오래전에 그리로 떨어져 내렸을 작은 보석 상자를 본

82

듯했고, 언뜻 나부낀 베일 뒤에서 남몰래 흐느끼는 한 사람을 본 것 같았다. 작은 소름이 내 마음 언저리로 파문처럼 지나갔다. 모르겠다. 나는 그때 그녀를 많이 알게 되었다고 느꼈다.

잠시 후 그녀는 창밖을 바라보던 시선을 거둬 나를 보고 말없이 웃었는데, 뜻밖에도 그 미소는 좀 슬퍼 보였다. 끝기도를 알리는 종소리는 벌써 내린 창밖의 짙은 어둠 속으로 쏟아지고 있었다. 쏟아지는 것이 종소리뿐만은 아니었다. 검은 빗방울도 쏟아져 창을 때리고 있었다. 내려다보니 내 무릎에 방금 전까지 그녀의 무릎을 덮었던 숄이 덮여 있었다.

"죄송합니다."

내가 당황하면서 내 무릎에 덮인 숄을 그제야 들어 그녀에게 내밀었다.

"추워 보이시길래……. 괜찮아요. 덮고 계세요."

소희가 대답했다. 나보고 추워 보였다지만 정작 추워 보인 것은 그녀였다. 그녀의 목소리에는 비 오는 밤 자기 담요를 들고 엄마의 침대로 다가온 아이가 가지는, 함께 기대어 눕고 싶은 소망이 배어 있는 듯 느껴졌다. 나는 터무니없는 내 느낌들을 떨치려 고개를 좀 흔들었고, 종소리는 빗방울과 어둠과 침묵 속으로 울리고 있었다. 내가 숄을 내밀자 소희는 그것을 받아 다시 자신의 무릎에 덮었다. 순간 그 숄의 안쪽에서 내 무릎과 그녀의 무릎이 닿은 듯 내 등줄기로 다시 한 번 작은 소름이 지나갔고 이어 소름이 지나간 그 자리들이 후끈거렸다.

"제가 피곤하신 분께 실례를 했나보네요. 이거 끝기도 알리는 종소리라고 아까 문지기 수사님이 말씀하시던데 기도하러 가셔야 죠?"

깜빡 든 잠의 노곤함 때문이었을까, 빗소리 때문이었을까. 아니면 추워 보이던 그녀의 얼굴 때문이었을까, 아니면 첫 대면에서 잠 들어버리고 만 무책임한 나에 대한 미안함 때문이었을까. 나는 나도 모르게 고개를 저었다.

"아닙니다. 이야기합시다. 남녀 간의 사랑은 모르지만 다른 사랑에 대해 이야기할 수는 있습니다. 형제간의 사랑, 십자가의 사랑, 벗을 위하여 목숨을 바치는 사랑 같은 거."

"아, 정말요?"

소희의 얼굴이 다시 밝아졌다. 환한 등불 같은 것이 그녀의 얼굴 안쪽에서 조도를 높인 듯했다. 그녀의 얼굴이 밝아지자 내 마음에도 흰 등불이 하나 켜진 듯 맘이 밝아져왔다.

43.

그날 밤은 바람이 많이 불었다. 바람을 따라 빗방울이 거세게 창문에 부딪히는 소리가 소희의 질문과 나의 대답 사이로 파도처럼 밀려왔다 밀려갔다. 그날 그녀가 무슨 질문을 했는지 하나도 기억나지 않는다. 내가 무슨 대답을 했는지도 하나도 기억나지 않는다. 소희는 확실히 이제까지의 그녀와는 다르게 조금은 가라앉은 분위기였지만 별로 우습지도 않은 내 이야기에 가끔 까르르 웃었다.

기도가 끝날 시간 즈음 나는 우산을 쓰고 역시 다른 우산을 쓴 소희를 손님의 집 입구까지 데려다주었다. 손님의 집 입구 계단 앞에 서서 내가 "그럼 편안히 쉬십시오" 했을 때 그녀가 우산 아래서 "네, 수사님, 고맙습니다. 수사님만 믿어요" 하고 살짝 웃었는데 그때 그 눈을 마주하지 못하고 얼른 내리깐 나의 눈에 그녀의 흰 스니커즈 위로 튀어 오르는 검은 물방울이 보였다. 내 방으로 돌아오는 길에 나는 그 흰 스니커즈 위로 튀어 오르던 물방울을 생각하면서 괜히 혼자서 조심조심 빗물 고인 땅을 디뎠다.

44.

그날 밤 나는 흰 배꽃 사이로 걸어가던 그녀의 무릎 아래서 흔들리던 흰 스커트와 기차 문이 열리자 보였던 그녀의 조그만 발과 창밖을 물끄러미 바라보던 그녀의 옆모습과 고개를 살짝 뒤로 젖히고 까르르 웃던 그녀의 웃음소리를 나도 모르게 방으로 데리고 들어왔던 것 같다.

마음과는 달리 몸은 땅속으로 녹아들듯 피곤했기에 나는 씻을 생각도 없이 쓰러져 침대에 누웠고 불을 껐다. 불을 끈 바로 그 순간, 환한 빛 같은 것이 어렸고, 피곤한 내 의식이 문득, 내가 불을 끄지 않은 건가, 착각하려는 바로 그 순간, 그 하얀빛이 그녀의 얼굴이라는 것을 알았으며, 그것을 다 의식할 새도 없이 그 하얀 얼굴이 내 갈비뼈를 열고 가슴속으로 쑤욱 밀려들었다. 돌이켜 생각해보면 그것은 약간의 통증도 동반했던 것 같았다. 나는 경험에 비추어 이게 사랑이라는 것을 알았고, 상대방이 쏜 화살이 내 가슴으로 날아오는 그 시간까지 날아오는 화살이 나를 쓰러뜨릴 것임을 뻔히 보면서도 내가 할 수 있는 일은 아무것도 없다는 것을 알았으며, 지독하게 감미로워서 지독하게 쓰게 느껴지는 고통을, 그러면 안 된다고 아주 조그만 소리로 거부하면서, 기꺼이 느꼈다.

"왜 사랑하나요?"라는 문장은 문법적으로는 옳다. "어떻게 그를 사랑하게 되었나요?"라는 질문도 문법적으로 옳다. 그러나 현실적으로 그 말들은 성립되지 않는다. 왜 사랑하는지 이유를 분명히 댈 수 있다면 이미 그건 사랑이 아닐 것이기 때문이다. 아주 먼 훗날 한 여자를 사랑했고 그녀와 결혼하기 위해 수도원을 떠났던 내 동료는 왜 그녀를 사랑하게 되었냐는 질문에 "A4 용지를 건네던 그녀의 손을 본 순간 사랑에 빠져버렸다"고 대답했다. 그러나 그건 A4 용지 때문도 그녀의 손 때문도 아니었으리라. 대답하자면 그건 그냥 사랑 때문이었으리라.

45.

그 사랑은 어디서 오는가? 누가 우리에게 그것을 가져다주는가? 과학자들에 따르면 사람을 사랑에 빠지게 하는 뇌 앞부분의 전전두엽이 사랑에 빠지는 데 걸리는 시간이 1,000분의 1초라고 했다. 이론의 여지가 있지만 다른 과학자들이 1,000분의 1초 설을 반대하면서 제기한 제일 긴 시간이 8초라는 것을 보면 셰익스피어가 줄리엣의 입을 빌려 말한 대로 "이건 너무 성급하고, 너무 경솔하고, 너무 갑작스러워요 / 이건 마치 '밝아졌다'라고 말하기도 전에 끝나버리는 / 번개와도 같아요"라는 대사는 옳다. 그것은 브레이크가 작동하지 않아 일어나는 눈길의 교통사고 같고, 그것은 이미 미끄러지기 시작한 수렁의 입구와도 같다.

그날 밤 깊은 잠 속에서 나는 신부 서품을 앞둔 신학생도 종신 서원을 앞둔 베네딕도 수도원의 수사도 아니었던 것 같다. 다시 한 번 아름다운 줄리엣의 말을 빌려 "당신의 이름은 왜 원수 몬테규인가요? 오 이름을 바꾸어요 / 아니 소용없군요 / 우리가 장미라고 부르는 것에 다른 이름을 붙여도 / 여전히 달콤한 향기가 나는 것을"이라고 말한다면 변명이 될까.

46.

다음 날 아침기도 시간, 소희는 신자들 사이에 앉아 있었다. 성당으로 들어서면서 나는 그녀를 보았다. 어두운 성당 안이었지만 그녀가 앉은 자리는 눈부신 빛으로 빛나고 있었기에 나는 그 넓은 신자석에서 그녀를 금방 알아볼 수 있었다. 그녀가 앉은 자리는 낯선 꽃들과 풀들과 새들이 있는 새 세상으로 통하는 유리문 같이 보였다. 내 영혼은 그녀가 보여주는 투명 유리창 너머 꽃들과 풀들과 새들을 기웃거리고 싶었다. 가벼이 두드려보고 싶었고 그 문을 열고 안으로 들어가보고 싶었다. 그날도 아침기도에 빠진 미카엘의 부재가 잠시 마음을 무겁게 했지만 소희의 존재가 주는 빛이 그의 부재가 주는 어둠보다 컸기에 나는 일단 눈부신 빛으로 즐거워하는 내 마음을 모른 척했고 그것으로 약간의 가책을 덜었다.

낮기도가 있기 전 안젤로 수사가 있는 양초 공예실로 가는 길에 나는 손님의 집 앞에서 소희를 보았다. 소희는 두 귀에 이어폰을 끼고 수도원 뒤뜰을 걷고 있었다. 어제 내리던 비가 그치고 햇살이 비치는 오전이었다. 멀리서 그녀가 나를 알아보고 손을 흔들었다. 함께 손을 흔들어주면서 나는 처음으로 수도원의 봄꽃들이 분홍이나 남보라나 유백색으로 피어나는 것을 보았다. 나는 처음으로 바람결이 내 머릿결을 매만지는 부드러움을 응시했고, 그날 처음으로 햇볕이 어린나무 잎사귀를 어루만지면서 사랑을 속삭인다고 느꼈다. 그날 처음 나는 이 세상이 그녀가 있는 장면과 그녀가 없이 텅 비어버린 장면으로 구별된다는 것을 알았다. 한 여자가 여기 도착했을 뿐인데 이곳은 완전히 다른 곳으로 변해버렸다. 한 사람의 이름이 마음에 도착하고 나면 그녀가 살고 있는 도시의 이름이 어느 날부터 완전히 다른 이름으로 의미 지어지듯이 말이다.

47.

안젤로의 양초 공예실에는 안젤로 말고 우리 동기 수사 한 사람이 더 와 있었다. 두 사람은 미카엘의 이야기를 하는 중인 듯했다.

"요한 수사님, 어젯밤 미카엘 수사님이 우리에게 함께 보낸 메일 보셨어요?"

안젤로가 물었을 때 나는 오늘 아침 내가 늘 하곤 하던 메일 확인도 하지 않았다는 것을 깨달았다.

"어제 우리에게 모두 메일을 보내서 한 달 동안 기도하는 것 이외에는 침묵하겠다고 말했어요. 잘된 거겠죠? 잘될 거고……."

"똑똑한 사람이니까 곧 추스르겠죠."

내가 대답하자 동기 수사가 고개를 끄덕이더니 말을 돌렸다.

"오늘 신자석에 못 보던 얼굴 하나 있던데, 그 여자가 어제 요한 수사님이 면담하자던 그 여자죠?"

동기 수사는 우리들 사이에서 ARS 303 수사로 불렸다. 어떻게 알아내는지(아마도 문지기 수사님을 통해 알아내겠지만) 신자석에 수녀님들이나 새로 온 젊은 여성이 있으면 말하곤 했다. "저기 하얀 베일은 대구에서 오신 수녀님들이야. 5일 동안 피정하다가 가신대. 스무 명쯤 되는 저기의 일반인 여자분들은 서울에서 오신 주일학교 교사들. 아쉽게도 내일 가신다나봐" 등등. 그 동기 수사가 쓰는 방이 303호였기에 우리는 궁금한 것을 그에게 물었다. "안녕하세요, ARS 303 신자 정보 시스템입니다. 무엇이 알고 싶으신가요? 수녀님 1번, 일반 여성 2번을 눌러주시고 남자들, 노인들, 할머니들 등에 대해서는 절대 저에게 묻지 마시고 문지기 수사님께 따로 문의하시기 바랍니다." 우리가 놀리면 그는 늘 "남자 신자들 정보도 있다구, 있어요!" 하면서 너스레를 떨었다.

그가 새로운 정보를 얻어낸 기쁨을 감추지 못한 채로 말했다.

"김소희. 아빠스님 조카. 뉴욕 모 대학 졸업, 같은 대학 석사과정 중. 이번 논문 쓰고 돌아가면 가을에 결혼한대. 이번 가을에 우리 수도원이 뉴저지 뉴튼 수도원을 인수하면 아빠스님이 직접 거기서 혼인미사 주례를 서줄 거라고 하던데."

그날 낮기도 후 나는 식당으로 가지 않고 어두운 성당에 남아 있었다. 속이 좋지 않아 점심을 먹을 수 없을 것 같았다. 푸르르르하고 바람이 빠지면서 허공 위를 제멋대로 춤추는 풍선처럼 내 맘이 흔들렸고 자꾸 헛웃음이 나왔다. 생각해보면 실체는 아무것도 없었다. 아무 일도 일어난 적이 없었고 아무것도 오가지 않았으며 아무 약속도 한 적이 없었다. 그녀에게 남자 친구 하나 없다 해도 내가 할 수 있는 일은 아무것도 없었다. 그건 너무 당연한 일이었다. 그런데 내 온몸은 힘이 빠지고 있었고 믿었던 연인에게 대단한 배신이라도 당한 사람처럼 쓰라렸다.

수도원에 입회한 후 가슴에 남아 며칠 동안 아른거리는 여자가 없었던 것도 아니었다. 영화를 보고 밥을 먹고 다시 만났으면 좋겠다 생각했던 여자들이 없었다면 거짓말일 것이다. 그런데 이런 일은 처음이었다. 수도 생활 초기였다면 나는 얼마든지 나 자신을 위로할 수 있었으리라. 그런데 수도 생활이 거의 10년이 다 되어가는 때, 이 정도면 됐다 하고 생각하는 그즈음 내가 이런 갈등 속으로 이렇게 망설임 없이 미끄러져 들어갈 수 있다는 것이 자존심을 상하게 만든 것도 사실이었다. 어젯밤 어둠 속에서 다가와 내 갈비뼈를 열고 들어서던 그녀의 둥글고 흰 얼굴을 도로 빼낼 수도 없었다. 울타리에 뿔이 걸려버린 숫양처럼 나는 들어갈 수도 나갈 수도 없었다. 내가 할 수 있는 일은 아무것도 없었다.

"내가 전에는 무엇을 알았다 해도 나는 지금 허무가 되었나이다. 내가 알고 있다고 생각한 모든 것, 내가 획득했다고 생각한 모든 것, 내게 존재한다고 생각한 모든 것은 사라졌나이다. 자존심도 자신감도 이렇듯 모래성처럼 허약함을 가르쳐주시니 감사합니다. 이렇게 하여 저를 다시 가난하게 무일푼으로 비참하게 만드신 하느님, 영광 받으소서."

나는 그렇게 기도했다. 그렇게 기도해야 한다고 배웠고 그렇게 겸손하게 기도하는 나 자신의 모습으로 조금 위로받을 수 있었다. 하느님은 언제나처럼 말이 없으셨다. 그러나 말이 없으셨기에 나는 그분 앞에서 위로받을 수 있었다. 처음으로 하느님의 침묵이 내게는 감사했다. 그러나 나의 감사와 찬미가 진심은 아니었던 것 같다. 그렇지 않다면 그날 오후 소희와의 작은 다툼은 일어나지 않았을 것이기 때문이었다.

"사랑은 하느님께로부터 온다고 요한 서간에 쓰여 있잖아요. 그럼 남녀 간의 사랑도 하느님께로부터 오는 거잖아요. 그런데 가톨릭은 그걸 금하지요. 그 문제에 대해서는 어떻게 생각하세요?"

소희가 딱히 따지는 태도는 아니었던 것 같다. 하지만 나는 터무니없이 예민해 있었다. 아마도 텅 빈 위장 탓도 있었을 것이다.

"금하는 게 아니라 봉헌하는 거지요. 누군가를 사랑한다는 것은 누군가에게 우선권을 준다는 거지요. 우선권을 준다는 것은 우선권이 없는 모든 것을 희생한다는 것이지요. 가톨릭의 수도자들 성직자들은 하느님께 우선권을 두는 것이지 사람을 사랑하지 못하는 것은 아닙니다. 사랑하지 못하는 것이 아니라, 집착하지 않는 겁니다. 어쩌면 욕망의 문제죠. 한 여자를 사랑해서 욕망이 영원히 잠드는 것이 아니잖아요. 한 여자를 사랑하는 사람들로 넘치는 사회라면 사창가가 인류에게 존재하지 않았겠죠. 일부일처가 엄격하게 지켜진 적이 인류에게 과연 단 한 번이라도 있었을까요? 결혼하고도 다른 여자를 사랑하게 되어 괴로워하는 남자들, 약혼자가 있으면서 다른 남자를 바라보는 여자들로 고해소는 넘쳐납니다. 하느님을 사랑하면서 살기로 약속해놓고도 사람 앞에서 흔들리는 거, 이거 본질상으로는 같은 거 아닐까요?"

결혼하고도 다른 여자를 사랑하게 되어 괴로워하는 남자들, 이라는 내 말에서 약간 굳어진 소희의 얼굴이 약혼자가 있으면서 다른 남자를 바라보는 여자들, 이라는 대목에서 딱딱하게 변했다.

그날을 생각하면 아직도 얼굴이 화끈거린다. 나는 굳어진 그녀의 얼굴 위로 더한 독설을 퍼부었던 것 같다.

"수도자들을 성적인 결핍 상태로만 이해하려고 하는 그런 발상 자체가 사실은 몹시 불쾌합니다. 한 여자를 사랑하여 그녀에게 정결을 맹세하는 남자는 낭만적인 영웅이 되고, 하느님이라는 진리를 추구하기 위해 평생 정결을 맹세하는 우리는 낭만적 월계관은 고사하고 언제나 성적 금지와 억압의 상징으로 연구되는 이 현실이 싫구요."

미숙하였다는 말로 용서받을 수 있을까, 처음이었다는 말로 이해받을 수 있을까. 내 눈은 비겁하게도 그녀의 희고 가느다란 손가락에 약혼반지가 끼워져 있지 않은 것을 더듬고 있었고 내 독설에 그녀가 굳어진 얼굴을 하고 거의 깜박이지도 못하는 커다란 눈으로 약간 울먹이는 것을 승전(勝戰)의 기미라도 되는 양 여겼다. 어젯밤 내 가슴이 허락해버린 일방적인 사랑에 대한 나 자신의 무안함에 대해 앙갚음을 하는 듯 희미한 쾌감도 느꼈다. 나의 일방적인 호감을 감추기 위해 내 말투는 낮았으나 신랄했고 표정은 더 단호했으며 몸짓은 과장되어 있었으리라.

"그렇게까지 불쾌하신 줄 몰랐습니다. 죄송합니다. 일단 저는 일어나는 게 좋겠습니다."

소희는 녹음기와 노트를 챙겨 자리에서 일어났다. 순간 내가 무슨 짓을 했는지 깨달았지만 이미 늦은 것 같았다. 소희는 딱딱하게 굳은 얼굴로 가벼운 목례를 하고 면회실을 떠났다.

그날 저녁기도와 끝기도 시간에 소희는 신자석 구석에 앉아 있었다. 그녀로부터 영원히 배척되고 경원시될 거라는 두려움이 나로 하여금 그녀가 앉은 자리를 쳐다보지 못하게 만들었다. 그녀가 앉은 곳에는 여전히 환한 빛이 났고 그녀는 새로운 초원의 입구처럼 보였지만 그 문에 영원히 열지 못하는 자물쇠가 달린 것 같았다.

사과하고 싶다는 마음과 차라리 이대로 잘되었다는 생각은 머리만의 일방적 위안이었다. 이 모든 소동과 과장된 분노와 격리가 그녀에 대한 사랑의 불길을 끄는 것이 아니라 오히려 더 활활 타오르게 한다는 것을 깨닫는 데는 그리 긴 시간이 걸리지 않았다. 끝기도 후에 성당에 머물면서 어둠 속에서 일어나는 모든 기적에 귀

기울이는 나 자신을 발견했기 때문이었다. 끝기도가 끝나면 나는 수도원 내 방으로, 그녀는 손님방으로 돌아가서 성당 이외의 장소에서는 마주칠 가능성이 없었다. 나는 소희가 끝기도 후에도 성당에 머무는 것을 보았기에 수도자석에 그대로 앉아 있었던 것이었다. 차마 그녀 쪽을 바라볼 용기조차 없었던 나였다.

어느 순간 고개를 들었는데 성당에는 어둠뿐이었다. 나는 무엇을 바랐던가? 그녀가 다가와 "이야기 좀 해요"라고 해주기를? 그랬다. 그랬을 것이다. 그러나 그녀는 홀로 떠나가버렸다. 당연한 일이었다. 그런데도 거기에 앉아 한 시간 이상 나는 그녀를 기다렸다. 나는 놀랍도록 멍청해 있었던 것이었다.

48.

그날 밤, 내가 모든 것을 포기하고 어리석은 나 자신을 비웃으면서 내 사무실로 돌아갔을 때 뜻밖에도 전화가 걸려왔다. 소희였다.

"잠도 오지 않는데 술 한잔 주실래요?"

나는 천지창조 이전부터 예정되어 있던 약속이라도 이행하는 사람처럼 홀리듯 포도주를 챙겨 손님의 집 응접실로 갔다. 그녀는 검고 긴 원피스 위에 헐렁한 베이지색 카디건을 걸치고 나를 기다리고 있었다. 뜻밖에도 나를 보더니 미소를 지었다.

"화가 났었어요. 제 논문을 정면으로 모욕하셨으니까요."

소희는 조그만 접시에 치즈 몇 장을 담아내면서 말했다. 미안하다는 말을 어떻게 해야 할까 싶어 망설이고 있는데 그녀가 다시 입을 열었다.

"그런데 용서해드리고 싶었어요. 밖이 추운가요? 많이 떨고 계시네요."

"미안합니다. 말을 하다보니 감정이 제 생각과는 달리…… 다른 방향으로 표현이 되어버렸어요. 사과하고 싶었습니다. 미안합니다."

나는 그녀 말대로 떨고 있었다. 소희는 팔짱을 낀 채로 나를 바라보았다. 그녀의 시선은 뜻밖에도 따뜻했고 부드러웠으며 큰누이가 손아래 남동생을 바라볼 때 가지는 연민 같은 것이 어려 있었다. 나는 직감적으로 그녀가 나를, 나의 슬픔과 동요를 알아버렸다는 것을 느꼈다.

"이런 말씀 드리면 기분 나빠 하실지 모르겠지만, 요한 수사님이야말로 제가 찾던 바로 그 사람이에요."

소희는 빨간 포도주가 담긴 잔을 내게 내밀면서 웃었다.

"이성에 대해, 특히 호감 가는 이성에 대해 너무 많은 스트레스를 받고 계신 것 같아요. 제 논문이 실은 그런 걸 연구하는 것인데요. 죄송합니다만, 요한 수사님을 만나서 더 연구하고 싶어요. 많은 인터뷰도 필요하구요. 물론 거절하실 자유를 드립니다."

소희는 샐쭉 웃었다. 나는 적군에게 포로로 잡혀 발가벗겨지는 자의 굴욕 같은 것은 느끼지 않았다. 나는 그냥 그녀가 웃는 것이 좋다, 고 생각했다. 나는 용서받지 못할 죄를 용서받은 자의 감동에 젖어 있었다. 깊은 밤 비록 손님의 집의 공개된 응접실이긴 했으나 그녀와 단둘이다, 라는 것이 기뻤다. 내가 '호감 가는 이성에 대해 스트레스를 받는 자'로서의 실험 대상이라 해도 그녀로부터 영원히 배척받지 않고 그녀 뒤로 펼쳐지는 유리창 너머 초원으로 초대받을 수 있다는 가능성에 가슴이 뛰었다.

그때 그녀의 카디건 주머니 속에서 전화벨이 울렸다. 가을에 결혼식을 올린다는 그 약혼자의 전화 같았다. 시간은 10시가 넘어가고 있었고 소희는 생각하는 표정으로 휴대전화를 들여다보다가 배터리를 빼버렸다. 생각 탓이었을까, 어제 잠에서 깨어났을 때 비가 내리는 창밖을 물끄러미 바라보고 있던 그녀의 얼굴에 어리던 슬픔 같은 것이 다시 어리는 듯도 했다.

"국제전화 같은데, 받으시지 그랬어요."

소희는 덧니가 드러나는 얼굴로 나를 향해 고개를 갸우뚱하면서 설핏 웃었는데 나는 그때 그녀가 너무도 아름답게 여겨져서 아무 말도 할 수 없었다.

"지금 인터뷰 중이잖아요. 집중하고 싶어서요."

그녀는 신중한 목소리로 말했다. 그때 내 가슴은 선택받은 자의 기쁨으로 뛰고 있었다.

그날 밤 우리는 함께였다. 나는 그녀가 나와 동갑내기라는 사실을 처음 알았고 그녀의 식구들이 미국으로 이민 가기 전, 나와 이웃한 동네에서 살았으며 당연히 이웃한 초등학교에 다녔다는 것을 알게 되었다. 그녀는 우리 할머니의 냉면을 알고 있었고 좋아하고 있었으며 미국에서도 그 맛을 그리워했다고 말했다. 그리하여 그날 밤 내가 숙소로 돌아올 즈음에는 "담에 서울 가면 할머니가 직접 육수 뽑는 본점에서 냉면을 원 없이 먹게 해주겠다"는 약속까지 하게 되었다.

포도주 잔을 치우고 내가 일어설 때 그녀가 손을 내밀었다. 내가 머뭇거리면서 손을 내밀었는데 그때 나는 그녀가 움직일 때마다 은근한 향기가 풍겨오고 있었다는 것을 깨달았다. 향기는 봄밤처럼 은은했고 샴푸를 끝낸 머릿결처럼 부드러웠다. 머릿속이 연속해서 아찔아찔거렸다. 그녀의 손은 방금 완성된 고운 밀가루 반죽처럼 낭창낭창하고 섬세했다. 그 부드러움을 의식하고 있는 내가 부끄러워 손을 빼려고 하자, 그녀가 약간은 장난기 어리게 빼려는 내 손을 꽉 잡고는 어리광 섞인 목소리로 말했다.

"요한 수사님, 사람들 없을 때는 요한이라고 불러도 되죠? 우린 친구가 된 거니까. 그리고 사람들 없을 때는 절 그냥 소희라고 불러주시겠어요?"

나는 얼결에 그렇게 하겠다고 고개를 끄덕이고 밖으로 나왔다. 소희는 뜻밖에도 나를 따라 나왔다. 종탑 위로는 손톱으로 살살 문지르면 벗겨질 듯 스티커를 붙여놓은 것처럼, 얇은 초승달이 떠 있었다. 포근한 공기 속에는 더 이상 남은 겨울의 공격성이 없었으며 어디선가 꽃향기가 풍겨왔다.

"들어가세요."

내가 말하자 소희는 약간 즐거운 표정으로 내 곁에 서서 "어디로 가세요? 데려다 드릴게요" 하고 말했다. "그건 말이 안 되잖아요." 내가 묻자 그녀는 그 자리에 잠시 멈추어 서서 눈을 동그랗게 뜨면서 다시 물었다. 유리 공예실 앞 전등 아래로 짙은 그늘 때문이었을까, 그녀의 눈은 커다란 포도 알같이 검게 빛났다.

"왜 말이 안 되죠? 그건 고정관념이잖아요. 어서 가요. 저번에 보니까 이리로 가시던데, 맞지요?" 하고 앞장서 갔다. 나는 얼결에 그녀를 따라 걷다가 봉쇄구역이 시작되는 작은 울타리 앞까지 갔다.

"그럼 잘 가요. 제 피실험자님! 전 봄밤이 너무 좋아 좀 걸을 거예요."

소희는 혀를 날름하고는 장난꾸러기같이 웃으면서 뒤돌아섰다. 그녀가 어둠 속으로 한 발 내딛는 것을 보고 나도 모르게 그녀를 따라 뒤돌아섰다.

"어두워요. 수도원 안이 위험하지는 않지만 그래도 혼자 이러시면, 좀."

소희는 장난스럽게 걸음을 빨리했다. 내가 겨우 따라잡자 그녀가 멈추어 서서 다시 말했다.

"그럼 날 다시 데려다줘요, 손님의 집 앞까지요."

나는 고개를 끄덕이면서 그녀를 따라 걸었다. 수도원 내부는 깊은 침묵에 잠겨 있었다. 손님의 집 앞까지 가서 내가 "그럼" 하고 돌아서려고 하자 소희가 다시 나를 따라왔다.

"용서를 하려면 세 번 정도는 이렇게 데려다줘야 하는 거 아닌가요? 예수가 잡히던 날 자기를 배신한 제자 베드로에게 '베드로야, 너는 나를 사랑하느냐?' 세 번 묻고 용서를 완성했듯이 말이에요. 아까 미안하다고 했죠? 그러니 우리 이렇게 두 번 더 오가요."

소희가 다시 가는 손가락으로 입을 가리고 까르르 웃었다. 수도원의 침묵이 깊었다. 멀리서 우는 소쩍새 소리로는 뛰는 내 심장 소리가 가려질 수 없다는 것을 나는 알았다. 그녀가 들을까, 나는 억지로 낮게 숨을 쉬었고 그렇게 세 번을 오간 후, 겨우 "이제 들어가세요" 하고 말했다. 그녀는 내게 다시 손을 내밀면서 "더 이상 제가 데려다 달라고 하면 우시겠네요. 큭큭" 하더니 "잘 가, 요한!" 하고 말했다.

나는…… 나는 모르겠다, 내가 그녀의 이름을 발음했던가? 나는 그냥 도망치듯 돌아서서 그녀가 바라보고 있을지도 모른다는 생각에 굳어오는 등을 억지로 펴면서 걸어갔던 것 같다.

49.

그날 밤 나는 화장을 지운 그녀의 눈 밑으로 엷게 분포되어 있던 주근깨 한 스푼과 갓 반죽한 밀가루 덩이같이 곱고 부드러운 그녀의 손과 어리광 섞인 그녀의 목소리를 데리고 내 방으로 왔다. 이번에는 불을 끄기 전에 그녀가 꼭 잡았던 내 손을 바라보았다. 내 손을 바라본 것이 언제였던지 기억나지 않았다. 소희의 손이 내 왼손이라고 치고 그 왼손으로 내 오른손을 잡아보았다. 손은 많이 거칠어져 있었다. 나는 거친 손이 부끄러워 부질없이 내 마른 손등을 비볐다. 그리고 자리에 누워 내 눈앞에 둥둥 떠 있는 그녀의 얼굴을 보면서 가만히 그녀의 이름을 불러보았다. 흴 소(素) 바랄 희(希). 그녀의 이름은 하얀 희망. 그 이름을 부르면 어디선가 흰 꽃들이 무리 지어 떨어져 내리는 듯했다.

나는 그녀에게 품은 내 마음을 아무에게도 말하지 않았다. 나는 날마다 그녀를 위해 기도했으며 내 기도가 진실함을 믿었고 그것으로 행복했다. 새벽종이 울리자 나는 그 흰 얼굴을 도로 갈비뼈 속으로 집어넣고 아침기도를 하러 나갔다. 세상은 온통 봄이었고 천지에 꽃향기였다.

50.

그렇게 꽃이 지고 그렇게 잎이 피어나면서 봄날이 가고 있었다. 그렇게 그녀와 나는 매일 만났다. 우리는 한 시간 혹은 그 이상씩 대화를 나누었다. 소희는 안젤로와도 대화를 나누었고 이제 안젤로의 양초 공예실도 드나들면서 커피를 마시는 사이가 되었다. 안젤로는 누구에게나 그렇듯 소희를 사랑하였고 그녀에게 친절하였다. ARS 303 수사도 가끔 우리와 함께했다. 그녀는 나와 안젤로 그리고 ARS 수사 모두에게 공평했다. 다만 정말로 사람들이 없을 때는 내게 요한, 이라고 불렀고 다정한 반말을 사용하였다.

가끔 내가 아빠스님의 전화를 받기 위해 면회실 한쪽에 서 있거나 다른 작업을 하고 있으면 그녀는 턱을 고이고 나를 바라보았는데 그럴 때 나는 그녀의 눈에 어리는 그 작고 반짝이는 빛을 잘 이해할 수가 없었다. 그 눈길에 무안해져서 "왜요? 왜 그렇게 보세요?" 하고 물으면 그녀는 입을 뾰로통하게 내밀어 화가 난 표정으로 "왜 약속대로 하지 않아? 우리 친구 하기로 했잖아. 그럼 요한 너도 나를 소희라고 불러줘야지" 하고 말했다. 그녀처럼 익숙하지 못했지만 그래서 나도 우리 둘만의 자리에서는 소희! 라고 그녀를 불렀다.

맹세코 나는 그녀의 가장 소중한 친구인 그 자리 이외의 것은 바라지 않았다. 다만 아빠스님의 심부름으로 대구 시내에 나갈 때, 예전에는 그러지 않았던 남자들과 여자들이 갑자기 내 앞에서만 다정해지는 듯 내 눈에 띄기 시작했다. 그들은 손을 잡고 걷고 있었고, 그들은 나무 그늘 아래 여자의 무릎을 베고 누워 있었으며, 그들은 골목 구석에서 내가 서 있는 동안 긴 키스를 나누었다. 그럴 때 내 가슴 한쪽이 누군가 찬 소주를 붓는 것처럼 서늘해져 왔다. 그러나 나는 감히 바랄 수 없었고 나는 감히 상상하지 못했다. 대신 가끔씩 이유를 알 수 없는 통증들이 가슴 한구석을 얇고 생생하게 저미면서 지나갔다.

그러던 어느 저녁 무렵 전화가 걸려왔다. 저녁기도에 참석하기 위해 수도복을 입은 채로 사무실을 나서려다가 나는 전화를 받았다.

"요한, 미안해. 날 좀 데리러 와줘. 나 여기가 어딘지 모르겠어."

소희의 목소리는 좀 떨렸다. 전화기 저쪽에서 바람이 많이 불고 있었다.

"추워 죽겠는데, 길을 잃은 거 같아."

소희의 말끝에는 딸꾹질이 따라왔다. 술을 마신 것 같았다.

"거기 뭐가 보입니까? 간판 같은 거."

"……몰라, 안 보여. 아무것도 보이지 않아. 아니 아무것도 보기 싫어."

소희는 어린아이같이 말을 하다가 수화기 너머에서 울기 시작했다. 내 가슴이 철렁했다.

"무슨 일이 있는 겁니까? 무슨 사고 같은 거 난 거냐구요?"

소희는 뜻밖에도 "응"이라고 대답했고 "무슨 일인데요? 네? 다쳤어요?" 나는 얼결에 한 손으로 수도복을 벗기 시작했다.

"다쳤어. 아파. 많이 아파."

"일단 거기 보이는 가게 전화번호를 하나 불러요. 들어가 있을 곳이 없어요?"

소희를 겨우 그 근처의 작은 슈퍼마켓 안으로 들어가게 한 다음 나는 수도복을 벗고 양초 공예실 쪽으로 달렸다. 그때 다시 내 등 뒤로 저녁기도를 알리는 종소리가 울렸다. 안젤로가 막 양초 공예실 문을 잠그고 있었다. 나는 안젤로에게 자초지종을 설명하고 차 키를 얻어냈다. 안젤로의 양초 공예실에는 양초 운반을 위한 밴이 한 대 있었던 것이다. 그리고 소희가 들어가 있는 강변의 슈퍼마켓으로 달려 나갔다. 내 마음속에서는 이미 수도원 안에서 부르고 있을 저녁기도가 울렸다. 내 마음은 어떤 저녁보다 애타게 그분을 불렀다.

"하느님, 나를 도우소서. 주님, 어서 오사 나를 도우소서. 주님 그녀를 도우소서. 주님 어서 오사, 그녀를!"

51

소희는 강변의 작은 슈퍼마켓 문 앞에 서 있었다. 거센 강바람에 머리카락이 이리저리 날리고 있었는데 바람이 그녀를 곧 쓰러뜨리기라도 할 듯해서 나는 급하게 차를 몰아 그녀 앞에 섰다. 내가 차에서 내리자 소희는 와락 안기기라도 할 듯 내게 다가왔다. 그러나 내가 나도 모르게 한 발 뒤로 물러서고 말아 우리는 엉거주춤한 거리를 유지한 채 서 있게 되었다. 소희의 눈가에 언뜻 낙망하는 빛이 어렸다. 나는 재빠르게 그녀를 살폈다. 옷매무새며 서 있는 자세가 일단 큰 부상을 입은 것 같지는 않았다.

"어디 다쳤어요? 많이 다친 거예요? 일단 병원에 갑시다."

"무슨 봄날이 이렇게 추운 거야? 너무 추워. 일단 타고 이야기해."

소희는 밴에 올라탔다. 내가 운전석에 앉자 그녀는 두 팔로 자신을 감싸 안으면서 작게 진저리를 쳤다.

"어제 낮에는 한여름처럼 덥길래 옷을 얇게 입고 나왔더니 얼어 죽을 뻔했어."

"다친 데가 어디예요?"

"병원에 갈 정도는 아니야."

소희는 오른손을 펴 보였다. 긁힌 생채기가 길게 나 있고 피가 조금 배어 있었다.

"넘어졌어."

그녀는 시무룩하게 대답했다. 그녀의 손바닥을 어루만져주고 싶었지만 나는 그러지 못했다. 피가 밴 그녀의 상처를 깊은 입맞춤으로 닦아주고 싶었지만 나는 그럴 수 없는 사람이었다.

"애처럼 넘어지고 그래요? 많이…… 아팠어요?"

그때 소희가 검은 눈을 들어 나를 정면으로 응시했다. 얼결에 날아오는 공을 받아버린 것처럼 나는 그 눈길을 받았고 그리고 포획된 것처럼 움직일 수 없었다. 영원이라는 것이 있을까. 영원이란 시간이 정지된 것 혹은 시간이 우리를 지배하지 못하는 것, 과거가 미래를 규정하지 못하는 것. 만일 그렇다면 그때 나는 이미 영원을 느꼈던 것 같다. 나는 아직도 그 순간을 기억한다. 아직도 그 순간을 떠올리면 커다란 포도 알 같은 그녀의 눈동자가 떠오른다. 10년이 지나도 그 자리에 있으니, 그러니 그건 영원이었는지도 모르겠다.

소희가 천천히 고개를 끄덕였다.

"암튼 그 정도라니 다행이네요. 울기까지 하길래…… 얼마나 걱정했는지 알아요? 수도원에 가면 구급약이 있으니 일단 오늘은 그걸 발라요."

나는 시동을 걸고 기어에 손을 얹었다. 그때 소희가 기어를 넣으려는 내 손등 위로 자신의 손을 올려 덮었다. 내 손이 그녀의 손 밑에서 멈칫하고 굳었다. 소희는 내 굳은 손을 느꼈는지, 자신의 행동이 자신이 생각해도 알 수 없다는 듯이 얼른 손을 뺐고 입술을 앙다물더니 말했다.

"그냥 조금만 있어줄래? 끝기도 전에 들어가게 해줄게. 그냥 여기서 저 강물 위로 지는 해가 다 사라질 때까지만 있어줄래?"

그제야 소희의 눈가로 말라붙은 눈물 자국이 내게 보였다.

인간은, 인간은 참으로 이상하게도 언제나 진실을 안다. 영혼과 몸이 그렇다. 내 영혼은 소희의 말이 무슨 뜻인지 알아차렸다. 그녀의 손 밑에 잠시 포개어졌던 내 손도 그것을 알아차렸다. 그러나 머리는 완강히 이 모든 사실을 거부했고, 그리고 말했다.

"이 차 양초 공예실에 가져다 놓아야 해요. 양초 방 책임자 수사님이 아시면 불호령하실 거고 전 꿀빠 먹어요. 저녁기도도 이렇게 빠지면 안 되는 거예요."

"안 된다고…… 안 되는 거라고……."

소희는 나를 바라보지 않고 자동차 유리 너머로 흘러가는 강물만 응시한 채 중얼거렸다.

"그래요, 안 돼요. 안 되니까요."

희뿌연 구름에 싸인 해가 부드러운 선을 그리면서 강물 위로 고개를 갸웃거리며 지고 있었다. 무언가 아주 강력한 자장 같은 것이 저 강물 아래로 나를 끌어당기고 있었다. 이대로 시동을 걸고 앞으로 나가면 이 자동차가 저 물결을 사뿐히 넘어 먼 곳으로 우리를 데려다줄 수 있을 것 같았다. 그럴 수 있을까, 나는 그러고 싶었다.

"나 내일 아침 일찍 서울 가야 해."

소희가 말했다. 뜻밖의 말이었다.

"그래요? 무슨 일이라도……?"

"내가 가는 편이 나을 것 같아 가는 거야. 그러지 않는다면, 그건 네가 말하는 그 '안 되는 일'인 거 같아서."

내가 영문을 알 수 없다는 듯이 바라보자 그녀가 말했다.

"그 사람 여기 오게 할 수는 없잖아. 우리가 있는 여기로!"

소희는 여기까지 말하고 두 손으로 얼굴을 가리더니 울기 시작했다.

나는 최대한 몸을 작게 웅크렸다. 그것이 나란히 앉은 내가 그녀에게서 멀리 떨어져 있을 수 있는 최고의 방법이었다. 소희의 어깨가 고통스럽게 움츠러들었다가 이내 들먹였다. 나는 해일처럼 쏟아지는 그녀 감정의 격류를 감당할 수 없었다. 숨이 가빠왔고 힘에 겨웠다. 이마에서는 식은땀이 끝없이 솟아나고 있어서 이미 앞머리는 젖어버린 후였다.

나는 화산 폭발의 순간에 자동차 시동을 걸다가 화산재를 뒤집어쓰고 몇 백 년이나 굳어져 있었던 화석같이 그 자리에 얼어붙었다. 소희의 울음소리가 조금씩 잦아졌다. 소희는 잠시 잠잠하게 있더니 마음을 안정시키려는 듯 숨을 한 번 크게 쉬고 나서 핸드백을 열었다. 소희는 작은 상자에서 박하사탕을 꺼내어 자신의 입에 하나를 넣고는 하나를 손바닥에 얹어 내게 내밀었다. 그 박하사탕의 흰빛이 내게는 아팠다. 나는 잠시 망설이다가 소희의 손바닥 위에 얹어진 희고 작은 사탕을 조심스레 집어 올렸다. 소희는 이제는 자신의 빈 손바닥을 들여다보더니 말했다.

"겨우 솜털만 느낄 수 있네. 겨우 네 손에 난 미세한 솜털만."

비로소 내가 그녀를 몹시 경계하고 있었다는 것을 그녀가 그런

식으로 이야기한다는 걸 깨달았다. 미안했다. 그녀로서는 아픈 이야기를 꺼낸 것이었는데 내가 해줄 수 있는 게 아무것도 없었다. 나는 심지어 그녀에게 손가락 하나 닿지 못하는 사람이었던 것이다.

"울지 마세요. 원래 그렇게 자주 울어요?"

내가 묻자 소희는 원망스러운 듯이 나를 빤히 바라보더니 말했다.

"너 왜 자꾸 존댓말 쓰고 그러니? 친구 하기로 했잖아!"

"미안합니다. 미안해요. ……그래요, 미안해, 친구."

강물은 끊임없이 일렁이고 있었다. 해는 희뿌연 구름 사이로 숨었고 바람이 강변에 있는 깃발들의 목을 조이듯 불고 있어서 깃발들은 수평으로 곤두서 있었다.

"그 사람 여기 오게 할 수는 없잖아. 우리가 있는 여기로!"

소희의 그 말이 내 귓가를 울렸다. "우리"라고 그녀가 말했다. 나는 그것으로 세상 모든 것을 얻은 듯했다. "괜찮아." 머리가 내 아픈 영혼에게 말하고 있었다. 내 가슴속으로 기도가 울려 나왔다.

"슬퍼하지 않게 해줄게. 내가 지켜줄게. 내가 너를 위해 기도하고 너를 축복하고 너의 행복을 빌어줄게. 아프지 말아, 울지 말고 힘들지 말아. 예쁜 사람이니까 예쁘게 살아. 약속해, 네가 누구든 어디에 있든 누구와 함께이든…… 사랑할 거야, 영원히 영원히."

52.

다음 날 아침기도 후 회의가 있었다. 인터넷을 통해 확인해보니 서울 가는 기차는 10시에 있었다. 회의가 끝났을 때는 9시 50분이 지나 있었다. 나는 수도원 담장 쪽으로 뛰었다. 내가 늘 기차를 바라보면서 서 있던 언덕을 더 지나 나는 수도원 담 아래까지 뛰었다. 플랫폼에 서 있는 소희가 보였다. 소희의 흰 사파리 점퍼가 봄바람에 펄럭이고 있었다. 소희는 나를 보지 못한 것 같았다. 그녀는 휴대전화로 누군가와 통화하고 있었다. 가끔 그녀는 바람에 날리는 머리카락을 쓸어 올렸고 또 언제나처럼 머리를 뒤로 젖히고 웃었다. 잠시 후 기차가 이 모든 것을 지우면서 들어섰고, 그리고 떠났다.

그날 낮기도 시간이 될 때까지 나는 그 담 아래 서 있었다. 세어 보니 역에서 수도원 쪽으로 걸어왔을 때 계단식으로 올라가 있는 다섯 번째 담벼락이었다. 나는 다섯 번째 담벼락을 내 마음에 넣었다.

53.

한편 소희가 그렇게 오고 가는 동안 미카엘은 스스로를 우리에게서 고립시키고 완강한 침묵 속에서 나오지 않았다. 어느 날 나는 수도원 뒤뜰에서 그를 만났다. 그는 많이 야위어 있었다. 그날 나는 용기를 내어 미카엘 곁으로 뛰어가면서 그를 불렀다. 나를 바라보는 미카엘의 눈빛은 맑았으나 이상한 광채에 싸여 있었다. 흔히 제 몸속에 불타는 열기를 너무 많이 가지는 자가 내는 그런 눈빛이었다. 미카엘이 아빠스님으로부터 병실을 돌보는 꿀빠를 받은 지 한 달이 다 되어가고 있었다.

"저 시간이 조금 있는데 함께 병실에 갈까요? 제가 거들게요."

미카엘은 퀭한 눈을 찌푸리듯 조금 웃었다. 우리는 함께 수도원 뜰을 걸었다.

"수도원에 들어와서야 처음으로 그런 생각이 들었어. 난 대학 때 친구들이 자본주의니 착취니 하는 말을 들어도 별로 실감이 나지 않았었지. 그냥 자본가는 자본가대로 가져갈 몫이 있고 노동자는 노동자대로 가져갈 몫이 있다고 생각했어. 그런데 수도원에 들어와서 엉뚱하게도 나는 착취에 대해 생각하게 되었어.

아침기도, 아침 미사, 낮기도, 저녁기도, 끝기도……. 우리 기도 시간 다섯 번, 우리 모두의 노동시간은 솔직히 잘해야 대여섯 시간이야. 토요일, 일요일은 쉬기에 한 주에 25시간 남짓이지. 상사가 있어서 무리하게 노동을 감시하는 것도 아니야. 게다가 모두가 육체노동을 하는 것도 아니지. 그런데 우리 모두 넉넉하게 먹어. 우리 모두 공평한 침실을 제공받고 옷과 의료를 무상으로 받아. 그러고도 남아. 그러니 만일 30시간이 아니라 60시간을 일하고도 그가 넉넉하게 먹지 못하거나 그가 주거를 제공받지 못하거나 그가 의료비가 없어 죽어간다면 대체 누가 그걸 다 가져간 걸까. 이게 무슨 의미일까, 그런 생각을 했던 거야."

침묵하는 미카엘과 같이 걷고 있자니 예전에 했던 그의 말들이 하나씩 떠올랐다. 이상했다. 만일 지금 우리가 서로 대화를 나누었다면 우리는 봄날이나, 소희나, 다가올 사제 서품식에 대해 이야기를 나누었겠지만 그가 침묵을 고수하자 그런 말들이 호수 밑바닥에서 수면 위로 자맥질하듯 떠올라왔다. 아마도 이것이 침묵이 내는 신비의 소리일 것이었다.

54.

토마스 수사님은 병석에 누워 계셨다. 내가 처음 입회하기 위해 수도원에 찾아왔을 때 석양의 복도로 긴 대걸레를 밀고 오셨던 그 분은 1년 전 쓰러지신 후부터 걸레질도 하지 못했다. 새삼 내가 처음으로 입회하기 위해 왔을 때 "저기 저 복도에서 대걸레를 미는 분처럼 살다가 죽고 싶어요" 했던 말이 떠올랐다.

미카엘은 그분을 침대에서 일으켜 죽을 떠먹여드렸다. 나는 그를 도왔다. 토마스 수사님은 나를 보자 반가운 표정으로 웃었다. 미카엘은 주방에서 병자들을 위해 마련한 죽을 토마스 수사님의 입으로 한 입 한 입 떠 넣었다. 멀건 죽은 반쯤 굳은 입술을 다 통과하지 못했고 주르르 흘러내렸다. 미카엘은 끈기 있게 숟가락으로 그 죽을 다시 거둬 토마스 수사님의 입에 넣었다. 수사님은 어린 새처럼 미카엘이 떠 넣어주는 죽을 열심히 받아먹었다.

미카엘을 돕기 위해 수사님 방을 환기시키고 휴지통을 비우고 있는데 코를 훌쩍이는 소리가 들렸다. 돌아보니 미카엘의 등이 들썩이고 있었다. 내 가슴이 철렁하고 내려앉았다. 미카엘의 눈으로는 쉴 새 없이 눈물이 흘러내리고 있었다. 나는 미카엘에게 티슈를 뽑아주고 그가 들고 있던 죽 그릇을 받아 들었다. 토마스 수사님은 우리 두 사람이 하는 양을 잠시 보시더니 잠자코 죽을 받아

드셨다. 죽은 여전히 그의 굳은 반쪽 입술 밖으로 흘러내렸고 나 역시 미카엘처럼 숟가락으로 그것을 거둬 다시 입에 넣어드렸다.

토마스 수사님은 독일 바이에른 출신이라고 자신을 소개했던 것 같다. 아니 함경남도 원산 덕원 출신이에요, 이렇게 말했던 것도 같다. 그는 독일인치고 키가 작았다. 스물 몇 살에 독일 오틸리엔 베네딕도 수도원에 입회한 후 한국 선교를 위해 세상 끝보다 멀었던 한국으로 와서 함경남도 원산 근처 덕원 수도원에서 살았다. 한국전쟁을 겪었고 거기서 수십 명의 동료, 수도자들이 가장 잔인한 상태로 순교하는 것을 보아야 했다. 목숨을 부지한 채로 남한을 떠돌다가 온 곳이 이곳 W시. 시간이 지나 그는 이제 수도원 한쪽 병실에 누워 한국의 젊은 수도자들이 떠먹여주는 죽을 받아먹고 있는 것이었다.

미카엘은 코를 풀고 나서 잠시 밖으로 나가는 것 같았다. 나는 목울대로 올라오는 뜨거운 것을 꿀꺽하고 삼켰다. 늙는다는 것, 죽는다는 것, 병든다는 것, 누군가에게 시중받지 않으면 아무것도 할 수 없이 비참해진다는 것…… "베드로야, 네가 젊었을 때는 제 손으로 띠를 두르고 마음대로 돌아다닐 수 있었다. 그러나 나이를 먹으면 그때는 남이 와서 팔을 벌리고 허리를 묶어 네가 원하지 않는 곳으로 끌고 갈 것이다"라는 성경 구절이 떠올랐다. 하느님을 위해 머나먼 타국에 와서 애쓴 사람을 이렇게 만든 것을 보면 아빌라의 데레사 성녀가 말한 대로 "하느님 당신이 하시는 걸 보면 당신에게 친구가 없는 것도 무리가 아닙니다"라는 말이 실감이 났다.

토마스 수사님이 식사를 마칠 무렵 미카엘이 다시 병실로 들어섰다. 토마스 수사님은 뜻밖에도 미소를 지으면서 우리 두 사람을 바라보았다. 그는 쓰러지기 전에 미카엘과 나 요한 그리고 안젤로 이렇게 세 사람을 특별히 사랑했었다. 그는 늘 말하곤 했었다.

"미카엘이 제일 걱정이에요. 단식을 하고 계명을 지키고 계율을 지키는 거 너무 중요하지요. 중요하지만 가끔 미카엘은 매사에 너무 열심이라서 나는 그게 걱정이에요. 하느님 나라는 공부하듯 승진하듯 고시 보듯 내 힘으로 가는 데가 아니거든요. 속세에서 1등 하듯 여기서 단식 지키고 속세에서 근무 열심히 하듯이 여기서 기도 많이 하는 건 속세의 방식이지요. 하느님 나라는 그 모든 것을 다 내려놓고 기쁘게 살아내는 거예요. 복음은 지키는 것이 아니고 사는 거거든요."

나는 토마스 수사님의 입가를 부드러운 수건으로 닦아드렸다. 토마스 수사님은 나를 향해 방긋 웃으셨는데 순간 그 눈빛은 깊이를 알 수 없는 동굴 속의 호수 같았다. 이내 장난꾸러기처럼 반짝였다.

"수사님, 힘드시지요?"

내가 묻자 수사님은 다시 웃었다.

"힘들지요. 하느님, 이 늙은이를 빨리 데려가시지 않고 이렇게 내버려두어서 무얼 얻으시려는 건지 궁금하지요. 그러나 내가 물어도 늘 그렇듯 대답이 없으세요. 80년이 넘도록 물어도 대답 없는 양반이니 말이지요. 다만 내가 알게 된 게 있다면 내가 평화 가운데 있다는 거예요. 젊었을 때 나는 평화가 아무 일도 일어나지 않는 것인 줄 알았거든요. 그런데 이제 겨우 하나 알게 되었어요. 평화는 고통 가운데서, 혼란 가운데서, 병과 늙음 그리고 죽음 한가운데서 하느님을 붙들고 있는 거라는 걸."

토마스 수사님은 다시 미카엘을 바라보았다.

"미카엘 수사님, 요한 수사님. 서품을 받고 신부가 된다는 것은 참 좋은 일입니다. 물론 그렇게 되지 않는 것도 또 좋은 일입니다. 하느님은 우리를 지어내고 좋아하셨지 뭐가 되고 나서 좋아하시지는 않았지요. 그런데 너무 혼자 힘으로 모든 걸 하려고 하면 넘어집니다. 우리는 작고 가난합니다. 우리는 그저 그분께 모든 걸 맡기고 겸손하게 기다릴 뿐이지요. 우리가 해야 하고 오직 하나 할 수 있는 일이라고는 우리의 먹을 것, 우리의 입을 것, 우리의 시간과 선의를 그것이 모자라는 이웃과 나누는 거지요. 예수님은 교회 건물을 세우지도 않았고 시위를 주동하지도 않았으며 학교를 창립하지도 않았으며 한 나라를 구원하기 위해 전쟁터에 가시지도 않았잖아요."

왜였을까, 그것은 토마스 수사님의 유언처럼 들렸다. 젊은 시절 "한국말 잘하시네요?" 누가 물으면 그는 "젊은 당신보다 내가 한국에서 더 오래 살았어요" 하고 대꾸했다고 했다. 어려운 한국말을 저렇듯 유창하게 하기까지 그는 얼마나 많이 힘들었을까. 기름진 치즈와 햄을 포기하기까지 그는 얼마나 많이 허기졌겠으며 해 저

물녘에 고향이 얼마나 그리웠을까. 대체 무엇이 그를 이리로 이끌고 와서 그를 이곳에서 살게 하고 그를 여기에 머물게 하여, 대체 무엇이 우리로 하여금 그의 마지막 말을 듣게 하는지. 인간이 마음을 내어 몸을 움직이고 마침내 삶을 이전하는 신비를 나는 보고 있는 것 같았다.

나는 최대한 몸을 경건하게 모으고 그에게 귀를 기울였다. 이런 마음이 전해졌는지 토마스 수사님이 빙긋이 웃었다. 그러고는 다시 말했다.

"미카엘 수사님, 사랑으로 침묵하기로 택하셨다면 침묵하셔야죠. 그러나 사랑으로 말하는 것도 하느님 보시기에 좋아요. 우리는 수사님의 말을 참 좋아했거든요. 특히 이 늙은 사람은 미카엘 수사님 입에서 나오는 한국말의 조금 딱딱한 발음들이 고향 독일의 말처럼 들려오기도 했답니다."

토마스 수사님의 말은 머리에 의해서가 아니라 이제는 고만 쉬고 싶어 하는 그의 육체에 의해 방해받았다. 반쯤 굳어진 입술 때문에 느렸고 또 발음이 정확하지 않았다. 하지만 그의 마음은 우리에게 정확히 전달되었다. 해쓱해진 미카엘의 얼굴이 다시 창백하게 변해갔다. 그때 종소리가 울렸다.

55.

"하느님, 나를 구하소서. 주님, 어서 오사 나를 도우소서!"

기도가 시작되고 나서 미카엘은 많이 울었다. 나는 다문 그의 입술이 뒤틀리면서 눈으로 다 쏟아지지 못한 눈물이 신음으로 비집고 나오는 것을 보았다. 나중에는 안젤로까지 덩달아 눈물을 흘리는 바람에 나까지 울어버릴까봐 몹시 힘이 들었다.

우리 셋은 수련 시절 "슬픔의 잔을 고즈넉이 마시는 일이 성실한 크리스천들의 운명인 것이다"라는 구절을 이메일 끝부분에 서명처럼 써서 서로 주고받았다. 참으로 그리스도인이 된다는 것은 그 스승을 닮는 일, 십자가를 지고 걸어가는 일이었다. 그 끝이 십자가에 못 박혀 죽는 일이라는 것을 뻔히 알면서 말이다. 그날 저녁기도 후에 미카엘은 우리에게 다가와 말했다.

"말하기로 했어. 내가 세운 규칙이 부질없다는 것을 인정하기로 했어. 내가 아무것도 아니라는 것을 받아들이기로 했어. 나는 내 부족함을 울기로 했어. 나는 내가 병들고 늙고 죽어가는 슬픈 인간이라는 것을 받아들이기로 했어."

말하는 미카엘의 입술은 아직은 그걸 다는 인정할 수 없는 젊은 육체에 속해 있었기에 조금 떨리고 있었다. 안젤로가 커다란 미카엘의 품에 안겼고, 내가 그들을 함께 안으면서 말했다.

"오늘은 내가 쏜다. 특별히 치맥으로!"

56.

이걸 미카엘의 새로운 회심이라고 할까. 우리 동기들은 수도 생활을 포기하려던 위기까지 갔던 미카엘의 새로운 시작을 축하하기 위해 소풍을 가기로 했다. 우리 동기들을 위한 자전거 여덟 대가 수도원 창고에서 꺼내어졌다. 미카엘과는 그다지 잘 지내지 못했으나 안젤로를 사랑한 주방 수사님이 특별히 챙겨준 삼겹살에 휴대용 가스레인지, 그리고 마늘, 고추와 상추, 김치, 소주에 라면까지 준비되었다. 나중에 안 일이었지만 한 사람의 수련자가 수도 생활을 포기할 위기에 처하면 온 수도원이 숨을 죽였고 그가 회심하여 기쁜 마음이 되면 온 수도원에 활기가 돌았다. 그걸 내색하는 사람은 아무도 없었지만 말이다.

그날 우리는 여름이면 늘 소풍을 가던 선녀탕으로 향했다. 선녀탕이란 우리가 붙인 이름으로 수도원에서 자전거로 20분 정도 걸리는 저수지, 선배들 때부터 우리만의 은밀한 수영장으로 사용하는 곳이었다. 그날 찬란한 초여름의 태양이 빛났다. 세상의 모든 나무는 제각기 다른, 그토록 수많은 초록으로 빛났다. 그날 열여섯 개의 은빛 바퀴가 굴러가는 것이 하느님 보시기에 좋았을까. 그랬을 것이다. 우리는 기뻤고 우리는 하나였고 젊었으니까.

"너희에게 고백하지 않은 게 하나 있어."

소주가 몇 잔 들어갔을 때 미카엘이 입을 열었다.

"나 때문에 아빠스님을 너무 미워하지 말라고 하는 말이야. 내가 꿀빠를 먹기 전, 그러니까 경찰서에 연행되기 전 어느 날 아빠스님에게 편지를 보냈어. 무슨 마음이었는지 지금 생각하면 모골이 송연한데, '존경하는 아빠스님, 아빠스님의 가장 큰 단점은 그토록 완강히 침묵하면서 결국 가진 자가 가난한 자들에게 저지르는 죄를 모른 척하는 이 세속화된 교회에 너무도 쉽게, 너무도 죄책감 없이 동의하신다는 점입니다'라고 시작하지."

술잔을 넘기던 ARS 303 수사가 켁켁대고 기침을 하기 시작했다. 그의 기침 소리가 아니었다면 침묵이 우리를 짓눌렀을 것이었다. 침묵이 우리를 짓눌렀던 이유는 그렇게 생각하지 않고 있어서가 아니라 감히 그렇게 말할 수 없었기 때문이었다. 미카엘은 피식 웃었다.

"수도원에 입회하던 그때부터, 아니 천주교에 입회하던 그때부터 저는 이런 의문에 시달렸습니다. '내 탓이오'라는 그 말 말입니다. 저는 이렇게 생각했습니다. 우리가 '내 탓이오' 하고 말하라고 하면 겸손되이 머리를 숙여 '내 탓이오'라고 말하는 그 사람들이 과연 이 모든 불신앙과 타락의 책임자일까요? 오히려 장상들은 권력자들에게 가서 말해야 하는 게 아닐까요? 위선자들아, 너희는 회칠한 무덤과 같다. 너희는 자유, 평등, 인권 같은 말을 팸플릿과 플래카드에 가득 쓰고 있다. 너희는 살인한 자를 감옥에 보내지만 가진 자들이 교회에 빠지지 않고 나오며 십일조를 낸다는 이유만으로 신앙의 면류관을 씌워주고 그들의 학대에 몰려 자살한 이들에게 지옥의 낙인을 찍는다. 너희는 차 한 대를 훔친 이들을 무겁게 처벌하면서 하늘로부터 부여받은 존엄한 인권을 훔친 자는 용서하고 있다. 마지막 날 주님께서 말씀하실 것이다. 주님이 주신 은혜를 남을 학대하고 남의 생명을 빼앗고 절망을 주는 데 쓴 자들아, 너희는 영원히 지옥 불에서 고통받아라! 하고 말입니다."

먼 산에서 뻐꾸기가 울었다. 저만치서 종달새도 솟아오르는 것 같았다. 삼겹살이 불판에 구워지는 소리가 지글거리면서 울렸다.

"그러다가 토마스 수사님을 간호하면서 나는 알게 되었어. 그분은 아무도 단죄하지 않으셨어. 그분은 약하고 작고 무력하고 비참하게 되었지만 웃음을 잃지 않으셨어. 내 가슴을 찢어버리고 싶었지. 별생각이 없었는데, 하루하루 지나면서 내 자신이 미칠 것처럼 부끄러웠어."

누군가가 먼 산을 바라보면서 코를 훌쩍였고 누군가는 돌멩이를 들어 수면 위로 힘껏 물수제비를 떴다. 미카엘이 다시 말했다.

"나는 사랑에 대해 말하려고 했던 거야. 작고 가난한 형제에 대한 사랑⋯⋯. 나는 예수가 승천하기 전에 주고 갔던 평화에 대해 이야기하려고 했던 거야. 그런데 내 말투에는 사랑이 없었고 내 편지의 내용에는 평화라고는 눈을 씻고 찾아봐도 없었어. 왜 토마스 수사님을 간호하는데, 그 터무니없이 눈이 맑고 터무니없이 명랑한, 지금은 어린아이보다 못하게 되어 대소변조차 혼자 보지 못하고 넣어주는 음식의 반을 흘리는 늙은 수사님을 보면서 나는 그걸 깨닫게 되었을까? 그분이 하도 잔잔하셔서 내 얼굴이 비추어졌는데, 나는 거기서 사랑을 빙자한 증오로 가득하고 평화를 빙자하여 전쟁을 불사하는 가증스러운 한 영혼을 보게 된 거라구."

우리는 다시 소주를 나누었다. 침묵은 누군가가 문득 "그만해요. 그러다가 성인(saint) 되시겠어요" 하는 순간 깨어졌고, ARS 303 수사의 눈짓에 맞추어 우리는 미카엘의 그 기다란 팔과 다리를 들어 선녀탕으로 던져버렸다. 미카엘은 억울하다는 듯이 팔과 다리를 허우적거리면서 무어라고 고함을 쳤는데 이내 이빨을 다 드러내 보이면서 커다랗게 웃었다. 실로 오랜만에 보는 그의 웃음에 우리 모두는 다시 활기를 찾았다.

"미카엘 수사님! 성인 되지 말아요. 성인이 되려면 먼저 죽어야 돼요!"

안젤로가 외치자 우리는 안젤로도 번쩍 들었다.

"그럼 안젤로도 성인 품에!"

우리는 작은 키의 그도 번쩍 들어 저수지 안으로 던져버렸다. 이윽고 여덟 살짜리들처럼 우리는 서로 엉키어 서로를 물에 빠뜨렸고 곧 모두가 생쥐처럼 젖어버렸다.

57.

나 역시 물에 빠지자 옷을 입은 채로 천천히 저수지 안쪽으로 헤엄쳐 갔다. 어느 정도 일행들과 멀어지자 뜻밖의 고요가 수면 위에 놓여 있었다. 나는 그 고요 안으로 헤엄쳐 들어갔다. 계곡에서 찌르르르 이름 모를 새가 울었다.

마음속으로 사무실에 덩그러니 놓여 있을 전화기가 떠올랐다. 지금 나와 소희가 연결되는 것은 그 전화기뿐이었다. 우리는 아직 휴대전화를 소지할 수 없는 젊은 수사들이기 때문이었다. 며칠 동안 종일 그 전화기 곁을 떠나지 못했었지만 소희는 소식이 없었다. 몇 번이고 내가 아는 그녀의 휴대전화로 전화를 걸어보고 싶었지만 나는 그러지 못했다. 그러면 안 되는 것이기 때문이었다.

저수지 가에서는 우리 동기들의 웃음소리가 퍼져나가고 있었다. 나는 내 마음속으로 드리워져오는 그녀의 얼굴을 물끄러미 바라보았다. 그녀의 얼굴은 내 가슴에 따뜻한 슬픔과 서늘한 행복을 동시에 가져다주었다. 나는 사랑은 주는 거라고, 진정한 사랑은 주는 것일 뿐 아무것도 바라지 않는 것이라고 한 번 더 다짐하고서야 끈질기게 따라오는 따사로운 슬픔을 뿌리치고 저수지 밖으로 나올 수 있었다.

58.

수도원으로 돌아오자 문지기 수사님이 내게 다가왔다.

"요한 수사님, 아침에 누가 찾아왔는데, 미카엘 수사님을 만나겠다고 찾아왔는데, 미카엘 수사님이 만나고 싶지 않다고 선녀탕 가버렸던 거 알아요?"

뜻밖의 말이었다. 내가 영문 모를 표정을 짓자 문지기 수사님이 다시 말했다.

"그런데 그 사람 안 가고 아직 기다리고 있어요. 면회실 한구석에 버티고 앉아서 말이야. 점심을 대접하려고 했는데 밥도 안 먹어…… 여자예요."

여자예요, 라는 말을 하면서 문지기 수사님의 얼굴에 복잡한 표정이 어렸다.

그건 찾아온 그녀가 미카엘과 근친(近親)이 아닌 것이 분명하다는 이야기였고 그렇다면 남은 가능성은 한 가지밖에 없다는 말이었다.

"미카엘 수사에게 그렇게 이야기할게요."

내가 무심히 대꾸하면서 지나치려 하자 문지기 수사님이 옷소매를 잡았다.

"요한 수사님, 나 문지기 생활 30년에 별의별 일을 다 겪었어요. 점쟁이는 아니지만 사람을 좀 볼 줄은 압니다. 미카엘 수사님 지금 어려운 처지인데 안 만난다는 결정이 옳은 거 같아요. 들어가보세요. 다른 수사님들이 보면 안 될 거 같아 내가 특별히 요한 수사님께만 말씀드리는 거예요. 돌려보내셔야 할 거 같아요, 분위기가 영."

문지기 수사님은 고개를 절레절레 흔들었다.

면회실 문을 열었을 때 나는 진한 향수 냄새를 먼저 맡았다. 그녀는 짧은 반바지를 입고 있었으며 평범해 보이나 고가(高價)임이 드러나는 선명한 명품 로고가 찍힌 티셔츠를 입고 있었고 아주 개성적인 이목구비를 하고 있었다. 진한 향수 냄새는 그녀의 긴 생머리 사이로 풍겨 나오고 있었다. 그녀는 대체 이곳이 무엇을 하는 곳인지 영문을 모르겠다는 표정을 감추지 않고 있었다. 내가 신분을 밝히고 미카엘이 지금 어려운 처지에 있다고 말하자 그녀는 뜻밖에도 고개를 끄덕이면서 대꾸했다.

"알고 있어요. 요 몇 달 미카엘은 전화해서 이곳을 떠나고 싶다고 이야기했어요. 그래서 미카엘을 데리러 온 겁니다. 그는 이런데 어울리는 사람이 아니에요. 우리는 그가 1년도 버티지 못할 거

라고 예측했는데 너무 오래 여기 머물렀어요. 그를 데리고 가려고
해요. 그는 10년 동안 미쳤었고 이제 제정신이 돌아온 거 같아요."

여자의 말투는 마법의 성에 갇힌 남편을 구하러 온 것처럼 당당
해서 순간 나는 내 귀를 의심했다. 미카엘이 요 몇 달 그녀에게 전
화해서 떠나고 싶다고 이야기했다는 대목에서는 울컥 배신감도
밀려왔다. 그녀가 말하는 '우리'가 누굴지도 문득 궁금했다.

"미카엘이 어떻게 자랐고 어떻게 살다 이리로 왔는지 아신다면
제 말을 이해하실 겁니다. 그는 어떤 것이든 결핍을 견디지 못하는
사람이에요."

여자는 말을 하면서 역시 고가의 로고가 붙은 커다란 팔찌를
팔 위로 올렸다. 갸름하고 긴 얼굴에 눈매도 길고 코도 길고 입매
도 길어 언뜻 모딜리아니의 초상을 연상시키는 그녀는 보호자 같
은 확신에 차 있었다. 나는 일단 입을 다물고 그녀의 말을 끝까지
경청하기로 했다.

"전 미카엘을 잘 압니다. 어린 시절부터 우리는 함께 자랐으니까
요. 그리고 한때 우리는 결혼하기로 했던 사이니까요. 어느 날 미카
엘이 난데없이 이리로 떠나겠다고 마음먹기 전까지는 말이지요."

그때 면회실 문이 벌컥 열렸다. 미카엘과 안젤로가 함께 문 입구
에 서 있었다.

"요한, 여기 있었구나, 어디 있나 싶었는데."

미카엘은 여자를 보고 나서 굳어진 얼굴로 내게 말했다. 당황한
내가 말을 이으려는데 미카엘이 안으로 성큼 들어섰다.

"요한, 네가 애쓸 필요 없어. 잠시 자리를 비켜주겠니?"

미카엘은 차가운 어투로 말했다. 내가 엉거주춤 일어서서 나가려고 하자 미카엘이 다시 말했다.

"참 끝기도 후에 네 방으로 갈게, 기다려줘. 할 이야기가 있을 거 같아."

미카엘의 표정에는 여자에 대한 노골적인 무시와 경멸이 어렸다. 내가 문밖으로 나오자 안젤로가 내 팔을 잡았다.

"나 아침에 저 여자 봤어요, 요한 수사님. 아침에 제가 양초 공예실 쪽으로 가는데 저 여자가 날 붙들고 미카엘 수사님 불러달라고 했어요. 제가 연락했는데 미카엘 수사님이 거절했어요."

우리는 면회실이 있는 복도에 기대어 서 있었다. 미카엘과 그녀가 마주 앉아 있을 면회실에서는 아무 소리도 들려오지 않았다.

"결혼하려고 했던 사이래."

내가 말하자 안젤로가 천천히 고개를 끄덕였다.

"미카엘을 데리러 왔다고 그러네. 자신 있게 말하던데."

안젤로는 다시 고개를 끄덕였다.

"사랑했나보다. 아직도 사랑하고."

내가 문득 웃자 안젤로가 고개를 갸웃하면서 말했다.

"왜요? 사랑하니까 여기까지 찾아오고 사랑하니까 아직까지 기다리는 거겠죠. 내 마음이 아파요. 아무리 남이 보기에 하찮은 것이라 해도 사랑은 아픈 거잖아요."

안젤로는 창밖을 바라보면서 말했다. 서쪽 하늘 저쪽으로 천사의 깃털 같은 구름이 퍼져 있고 그 사이로 생채기처럼 노을이 빨갰다. 안젤로가 말한 사랑이라는 말 때문이었을까. 내 마음은 소희를 보냈던 수도원의 다섯 번째 담벼락을 더듬고 있었다.

"어떤 이유든 사랑은 아프고, 그래서 하느님도 늘 아프세요. 하느님은 사랑하니까요. 난 노을을 보면 그게 상처 난 하느님의 섬세한 마음인 거 같아서 덩달아 마음이 아파요."

그때 종이 울렸다. 저녁 식사 시간을 알리는 종소리였다. 안젤로와 나는 식당으로 향하면서 열리지 않은 문을 마지막으로 돌아보았다. 그날 우리는 설거지 당번이었는데 식사를 거른 듯한 미카엘은 나중에 설거지 방으로 왔다.

"그분 가셨어요?"

안젤로의 물음에 미카엘은 아무렇지도 않다는 듯 휘파람을 불더니 대답했다.

"내가 여기 온 지도 어언 10년이 다 되어가…… . 난 뭘 하고 살았나 싶은 생각이 들면 견딜 수가 없어. 요한, 안젤로. 나는 오늘 이런 생각을 했어. 한 조각의 빵이 없어서 우는 사람이 있고 100조각의 빵이 지루해서 우는 사람이 있어. 둘 다 지옥 속에서 사는 거지. 어쩌면 빵이 없는 형벌은 빵 한 조각이 주어짐으로써 단순하게 벗어날 수 있지만, 100조각의 빵이 지루해서 우는 사람을 구원할 길은 참으로…… 참으로 없어."

미카엘은 설거지통에서 접시를 헹구어 식기세척기에 넣었다. 안젤로와 나의 눈이 안도감으로 마주쳤다. 미카엘은 휘파람을 불다가 낮은 소리로 노래를 흥얼거렸다.

"잎이 필 때 사랑했네 / 바람 불 때 사랑했네 / 물들 때 사랑했네 / 빈 가지, 언 손으로 / 사랑을 찾아 / 추운 허공을 헤맸네 / 내가 죽을 때까지 / 강가에 나무, 그래서 당신."

김용택 시인의 시 「그래도 당신」에 곡을 붙인 노래였다. 나는 언젠가 미카엘이 내 방으로 찾아와 샤를 드 푸코 성인의 책을 읽어주던 기억을 떠올렸다.

"그 슬픔은 나를 온통 벙어리로 만들었으며 사람들이 축제와 향연을 벌일 때면 더욱 끈질기게 나를 괴롭혔습니다. 내가 베푸는 파티에서도 한순간이 지나면 오히려 깊은 침묵에 빠졌고 마침내는 모든 것이 역겨워졌습니다."

나는 미카엘이 보내버렸을 그 여자에게 깊은 연민을 느꼈다. 하지만 어찌 생각해보면 미카엘은 한때 사랑을 해본 것이라는 이야기가 된다. 그러니 바람이 많이 부는 날 바람에 나부껴 가끔씩 이파리에서 반사되는 햇빛처럼 추억이 그의 마음에 반짝반짝일 때도 있을 것이다. 빗소리를 들으면서 깊은 밤 혼자 잠에서 깨어났을 때 가만히 서랍을 열고 꺼내어 보는, 옛적의 크리스마스카드처럼 그리운 얼굴들을 가지고 있을 것이었다.

나는 내 사무실로 올라갔다. 전화기는 침묵하고 있었다. 나는 침묵하는 전화기를 들어 귀에 대보았다. 별일 없지 뭐, 하는 듯 뚜우— 소리가 울렸다. 나는 혼자 수도원 뒤뜰로 나갔다. 손님의 집에 오늘은 아무 손님도 없는지 창마다 어둠이었다. 나는 손님의 집 계단을 바라보았다. 저기에서 소희가 내게 했던 말을 기억했다. 말할 때 그녀의 입술 사이로 살짝살짝 드러나던 덧니도 떠올랐다. 떠나기 전날 그녀가 우리라고 했다, 고 나는 생각했다. 그 사람, 말고 우리, 를 위해 그녀는 여기를 잠시 떠났을 뿐, 이라고 나는 나를 위로했다.

아주 조그만 우리의 추억들을 지켜본 나무들이 더 이상은 참지 못하고 그 작지만 진한 기억을 조그만 보랏빛과 진분홍빛 꽃으로 조롱조롱 피워 손님의 집 앞에 흩뿌려놓은 것 같았다. 죄책감을 동반하면 더욱 진해지곤 하는 사랑이 내 가슴속으로 더 이상은 참을 수 없을 듯이 밀려왔다. 며칠 전까지 그녀의 나풀거리는 스커트가 여기를 스쳐 지나갔다고 생각하자 갑자기 눈시울이 뜨거워졌다. 나는 처음 사랑을 가진 자가 맛보는 모든 것, 고독과 질투, 그리고 그리움에 내가 이미 깊숙이 잠식당했다는 것을 알았다.

59.

끝기도 시간에 성당으로 들어가는데 성당 뒷좌석이 환했다. 순간 강력한 자석에 이끌리는 것처럼 그녀의 눈과 나의 눈이 멀리서 마주쳤다. 마음 한구석이 멘톨 향이 퍼지는 것처럼 쏴아 했고 내가 마음으로부터 참을 수 없게 솟구치는 미소를 지으려 하는데 그녀가 내 시선을 피하는 것을 나는 느꼈다.

"하느님 날 구하소서, 주님 어서 오사 나를 구하소서."

끝기도 중에 내내 그녀 쪽을 바라보았지만 그녀는 내 쪽을 바라보지 않았다. 기도가 끝나고 나는 서둘러 성당 앞으로 나갔다. 서울에서 바로 내려오는 길인지 그녀는 조그만 슈트 케이스를 든 채였다.

"잘…… 다녀왔……나……?"

물어놓고도 내 목소리가 너무 어리석다는 생각이 들었다. 성당 앞의 어두운 불빛 속에서 소희는 얼핏 미소를 짓다 말았다. 건성으로 하는 것 같은 응, 이라는 대답이 그녀와 나 사이의 간격을 가로막았다.

"무거울 텐데 내가 들어다 줄게."

내가 그녀의 가방을 들어주려 한 발자국 다가서자 이번에는 그녀가 한 발 물러섰다. 이유를 알 수 없는 불길함이 그녀가 한 발자국 물러선 우리의 거리 사이로 성큼 들어섰다.

"괜찮아, 피곤해서……. 내일…… 보자."

소희는 미소인지 찡그림인지 모를 표정을 던져놓고 커다란 수도원 현관문을 밀고 총총 나가버렸다.

사랑에 빠진 인간은 어리석다. 그는 자기가 보고 싶은 것만을 보고 그는 자기가 듣고 싶은 것만을 듣는다. 그날 나는 내일 보자……는 그 말만을 기억했다. 그 말만을 가슴에 새겼고 그 말만으로 그 자리에 주저앉고 싶어 하는 나를 가까스로 지탱했다. 그녀가 이곳에 다시 왔다는 생각만으로, 그녀가 내뱉는 조그맣고 따스한 입김이 내가 숨 쉬는 이 공기에 어린다는 것만으로, 나는 나를 달랬고 그리고 마침내는 행복하다고 생각해버리기에 이르렀다.

60.

나는 성당 안의 어둠 속에 홀로 앉았다. 예수는 십자가 위에 매달려 말없이 두 팔을 벌린 채 나를 바라보고 있었다.

"당신이 만약 그녀였다면 저는 당신을 저기 매달아두게 하지 않았을 것입니다. 당신이 그녀라면 저는 당신을 저렇게 만들어 성당마다 걸어두는 자들의 먹살을 잡아 패대기쳤을 것입니다. 당신이 만약 그녀였다면 저는 매일 이곳에 와서 당신이 거기 매달려 있는 게 너무 당연하다는 듯이 그저 나의 소망을 주절거리지는 못했을 것입니다.

오오 나의 하느님, 당신께 고백할 일이 생겼나이다. 만일 당신이 그녀라면 저는 조금의 주저도 없이 평생을 오직 당신만을 사랑하면서 살겠노라, 약속했을 것입니다. 당신이 그녀라면 다만 당신의 얼굴을 바라보기 위해 여기 이 성당에서 매일 밤이라도 새웠을 겁니다. 당신의 얼굴을 마주 보고 있는 기쁨을 생각하면 잠도 더 이상 달콤하지 않았을 겁니다.

당신이 그녀라면 저는 당신을 사랑함으로 인해서 내게 다가오는 모든 모욕이 나의 사랑을 증명해준다 자부할 것이며 그로부터 오는 고난과 시련도 얼마든지 참아냈겠지요. 당신이 그녀라면 1년에 한 번 당신이 지상에 오기로 된 날 두 달 전부터 저는 밤마다 잠을 설치면서 당신이 오실 날을 기다리면서 설레었겠지요. 당신이 그녀라면 당신을 배신한 제자를 저는 절대로 용서할 수 없었겠지요. 당신이 그녀라면 저는 차마 당신이 매 맞고 옷 벗겨지고 조롱당하고 가시관 쓰고 마침내 그 여린 손에 못 박히는 것을 참을 수 없었겠지요, 절대! 두 눈 뜨고 볼 수 없었겠지요. 그때의 기록을 읽는 제 눈에서 피눈물이 흘러나왔을 겁니다. 당신이 그녀라면 저는 당신이 십자가에 못 박혀 죽은 지 사흘 만에 다시 저를 찾아왔을 때 덩실덩실 춤을 추면서 온 세상에 그걸 알렸을 겁니다. 당신이 그녀라면 당신이 올라간 하늘로 가서 다시 당신을 만날 때까지 저는 이 세상 것들을 쓰레기로 여길 겁니다. 안락이, 명예가, 돈이 무슨 소용이었겠습니까? 당신이 그녀라면 제가 당신과 만나기 위해 이 한평생을 검은 수도복이 아니라 누더기를 뒤집어쓰고 산들 무엇이 힘들겠습니까?

……오, 나의 주님. 고백합니다. 당신을, 사랑한다고 말한 저를 용서해주십시오. 당신을 사랑하는 줄 알았는데, 그게 제 마음인 줄 알고 말했고 그때는 거짓이 아니라 생각했는데, 주님 저는 그녀를 사랑합니다. 저는 당신을 위해서가 아니라 그녀를 위해서 죽을 수 있습니다. 미안합니다, 주님. 정말 미안합니다. 너무 늦게야 그걸 알아버렸습니다."

어머니 배 속에서부터 신자였던 나는 내가 태어난 이래 가장 정직하고 진실한 기도를 드렸다는 것을 알았다. 진실에 가 닿은 자, 특별히 자기 자신의 진실에 가 닿은 자가 그렇듯 나의 가슴은 뛰었다. 그러나 그 내면은 맑고 투명했고 실은 평화로웠다.

"저를 인도해주십시오. 길을 잃었나이다. 광야에 나온 어린양처럼 두렵습니다. 그러나 주님, 당신은 나를 아시기에 내가 당신이 원하지 않는 것을 하고 싶어 하지 않는다는 것을 아십니다. 그 사랑이 당신을 언짢게 하는 것이면 그 사랑을 여기서 제게서 거둬주십시오. 실상 그녀가 온 것도 당신이 하신 일 아닙니까?"

뜻밖에도 눈물이 흘러내렸다. 글쎄 그것은 딱히 그녀를 향한 사랑 때문만은 아니었을 것이다. 그건 아마도 스물아홉의 생애를 두고 처음으로 내가 그분과 진심으로 대면하고 있었기 때문이리라.

2부 ———————

빈 들에 나가
사랑을

네 생애를 두고 돌보아준
새 한 마리 있었더냐?
네 영혼을 두고 마음에 담아둔
또 한 영혼이 있었더냐?
그분이 묻고 너는 대답해야 한다.
— 한상봉

1.

그때 내게 어떤 일이 일어났다, 라고 나는 말해야 할 것 같다. 아직 누구에게도 이 말을 한 적이 없었지만 그래, 그때 내게 어떤 일이 일어났다. 그 후로도 몇 번이나 그 밤을 생각했고 그것의 정체가 무엇일까 되물어보았지만, 한때는 누군가가 농담으로 하는 말처럼 이 모든 것이 "마귀의 장난"일까 생각한 적도 있었지만, 이제 나는 그것이 하느님의 목소리였다는 것을 확신한다. 그때 하느님께서 낮고 조용한 목소리로, 아무도 없는 밤 성당에서 내게 말씀하셨다.

"사랑하라, 요한. 사랑하라."

목소리는 나의 단전(丹田) 깊숙한 곳으로부터 마음으로 울려 나왔다. 온몸으로 전율이 지나갔다. 그 목소리를 듣는 순간, 나는 그것이 그분의 음성이라는 것을 알았고 그것이 그녀를 사랑하라는 그분의 허락이며 이 모든 일을 주관하신 분이 그분이라는 것을 확신했다. 그러나 그렇다 해도, 스물아홉 해를 살아와 이제는 내 피부처럼 변한 내 이성(理性)의 검은 옷이 확신을 막았고 나는 잠시 혼란 속에서 그 목소리를 의심했다.

"주님, 저는 당신을 사랑……하고 싶습니다."

나가 놀아도 좋다는 허락을 갑자기 받은 수험생처럼, 뜻밖의 휴가를 명령받은 군인처럼 나는 두려움에 사로잡혀 되물었다. 방금 사랑한 것은 당신이 아니었다는 고백도 잊어버리고 나는 실은 겁에 질려 있었다. 십자가의 실루엣 뒤로 희뿌연 빛들이 어렸다. 귀가 멍멍했고 십자가를 제외한 모든 사물은 깊은 어둠 속에 잠겼는데 다시 소리가, 낮고 작고 인자한 소리가 내 마음으로 울렸다.

"내가 그녀를 네게 보냈다. 사랑하여라, 요한."

"저는 곧 사제가 될 사람입니다. 저는 수도자이고 곧 평생을 당신과 함께하겠다 맹세를 해야 합니다. 그런데 어떻게 제가……."

희뿌옇고 이상한 빛에 일그러져 있던 사물들이 순간 반듯하게 질서를 찾아 제자리로 갔다. 검은 수도복을 입은 내가 무어라고 중얼거리는 동안 기쁨에 겨운 내 영혼이 내 몸을 뚫고 천장까지 솟아 올라가는 것 같았다. 나는 나를 억제하면서 성호를 긋고 그 자리에서 일어났다. 성당을 나오기 전 나는 다시 한 번 되돌아가 무릎을 꿇었다. 그리고 물었다. 그러나 돌아온 것은 침묵이었다. 침묵, 그리고 침묵, 침묵이었다.

2.

나는 홀리듯 다시 수도원 뜰로 나섰다. 달은 만월이었다. 온 세상에서 단 하나의 커다란 빛만을 허용할 때 신기하게도 만강(萬江)에 달빛이 어리고 만 가지 잎사귀와 조약돌에 빛이 깃든다. 어둠이 짙은 것은 오히려 수많은 잔 불빛들로 현란한 도시의 밤들 쪽이라는 것을 나는 이 수도원에 들어와 알았다.

나는 달빛에 의지해 손님의 집 쪽으로 돌아갔다. 소희의 방에는 작은 스탠드가 켜져 있었다. 커튼으로 가려져 보이지 않았지만 소희가 아직 자고 있지 않은 것 같았다. 그녀가 거기 있는 것만으로도 나는 기뻤다. 피곤할 그녀가 오늘 밤 잘 잠들 수 있기를 잠시 기도했다. 그때 창문을 미는 소리가 들렸다. 내가 고개를 들자, 소희가 그 창가에 서 있었다. 소희의 눈이 참 슬퍼 보인다고 생각했는데 뜻밖에 그녀가 활짝 웃었다.

"요한! 사무실로 전화해도 안 받길래, 자러 갔나 했어. 우리 맥주 마시러 나갈래?"

소희는 내 대답을 듣기도 전에 창문을 제대로 닫지도 않고 창문 저쪽으로 사라졌다가 손님의 집 계단을 폴폴 뛰어 내려왔다.

"전에 요 앞에 치킨 잘하는 집 있다고 했지? 아니면 포장마차?"

소희의 덧니가 달빛 아래서 환했다.

"잠깐, 지갑을 가지고 나오지 않았어."

"내가 살게! 괜찮은 거지? 그럼 가자."

소희가 내 팔을 잡아끌었다. 우리는 야간 자율학습 시간에 맘이 맞아 도망치는 철부지 학생들처럼 수도원 정문을 향해 뛰었다. 정문에 다 왔을 때야 나는 내가 아직 검고 긴 수도복 차림이라는 것을 알았다.

"잠깐 수도복은…… 어쩌지?"

내가 그제야 말을 꺼내자 소희가 까르르 웃었다.

"것도 재밌겠다. 술집 주인이 물으면 베네딕도 수도원은 손님을 예수처럼 맞으라고 했는데 손님이 술 마시고 싶다고 해서 이 밤중에 나왔다고 해. 예수님은 손님들이 술 모자란다고 해서 기적도 일으켜주셨잖아."

소희는 나를 놀리면서 다시 웃었다. 나는 소희에게 잠시 수도원 앞 횡단보도에서 기다리라고 해놓고 정문 근처의 목련 뒤로 돌아갔다. 소희가 이곳에 오던 날 흰 꽃무리를 무더기무더기 쏟아놓던 목련에는 이제는 푸른 잎이 무성했다. 30년 된 목련 나무 아래서 나는 수도복을 벗었다. 그리고 그 제일 아래 가지에 벗어버린 수도복을 걸어놓았다. 그러자 나는 스물아홉 살의 그냥 청년이 되었다.

돌이켜 생각하건대 그날 거기에 그 수도복을 걸어놓은 것은 나의 가장 큰 실수이지 않았나 싶다. 세월이 지나간 후에, 나는 다시는 그 목련 나무 곁을 무심히 지나지 못했다. 목련이 흰 광목 빛깔 꽃이라도 흐드러지게 피우는 달에는 목련 꽃잎처럼 가슴이 하얗게 바랬고 목련 꽃이 지는 날에는 오래도록 창가를 서성였다. 바람이 많이 부는 가을날 큰 이파리를 뚝뚝 떨구는 그 나무 아래를 지날 때면 오래된 상처가 도지는 것처럼 가슴 언저리가 욱신거렸다. 가끔은 그 나무를 찾아가 가만히 쓰다듬었다. 사람은 가도 나무는 거기 오래 남아 있으리란 것을 알았다면 나는 차마 그곳에 그렇게 무모하게 나의 추억을 걸쳐놓지 못했으리라.

우리는 수도원 앞에서 작은 포장마차까지 뛰었다. 그리고 우리의 젊음처럼 거품이 아직 싱싱한 맥주를 마셨다. 소희는 말이 많았다. 술을 마시는 속도가 빨랐고 시간이 지나자 더욱 그랬다. 감정이 오르락내리락 위태롭다 싶었는데 갑자기 고개를 숙이고 있던 그녀가 주인에게 소주를 주문했다. 그러고는 한참을 고개를 숙이고 있었다. 다시 고개를 들고 그녀가 물었다.

"나 안 보고 싶었어?"

소희의 이마 위로 흐트러진 머리카락이 함부로 내려와 있었다. 나도 모르게 손을 뻗어 그녀의 머리칼을 귀 뒤로 넘겨주었다. 놀라는 소희의 눈에 눈물이 가득 고였다.

"전화 한 통 하지 않고…… 어떻게 그럴 수가 있어? 난 네가 날 고만 잊은 줄 알았어."

소희의 눈에서 눈물이 흘러내렸다. 내 가슴은 사랑을 확인한 자의 기쁨으로 터질 듯 뛰고 있어서 나는 차마 입을 열 수가 없었다.

"넌 내가 서울에서 어떻게 지내는지 궁금하지 않았니?"

소희의 입술에 내 손가락을 가져다 댔다. 그리고 내 입술에 그 손가락을 대고 쉿, 하고 말했다. 입을 다문 채 커다란 눈으로 나를 바라보는 그녀의 눈동자에 그녀의 손을 잡고 벼랑으로 달려가는 나의 환영이 언뜻 비치는 것 같았다.

"보고 싶었어. 궁금했어. 전화하고 싶었어. 하지만 넌 다시 여기 왔고 우린 다시 함께잖아. 그럼 된 거잖아."

그래 그걸로 충분했다. 맹세코 더 이상 아무것도 바라지 않았다. 소희는 내 말에 잠시 미소를 짓더니 내 손가락이 가 닿았던 자신의 입술을 다시 매만지면서 나를 빤히 바라보았다. 나는 얼른 소주를 입에 털어 넣었다.

'사랑하라, 요한. 사랑하라.'

목소리가 내 가슴속에서 울리고 있었다.

'어떻게요? 어떻게 말입니까?'

나는 묻고 싶었다.

"언젠가 처음 만나던 무렵, 너 내게 그런 말 한 적 있었지? 약혼자를 두고 다른 남자를 그리워하는 여자, 그런 사람들로 고해소가 넘친다고……. 그치?"

소희가 뜻밖의 말을 꺼냈다. 내가 질투심과 내 스스로의 혼란에 못 이겨 했던 말을 그녀가 기억하는 것 같아 마음이 아렸다.

"그 얘기는 미안하다고 했잖아."

소희는 손가락으로 머리카락을 쓸어 올리더니 소주를 한 잔 더 따르고 빠르게 마셔버렸다. 그리고 말했다.

"미안하다는 그 이야기가 아니고, 네가 나를 아나 싶어 그때 몹시 놀랐었어. 내가 하려는 건 그 이야기야."

소희는 소주잔을 들어 그것을 바라보더니 입을 열었다.

"스물한 살에 서른 살 먹은 남자랑 약혼했어. 그 사람 스무 살

때 열한 살인 나를 보았고 그때부터 나를 자신의 아내라고 믿었대. 9년 동안 여러 번 도망치려고 했지만 끝내 그러지 못했어. 너 그런 거 아니? 변명거리가 너무 없었어. 사람이 너무 좋아. 가진 것도 많아. 심지어 불성실하게 약혼을 이어가고 있는 나에 대한 인내심까지."

소희는 입술을 일그러뜨리면서 픗, 하고 웃었다. 그리고 머리카락을 쓸어 올렸는데 나는 그때 그녀가 아주 많은 세월을 살아온 여인처럼 느껴졌다. 말의 내용과는 아무 상관 없이 가슴은 아팠다. 나보다 훨씬 오랫동안 그녀를 알았고 그녀의 곁에 있었고 심지어 그녀를 소유한 '그'에 대한 질투심 때문이었으리라. 열한 살짜리 소녀는 어떤 종아리를 하고 있었을까? 어떤 리본을 머리에 커다랗게 매고 웃고 있었을까? 그때도 그녀의 덧니는 붉은 입술 위에서 어여뻤을까?

"좀 걷지 않을래? 달이 굉장히 밝아."

3.

우리는 강변 쪽으로 난 길로 들어섰다. W시는 고요했다. 이따금 창백한 아스팔트를 가르듯 빠르게 차가 지나가면 바람이 획 불어 소희의 머리칼이 날렸고 그럴 때 알 수 없는 꽃향기 같은 것이 났다. 달은 작은 W시의 모든 길을 비추고 있었다. 길은 은빛으로 빛났고 밤의 W시에는 노란 나트륨등이 키가 큰 꽃들처럼 서 있었다. 그 위로 드리운 우리의 그림자는 길게 휘청댔다. 그녀와 나 사이에는 처음에는 팔꿈치를 굽혀도 될 만큼의 간격이 있었으나 걸음과 길의 모양에 따라 점점 좁혀지기도 하였고 그럴 때 두 사람의 어깨가 살짝 부딪치면 우리는 서로 고개를 숙이고 조금은 긴장하면서 걸었다.

손에 맥주 캔 하나씩을 들고 우리는 강가의 벤치에 앉았다. 달에서 흘러나오는 은빛 가루가 온 세상을 덮은 듯했다. 우리가 자는 동안 세상은 다른 향기에 절여져 발효되고 있는 듯했다. 그녀와 이 밤 강가에 앉아 있는 것이 꿈만 같았다. 소희는 벤치에 앉아 발을 덜렁거리다가 두 손을 가지런히 모으고 강물을 바라보았다. 그녀의 콧날이, 흰 이마의 실루엣이 참으로 아름다웠다.

"어떤 작가가 그런 글을 쓴 걸 보았어. 세상에 두 부류의 사람이 있대. 어느 날 밤 문득 그 사람의 손을 꼭 붙들고 도망치고 싶어 한 사람과 그런 생각 같은 거 해보지 않은 사람. 손을 꼭 붙들고 말이야."

강을 보고 혼잣말처럼 중얼거리던 소희가 말을 마치면서 고개를 돌려 날 빤히 바라보았다.

누가 먼저 서로에게 다가갔는지 잘 기억나지 않는다. 그리하여 차갑기는 드라이아이스 같고 뜨겁기는 용광로 같은, 고운 결은 장미 꽃잎 같고 날카롭기는 면도칼로 베인 상처 같은 입술이 그날 밤 내게 새겨졌다. 입술이 닿는 순간 내 온몸이 은빛 가루처럼 부서져 내리는 듯했고 문득 치솟아 산 정상까지 단숨에 오르는 듯했다. 휘도는 강물처럼 혈관의 피들이 왈칵 몰려들었고 수만 볼트의 전류가 나를 무력화시켰으며 바람 부는 들판처럼 나는 넓어지고 있었다. 벤치에 앉아 각자의 두 손에 여전히 맥주 캔을 든 채로 가벼이 맞닿았던 입술은 곧 소희가 내 목을 감싸 안으면서 깊이 포개어졌다.

"꼭 붙들고…… 갈까, 우리?"

내가 물었다.

"그러자. 손 꼭 붙들고……."

그녀가 대답했다. 우리는 손을 꼭 붙들고 달이 강물 너머로 거의 질 때까지 거기 앉아 있었다. 그날 강물과 달빛 그리고 벤치와 길과 나무들은 참으로 우리와 평화로이 존재했다. 시간이 멈추었으면 했던 그때, 달을 저기 저 하늘에 붙들어 매어두고 강물을 가두며 나무를 영원히 신록으로 우리 머리 위에서 나부끼도록 하고 싶다고 생각했던 그날 밤이 기울 무렵 우리는 다시 수도원 쪽으로 걸었다. 수도원은 잠들어 있었다. 그러나 여느 날처럼 잠든 그 수도원은 더 이상 내게 그 수도원이 아니었다.

4.

나는 소희를 손님의 집 쪽으로 보내놓고 천천히 숙소 쪽으로 발길을 돌렸다. 멀리서 기차가 역으로 들어오는 것이 보였다. 손을 꼭 붙들고, 손을 꼭 붙들고…… 머릿속으로 빠르게 그 기차를 타고 떠나는 그녀와 내가 그려졌다. 가난한 내가 아름다운 나타샤를 사랑해서 오늘밤은 눈이 푹푹 나린다. 세상 같은 건 더러워 버리는 것이다. 백석의 시 「나와 나타샤와 흰 당나귀」가 머릿속으로 노래처럼 흩어졌다.

그때 내 정수리를 쪼개듯 종소리가 울렸다. 달이 은빛 자취를 흩뿌리고 지나가버린 하늘에서 아직도 거무스름한 구름 사이로 종소리가 쏟아져 내렸다. 나는 그제야 내가 수도복을 목련 나무에 걸쳐놓고 온 것을 깨닫고 입구 쪽으로 뛰었다. 이슬에 젖어 축축한 수도복을 집어 들고 대충 입은 나는 사람들 눈에 띄지 않게 그냥 사무실로 가야겠다고 생각하고 그리로 발길을 돌렸다.

사무실 문을 밀면서 불이 밝다, 라고 생각하는 순간 나는 거기 앉은 사람을 보았다. 미카엘이었다. 갑자기 누군가 내게 차가운 물을 확 끼얹은 듯 소름이 등줄기로 지나갔다. 그제야 어제 찾아온 미카엘의 이상한 방문객을 보낸 후 그가 내게 이따 밤에 방으로 찾아가겠다고 말했던 것이 생각났다. 방으로 갔다가 내가 없으니 그는 내 사무실로 찾아와 아마도 수도원 어딘가에 있으면 곧 오겠지(실상 거의 10년을 그래왔으니까) 하고 밤새 기다린 모양이었다. 그가 보던 책 몇 권이 탁자에 있었고 그가 마신 커피 잔이 빈 채로 놓여 있었다.

"무슨 일이 있었던…… 건 아닌가보구나. 걱정했어. 그래서 기다린 거야, 요한."

미카엘이 구겨진 수도복을 입은 나를 보고 어이가 없다는 표정을 지었다.

"어디 다녀온 거야?"

5.

가끔씩 평범한 질문 앞에서 우리는 운명을 대답해야 함을 느낀다. 갑자기 벼랑 끝에라도 선 듯 많이 위태롭게 느껴졌다. 내가 무난한 대답을 해야 한다면 그것은 내게 배반을 의미하는 것이었고, 그것은 이탈을 시인하는 것이었고, 그것은 중단과 거짓의 편에 섬을 의미하는 것이었다. 운명의 노크 소리처럼 그것은 내게 진실과 거짓 양쪽 중에 선택을 강요하는 듯했다.

"으응, 그게 그러니까 으응, 내 방 프린터가 고장 나서 출판사 프린터를 쓰고 거기서 깜박 잠이 들어버렸어. 아빠스님이 오늘까지 뭘 좀 프린트해 달라셨거든. 그래서…… 걱정했다니 미안해."

나는 서둘러 방 안의 물건들을 정리하면서 될 수 있는 대로 그의 눈을 바라보지 않으려고 애쓰며 가장 평범한 어투라고 생각되는 단어들을 골라 말했다. 잠시 후에 아주 짧은 순간이었겠으나 나로서는 괴로운, 굉장히 긴 시간 후에 고개를 들었는데 미카엘이 의혹에 찬 시선으로 나를 빤히 바라보고 있었다.

언제나 느끼는 것이었지만 존재를 뒤흔드는 고통을 통과한 자의 눈동자는 투명하고 두려움이 없다. 투명하고 두려움이 없는 것은 무엇이든 사물을 꿰뚫는 힘을 가지고 있다. 어린아이의 무연한 눈동자가 그러하듯 말이다.

나는 창에라도 찔린 듯 아픔을 느꼈고 얼른 그의 시선을 피했다. 그 순간 나는 내 귓속으로 지나가는 어떤 소리를 들었다. 굳이 말하자면 겨우내 얼었던 저수지의 두꺼운 얼음장이 갈라지는 듯한, 몇 만 년 동안 한 몸이었던 빙하가 갈라지는 소리……. 하나였던 것이 쩡! 하고 둘로 갈라지는 그 소리. 그리고 그 둘은 각자 유빙이 되어 다시는 서로 만나지 못할 곳으로 흘러가는 듯한 환시(幻視)도 어렸다.

인간들은 낯선 상대와 소통하기 위해 겨우 언어를 발명해내었으나 그 언어의 벽에 갇혀 실상 진실을 모두 놓치고 만다. 입을 다물고 있으면 언어의 집인 몸이 모든 것을 이야기하는 것을. 의미 없는 진실되지 않은 내 언어가 우리 사이로 들어서 쩡! 하고 우리를 갈라놓는 그 순간 나는 미카엘도 동시에 나와 같은 것을 느꼈다는 것을 알았다. 그의 눈에 당혹감과 함께 슬픔 같은 것이 어리고 있었다. 나는 그가 이 모든 사태를 알아차렸다는 것을 깨달았다. 아직 아무것도 결정되지 않았고 결정할 수 없었으나 우리의 이별은 이미 시작되고 있었다.

그는 이미 한 여자와의 결혼을 거부했고 다시 찾아온 여자를 우리 앞에서 단호히 물리쳐버린 사람이었다. 나는 그가 버리고 온 그 길을 가려고 하는 사람이었다. 그때 아침기도 종소리가 울렸다.

"난 오늘 하루 종일 병실에서 토마스 수사님이랑 다른 분들을 간호하면서 읽던 책을 마저 보려고 해. 언제든 찾아와, 요한."

"으응, 그렇게."

6.

우리는 나란히 성당으로 걸어갔다. 이른 아침부터 대기는 후덥

지근했다. 정력으로 이글거리는 붉은 태양이 무심히 낳아놓은 사생아들처럼 무더기무더기 빨간 장미가 수도원 담장 위로 쏟아져 내리고 있었다. 그것은 소희의 입술을 연상시켰고 뜨거운 소름이 온몸을 빠르게 훑고 지나갔다. 그것은 너무 강렬한 환희의 기억이어서 아픔으로 변형되어 느껴졌다.

그녀는 이제 잠들었겠지. 나의 눈꺼풀은 따갑고 피곤했지만 나는 그녀가 잠든 모습을 상상했고 그녀가 피곤한 입술을 반쯤 벌리고 곤한 잠을 자고 있다는 상상만으로 기꺼이 이 모든 것을 지탱할 수 있었다. 이제 여름이었다. 태양은 이글거리고 대기는 뜨겁고 습도는 높았다. 식물들이 육감적인 줄기를 살찌우면서 뻗어나가고 더 이상 내면을 들여다보기 힘든 계절이었다. 파이프오르간 소리가 울리고 성가가 시작되었다.

7.

그날 하루를 어떻게 보냈는지 나는 알 수 없었다. 피로감으로 인해 내 몸은 벗어놓은 옷 무더기처럼 아래로 처졌으나 사랑을 맛본 자의 열락(悅樂)이 헬륨 든 풍선처럼 나를 둥실 떠다니게 했기에 나는 하루 종일 내 팔과 다리를 통제하지 못했고 마치 우주 공간 속을 부유하는 듯 몽롱한 의식으로 돌아다녔다. 몇 번을 휘청거리면서 넘어졌고 몇 번을 "지금 내 말 듣고 있나?" 하는 아빠스 님의 주의를 들었으며 운전 중에 몇 번을 깜빡거리며 졸았는지 모른다. 주님의 가호가 없었다면 나는 아마도 그날 이미 이 세상 사람이 아니었는지도 모른다.

그러나 그 열락의 기억 뒤편으로 쓰라린 물음도 따라왔다. 그래서? 라는 물음이었다. 그러니까? 라는 물음도 있었다. 나는 대답할 수 없었다. 그녀 역시 그 물음에 시달리고 있는 것 같았다. 하루 종일 아무 연락이 없었고 저녁기도 때까지 모습을 드러내지 않았다.

가끔 그 밤이 꿈만 같았다. 나는 잠 못 이루고 그녀가 내 입술에 새겨놓은 그날 밤의 기억을 상기했다. 그녀는 그 후에는 내 앞에 오래 모습을 드러내지 않았고 나 또한 미국의 뉴튼 수도원 인수 문제를 검토하라는 아빠스님의 지시에 따라 날마다 팩스와 이메일에 치여 살았다. 그녀는 그 후 며칠 동안 기도에 자주 빠졌고 수도원 뜰에서도 모습이 보이지 않았다. 보고 싶은 마음을 천 번쯤 참다가 그녀의 휴대전화로 전화를 걸면 그녀는 낮고 무거운 목소리로 대답했다.

"응 요한, 대구에 나왔어……. 시내 책방서 책 좀 사고 쇼핑 좀 하고 들어가려고."

수도원에서 마주칠 때도 우리의 만남은 어색했다. "밥 먹었어?" "잘 잤어?" "날씨가 참 좋다"라는, 소통을 가로막는 인사말이 사용되었다. 나는 잠시 하늘나라를 맛보았으나 곧 모든 것이 잘못된 행정 착오라는 말을 듣고 다시 지옥으로 내려가야 하는 사람처럼 스스로를 느꼈다. 사랑을 잃은 자의 시름으로 얼굴은 어두웠고, 사랑에 빠진 자의 어리석음으로 그녀가 이 모든 것을 뚫고 다시 나를 구원하러 올 것이라는 헛된 기다림에 전화기 앞을 지켰다. 하루가 참 길었고 밤은 어두웠다. 나는 자주 성당에 앉아 있었다.

8.

우기(雨期)가 시작되었다. 사무실에서 영어 서류를 검토하다 창밖을 보는데 빗줄기가 투명하고 굵은 유리창살 같았다.

그날 소희가 내게 전화를 걸었다. 거센 비였다. 우산을 썼으나 발부터 시작해 온몸이 젖어버렸다. 작은 우산 하나로 가리기에는 비는 너무 거셌다. 수도원 밖 그녀가 날 기다린다는 커피숍은 한산했다. 그날 밤 이후 거의 열흘 만인 것 같았다. 그녀는 많이 야위어 있었다. 커다란 눈은 여전히 슬퍼 보였으나 나와 눈이 마주쳤을 때 그녀의 눈에서 튀어 오르던 그 반짝임을 보고 나는 우리가 여전히 서로를 생각하고 있다는 것을 알았다. 나는 나도 모르게 활짝 웃었다. 그녀는 웃지 않았다. 입술을 귀까지 찢으면서 웃던 나는 그녀를 따라 입술을 다물었다.

"나 모레 떠나. 여기에 머물기로 한 시간이 다 지났어. 엄마가 외삼촌에게 전화했대, 그만 보내라고. 외삼촌도 그만 가라고 하시네. 손님의 집 공사도 시작해야 해서 건물을 비워야 한다고."

그녀의 말은 내 가슴으로 깊이 꽂혀왔다. 마른 목으로 침이 꿀꺽하고 넘어갔다.

"그냥 멀리서 널 위해 기도하기로 결심했어. 내가 신앙심이 이렇게 깊은 사람인지 처음 알았어. 적어도 널 생각할 때만은 난 그분이 꼭 계셨으면 하고 바랐어. 요한…… 요한, 내가 하느님하고 경쟁할 수는 없잖아."

마지막 말을 하고 나서 그녀는 두 손으로 얼굴을 가렸다. 나는 움직일 수 없었다. 창밖으로 빗줄기가 거세어지고 있었고 거리에는 인적이 없었다. 빗소리는 면도칼처럼 내 가슴을 죽죽 그었다.

신은 왜 노아의 홍수를 일으키고 나서 무지개로 자신의 행위를 반성했을까. 다시는 물로 세상을 휩쓸어버리지 않겠다고. 만일 그러지 않았다면 나는 바랐을 것이다. 이 비가 세상을 끝장내주기를. 그저 물로 휩쓸어 다 사라져버리기를. 완벽한 무력, 완벽한 수동태의 자세로 나는 앉아 있었다. 그녀를 위해 죽을 수 있다고 기도했지만 그녀를 위해 살아서 할 수 있는 일은 하나도 없었다.

"외삼촌이 수도원 차를 타고 역까지 가라는 것을 그냥 택시를 예약해서 가기로 했어. 미안해, 요한. 우리 여기서 작별해. 내일은 하루 종일 짐을 쌀 거야, 아마……."

그녀는 미소라도 지으려는 나의 눈길마저 완강히 거부했다. 함께 나란히 우산을 쓰고 수도원으로 돌아가고 싶었지만 그녀는 시내에 볼일이 있다면서 커피숍 앞에서 택시를 탔다. 마지막 입맞춤도 손길도 악수도 없이 그 흔한 바라봄도 없이 우리는 이제 이별이었다. 차고 거센 빗줄기만 온 세상을 가득 채우고 있었다.

내가 그날 밤 무엇을 잘못했던가 생각해보았다. 내가 그녀에게 입을 맞춘 것이 그녀를 화나게 했던가. 그날 밤 기억 속의 그녀는 돌아오던 길에 내 손을 꼭 잡고 있었다. W역을 지나 수도원 담벼락이 끝나갈 무렵, 우리는 다시 한 번 입을 맞추었다. 그랬다. 그녀는 나를 사랑하고 있었고 나는 그녀를 사랑했다. 그 어둠이 지나고 새벽이 올 때까지 우리에게 사랑 이외의 불순물은 없었다. 그런데 마치 마취에서 깨어난 것처럼 그녀는 냉정해져 버린 것이다.

9.

어떻게 수도원으로 돌아왔는지 알 수 없었다. 내 마음속에서 무슨 생각이 나는지도 알 수 없었다. 종이 어떻게 울리고 내가 어떻게 식탁에 앉고 다시 종이 울리고 어떻게 기도하러 성당으로 갔는지 나도 알 수 없었다.

그날 저녁 식사에서는 내가 책을 읽을 차례였다. 우리 수도원에서는 특별한 날을 제외하고 침묵 속에서 책 낭독을 들으면서 식사를 하니까. 그날의 독서는 『홀로 하느님과 함께』라는 프랑스 출신 사막 은수자(隱修者)의 책이었다.

"밤은 마치 누룩처럼 그대 영혼을 반죽해냅니다. 그 믿음은 빛이며 어둠이기도 합니다. 그대는 더욱 고통스러울 것입니다. 그대가 감당해야 할 시련에서 벗어날 방법은 없으며 하느님이 침묵하실 때 그 시간이 지나가도록 도와줄 사람도 없습니다. 그대는 별이 빛나는 어둠 속에 머물게 됩니다. 설령 그대가 세속적 즐거움을 느낀다 해도 그 향락은 일시적입니다. 그대는 만천하에 믿음의 증인이 되어야 합니다. '어둔 밤'이 몹시 고통스럽지만 그대에게 빛이 될 것입니다. 하느님은 그대로 하여금 이 두려운 밤이 언제 끝날지 예감하지 못하게 하실 것이며 그대가 무엇을 하든지 암흑 속에 있게 하실 것입니다.

되돌아가지 마십시오. 인간의 활동을 멈추게 하는 메마른 밤이 창조주의 손에서 기름지게 될 것입니다. 빛이 있기 전에 어둠이 있었고 하느님의 손길에서 대낮과 같은 광명이 솟아 나왔습니다. '빛을 아름답다고 보는 것은 바로 밤이다'라고 플라톤은 속삭입니다. 광야에는 바람의 신음만 있을 뿐입니다. 아랍 속담 '사막이 탄식하여 우는 것은 초원이 되고 싶어서'라는 말처럼 메마르고 건조한 땅에 있는 그대도 간청하여 그곳에 이슬이 내리게 해야 합니다. 끈기있게 노력하여 침묵의 단순성에 이르러 침묵과 하나가 되십시오."

광야에는 바람의 신음만 있을 뿐, 이라는 대목에서 목이 메어오기 시작했다. 나는 내게 어둡고 고통스럽고 침묵만이 가득 찬 밤이 시작되었음을 알았다. 식사를 할 수 없었다. 방으로 돌아와 침대에 쓰러지듯 누웠다. 아직 눈물 같은 건 나오지 않았다. 아직 그녀가 저기 있으니까. 나는 눈을 감았다. 그리고 마음속으로 외쳤다.

"저를 놓아주십시오, 아니면 저를 사로잡아주십시오. 오오 주님."

10.

깨어보니 희미한 빛 속에서 누군가 내 방문을 조용히 닫고 나갔다. 등줄기가 땅으로 꺼져 내리는 듯했고 온몸이 땀이었다. 겨우 고개를 들어 시계를 바라보니 벌써 11시가 넘어 있었다. 비는 아직 내리고 있었다. 다시 일어날 수 있을까 하는 생각이 들었다. 다시 예전처럼 새벽녘 종탑에서 쏟아지는 종소리를 들으면서 '하느님 나를 도우소서, 주님 어서 오사 나를 도우소서!' 순정한 목소리로 그레고리안 성가를 부를 수 있을까, 생각하는데 소희의 얼굴이 눈앞으로 휘익 다가왔다. 순간 불에 덴 듯 아픔이 몰려왔다. 심장이 빠르고 강력하게 수축하는 듯 가슴으로 통증이 느껴졌다. 숨이 막혀왔다. 겨우 숨을 고르게 하면서 내쉬자 그제야 빗소리가 추적추적 들려왔다. 다시 누군가가 손잡이를 돌리는 소리가 들렸다. 안젤로가 방으로 들어섰다.

"많이 아프신 거예요? 아빠스님이 오늘 저녁 내내 요한 수사님 찾았어요. 소희 씨가 오늘 저녁에 많이 아파서 119 구급대가 와서 병원으로 옮겼어요. 아까 내가 여기 와보니까 요한 수사님도 끙끙 앓고 있지. 그래서 요한 수사님도 아프다고 말씀드렸지요. 대신 ARS 303 수사님이 아빠스님과 함께 병원에 갔어요. 많이 아프세요?"

나도 모르게 자리에서 일어났다. 안젤로가 걱정스러운 듯이 나를 바라보았다.

"병실 수사님께 부탁해서 약을 좀 가져다 드릴까요?"

"아니, 안젤로 괜찮아……. 그런데 소희 씨는 왜? 어떻다는데?"

"아빠스님하고 303 수사님 돌아오셨는데 폐렴이래요. 패혈증까지 갈 뻔해서 의사가 당장 입원하라고 했대요."

혼자서 병실에 누워 있을 소희의 모습이 그려지자 더 앉아 있을 수가 없었다. 나는 그때 안젤로 역시 시계를 보면서 안절부절못하고 있는 걸 알았다.

"왜 자꾸 시계를 보지? 안젤로?"

안젤로는 울상을 지었다.

"죄송해요. 일부러 숨긴 건 아니에요. 우리 사이엔 비밀이 없어야 하는데……. 실은 숨긴 게 아니라 말씀드릴 시간이 없었어요."

뜻밖의 말이었다.

"무슨 소리야?"

내가 묻자 안젤로가 머뭇거리다가 다시 대답했다.

"미카엘 수사님을 데리러 가야 해요. 오늘 소동이 좀 있는 데다가 요한 수사님 아프신 거 보고 그냥 가버릴 수가 없어서 좀 늦었어요. 미카엘 수사님이 절 기다릴 거예요."

점점 알 수 없는 소리였다.

"실은 몰래 대구에 가요. 미카엘 수사님은 요즘 가난한 아이들 공부방을 만들었어요. 그래서 제가 몰래 양초 공예실 차로 미카엘 수사님을 모셔다 드리고 모시고 와요."

"미쳤어, 공부방을? 지금? 그건 위험한 짓이야. 외출 금지 꿀빠기간이잖아. 아빠스님이 알기라도 하면 어쩌려고 그래? 미카엘, 안젤로. 너희 둘마저 그러면 우린 대체 다 어쩌니?"

나도 모르게 우린 다, 라고 말해버리고 나서 나 자신에 대해 내가 놀라고 있었다. 다행히 안젤로는 내가 둘을 책망하는 소리에 시무룩해져 있어 그걸 다 알아차리지 못한 듯했다.

"저도 그렇게 말했지요. 그 철탑에 올라가 있는 여성 노동자 집에 갔다가 거기서 그녀의 아이들을 발견했나봐요. 전에 미카엘 수사님 찾아왔던 그 서울 여자분이 돈을 줘서 방을 하나 얻으셨어요. 아이들 공부방 한다고……. 그 전에 그 동네 아이들 하루 종일 라면만 먹었나봐요. 어떤 아이는 하루 종일 싸구려 아이스크림만 먹구요. 미카엘 수사님 말이 요즘같이 방학이 되면 아이들은 정말 하루 종일 굶기도 한다고, 조금만 더 봐주고 경영이 좀 안정되면 괜찮다고 그때는 정식으로 아빠스님께 허락을 받고 싶다고 했는데."

그러고 보니 그날 내가 소희와 강변에서 밤을 새운 날, 미카엘이 날 기다렸던 이유가 짐작되었다. 내가 알았다면 말렸을 것이었다. 아니 내가 말렸다 해도, 미카엘이 일의 진행을 멈추었을까.

"아, 요한 수사님. 더 늦기 전에 가봐야겠어요."

안젤로는 자리에서 일어났다. 공연히 내 맘도 따라 조급해졌다. 나도 모르게 그를 따라 일어났다.

"그럼 나도 함께 가자, 안젤로. 난 병원에 가볼 테니 날 거기 내려주고 미카엘을 데리러 가. 올 때는 내가 걸어오면 되니까."

"이 시간에 병원……."

안젤로는 잠시 의아한 표정을 지었으나 곧 말없이 앞장섰다.

"모레 떠난다는 것 같던데 내가 비행기 표도 알아봐주기로 했거든."

나는 붙이지 않아도 될 말을 했다. 안젤로는 아, 네 했던 것 같다. 아니 그냥 침묵했던가. 나는 그녀에 대한 걱정 때문에 사실 안젤로의 반응을 별로 눈여겨보지 못했다.

11.

비는 거세게 내리고 있었다. 양초 공예실의 낡은 승합차 와이퍼로는 빗물이 다 닦이지 않았다.

"미카엘 수사님이 그런 이야기를 했어요. 나는 그 가여운 아이들을 보면서 이제 세상에서 무슨 짓을 해도 놀라지 않을 세 종류의 사람을 발견했어. 낳자마자 엄마를 잃어버린 아이, 아빠가 누군지 모르는 아이, 그리고 교회 장상들."

앞의 두 부류 이야기에서 심각해졌던 우리는 마지막 부류에 대해 말하면서 함께 웃었다. 미카엘다운 발상이었다.

"거기 한 아이는 초등학교 3학년인데 동네 아이들 따라서 성당에 가 교리를 배웠대요, 영세받으려고. 그랬는데 영세받기 1주일 앞두고 부모님이 신자가 아니라는 이유로 영세를 받지 못했다나봐요. 미카엘 수사님 그 이야기하면서 너무 화내셨어요. 그렇게 치면 세례자 요한이 세례 준 것도 다 자격 미달이라고. 그래서 그때 세 번째 부류가 교회 장상들이라고 한 거예요."

나는 내가 요즘 그 둘과 멀리 떨어져버렸다는 생각을 했다. 소희와의 관계에 대해 신경을 쓰는 동안 두 사람이 무슨 삶을 살고 있었는지 이만큼 무심해져 버렸던 것이다. 한때 우리는 서로에 대해 숨기는 것도 없었고 모르는 것도 없었는데. 우리는 정말 형제 같았는데 말이다.

"요한 수사님 알면 말리실지도 모른다 생각했지만 솔직히 말씀드렸어요. 저는 열심히 사는 미카엘 수사님이 좋아요. 제가 알지 못하는 온갖 세상의 지식과 학식을 가진 것도 좋아요. 저 같으면 그런가보다 하고 넘어갔을 일을 날카롭게 지적하시는 것도 존경스러워요."

안젤로가 의기소침하게 말했다. 나는 나도 모르게 웃었고 안젤로의 어깨를 툭 쳤다.

"그렇긴 하지만 안젤로, 다 괜찮아요, 하고 받아주는 네게서 우리가 얼마나 위로를 느끼는데."

"정말요?"

안젤로는 활짝 웃었다. 정말 오랜만에 보는 그의 웃음이었다. 남자이지만 참으로 아름다운 얼굴이다, 라고 나는 그의 잘생기고 수려한 콧날을 보면서 생각했다.

"세상에 태어난 값을 하고 죽어야 할 텐데 전 너무 한 일이 없어요. 세상에 태어나 잘한 거라고는 그때 기도 시간 빼먹고 아기 새들 살린 거밖에 없네요."

차는 병원 앞에 도착했다. 우산을 펴는데 비가 더 거세게 내렸다.

"조심해야 되겠다, 비가 너무 오네. 대구까지는 고속도로로 가야 할 텐데 어떡하지?"

"걱정 마세요. 세상에서 제일 귀한 승객인 미카엘 수사님 전용차인데. 얼른 다녀올 테니 걱정 마세요."

안젤로는 나를 바라보면서 다시 활짝 웃었다. 문을 닫으려는데 잠깐, 하고 안젤로가 나를 불렀다. 안젤로는 잠시 망설이는 듯하다가 수줍은 표정으로 내게 말했다.

"아프지 마세요, 힘내시구요. 미카엘 수사님하고 저하고 날마다 소희 씨하고 요한 수사님 위해 기도해요. 우린 요한 수사님이 어떤 결정을 해도 수사님을 응원하고 지지하기로 했으니까요."

나는 잠깐 그의 말에 대해 생각했으나, 곧 문을 닫았다. 닫으면서 안젤로가 활짝 웃는 걸 보았다. 아마, 그게 내가 본 안젤로의 마지막 모습이었다.

12.

소희는 잠들어 있었다. 그녀의 희고 가는 손목에 두꺼운 바늘이 꽂혀 있고 투명한 링거가 똑똑 떨어지고 있었다. 창백한 이마에 머리칼이 많이 흐트러져 있었고 뺨은 붉었다. 몸속에서 처리되지 못한 열기가 뚫고 나오는 입술은 그 열로 인해 하얗게 마르고 있었다. 창밖으로 비는 계속 내리고 있었다.

하늘색 줄무늬가 있는 환자복이 앙상한 그녀의 몸을 허술하게 덮고 있는 것 같았다. 그녀에게서 보이던 차가움과 도도함은 거기에는 없었고 슬픔에 지친 여자가 열기에 사로잡혀 앓고 있었다. 처음으로 나는 대신 아파주고 싶다는 마음을 느껴보았다. 대신 아프고 대신 고통스럽고 대신 앓아주고 싶다고. 그때 거짓말처럼 그녀가 눈을 떴다. 그러나 그 눈길은 아무것도 인식하지 못한 채 멍하니 내 얼굴에 잠시 머무르다가 다시 감겼다. 가슴이 철렁하고 내려앉았다. 하지만 다시 소희는 눈을 떴고 나를 뚫어지게 바라보더니 이윽고 일그러졌다.

"믿을 수 없어, 아아 믿을 수 없어."

소희의 목소리는 깊이 잠겨 있었다. 낮았고 가늘었으며 잘 들리지 않았다.

"요한, 요한 네가 와주다니, 하느님께 너를 다시 보게 해준다면 하느님 하라는 대로 다 하겠다고 기도했는데 네가 이렇게 와주다니."

"내가 온 거 화나지 않아? 너…… 아까 작별하자고 했잖아."

내가 더듬거리면서 대꾸했다.

"아니 요한, 내 맘이 내 몸을 쓰러뜨려버렸어. 겨우 하루도 지나지 않는데 보고 싶어서 죽을 거 같았어. 널 보고 싶다고 기도했어……. 기도했는데 왔구나. 날 안아줘, 요한. 정말 너인지 만져보게 해줘."

나는 엉거주춤하게 그녀를 안았다. 그녀의 몸은 아주 뜨거웠다. 그녀의 어깨에 몸을 기대자 그 열기가 아프게 전해져 왔다.

"많이…… 아파?"

"응, 그런데 좋아. 아프니까 미국에 가지 않아도 되잖아. 막상 떠나려고 짐을 싸는데 짐을 쌀 수가 없었어, 가고 싶지 않아서. 정말 가고 싶지 않았어. 아아, 마음이 내 몸을 이기고 몸이 나를 이겼어."

죽음처럼 강하고 저승처럼 억센 것, 큰물로도 끌 수 없고 강물로도 휩쓸지 못하는, 그런 사랑이 우리 두 사람을 적시는 것 같았다. 나는 우리 두 사람이 건널 수 없는 강을 건너고 있다는 사실을 깨달았다.

13.

나는 그녀의 볼을 내 볼에 대고 비볐다. 뜨거운 입김이 그녀의 입에서 나와 내 귓바퀴로 훅훅 끼쳐왔다. 나는 포옹을 풀고 그녀의 이마를 짚었다. 이마는 뜨거웠다.

"약을 먹었는데도 이러는 거야? 간호사를 부를까?"

소희는 힘없이 고개를 저었다.

"아니야, 의사 선생님이 천천히 열을 떨어뜨려야 한다고 하셨어. 한 사나흘 걸릴 거래. 나도 좋다고 했어. 그때까진 퇴원하지 못할 거구. 외삼촌이 날 억지로 보내지는 않을 거잖아. 요한 너도 매일 와줄 거지?"

그녀의 손을 잡고 나는 고개를 끄덕였다.

"아까 미안해. 헤어져야 한다고 생각했어. 그렇게 결심하고 그렇게 모질게 말하면 그렇게 될 줄 알았어. 그러지도 못할 거면서, 겨우 하루도 못 참고 이렇게 무너질 거면서…… 그런데 짐을 싸면서 알아버린 거야. 내가 네게 모질게 말할 수 있었던 건, 헤어지자 말하자고 만난 거긴 하지만 아직도 네가 내 앞에 있었기 때문이었다는 걸. 그래서 내가 강한 척이라도 할 수 있었다는 걸. 이제 네가 정말 없다고 생각하니까 강한 척도 할 수 없었다는 걸."

소희의 눈에서 눈물이 굴러 베개 위로 떨어졌다. 나는 손바닥으로 소희의 눈물을 닦아주었다. 소희가 그런 내 손을 잡아 뜨거운 자신의 볼에 비볐다.

"미안해, 요한. 아팠지? 나는 네가 아픈 거 생각만 해도 아팠어. 나도 불에 덴 것처럼 쓰리고 아팠어."

"울지 마. 내가 미안해. 아프게 해서 미안해."

나는 소희의 머리칼을 쓸어주었다. 소희가 힘없이 늘어진 고개를 잠깐 갸웃하면서 웃었다.

"내가 너한테 헤어지자고 해서 이런 일이 벌어진 건데. 이 바보야, 미안하다고 할 사람은 네가 아니잖아."

나는 소희의 곁에 앉아 그녀의 베개 옆에 내 얼굴을 묻으면서 엎드렸다. 소희의 몸에서 나는 비정상적인 체온이 내게 전해져 왔다. 그것은 알을 품던 새가 막 떠난 둥지처럼 따스했다.

새의 둥지를 연상해서였을까. 평생 잘한 일이라곤 기도 빼먹고 새를 구해준 일밖에 없던 안젤로의 얼굴이 떠올랐다. 그 곁에 선 미카엘의 얼굴도. 토마스 수사님의 얼굴도, 아빠스님의 얼굴과 수련장 신부님, 할머니와 어머니의 얼굴이 차례차례 떠올랐다. 그들은 모두 한편에 서 있었다. 그들은 옳았고 그들은 말하자면 반듯하고 항구한 세계를 이루고 있었다. 그들은 나의 자리 하나를 비워놓고 당연히 내가 거기 앉기를 바라고 있었다. 그들이 있는 곳은 사계절이 뚜렷하고 춥기도 했지만 따스한 봄도 있었으며 서늘한 가을도 있었다. 그리고 다른 편에 소희 혼자 서 있었다. 캄캄한 숲속 같았다. 벼랑길 같았고 알 수 없는 모퉁이 너머로 굽이치는 급류 같았다.

나는 나의 가족과 수도원의 형제들을 사랑하고 있었다. 그들과 함께 살아온 모든 것이 나였다. 소희가 내 인생에 나타난 지는 불과 두어 달 남짓밖에 되지 않았다. 그녀와 나는 아무것도 함께 이루지 못했다. 겨우 강가에서 하룻밤을 새우고 겨우 입을 맞추었을 뿐이었다. 그러나 그 모든 세계를 떠나 건너가고 싶었다. 따스하고 보드랍고 말랑말랑한 육체를 내 품에 안고 싶었다. 그 구체적인 입술을 느끼고 싶었고 그녀의 약간 혀 짧은 목소리를 데리고 살고 싶었다.

"엄마가 화를 많이 내셨어……. 엄마는 그 사람을 좋아하고 있거든. 그 사람이 내게 과분하다고 생각하고 있어. 그 사람을 너무 오래 기다리게 한다고 엄마는 계속 화를 내고 있어……. 요한, 우리 이제 어떻게 하지?"

소희가 물었다. 두 손을 가진 내가, 따뜻한 입술과 부드러운 혀를 가진 내가 손으로도 말로도 그녀를 잡을 수는 없었다. 아까 저녁 독서 때부터 올라왔던 몸살 기운이 다시 몰려왔다.

"나…… 이제 병이 다 나으면, 날 그냥 이대로 보내버리고 말 거야?"

소희가 다시 물었다. 그러고는 말 자체도 힘에 겨운지 잠시 눈을 감았다.

"보내고 싶지 않아……. 정말 보내고 싶지 않아."

나는 겨우 그녀의 뜨거운 손을 잡고 그녀의 뜨거운 머릿결을 쓸어줄 수 있을 뿐이었다.

"조금만 더 생각해보자. 아무것도 확실히 결정하지 말고 우리 모든 가능성에 대해 검토하자."

나는 겨우 그렇게 말했다. 소희의 눈빛이 희망으로 반짝였고 그 희미한 희망의 힘으로 나는 그녀를 재울 수 있었다.

14.

나는 병원을 나섰다. 수도원 쪽으로가 아니라 강변 쪽으로 발길을 돌렸다. 비는 그쳐 있었다. 긴 울음 끝에 가벼운 딸꾹질이 나오는 것처럼 가로수들이 후두둑 남은 빗물을 떨구었다. 왜였을까. 나는 그것이 하늘이 눈물을 오래 쏟은 것처럼 느껴졌다.

나는 강변의 그 벤치로 걸어갔다. 강변의 그 벤치는 거기 그대로 있었다. 당연한 일이었다. 그러나 이제 그 벤치는 더 이상 평범한 의자가 아니었다. 내가 걸어온 강둑길도 더 이상 그냥 길이 아니었다. 만 년 전부터 흘렀으며 오늘도 흐르는 저 강물도 더 이상 그 강물이 아니었다. 그녀 한 사람이 내 인생으로 걸어 들어왔을 뿐인데 모든 자연이, 사물이 내게 말을 걸고 사연을 소곤거리고 가슴에 새겨진 추억들을 노래하면서 특별하게 빛났다. 이대로 그녀를 보내고 이 거리를 걸어갈 때마다 내게 소곤거릴 그 사물들이, 그 강물이, 그 가로수와 그 벤치의 노래들이 나는 두려웠다. 거리거리마다 그녀의 부재를 외치는 소리가 메아리칠 것이었다. 수도원도 안전하지 않았다. 이제 성당조차도 그녀가 앉았던 그 자리

없이 생각할 수 없게 나는 변해버렸다. 한 사람으로 인해 온 우주가 기우뚱했고 그리고 다른 우주가 생겨나버렸다는 것을 나는 알았다.

내가 수도원을 싫어해서도 아니었고 내가 사제가 되는 것을 내게 맞지 않는 일이라고 생각해서도 아니었다. 나는 하느님을 찬미하면서 사는 게 좋았고 조용한 수도원을 사랑했다. 그러나 오직, 그녀는 그 길에서 허락되지 않는 유일한 피조물이었다. 선택이란, 다른 말로 어차피 버림이었다.

"오래 생각했습니다. 이게 저의 길인 줄 알았습니다. 그러나 이게 저의 길이 아니라는 것을 알았습니다. 언제나 저를 특별히 아껴주시던 수련장 신부님께서 얼마나 상심하실지도 압니다. 그러나 아무리 생각해도 저는 수도자도 신부도 될 자격이 없는 사람인 것 같습니다. 이게 저의 길이 아닌 것 같습니다. 죄송합니다. 저는 그만 집으로 돌아가겠습니다. 종신서원과 사제 서품을 앞두고 이런 일이 일어나 다행이라고 생각합니다. 하느님께서 제가 그런 지킬 수도 없는 약속을 하기 전에 알려주신 것도 섭리라고 생각합니다."

나는 날이 밝으면 수련장 신부님을 찾아가 말하리라 결심했다. 독일인 신부님, 우리가 술병 사건으로 말썽을 피울 때도, 안젤로가 새를 살리기 위해 기도를 빼먹었을 때도 그분은 엄했지만 누구보다 당신 자신이 그렇게 엄격하게 살고 있었기에 우리는 그를 마음 깊이 존경하고 있었다.

"요한은 성소가 있습니다. 요한은 훌륭한 사제, 훌륭한 수도자가 될 자질을 하느님께로부터 많이 받았습니다."

그분은 나를 특별히 사랑하셨다. 다른 사람들 앞에서 내색하지 않았지만 나는 알고 있었다. 그러자 비로소 내가 수도원을 떠난다는 것이 어떤 일인지 실감이 났고 가슴이 아파왔다. 나는 방으로 올라가기 전 아무도 없는 성당으로 들어가 십자가 앞에 앉았다. 나는 내가 한 번도 십자가에 저렇게 매달려 있는 예수 대신 저기 매달리고 싶다, 생각하지 않았다는 것을 알았다. 환자복을 입고 열에 들뜬 소희를 대신해 아파주고 싶다고 가슴이 메어지게 느껴버렸던 내가 말이다. 나는 다시 한 번 예수에게 진심으로 미안했다.

"주님, 이제 날이 밝으면 저는 수련장 신부님께 가겠습니다. 왜인 줄 당신은 아십니다. 무엇을 말해야 할지 당신께서 가르쳐주십시오. 제가 여기 있든 아니든 저는 당신을……."

나는 사랑한다고 말하려다가 입을 다물었다.

"주님, 언젠가 이 자리에서 당신께 물었었지요. 그때 당신의 대답을 기억합니다. '사랑하라'고, '그녀를 사랑하라!'고 하셨지요. 네, 이제 그러려고 합니다. 제가 잘못 들었을까봐 두려웠는데 이제 알겠습니다. 주님, 제 길이 이것이 아니었다는 것을 알려주신 거라 믿습니다. 그렇습니다. 주님, 당신은 저보다 더 저를 아시기에 제게 이런 시련을 통해 제가 누군지 아는 길을 보여주셨습니다. 주님, 이제 알겠습니다. 당신을 더 온전히 사랑하기 위해 저에게는 그녀가 필요합니다. 주님, 저는 당신은 그걸 나무라지 않는 분이라는 것을 압니다. 당신은 사랑이시니까요. 사랑은 그것이 무엇이든 당신으로부터 오는 것이니까요. 다만 제가 이곳을 떠나는 일이 다른 이들에게 상처가 되지 않기를 빕니다. 주님, 너무 늦기 전에, 제가 종신토록 수도자로 살겠다고 사람들 앞에서 맹세하고, 제가 신부가 되어 평생 당신하고만 함께 있겠다 맹세하기 전에 제게 이런 깨달음을 주신 것 감사합니다."

갈등이 일던 마음을 그렇게 정리하고 나면 마음이 가벼워야 했다. 그러나 알 수 없는 무거움이 나를 누르고 있었다. 나는 선뜻 자리에서 일어나 내 방으로 갈 수가 없었다. 이른 저녁부터 잔 낮잠 때문이었을까 싶었다. 마음이 가볍기는커녕 알 수 없는 공포와 불안 같은 것이 내 가슴을 옥죄어왔다. 생전 처음 느껴보는 이상한 느낌이었다. 불길하기도 하고 슬프기도 하고 아프기도 한 것 같은. 나는 시계를 들여다보았다. 3시 20분이었다. 이상하게 시계의 두 바늘이 묘하게 포개져 있는 모습이 눈에 박혔다.

5시에 일어나 아침기도에 참석하려면 좀 누워 쉬어야 했다. 복도를 걸어가다보니 안젤로와 미카엘의 방이 고요했다. 날이 밝으면 그들에게도 작별 인사를 하리라 생각했다. 그들이 어떤 표정을 지을까 궁금하기도 했다. 그러자 안젤로가 한 말이 떠올랐다. 그들은 어쩌면 나와 소희의 관계를 눈치채고 있었던 것 같다. 나는 그들이 내가 어떤 길을 가든 나와의 우정을 간직하리라는 것을 믿었다. 그들이 사제가 되고 종신서원을 하는 수사가 되고 그런 날이 오면 누구보다 먼저 내가 달려가리라 결심도 했다. 수도원이 아니더라도 할 일은 많을 것이다. 나는 그렇게 내 불안한 심장 소리를 억눌렀고 억지로 눈을 감았다.

15.

깜빡 잠이 들었던 것 같았다. 나를 깨운 것은 전화벨 소리였다. 후다닥 자리에서 일어나 전화기를 들었다. 놀랍게도 아빠스님이었다.

"당장, 가장 빠른 시간 안에 차를 대기시키고 내게 연락하게, 빨리!"

아빠스님의 목소리는 다급했고 떨리고 있었다. 아주 짧은 잠이 나를 다시 수도자이자 아빠스님의 비서수사로 돌려놓았다. 그 목소리가 너무 절박하게 느껴져서 나는 내가 불과 몇 시간 전 수련장 신부님을 찾아가 수도원을 떠나겠다 말하리라 결심했다는 것도 잠시 잊어버린 채 뛰어나갔다.

차고에서 아빠스님의 전용차를 꺼내어 수도원 입구로 가자 아빠스님이 벌써 나와 있었다. 그때 아침 기상을 알리는 종소리가 울렸다. 나는 그제야 아빠스님으로부터의 전화가 기상 종소리가 울리기도 전에 나를 깨웠으며 무언가 몹시 심상찮은 일이 일어났다는 것을 깨달았다.

"대구 경찰서로 가게."

나는 차를 출발시켰다.

"요한 수사, 대체 요새 젊은 수사들에게 무슨 일이 있었던 건가? 자네는 아나?"

난데없는 질문이었다. 백미러에 비친 아빠스님의 얼굴은 흙빛이었다. 순간 미카엘이 떠올랐다. 그가 또 경찰서에? 싶었다. 어쩌면 좋지, 하는 생각을 하고 있는데 아빠스님의 휴대전화가 울렸다.

"예, 서장님. 박 사무엘 신부입니다. 경찰서로 출발했습니다. 아 병원으로요? 알겠습니다. 수도원에서 지금 가족들에게도 연락하고 있습니다. 아, 예, 3시 20분경이요? 그럼 얼마 전이군요. 알겠습니다."

아빠스님은 전화기 폴더를 닫더니 "요한 수사, 경찰서가 아니네. 대구 가톨릭 병원으로 가게" 했다.

경찰서에서 병원이라……. 경찰과 싸우다 다쳤을까, 아니면 혹시 경찰과 다투다가 무슨 자해라도. 상상의 나래를 펴고 있는데 아빠스님이 잠시 눈을 감고 있다가 낮은 목소리로 나를 불렀다.

"놀라지 말고 듣게. 미카엘과 안젤로가…… 교통사고를 당했네, 오늘 새벽에."

아까 내가 수도원으로 돌아왔을 때 불이 꺼져 있던 둘의 방은 그러니까 그들의 부재를 말한 것이었구나 싶었다. 새벽에 교통사고를 당했다면, 그 시간에 허락 없이 외출을 하고 더구나 수도원 차까지 몰고 나갔으면 이제 그들에게 더 이상 수도자로서의 미래는 없었다. 아빠스님이 화가 나실 만도 하다 싶었다. 어쩌자고 대체! 이제 그들은 수도원에서 쫓겨나게 될 것이 뻔했다. 그런 일만은 없어야 하는데, 나가더라도 평화로운 가운데 선택하고 그리고 나가야 하는데. 내 가슴으로 뜨거운 것이 울컥해왔다. 나는 생각 없는 그 둘에게 화가 났다. 그런데 잠시 후 아빠스님이 말을 이었다.

"사망했네. 두 사람 다."

대구로 가는 새벽 고속도로의 회색 아스팔트가 부웅 하고 일어나 내게 다가오는 것 같았다. 팔과 다리의 힘이 순간적으로 빠져나가 차가 잠시 휘청, 했다.

"아아, 내가 이래서 도착하기 전에는 말하지 않으려고 했는데. 괜찮은가?"

아빠스님이 내게 물었다.

"네, 괜찮습니다. 아직까지는요."

뒤의 말을 내가 했는지 기억나지 않는다. 아무 실감도 나지 않았다. 다만 3시 20분. 내가 성당에서 시계를 보았던 그 시간이 떠올랐다. 묘하게 포개어졌던 그 시곗바늘이 떠올랐다. 그때 가슴이 옥죄어오던 느낌도 다시 느껴졌다. 입이 벌어져 다물어지지 않았고 눈물이 터질 것 같기도 했으나 실은 그 모든 것도 그다지 생생하지 않았다. 창밖의 풍경들마저 고속 촬영을 한 것처럼 느리게 느리게 지나가는 것 같았다.

16.

"트럭이 빗길에 미끄러지면서 차 옆구리를 쳐서 차가 다리 아래로 떨어졌고 불이 났습니다. 묘하게도 다리 아래라서 비가 내리지 않았고 그래서 불길은 크게 번졌습니다. 더구나 지나가던 다른 차의 눈에도 띄지 않았던 거 같구요.

신고가 접수된 시간은 한 시간도 더 지난 4시 30분쯤이었고 마침 주변을 순찰하던 순찰차가 도착했을 때는 이미 차는 거의 전소되었습니다. CCTV 확인 결과 트럭은 음주 운전을 한 모양으로 충돌 이전부터 이후까지 계속 갈지자 운전을 하고 있었습니다. 뺑소니 운전자는 밀양 톨게이트에서 잡혀서 지금 대구 경찰서로 이송되고 있습니다. 운전자는 만취 상태였다고 보고되었습니다."

영안실 입구에 도착하자 경찰서 서장이 직접 나와 있었다. 그는 불타는 승용차가 한 시간 넘게 다리 아래 방치된 사정을 이야기했다. 그리고 잠시 목소리를 낮추었다.

"시신을 확인하러 가는 절차를 밟으셔야 하는데 놀라실까봐 미리 드릴 말씀이 있습니다."

서장은 잠시 침을 꿀꺽 삼켰다.

"어차피 육안으로 시신을 보셔도 구분이 힘드실 겁니다. 두 사람은 미처 피할 틈도 없이 불길을 맞았는지 각기 좌석에 앉은 채 상체만 서로 부둥켜안은 상태로 불타버려서 도저히 분리할 수가 없었습니다. 그래서 병원 측과 의논해서 시신을 인위적으로 둘로…… 나누었습니다."

17.

수도원에 들어온 지 얼마 안 되어서 나는 처음 장례식을 접한 적이 있었다. 80이 채 안 된 노수사님의 죽음이었다. 소임지에서 일을 하고 있는데 종소리가 울렸다. 일과를 알리는 종소리와는 달리, 천천히 구슬프게 울리는 듯했다. 이미 노수사님의 위중을 알고 있던 우리 모두는 일을 중단했고 소성당으로 향했다.

병원에 입원했던 노수사님은 임종이 가까워지자 그분의 뜻에 따라 수도원으로 돌아오셨고 그분의 뜻에 따라 선후배 수사들이 지켜보는 가운데 죽음을 맞았다. 그분은 한국전쟁 때 흥남 근처에서 피난을 왔고 가족들은 모두 북한 땅에 있다고 했다.

언제나 겸손했고 검소했던 그분은 마지막 유언으로 자신의 방 책상 아래에 있는 봉투를 열어보라고 했다. 그분이 운명하자 병실 담당 수사가 그분의 방으로 들어갔는데 옷이라고는 계절별로 단 한 벌씩밖에 없는, 단출하다 못해 가난한 그의 방 책상 밑에서 발견된 흰 봉투에는 "장례 비용에 보태주십시오. 형제들에게 감사합니다"라는 글과 함께 125만 원이 들어 있었다. 1년에 2주 휴가를 갈 때 약 40만 원 정도의 돈이 지급되는데 그걸 모아둔 것이었다. 당연히 치러야 하는 장례식이 수도원에 부담이 될까봐 말이다. 대체 그는 휴가 때마다 어디로 갔으며 어떻게 먹고 자는 걸 해결해서 저 돈을 모았을까. 우리는 그의 죽음을 두고 그 이야기를 하면서 모두 울었다.

수도자가 죽으면 그를 수도원 목공실에서 짠 관에 입관시킨 후 이틀 정도 수도원 1층 성당에 놓아두었다. 세속에서의 장례와는 달리 시신은 모두에게 보여진다. 나는 그때 죽은 사람의 얼굴이 저렇게 고요하고 저렇게 편안하고 저렇게 순수할 수 있다는 것을 알았다. 평소에 입던 수도복을 입은 채 두 손을 가슴에 얹은 상태로 그는 잠들어 있는 것 같았다. 그 얼굴은 희고 맑았고 얼핏 미소마저 어려 있는 듯했다. 이렇게 죽을 수 있다면 죽음이 두렵지 않을 것 같았다. 나는 그렇게 수도원에서 죽기를 희망했다.

우리는 틈나는 대로 들러 그분 곁에서 기도했다.

"주님, 이 형제에게 안식을 주소서. 영원한 빛을 그에게 비추소서."

장례식 날 관 뚜껑이 덮이고 우리는 수도원 장지로 향했다. 그때 가장 어린 수사였던 안젤로가 그분의 검은 관 위에 흰 백합꽃 한 송이를 올렸다. 아빠스가 죽든 평수사가 죽든 수도원의 죽음은 모두 그랬다.

18.

왜 그때 하필이면 내가 그들의 주검을 바라보는 자리에 있었는지, 그 후로도 오랫동안 나는 섭리를 헤아려보곤 했다.

"어떤 사람에게 일어난 모든 일은 어떤 궁극적인 의미, 다시 말해 초월적인 의미를 가져야만 한다. 인간은 그 초월적인 의미를 알 수 없지만 그저 믿어야만 한다. 궁극적으로 중요한 것은 아모르 파티(amor fati), 즉 운명에 대한 사랑이다." 훗날 나는 빅토르 프랑클이 죽음의 수용소를 체험하고 나와 죽기 전에 쓴 그의 자서전에서 이와 같은 글을 읽고 한동안 눈길을 떼지 못한 적이 있었다. "우리가 바꿀 수 없는 운명과 대결한다고 해도, 우리는 인간의 능력 중에서도 가장 인간적인 능력, 즉 인간의 고통을 인간의 업적으로 승화시킬 수 있는 능력에 대해 증언하면서 삶의 의미를 쟁취할 수 있다."

그러나 우리가 결국 고통이 우리에게 부여한 그 의미를 안다 해도, 시련을 통과하는 동안은 그것을 조망할 수 없고 그래서 결코 의미를 획득하지 못한다는 데 함정은 있었다. 아니 오히려 시련은 우리에게 끊임없이 무의미를 속삭이고, 우리는 한낱 먼지 속으로 소멸해버리고 싶은 충동을 생명에의 충동만큼 강하게 느끼곤 하지 않는가.

왜 미카엘의 날카로운 턱선과 이지적인 콧날이, 안젤로의 고수머리와 그토록 아름다웠던 얼굴이 그때 내게는 하나도 떠오르지 않았을까. 거기에는 참혹하다고도 말할 수 없는, 그 어떤 말로도 표현할 수 없는 두 개의 검은 덩어리가 놓여 있었다. 각오하고 있었지만 막상 그들의 시신을 내 눈으로 보았을 때 저 단전 밑에서부터 목울대로 급격한 비명 같은 것이 솟구쳐 올랐다.

"왜? 왜! 대체 왜!"

19.

신이 있었다면 그 자리에서 멱살을 잡았을 것 같았다. 그렇다, 인간이 죽을 수 있다는 것을 나는 알고 있었다. 아니 인간은 이미 죽기로 하고 태어난 존재라는 것쯤은 나도 알고 있었다. 그런데 왜 하필 이런 방식으로 그들을 데려가야 했을까. 하얀 병실에서 촛불처럼 꺼져갈 수도 있고, 전쟁터에서 불꽃처럼 타오를 수도 있고, 이교도들에게 붙잡혀 신앙을 배신하기를 거부하고 고요히 총을 맞을 수도 있었다. 교통사고라 해도 그냥 피를 흘린 채로 지는 꽃잎처럼 처연하게 이 지상에서 사라져갈 수도 있었으리라. 그런데 이건, 이건 아니었다.

수도원으로 돌아올 무렵에 다시 비가 쏟아지기 시작했다. 죽음에 대한 근원적 공포와 이대로 나도 그들이 사라진 이 길에서 한 줌 재로 소멸해버리고 싶다는 이상한 충동 사이에서 나의 운전대는 휘청거렸고, 아빠스님은 그저 눈을 감은 채 이 모든 것을 견디고 있는 듯이 보였다.

20.

장례가 치러지는 동안 두 사람의 시신은 1층 소성당에 놓여졌다. 다른 수사님들의 죽음과는 달리 뚜껑이 봉해진 채였다. 수도원 내의 분위기는 고요하다 못해 적막하기까지 했다.

미카엘의 가족이 도착한 후 건장한 청년 몇이 항의하는 소리가 잠시 수도원 현관을 울리기도 했지만 그 역시 수도원 전체의 무거운 침묵 속으로 잠시 후 사라져갔다. 아빠스님이 "이 고통, 이 슬픔, 이 이별 속에서도 우리는 주님께서 이것을 통해 우리에게 말씀하시고자 하는 것을 들어야 합니다" 하고 말했을 때 나는 더 이상 견디기 힘들어졌다. 그것이 조롱처럼 들려왔던 것이다.

이미 수도원 내에 그들의 불탄 시신에서 나오는 참을 수 없는 냄새가 자욱했다. 아아, 이것을 어떻게 이야기해야 할까. 그들의 시신에서는 차마 고기가 타버린 냄새라고밖에 할 수 없는 냄새가 났다. 장마철의 높은 습도, 고온 그리고 저기압의 상태가 그것을 가중시켰다. 기도를 하러 성당에 왔던 사람도 차마 그 냄새를 견디지 못하고 민망한 얼굴로 서둘러 코를 막고 성당을 빠져나갔다. 슬퍼야 하는데 거룩해야 하는데, 냄새는 그 모든 것을 지우면서 우리에게 인간은 한낱 고깃덩어리일 뿐임을 강요하는 듯했다.

나 역시 성당의 주검들 앞에 30분도 앉아 있기 힘들었다. 불에 타면서 고통 속에서 죽어간 그들을 두고 그 냄새가 역겨워 성당을 빠져나와야 하는 나에 대한 혐오까지 겹쳐졌고 성당에 들어가기 싫었다. 모든 것이 허무했다. 고작 이런 것? 아무리 인간의 생이 하룻밤 자고 나면 말라버리는 풀잎 같다고 하지만 이런 수는 없는 것 같았다. 모든 것이 덧없게 느껴졌다. 인간이란? 삶이란? 육체란? ……그 모든 것이 이렇듯 허무하게 사라져가는데 고통만이 끝까지 함께하는 듯했다.

태어나기 전에 인간에게 최소한 열 달을 준비하게 하는 신은 죽을 때는 아무 준비도 시키지 않는다. 그래서 삶 전체가 죽음에 대한 준비라고 성인들이 일찍이 말했던가. 어떻게 죽을 것인가 생각하는 인간은 분명 어떻게 살 것인가를 안다. 죽음이 삶을 결정하고 거꾸로 삶의 과정이 죽음을 평가하게 한다면 내 삶은 어디로 가고 있는가. 나는 하는 수 없이 그런 질문에도 직면하게 되었는데, 그때는 그저 이 모든 것을 신에 대한 원망으로 돌리고 싶었다. 그것이 훨씬 수월한 일이니까. 문제는 그렇게 책임을 신에게 돌려버림으로써 실은 나는 성장할 기회를 놓치고 있었다. 아빠스님이 이야기했던 "이 고통 속에서 신이 내게 물으시는 것"을 나는 알고 싶지 않았던 것이다. 그러고 보니 인간은 고통을 겪을 때 실은 내가 이 고통 때문에 뜻밖에도 잃어버리는 것이 무엇인가를 알아야 한다는 말이 떠오르기도 한다.

21.

그날 저녁 무렵 문지기 수사님이 나를 불렀다. 그는 할 말이 있는 듯하다가 막상 나와 눈이 마주치자 내 얼굴을 애처롭게 한참을 바라보더니 눈을 내리깔고 잠시 망설이다 말했다.

"요한 수사님, 손님의 집에 좀 가보겠어요? 그때 그 여자분 생각나지요? 미카엘 수사님 찾아왔었던. 그 여자분 지금 방에 있는데, 식사 시간에도 안 와요. 못 오는가 싶기도 해요. 아침에 잠깐 소성당에 조문왔더랬는데, 그 여자분을 보자마자 미카엘 수사님 가족들이 큰 소동을 벌였어요. 이러다 아무래도 더 큰일이 생길까 싶어 걱정이에요. 제가 식당에 이야기해서 요깃거리랑 포도주를 한 병 마련해놓았으니 가져가보시겠어요? 힘드시면 제가 가도 되구요."

"제가 가겠습니다."

어차피 이렇듯 갑작스러운 죽음은 실은 죽음 전에 해야 할 이별의 준비들을 죽음 후에 하게 한다는 것을 나는 깨달았다. 내가 순순히 그의 청을 허락하자 문지기 수사님은 손님 식당으로 들어가 작은 쟁반에 든 것을 가져왔다. 그것을 받으려는데 그가 머뭇거리더니 다시 말했다.

"안젤로 수사님은 정말 친척이 아무도 없었어요. '전 여기서 나가면 아무도 없어요' 그러기에 농담인 줄 알았는데 정말이었나봐요. 이 세상에 사고무친인 사람이 그렇게 날마다 방실방실 웃고 다녔다는 걸 믿을 수가 없어요. 언제나 내게도 상냥하고 친절했지요.

'문지기 수사님이 문을 지켜주시니 저는 정말 좋아요. 날마다 오갈 때마다 여기서 뵐 수 있으니 참 기뻐요.' 아무것도 아닌 제게 그렇게 말해주는 사람은 이 세상에 그 사람 하나밖에 없었어요. 순간 내가 뭐 예쁜 여자도 아니고 저게 정말일까 의심하기도 했지요. 그런데 신기하게도 정말 안젤로 수사님이 '수사님 안녕하세요? 좋은 아침이에요' 하고 이 문을 오갈 때면 저는 제가 누군가에게 참 기쁜 사람이 된다는 생각에 저절로 환해졌답니다. 가끔 그 젊은 수사님이 햇빛 속에 서 있을 때는 같은 남자가 보아도 얼굴이 얼마나 아름다웠는지 꼭 늠름한 해바라기 같았고, 그냥 지상에 뚝 떨어진, 정말 안젤로라는 이름 그대로 천사였나 싶었어요.

……요한 수사님, 누가 요한 수사님보다 더 슬플 수 있을까마는 '하느님이 주신 것 하느님이 도로 가져가시니 그저 감사할 뿐'이라는 욥기의 구절로 저도 버티고 있어요. ……힘내세요."

마지막 말을 하면서 그의 눈이 붉게 물들었다.

22.

모딜리아니의 그림 속 인물을 닮아 얼굴이 길었던 여자는 초췌한 얼굴로 문을 열었다. 멍한 눈은 내 눈과 마주치자 일그러지면서 눈물을 쏟아냈는데 그때 나는 그녀와 내가 똑같이 서로의 얼굴에서 이제는 검은 고깃덩이처럼 타버린 그 말고, 아직 영혼이 깃들어 있고 육체가 싱싱하던 미카엘을 찾고 있음을 깨달았다.

"괜한 짓을 한 거 같아요. 아이들 공부방 얻을 돈을 빌려달라고 할 때 끝까지 안 된다고 할 걸 그랬어요. 그랬으면 이런 일도 없었을 텐데……. 그랬으면 이런 일까지는……."

여자는 내가 내미는 포도주를 한 잔 마시고 겨우 입을 열다가 다시 울었다. 나도 모르게 그녀의 어깨로 손이 갔다. 그렇게 위로의 손길을 뻗으면서 나는 내가 가진 지극한 슬픔도 그보다 더 지극히 슬픈 사람을 위로하면 덜어진다는 것을 알게 되었다. 그 짧은 순간 나는 나의 고통을 잠시 잊었고 그녀의 고통에 깊이 감화되었다. 뭐랄까, 아래로만 치닫던 슬픔이 나의 아픔에만 집중되던 고통이 다른 이를 향해만 가던 분노가 평화와 위로와 나눔으로 반전되는 순간이었는지도 모르겠다.

이후에도 나는 마음이 아플 때는 다른 이들을 위해 나를 쏟는 것으로 나의 고통을 달래곤 했다. 어쩌면 치유는 위로받는 자에게가 아니라 위로하는 자에게 일어나는지도 모르니까. 아니, 위로받는 자와 위로하는 자 두 사람 모두에게 새로운 화학적 변화가 일어나는지도 모른다. 고통받는다고 느낄 때야말로 우리는 어쩌면 가장 이기적이 될 수도 있으니까 말이다.

여자는 몹시 힘이 든다는 듯 어깨를 부르르 떨더니 다시 입을 열었다.

"그날 밤, 공부방으로 전화했더니 미카엘이 전화를 받았어요. 어떤 아이가 아프다고 하더라구요. 수도원으로 돌아가야 하는데 아직 안젤로 수사가 자기를 데리러 오지 않았다고. 아이가 열이 불덩이라고. 그 아이 엄마는 술집에 나가 돌아오지도 않았는데 아이가 자꾸 가지 말라고 운다고. 비가 많이 내리니까 운전을 조심하라고 당부해두고 전화를 끊었는데 뜻밖에도 미카엘이 두 시간 후쯤 전화를 다시 걸어왔어요. 그때가 새벽 2시쯤이었어요. 아이가 이제 막 열이 떨어졌다고. 미카엘은 술을 좀 마신 거 같았어요. 그리고 제게 말했죠.

'언제나 내가 네게 원했던 것은 네가 나 말고 네 자신을 바라보는 것이었어. 아마 네가 그랬다면 나는 너와 결혼했을지도 모르겠어. 나를 바라보면서 나를 닮아가는 너와 결혼할 수는 없었지. 그럼 난 네가 아니라 나 자신과 결혼하는 거잖아……. 아니다, 그랬다 해도 나는 너와 결혼하지 않고 이 길로 왔을 거야. 그러니 자책은 하지 마.'

미카엘이 내게 그렇게 친절히 말하는 것은 처음이었어요. 그리고 혼자 중얼거리듯 말했죠.

'이제 한 시간만 있으면 술집을 마치고 애 엄마가 애를 데리러 올 거야. 취한 사내에게 몸을 팔고 몇 푼의 돈을 주머니에 찔러 넣고 아이를 업고 가겠지……. 앞으로 그녀는 어떻게 될까?'

그가 중얼거렸어요.

'그녀는 10년을 그렇게 살다가 어느 추운 날 새벽 술에 취한 채로 길바닥에 쓰러져 죽을지도 모르지. 이 아이는 어떻게 될까? 이 아이는 이런 골목에서 자라다가 이제 내 손을 떠나, 사랑? 하느님? 웃기지 마시라니까요, 하면서 어깨 넓은 사내들과 어두운 골목으로 스며들겠지. 내가 왜 이들의 삶에 끼어들었을까? 내가 왜 이들을 사랑하게 되어버렸을까?

넌 모를 테지. 만일 내가 사막에 나가 은수자가 되겠다면 교회는 나를 버리려고 하지 않았겠지. 내가 깊은 산속에 들어가 홀로 움막을 짓고 하루 종일 기도만 했다면 교회는 나를 힘들게 하지 않았을 거야. 나는 단순히 가난한 사람들과 함께하고 싶었어. 내가 수사이든 신부이든 나는 예수가 좋았고 그를 본받고 싶었고 그가 그랬듯이 건강한 자가 아니라 병자와 죄 없는 자가 아니라 죄 있는 자와 함께 있으려 했을 뿐이었다구……'

나는 그가 우는 소리를 들은 듯했어요. 다시 그의 이름을 불렀는데 전화를 끊어버렸더군요. 그게 그의 마지막 말이었어요."

23.

이상하다. 이 지상을 떠난 사람의 자취는 그가 남긴 사물에서가 아니라 그를 기억하는 사람들의 마음속에서 발견된다. 죽어서 삶이 더 선명해지는 사람이 있다. 죽어서야 비로소 사람들의 마음속에서 살아나는 사람이 있다. 살아 있었으면 그저 그렇게 내 곁을 스쳐 지나갔을 평범하고 시시한 한 사람의 생이 죽어서야 모든 이의 삶 속에 선명해지는 것. 아마 대표적인 이가 예수였겠지. 죽은 몸이 벌떡 일어나지 않아도 그것이 어쩌면 부활이 아닐까.

24.

나는 사무실로 돌아와 미카엘이 내게 보냈던 메일들을 하나하나 들춰보았다. 언제나처럼 미카엘의 편지는 그 특유의 독설로 가득했는데, 결국 그는 사랑하면서 입었던 자신의 상처를 독한 약 같은 언어로 치유할 수밖에 없었나보았다. 마지막으로 도착한 편지는 미카엘이 외출 금지의 꿀빠를 하면서 보낸 것이었다.

그래, 사랑하지 않으면 되지. 그렇다면 산산조각 나는 마음 같은 것은 없겠지. 이렇게 쉬운 걸 왜 몰랐을까? 그러니 생각했어, 누구에게도 마음 주지 말자. 심지어 동물, 심지어 새, 심지어 사물에게도. 가난한 자들에게 마음 쓰지 말자, 어떻게든 되겠지. 그럭저럭 살아가면서 그들도 언젠가 행복을 찾겠지. 억압받는 이들에 대해서도 신경 쓰지 말자. 어쨌든 인류는 그동안 민주주의와 인권을 발전시켜온 것이 사실이니, 그것도 어떻게든 되겠지. 안 되면 어떻게 할 거야. 예수조차도 못 박혀 죽지 않았나 말이야……. 그러니 내가 오직 수도자라는 것을 명심하여 마음을 경건한 기도문과 성경 암송으로 장식해놓고 걸어 다니기로 하자. 그러면 검소하고 검은 이 수도복은 어쩌면 참으로 호사스럽게 빛나겠지. 심지어 겸손한 듯도 보일 거야. 그래…… 안전하고 움직임도 없고 깨어지지도 않고 창으로 찔리는 듯 아프지도 않고…… 마치 항구에 닻을 내린 배처럼 나는 융성하고 안전하겠지.

그런데 요한, 배는 그러라고 만들어진 것이 아니잖아? 그렇다면 내가 수도자가 된 이유는 뭘까? 아니 그 전에 세례를 받고 예수를 따라 살겠다고 한 이유는 대체 뭐며, 아니 더 이전에 예수는 뭐 하러 여기 와서 고생만 하다가 벌거벗겨진 채 죽었을까? "그리스도인들이 스스로 구원받았음을 내게 보여주기 전에는 나는 그리스도교의 구세주를 결코 믿지 않을 것이다"라고 한 니체의 하찮은 독설조차 교회는 100년 동안 반박하지 못하고 있지 않은가 말이야. 그런데 예수는, 예수의 제자들은 자신을 구원하려 하지 않았잖아. 그들은 남들을 위해서 죽으려고 했고, 삶 전체를 걸고 복음을 알림으로써 남을 구원하려고 했기에 구원받은 거잖아. 그렇지 않아? 요한, 자네는 내말을 알지?

25.

그때 복도 밖이 몹시 소란스러웠다. 놀라 문을 여니 아빠스님 방문 앞에 수사 한 사람이 서서 고함을 치고 있었다. 안젤로에게 양초 공예를 가르치던 노수사님이었다.

그는 안젤로에게 무척이나 엄했다. 실을 꼬아 만든, 그야말로 가느다란 심지 하나를 수천 번 밀랍에 담갔다 빼야 하나의 초가 완성된다. 밀랍액은 늘 일정한 온도를 유지해야 하고 그것은 민감성을 요구하는 예민한 작업이어서 하나의 과정에서라도 실수가 있으면 처음부터 다시 시작해야 한다. 부활이나 성탄 같은 대축일을 앞두고 있을 때는 전국 성당에서 일시에 주문이 밀려들었기 때문에 안젤로는 가끔 양초 공예실에서 밤을 새우곤 했었다. 그때 깊은 밤 잠들기 전 간식이라도 싸가지고 양초 공예실에 가면 노수사님의 고함이 문밖까지 울리곤 했다.

"힘으로 하는 것이 아니야. 이건 호흡이야, 기도고! 안 그러면 이건 형벌이야!"

그런 그가 이 밤 수도원에서 금기가 되어 있는 고함을 치고 있는 것이었다. 그런 모습은 처음이었다.

"사무엘 아빠스! 네가 뭔데 그 젊은 애들을 죽게 만들어. 미카엘이 뭘 그렇게 잘못했길래 그렇게 심한 벌을 주어서 우리 안젤로가 그 새벽길에 서두르다 죽게 하느냐고! 사무엘 아빠스! 내 말 듣고 있나?"

뜻밖이었다. 그는 늘 말이 없었고 감정을 표현하는 일이 없던 사람이었다.

"미카엘 수사가 그런 벌만 안 받았어도 몰래 거길 가지 않았을 거고, 그러면 안젤로가 굳이 그 비가 쏟아지는데 데리러 가지 않아도 됐잖아. 가난한 사람과 함께하라고 신부 되고 수사 되는 거지, 규율만 지키라고 신부 되고 수사 되나? 앞날이 창창한 하느님의 사람들을 둘이나 죽이고 아빠스, 잠이 오나? 어서 나와 말해보게 어서!"

그때 아빠스님의 방문이 열렸다. 소란스러운 복도를 기웃거리면서 조금씩 열렸던 문들 모두에게 긴장이 어렸다.

수도자라 해도 여긴 사내들이 모인 곳이었다. 힘으로 해결하려는 사태가 일어나지 말란 법도 없었다. 게다가 양초 공예실의 노수사는 이런 식으로 감정을 표현하지 않는 사람이었기에 사태는 더 위험스러워 보였다. 잠시 침묵이 온 복도를 내리눌렀다. 얼마나 침묵 속의 대결이 계속되었을까?

"수사님, 방으로 돌아가십시오. 밝은 날 이야기합시다. 이건 장상의 명령입니다!"

아빠스님의 목소리가 복도를 쩌렁쩌렁 울렸다. 얼마의 시간이 흘렀을까. 나는 노수사님의 고개가 푹 꺾이는 것을 보았다.

"예, 아빠스님. 순명하겠습니다."

참으로 순명이라는 거대하고 도도한 1,500년 베네딕도 수도원의 물줄기가 이 작은 소동을 일시에 가라앉히는 광경이라고 할까. 기웃하면서 열렸던 각 방의 문들이 작은 파도가 지나가듯 연달아 살며시 닫혔다. 그러나 그가 아빠스님에게 외친 말 "미카엘이 뭘 그렇게 잘못했길래 그렇게 심한 벌을 주어서 우리 안젤로가 그 새벽길에 서두르다 죽게 하느냐"라는 음성은 내 가슴에 와서 인주처럼 선명히 새겨졌다. 뱉고 싶지만 차마 뱉지 못한 말이었다.

26.

문을 닫고 돌아서는데 노크 소리가 들렸다. 문을 열어보니 노수사님이 서 있었다. 그의 얼굴은 눈물로 범벅이었고 익숙하지 못한 이 상황을 감당하지 못하겠다는 듯 표정은 일그러져 있었다. 돌아서는 등 뒤에 대고 누군가 쏜 총을 맞은 것같이 당황스러웠다. 그의 눈을 바라보는 순간 나는 모든 것을 이해할 수 있었다. 그가 안젤로를 엄하게 대한 것을 후회하고 있다는 것을, 그러나 실은 그게 사랑이고 배려였다는 것을, 변명할 틈도 없이 보낸 것이 너무 미안하다는 것을, 수십 년간 겪어왔지만 '그분'이 하시는 일을 도무지 이해할 수 없다는 것을. 요한 수사, 아무도 몰라도 당신만은 내 슬픔을 알지, 하는 말들이 우리 두 사람 사이에 놓인 침묵 속으로 해일처럼 밀려왔다.

"……수사님."

나는 겨우 그렇게 말할 수 있었다.

"우리 안젤로가…… 우리 안젤로 수사가……."

그는 눈물로 범벅이 된 주름진 얼굴로 겨우 그렇게 말했다. 그의 거무튀튀한 입술에서 나오는 우리, 라는 말이 나를 무너뜨리고 말았다. 나는 그 자리에서 눈물을 터뜨렸다. 노수사님이 다가와 나를 안았다. 나는 그의 품에 안겨 어린아이처럼 큰 소리로 그리고 오래 울었다.

27.

미카엘과 안젤로의 장례식 날은 날이 개었다. 아침에 비 갠 하늘을 보면서 누군가가, 거봐, 하느님께서 우리더러 너무 슬퍼하지는 말라 하시는 것 같잖아, 했지만 대개는 침묵했다. 우리 수도원에서 차로 10여 분 떨어진 창마 묘지에 두 사람의 관이 놓였다. 멀리 낙동강이 흐르고 있었다.

묘지에 관이 놓였을 때 나는 언뜻 두 사람의 환영을 본 것 같았다. 둘이 손을 꼭 붙들고 웃고 있는 것처럼 내게는 느껴졌다. 그들의 환영이 드러난 묘석에는 다음과 같은 라틴어가 쓰여 있었다.

"HODIE MIHI, CRAS TIBI."

그건 이런 뜻이었다.

'오늘은 나에게 내일은 너에게!'

28.

장례식이 끝나고 나서 기다렸다는 듯이 해가 내리쪼이기 시작했다. 태양은 시련처럼 이글거렸다. 수도원이나 성당은 냉방이 되어 언제나 서늘함을 유지했지만 내 마음속은 불덩이가 타는 듯 아팠다. 어머니의 배 속에서부터 신앙을 가졌던 나는 그때 평생 체험하지 못했고 체험하리라 꿈도 꾸지 않았던 시간을 통과하고 있었다. 말씀이, 미사가, 기도문이 모래알처럼 입안에서 버석거렸다. 스물아홉 평생을 통틀어 이런 일은 처음이었다. 아무리 힘이 들던 날에도, 설사 신이 정말 존재할까 의심하는 날에도 성경의 모든 구절은 내 가슴으로 다가왔었다. 마른땅에 내리는 시원한 빗줄기 같기도 하고 촉촉이 적시는 이슬 같기도 했다. 가끔은 나를 막아주는 방패, 내가 기대어 쉴 반석, 뜨거운 해를 가려주는 시원한 야자수 같았다. 아니 가끔 내가 신과 씨름하던 어떤 날에는 말씀들이 내 실력보다 조금만 더 어려운 퍼즐을 내주곤 하던 외사촌

형 같기도 했다. 그런데 이제 성경의 구절들이 내 입안에서 버석거리는 모래알들처럼 맴돌았다.

나는 당연히 그것을 뱉어낼 수밖에 없었다. 모든 말씀은 나와 아무 관계도 맺지 못한 채 그저 입안에 잘못 들어온 모래알처럼 사라졌다. 그동안 얻어들은 신앙의 지식에 의지해서 나는 어쩌면 내가 십자가의 성 요한이 말하는 그 유명한 "영혼의 어두운 밤"을 통과하고 있다고도 생각해보았다. 기실 이제까지의 신앙이 사라지고 갑자기 막막해지는 그런 영혼의 어둠, 적당히 밝은 데 있던 사람이 너무 밝은 방으로 들어가면 잠시 눈앞이 캄캄해지는 것처럼 착각하는 현상과도 같이 더 큰 신앙의 빛 앞에서 잠시 모든 것이 막막해졌다고 느끼는 것, 이라는 고전적인 정의 말이다. 그러나 그것 역시 지나고 난 결과가 신앙의 성숙이었을 때 하는 말이어야 했다. 그냥 그것을 견디어낼 때는 그저 고통만이 전부라고 느껴지는 법이었다. 게다가 잠에서 깨어난 새벽 가끔 허겁지겁 종소리에 맞춰 기도하러 가다가 미카엘과 안젤로의 방 앞을 지나며, 안젤로는 일어났을까, 미카엘은? 하고 생각하는 나 자신을 발견할 때는 그 자리에서 다리의 힘이 다 풀려나갔다.

"하느님, 나를 도우소서. 주님, 어서 오사 나를 구하소서."

모든 것이 무의미했다. 새벽부터 일어나 기도하러 가는 나 자신이 하루는 우스꽝스러웠고 하루는 위선자같이 느껴졌다. 내가 죽어 하느님이 나를 보내시지 않아도 이미 나는 지옥 속에 있는 듯했다. 당연히 나는 기도에 한 번 두 번 빠지기 시작했고, 이 세상 모든 일이 그렇듯 한 번 두 번 기도를 빠지기 시작하자 기도를 빠지는 일이 당연해지기 시작했다.

나는 술에 취해야 잠들었고 자주 멍했다. 건물 안에 있으면 답답했고 건물 밖으로 나가면 내리쬐는 태양에 머리의 피가 다 말라붙어가는 듯한 환영이 느껴졌다. 꼭 그렇게 하셔야 했습니까? 왜요? 왜! 나는 분노했다. 그러나 그 분노의 대상과 더 이상 마주 앉아 있고 싶지는 않았고 그럴 때마다 나는 소희가 있는 병원으로 갔다.

29.

장례식이 끝나던 날 찾아가니 전화로 이미 내게서 소식을 전해들은 소희가 나를 기다리고 있었다. 내가 문을 열자 그녀는 두 손으로 얼굴을 가리면서 말했다.

"아 요한, 나 안젤로 생각하면서 너무 울었더니 눈이 떠지지 않을 정도로 부었어. 오늘은 만나고 싶지 않아. 네게 이런 모습 정말 보이고 싶지 않아."

"아니야, 괜찮아" 하고 말하면서 다가가려고 했지만 소희는 막무가내였다.

"알았어. 그러면 눈 부기 내리면 전화해. 그때 다시 올게."

나는 병실을 돌아서 나오려 했다. 그때 소희가 다시 나를 불렀다.

"그렇다고 정말 가면 어떡해, 요한?"

나는 돌아섰다.

"아니, 그래도 얼굴을 보지는 말아줘……. 하지만 말이야, 내가 '오늘은 눈이 부었어. 이런 모습 보이기 싫어' 그러면 네가 '아니야, 그래도 소희 넌 예쁘니까 걱정 마' 이렇게 말해야지. 그런다고 그냥 가버리면 어떻게 해?"

그녀가 다시 말했다. 나는 문 앞에 엉거주춤하게 서서 그녀의 말을 듣고 있었다.

"링거 때문에 움직일 수가 없어서 그러는데 요한, 저 백 속에 선글라스 있어. 그걸 끼고 너를 만나면 될 거 같다. 그래그래, 아주 좋은 생각이지!"

소희가 명랑하게 말했다. 나는 소희의 백 속에서 선글라스를 찾아서 그녀에게 건넸다.

"이제 날 봐도 돼. 요한, 어때? 환자복에 선글라스 괜찮아?"

헐렁하고 푸른 환자복, 헝클어진 머리카락, 덜렁대는 링거 병, 야윈 얼굴에 선글라스만 커다란 그녀의 얼굴을 보고 아마 나도 모르게 웃어버렸던 것 같다.

"요한, 그래 웃어……. 웃으니까 너 같아. 실은 아까 여기 들어서는 네 얼굴 보면서 겁이 덜컥 났어. 너조차도 그들처럼 가고 있는 것 같아서……."

나는 다가가 소희의 손을 잡았다. 다가가니 그녀의 선글라스 낀 눈 속에서 떨어지는 눈물이 베개를 적시고 있었다. 아까부터 소희가 가리려던 것은 부은 눈이 아니라 그 눈에서 떨어지는 눈물인 것 같았다. 안젤로와 미카엘을 떠나보낸 아픔과는 또 다른, 사랑하는 사람의 아픔이 내게 전해져 왔고 내 슬픔과는 상관없이 나는 그녀의 슬픔이 미안하고 싫었다.

"울지 마."

내가 그녀의 눈물을 닦아주었다. 선글라스를 쓴 그녀는 눈물을 계속 흘린 채로 내게 억지로 미소를 지어 보이면서 말했다.

"그날 새벽 여기서도 수도원의 종소리가 들렸어. 자다가 깨어났는데 기분이 이상하더라구. 그건 기도 시간에 울리지도 않았고 일과를 알리는 종소리가 아니었으니까. 믿을 수가 없어, 요한. 미카엘 수사님은 어렵고 무서워서 잘 모르겠지만 안젤로는 안젤로는……."

소희는 이제 선글라스를 벗고 흐느꼈다. 그녀는 가는 팔로 이마를 가리고 잠깐 그렇게 울었다.

"세상에 저렇게 밝은 사람이 있나 했어. 어느 날 내가 양초 공예실에 놀러 가 커피를 얻어 마시고 있는데 문득 말하더라. '소희 씨, 사랑하는 것은 좋은 거래요. 그건 다 하느님을 닮으려고 하는 거니까요.' 순간 이 사람이 내 마음을 눈치챘나 싶어 좀 놀려주고 싶은 생각이 들었지. 그래서 내가 말했어. '물론 좋아요, 수사님. 그런데 음~ 돈을 사랑하면요. 음, 술을 사랑하면요? 마약을 사랑하면요?' 내가 놀려주려고 했던 말인데 뜻밖에도 안젤로 수사는 빙긋이 웃더니 다시 말했어.

'그것도 다 좋아요. 모든 사랑은 하느님에로부터 오는 것이니까요. 하느님의 성분 함량 퍼센티지야 다 다르지만 모든 사랑에는 하느님이 계시다고 토마스 수사님이 그러셨어요. 돈이, 술이, 마약이 하느님인 줄 아는 거지요. 사기꾼에게 속아 넘어가는 시골 아가씨 같은 거래요. 심지어 매일 밤 창녀에게 가는 가련한 사람도 자기도 모르는 사이에 거기서 하느님을 찾고 있는 거래요. 그러니까 영원한 것, 행복한 것, 사랑받는다는 느낌 같은 거.'

뜻밖의 대답에 내가 잠시 멍해 있으니까 그가 다시 웃으면서 '그러니까 하느님을 잘 알고 사랑한 우리는 정말 행복한 거예요. 하느님이 사랑하시는 것들을 사랑하는 것도 정말 행복한 거구요. 예를 들면 새들, 예를 들면 나무들, 예를 들면 강아지들, 병아리들, 돼지들. 가끔 생각해요. 그러니 하느님이 그토록 사랑하는 사람을 사랑하는 것은 얼마나 하느님을 기뻐하게 하는지요.'"

나도 모르게 나는 고개를 돌려버렸다. 이야기에 빠져 있던 그녀가 아차, 하는 표정으로 나를 바라보다가 말했다.

"미안……."

"당분간 그들의 이야기는…… 미안해, 당분간은……."

30.

"내가 생각을 못했어."

잠시 침묵이 계속되었다. 그러나 침묵하고 있다 해도 속삭임은 계속되는 듯했다. 안젤로의 웃음소리, 안젤로의 얼굴, 미카엘의 고뇌들. 나는 말을 돌렸다.

"이제 안 아파?"

"응…… 나 이틀이나 사흘 후쯤 퇴원하라고 하네."

다시 우리 사이에 침묵이 끼어들었다. 침묵. 그것은 수도원의 침묵이 아니라 사연이 많은 침묵이었다. 굳이 말하자면 미래에 대한 공포. 이제 소희가 퇴원하면 미국으로 돌아갈 것이고 나는 여기 남을 것이고 그러면 우리는 어떻게 될 것인가, 여기서 이대로 모든 것을 끝내버려야 하는 것인가, 하는 그런 염려와 불안과 망설임을 동반한 침묵이었다.

"퇴원하면 우리 여행 가자. 우리 그냥 하루 제치고 어디든지 가자. 말하자면 바다…… 그래, 바다!"

말해놓고 나니 내가 바다를 오래 보지 못했다는 생각이 들었다. 그리고 나는 여기서 내 인생을 놓고 주사위를 던지리라 생각했다. 그건 바다, 라는 말과 함께 든 생각이었다.

나는 내 생각을 확인하기 위해, 번복하거나 망설이지 않게 하기 위해 소희를 안고 입을 맞추었다. 그녀의 입술을, 부드러운 혀를 느끼면서 눈을 감았다. "심지어 매일 밤 창녀에게 가는 가련한 사람도 자기도 모르는 사이에 거기서 하느님을 찾고 있는 거래요. 그러니까 영원한 것, 행복한 것, 사랑받는다는 느낌 같은 거. 인간이 인간을 사랑하면서도 왜 실망하는 줄 알아요? 상대방이 하느님인 줄 알고 사랑해서 실망한다는 거죠. 자기도 불완전하고 모든 인간은 다 불완전하다는 걸 알면서도 인간은 상대의 불완전에 절망하잖아요. 사랑하는 사람인 경우에는 특히!"

안젤로의 말이 귀에 웅웅거렸다. 아니다. 내가 구체적인 그녀의 입술에서 찾는 것은 결코 하느님은 아니다. 하느님은 나에게 한 번도 이렇게 따뜻하고 부드러운 입술을 준 적이 없었다. 가슴을 덜덜 떨리게 하고 쿵쿵 뛰게 하며 키 큰 나무 위까지 뛰어오르게 할 정도로 신나게 한 적도 없었다.

31.

이제 수도원을 나가면 무슨 일을 해야 할까 하는 생각에 잠이 오지 않았다. 우선 할머니의 냉면집에 가서 일을 배운다? 아니 그건 나에게 도무지 맞지 않았다. 문득 이런 고민이 있을 때 내가 언제나 늦도록 성당에 앉아 기도했다는 생각이 들었다. 오래도록 침묵 속에 앉아 있으면 기도를 마칠 때쯤 신기하게도 마음이 가벼워졌고 문제가 단순해졌으며 싱거운 해결책을 두고 내가 일을 실타래처럼 꼬아 복잡하게 만들었다는 것을 깨닫곤 했었다.

그러나 나는 기도하고 싶지 않았다. 뭐랄까, 옛 애인의 눈을 피해 새 애인에게 가는데 옛 애인에게 상의할 수 없는 것 같은 느낌이라면 너무 과할까. 그러나 그렇지도 않은 것이, 떠나겠다고 생각하자, 소희에게로 가서 그녀와 새 인생을 시작하겠다고 생각하자, 성당 십자가에 매달려 있는 그가 왠지 조금 더 안쓰러워졌다. 가끔 기도를 빼먹고 소희를 만나러 갈 때는 미안한 생각도 들었다. 그러나 어쨌든 미카엘과 안젤로의 죽음을 보고 나는 더는 이곳에 머물 수가 없었다.

32.

소희가 퇴원하는 날 함께 부산 바다를 보러 가기로 하고 나서 우리 사이에는 뜻밖에도 첫 다툼이 있었다. 그녀의 약혼자라는 사람은 틈틈이 전화를 걸어왔다. 처음 그녀와 마주 앉았던 날 복도 밖으로 나가 전화를 받았던 소희는 나와 만난 이후 그의 전화를 내 앞에서 받지는 않았다. 그러나 남자는 꾸준히 전화를 하는 것 같았다. 뭐라고 말할 처지도 아니었기에 나는 그저 모른 척 잠자코 있었다. 가끔 전화를 걸었을 때 그녀가 오래도록 통화 중일 때 나는 나도 모르게 화를 내고 있는 나 자신을 발견했다.

싸움의 발단을 굳이 따진다면 안젤로와 미카엘이 죽은 후 장례를 치르기 전날일 것이었다. 병원에 갈 수 없다는 사실을 알리기 위해 전화를 걸었는데 전화가 통화 중이었다. 미카엘과 안젤로 일 때문에 내 사무실에 붙어 있을 수가 없어서 여기저기 뛰어다니다 나를 기다리고 있을 그녀가 걱정이 되어 사무실로 뛰어 들어가 다시 전화를 걸었더니 역시 통화 중이었다.

인간이란, 지금 생각하면 얼마나 이기적인 피조물인가. 미카엘과 안젤로가 죽어 충격을 받아 정신이 빠져나갈 지경인데도 나는 그녀가 얼마 동안 통화 중인지 시간을 살폈다. 벌써 30분째, 그러니까 최소한 내가 첫 전화를 걸기 1분 전부터 통화를 시작했을 것이니 거의 31분 이상을 통화 중이었다. 여기는 아침나절이었으니 뉴욕은 저녁나절, 전화를 걸 사람은 몇 명 되지 않을 것이었다. 슬픔과 충격 속에서도 질투를 느끼는 마음의 파일은 따로 있어서 나는 그 서운함을 치밀하게도 저장했나보다. 10분 후 다시 전화를 걸자 소희가 그제야 전화를 받았다.

"뭐 했어? 계속 통화 중이던데."

"……응, 전화가 왔었어."

내 말투가 따지는 듯해서였던지 그녀가 머뭇거렸다. 그렇기도 했을 것이었다. 그러나 변명을 하자면 일이 바빠 한가하게 통화를 할 수 없다는 조급함도 내게는 있었다. 소희의 목소리가 눈에 띄게 차갑게 굳어지는 것도 그러나 그때는 의식하지 못했었다.

"미국?"

"……응."

우리 사이에 그때도 침묵이 내려앉았다. 나는 소희가 말해주기를 원했으리라. 소희는 내가 더 이상 말하지 말아주기를 원했으리라. 내가 먼저 묻고 말았다.

"어머니?"

"……아니."

다시 침묵이었다. 우리 사이에 호명되어서는 안 될 그 이름을 그녀도 나도 부르지 못하고 있었다.

"장례 때문에 정신이 없어. 아픈 건 좀 어때?"

소희는 대답하지 않았다. 아픈 사람에게 전화를 걸어 먼저 물어야 할 안부를 추궁하듯 따지고 나서야 물었으니 화가 난 것 같았다. 아아, 사랑에 눈먼 자의 어리석음이여. 차라리 안젤로와 미카엘이 죽은 슬픔으로 눈멀어 있었다면 그런 실수는 하지 않았으리

라. 그래서 사랑은 저승처럼 극성스러운 것이라고 했던가.

"하기는 30분도 넘게 미국과 통화할 기운이 있으면 아프지는 않은 거군. 내가 괜한 걱정을 했어."

소희는 또 대답하지 않았다. 그때서야 나의 옹졸함을 깨달은 내가 그녀의 이름을 부르자 겨우 "듣고 있어"라고 대답했는데 그녀는 목이 잠겨 있었다. 가슴이 덜컹했다.

"그냥 나도 미칠 거 같았는데 네가 연락이 안 되니까 그냥 화가 났어. 미안해."

그러자 그녀가 대답했다.

"나도 슬퍼, 요한. 나도 많이 슬퍼."

33.

여행을 떠나기 전날이었을 것이다. 저녁기도 후에 소희에게 들렀다. 열이 내린 소희는 오랜만에 샤워도 하고 머리도 드라이어로 잘 말려 기분이 너무 좋다는 말을 전화를 통해 알려왔다. 나는 그녀를 면회하러 가면서 시내 화원에 들러 꽃을 좀 샀다. 마거리트 한 다발을 들고 병실로 다가가는데 병실 안에서 소희의 높은 웃음소리가 들려왔다. 누가 면회를 왔나 싶어 노크를 하지 않았다. 아직 나는 수도자의 신분이라는 것도 떠올랐다. 어쩌면 아빠스님이 장례가 끝나고 조카 소희를 찾아왔는지도 모르는 일이었다. 그런데 안에 누가 있는 것 같지는 않았다. 소희의 들뜬 목소리가 들려왔다.

"으응, 오늘 오랜만에 샤워도 하고 머리도 감고 드라이어로 예쁘게 머리도 말리고 그러니까 너무 좋아……. 흐흥, 응, 난 5번가에 있는 샤모니데이 브런치가 제일 먹고 싶어. 당신이랑 먹던 그 브런치 생각이 제일 많이 나던걸. 흐흐흥, 으응, 마카롱도 물론이지……. 그래 이제 곧 볼 건데 뭐, 조금만 참으세요. 그래요……. 으응…… 나도."

하필이면 이런 때 삶은 내게 평소에는 꿈도 꾸지 않던 꽃다발을 들고 있게 한다. 하필이면 이런 때 삶은 나를 저 높은 평균대 위로 번쩍 들어 올렸다가 바닥으로 아무 주저도 없이 패대기친다.

통화가 끝나기를 기다려 노크를 했다. 네에, 하는 높은 톤의 소리가 들렸고 소희는 내 손의 꽃다발을 보더니 환하게 웃었다. 그때까지도 나는 나의 감정을 알아차리지 못하고 있었던 것 같다. 아니 인정하기 싫었던 걸까. 아니, 아마도 그쯤은 상황에 대한 나의 이해와 각자 처지에 대한 아량으로 넘기려고 했던 의지의 문제였을까?

"고마워."

소희는 꽃다발을 들고 활짝 웃었다. 우리는 처음에 다른 이야기를 했던 것 같다. 퇴원하는 이야기, 소희의 폐렴 증세가 심해서 큰일 날 뻔했다는 이야기, 앓고 났는데 살이 그렇게 빠지지도 않았다는 이야기……. 그러다가 나는 결국 전화 이야기를 꺼내고 말았다. 나는 결국 왜 그렇게 웃었느냐고 화를 냈고, 나는 결국 그렇게 그리운 뉴욕에 가고 싶지 않다고 한 너의 말은 거짓이었지 않으냐고 했고, 나는 결국, 꼭 그렇게 표현하지는 않았지만, 듣기에 따라서는 너를 위해 나의 운명을 바꾸는 나를 위해 나 이외의 모든 남자에게 절대로 친절한 말 같은 것은 하지 말라고 쏘아붙이거나 퉁명스럽게 말하라고 했던 것 같다. 아아, 내가 여자를 조금만 더 알았더라면, 내게 여자 친구와 진지하게 사귀어본 경험이 한 번이라도 있었더라면, 내가 사랑에 빠져 눈이 먼 채로 징검다리를 건너본 일이 한 번이라도 더 있었더라면 나는 그렇게는 어리석지 않았으리라.

그러나 소희 또한 지혜롭지는 않았던 것 같다.

"그 사람이 무슨 잘못이 있다고? 내가 왜 그 사람에게 불친절해야 해? 솔직히 미안해서 더 잘해주고 싶어."

화가 났겠지만 그녀는 진심으로 말했다. 거기서 나의 말문이 막혀버렸다. 나는 사랑을 하면 모든 것을 거는 줄 알았던 거다. 내가 하느님을 사랑하기 위해 수도자가 되면 나는 다른 여자를 사랑하는 것을 멈추어야 하듯이, 내 삶을 바꾸고 내 마음을 바꾸고 온 맘과 몸을 다해 사랑해야 하는 것인 줄 알았다. 그런데 이런 경우는 내 예상 속에는 없었다. 가슴이 쿵 하고 내려앉았다.

"그렇군."

나는 자리에서 일어나 문 쪽으로 걸어 나갔다. 그때 소희가 내 뒤로 다가와 나를 안았다.

"심술부리지 마, 요한. 아이같이 굴지 마. 이건 나도 어쩔 수가 없어."

그녀의 더운 김이 내 등 뒤로 느껴졌다. 온몸에서 힘이 쭉 빠져

나갔다. 그녀의 무게조차 몹시 버거웠다.

34.

바다는 생각보다 더웠고 수많은 사람들로 붐볐다. 그녀와 내가
기차를 타고 도착했을 때 하늘은 흐렸고 바다 쪽으로부터 미적지
근한 바람이 불어왔다. 바다다, 하고 소리치긴 했으나 그 바다는
내가 그리던 바다도 소희가 그렸을 그 바다도 아니었다. 흐린 하늘
아래 펼쳐진 바다는 탁했다. 태양은 뜨겁고 습도는 높았으며 사람
들이 물에 말아놓은 밥풀처럼 바닷속을 첨벙거리고 있었고 해변
쓰레기 더미에서는 고약한 냄새가 났다. 한여름 휴가철에 사람이
이토록 많은 부산 해운대로 온 것 자체가 실수였다. 내가 오랜 시
간 동안 수도원 안에서 생활한 탓도 있었으리라. 나는 내가 이 세
상에서 살아가는 법을 오래도록 잊었다는 것을 깨달았다.

병에서 깨어났으나 아직 쇠약했던 소희의 이마에서는 연신 땀
이 흘러내렸고 더위를 피하기 위해 카페로 들어서니 몸을 떨면서
추워했다. 그러나 그녀는 나와 눈이 마주칠 때면 애쓰면서 웃어주
었고 마주 잡은 손바닥에 땀이 괴어도 내 손을 놓지 않았다. 해운
대 안쪽의 고급 호텔에서는 선명하고 깨끗한 파라솔 아래서 사람
들이 우아하게 앉아 색깔 고운 주스를 마시고 있었으나 나는 그녀
를 데리고 들어갈 처지가 아니었다.

해변의 이벤트, 경품 행사, 아이들 울음소리, 사람들의 고함, 서
로를 부르는 소리들로 꽉 찬 백사장은 시장터처럼 붐볐고 우리는

겨우 바다가 다른 사람들의 머리통 너머로 보이는 카페 한구석의 자리를 차지할 수 있었다. 우리 둘 다 말이 없었다. 나로서는 W시의 침묵에 익숙한 귀가 고문을 당하고 있는 듯 느껴졌고 모든 판단력과 이성이 그 소음으로 인해 다 흩어지고 엉켜버리는 듯 혼란스러웠다.

"지중해 있잖아, 남이탈리아에 있는 카프리섬이라고 알아? 나폴리에서 배 타고 30분쯤 들어가면 있는 섬. 얼마나 아름다운지 로마 황제들의 별장이 아직도 남아 있는 곳. 멀리 폼페이 화산이 떨어져 나간 자국이 내려다보이는 그 섬. 거기 갔더니 바다가 정말 지중해빛 코발트였어, 한 점의 오차도 없는 코발트!"

소희가 오렌지 주스를 마시면서 말했다. 카페 안은 사람들로 꽉 차 있었고 소희의 말소리는 공허했다. 누구와 함께 갔었느냐고 나는 묻지 못했다. 카프리…… 섬…… 남…… 이탈리아. 그렇구나 카프리라는 곳이 그런 섬 이름이었구나. 소희는 그곳에 갔던 시절과 그곳에 함께 있던 사람을 그리워하는 것일지도 몰랐다. 그녀는 나와의 이 바다행을 후회하고 있을까? 나는 뉴욕 샤모니데이에서 그녀에게 브런치를 사준 일도 없었다. 나는 그녀에게 지중해 여행을 시켜준 일도 없었다. 갑자기 나의 머릿속이 뿌옇게 흐려지는 것 같았다.

나는 오랫동안 그녀와 함께 바닷가를 걷고 싶다는 꿈을 꾸었었다. 그녀의 손을 잡고 조심스럽게 우리의 미래에 대해 이야기하고 싶었다. 아니 그녀와 함께 그냥 하염없이 걷다가 서늘한 바람이 부는 소나무 그늘 아래서 하염없이 수평선을 보면서 앉아 있고 싶었다. 그런데 꿈같은 바닷가에서 나는 어느덧 빨리 W시로 돌아가고 싶었다. 아니 그녀와 함께 어디 한적한 곳으로 가고 싶었다. 그러나 갈 곳이 없었다.

"우리 오늘 W시로 돌아가는 거야?"

그녀가 머뭇거리다가 물었다.

"네가 원한다면 돌아가지 않아도 돼."

소희가 나를 빤히 바라보았다. 그 말이 의미하는 바를 그녀 자신이 너무 잘 알고 있었기 때문이었다. 그것은 운명을 바꾼다는 말이었다. 그것은 이제껏 왔던 길을 거꾸로 되짚어 유턴을 한다는 말이었다.

"내가 원하면? 아니야 요한, 네가 원해야 해."

소희가 다시 말했다. 그리고 오한이 나는지 몸을 부르르 떨었다. 그제야 나는 내가 내 운명을 거역하는 역할을 그녀에게 떠넘기고 싶어 한다는 것을 깨달았다. 소희가 갑자기 누나처럼 정색을 하고 다시 말했다.

"그건 나 때문이어서는 안 돼, 너 자신 때문이어야 해. 오로지, 오직!"

나는 그녀의 눈길을 피했다.

"어차피 마찬가지야……. 넌 내 곁에 있을 거고 우린 함께일 거잖아."

순간 안젤로와 미카엘의 얼굴이 내 애매한 말투의 휘장을 찢듯이 떠올랐다. 한 번도 그들과 이런 식으로 헤어진다는 상상을 해본 적이 없었다. 헤엄치고 있던 내 발을 갑자기 누군가 물밑으로 쑤욱 끌어당긴 것처럼 나는 당황스러웠다.

"난 너를 사랑하고 있어, 아마도 영원히 그럴 거야."

내가 말했다. 그때 하필이면 뒷좌석에서 누군가가 거칠게 일어서는 소리가 들렸고 컵이 바닥에 깨지는 소리가 들렸다. 이어 경상도 말씨가 억센 사나이의 욕설이 들렸다.

"이게 참자 참자 하이 참말로 몬 보겠네. 니 지금 어데서 큰소리고, 어데서! 엉?"

놀라 해쓱해진 소희의 눈이 커다랗게 떠졌다. 내가 돌아보자 반팔의 흰 와이셔츠를 입은 사내가 카페를 나서고 있었고 남아 있는 여자가 두 손으로 얼굴을 가렸다. 카페 주인이 천천히 다가가 깨진 컵 조각을 치우기 시작했다. 소희가 더 이상 못 견디겠다는 듯이 눈을 찌푸렸다. 그러고는 팔짱을 끼고 찌푸린 눈을 감았다. 잠시의 침묵 후에 그녀가 눈을 떴다.

"요한, 여기서 나가자. 어디라도 좀 가자, 둘만 있을 수 있는 곳으로."

35.

밖은 여전히 소란스러웠고 태양은 극성스레 내리쬐고 있었다. 땀이 진득한 손을 잡고 걷던 우리는 이윽고 누가 먼저랄 것도 없이 손을 놓았다. 내 눈은 모텔을 찾고 있었다. 바닷가 쪽으로 난 모텔들은 모두가 손을 내저었다. 만원이었다. 소희는 완강히 침묵하고 있었다. 머릿속이 하얗게 변했고 이어 피들이 찐득찐득 말라붙는 것 같았다. 바다와 아주 멀어진 어느 뒷골목의 모텔로 들어가 내가 묻자 아직 잠에서 덜 깨어난 듯한 뚱뚱한 여자가 시큰둥하게 대답했다.

"잠깐 쉬었다 가실 거죠?"

대한민국 모텔에서 '잠깐 쉬었다 간다'는 말을 나는 알아듣지 못했다. 알아듣지 못하기는 소희도 마찬가지였다. 우리는 어쨌든 방으로 들어갔다. 방 안에는 먼지가 낀 듯한 커튼이 쳐져 있었고 공기는 혼탁했다. 에어컨을 작동시킨 후 여자가 나가자 내가 소희에게 다가갔다. 그리고 그녀를 안았다. 소희는 힘없이 내 품에 안겨왔다. 오랜 피난 행렬에라도 끼었던 것처럼 피곤했다. 잠시 후 내가 그녀의 얼굴을 들어 입을 맞추려 하자 그녀는 고개를 숙이고 나를 바라보지 않았다. 소희는 뜻밖에도 울고 있었다.

"요한, 나 여기 싫어. 너무 더러워."

온몸에서 힘이 빠져나갔다. 소희는 침대 한구석에 겨우 걸터앉아 피곤한 기색을 감추지도 않았다. 창밖으로 푸른 바다가 펼쳐진 우리의 바다, 전망이 좋은 우리의 방은 그렇게 사라지고 뒷골목과 지나간 사람들의 정액 냄새가 가시지 않은 시트와 먼지 낀 에어컨이 있는 방이 우리의 현실이었다.

나는 소희의 곁에 걸터앉아 그녀의 어깨를 안았다. 소희는 고개를 숙인 채였다.

"소희야, 미안해."

소희는 힘없이 내 어깨에 머리를 기댔다. 나는 그녀의 머리칼을 어루만지면서 다시 말했다.

"사랑해, 영원히."

영원이라는 것이 이 세상에 없다는 것을 그때의 나는 몰랐을까? 아니 나는 그냥 믿었던 것 같다. 내 마음은 영원할 것이고 절대로 변하지 않을 거라고, 한번 내 마음속에서 시작된 사랑은 영원할 거라고. 뭐라 말할 수 없게 심란한 표정을 짓고 있던 소희가 내 말을 듣다가 나를 보더니 어여쁜 미소를 지었고 이윽고는 활짝 웃었다.

"이 세상에 영원이라고 말해준 사람은 너밖에 없는 것 같아. 모두들 그게 없다고 포기하거나 피해 다니는데 말이야. 그런데 네가 말하니 정말 그 영원이라는 것 속에 들어온 것만 같다. 감히 영원이라고 말하는 순간만 우리는 이 지상에서 영원을 한구석 차지하는 거겠지."

그녀는 나의 목을 안더니 장난스레 말했다.

"아, 그 영원 속에 들어온 느낌은 좀 아득하다. 약간 현기증도 나고 가슴은 콩닥거리고."

그녀는 작게 웃었다.

"하지만 요한, 난 영원도 좋긴 한데 오후 2시가 지난 지금 우리가 늦은 점심을 무엇으로 먹을지가 더 궁금해."

우리는 간단한 짐을 놓아둔 채로 손을 잡고 모텔을 나서 식당으로 갔다. 소희는 냉면을 먹고 싶어 했으나 냉면집을 찾기가 어려웠다. 우리는 대구탕집으로 가 마주 앉았다. 소희가 명랑해지자 내가 포기하려고 했던 새로운 미래에 대한 희망이 다시 살아나는 것 같았다.

이곳에서 우리를 아는 사람은 아무도 없었다. 우리는 손을 잡고 걸었고 마주 앉아 밥을 먹었고 서로의 그릇 속에서 가장 맛있는 부위를 집어 서로의 입에 넣어주었다. 이 세상과 나의 생이 그녀를 만나기 전과 만난 후로 나누어지는 것 같았다. 모든 것이 무채색에서 단번에 유채색의 세계로 전환되었다. 바다조차도 저토록 푸른 빛이라는 것을 나는 처음 보았다. 세상의 수많은 사람들이 저렇게 다양한 빛깔의 옷을 입고 있다는 것도 처음 알았다. 이 평범하고 흔한 것이 이렇게 특별한 느낌을 주기에 세상 사람들이 그토록 이 평범하고 흔한 것을 찾아 헤맨다는 것도 알 것 같았다. 아이스크림을 하나씩 사서 입에 물고 우리는 다시 천천히 걸었다.

"냉면이라…… 나중에 우리 할머니 냉면집에서 실컷 먹게 해줄게."

내가 말하자 소희는 활짝 웃었다. 내가 덧붙였다.

"어쩌면, 내가 만일 신학교를 그만두고 수도원을 나간다면…… 그 냉면집을 이어받을 수도 있어. 그러면 넌 매일 냉면을 먹을 수도 있을 거야."

소희의 밝은 웃음 때문이었을까 나는 그녀를 바라보면서 장난치듯 말했다. 그럴 생각이 있던 것은 딱히 아니었다. 그것은 그저 냉면에 대한 일종의 농담이었다. 그런데 그 순간 나는 보고 말았다. 그녀의 얼굴이 웃음에서 경직으로, 화사함에서 칙칙함으로,

꿈에서 현실로, 하늘에서 진탕으로 곤두박질치는 것을. 내 가슴이 쿵 하고 내려앉은 이유를 다 알 수 없었는데 그녀가 말했다.

"나보고, 냉면집 사모님이 되라고? 냉면집?"

소희는 다시 고개를 젖히고 까르르 웃었다. 가당치도 않다는 말투, 그러나 그녀는 몹시 해맑은 표정이었다. 순간 뜨거운 물을 뒤집어쓴 것처럼 나는 굳어지고 있었다. 그것은 냉면집 사모님인 할머니와 나의 어머니에 대한 모독이기도 했으니까,

"재밌다, 그런 상상."

소희는 맛있는 음식을 먹고 터무니없이 쓴 디저트를 먹고 난 후 하는 수 없이, 맛있게 잘 먹었습니다, 하는 것 같은 표정이었다. 순간 모든 것이 그냥 의문으로 다가왔다. 하나하나 다가온 것이 아니라 통째로 다가온 질문 같은 것이었다. 그녀는 나와 미래를 꿈꾸고 있나, 내가 운명을 걸고, 신까지 배반해가면서 그녀와 함께이고 싶어 한다는 사실을 그녀는 진정 알고 있나, 하는 그런 의문 말이다.

그날 밤 보름달이 휘황한 그 강가의 벤치에서 그녀는 "이 세상은 누군가의 손을 꼭 붙들고 도망치고 싶어 한 사람과 그렇지 않은 사람으로 나누어진다" 말했고, 내가 그녀를 안고 입을 맞추면서 "우리 도망갈까, 손 꼭 붙들고?"라고 물었을 때 분명 "그래, 우리 도망가자. 손 꼭 붙들고"라고 대답했었다. 나는 그것을 믿고 그것에 의지해 내 생의 방향을 온몸으로 돌리려 애쓰고 있었다. 그것은 지나온 내 생애 전체에 대한 배반이었지만 사랑이 부르면 나는 가겠다고 다짐했었다. 그런데 그녀는 그 순간 나의 가족과 가

족사 그리고 희미한 내 미래까지 비웃는 듯한 표정이었다. 갑자기 그녀와 마주 잡은 손이 무겁게 느껴졌다.

36.

우리는 모텔로 들어섰다. 어둑한 입구에서 엘리베이터를 타려고 하는데 아까 우리를 안내했던 뚱뚱한 여자가 다시 나왔다.

"이봐요, 시간이 지나서 내가 짐 뺐어. 잠깐 쉬었다 간다면서 짐 놔두고 나가면 어떡해요? 성수기라 손님들 줄줄이 밀려오는구마는."

여자는 기다리고 있었다는 듯 소희의 작은 손가방을 내밀었다. 뜻밖의 말에 우리는 당황했다.

"쉬어가는 건 두 시간이에요. 아니면 추가 요금 내셔야 해."

소희도 나도 입을 다물었다. 소희는 그녀의 살진 손에서 자신의 손가방을 홱 빼앗았다. 소희의 태도가 기분 나쁘다는 듯 여자가 잠시 무슨 말인가 할 듯하다가 마음을 고쳐먹은 듯 우리 쪽을 쳐다보지 않고 다시 말했다.

"대충 챙겨 넣었는데 없어진 거 있나 봐요. 뭐 없어졌다 해도 우리 책임은 아니니 그리 알고."

내가 당황하고 있는 사이, 소희는 저만치 앞서 걸어가고 있었다. 걸음이 빠른 이유는 몹시 화가 났다는 것을 의미하는 것이리라. 나는 따라가 그녀의 팔을 잡았다. 그녀는 내 팔을 뿌리치고 앞으로 나갔다. 내가 다시 그녀를 따라잡았다.

"화나는 거 이해해. 나도 당황스러워. 그렇지만 마음 풀자, 응?"

바다에서는 미적지근하고 습기를 가득 머금은 바람이 불어왔다. 소희의 머리칼이 축축하게 젖은 채로 날렸다. 내 티셔츠도 아까부터 해풍에 젖어 점점 더 내 살갗으로 밀착해 들어오고 있었다.

"그지 같아. 두 시간이라고? 한국에서는 섹스도 빨리빨리야? 안 그러면 추가 요금을 내라고? 짐승들! 무례해! 남의 짐을 함부로 만지고! 어글리! 테러블! 쏘우 디스테이스트풀!"

나는 모든 것이 어그러지고 있다는 것을 깨달았다. 나는 소희를 붙잡았다.

"어떻게 그렇게 너만 생각하니? 이 세상에 사랑하는 여자와 잠을 잘 수 있는 방 한 칸 없는 사람들도 있어. 그 사람들 저런 거 없으면 그 여자랑 포옹도 할 수 없어. 아니 먹고살기가 너무 바빠서 사랑 같은 거 할 수 없는 사람들도 있어. 그런 사람들도 저기를 이용하지."

하필이면 말을 하는데 미카엘이 떠올랐다. 그가 여기에 있었으면 이렇게 말했으리라. 심장에 소금을 뿌린 듯 쓰렸다. 그러나 말은 생각의 길과 갈라져 제 길을 따라 그냥 입에서 흘러나왔다.

"카프리섬 같은 곳으로 여행하는 건 꿈도 꿀 수 없는 사람들이 저렇게 뒷골목의 더럽고 먼지 나는 곳에라도 들어가 사랑하는 사람하고 두 시간이라도 함께하고 싶어 해. 그걸 모독하지 말아, 소희야."

소희가 잠시 자리에서 멈추어 섰다.

"거기서 카프리섬이 왜 나와?"

갑자기 말문이 딱 막혔다. 그러나 나에게도 자존심이라는 게 있어서 그 자리에서 어린 뱀의 머리처럼 푸른 눈을 뜨고 고개를 들었다.

"생각했던 것과 바다가 너무 달라서 네가 곤혹스러워하길래 아빠가 우리 어렸을 때 데리고 갔던 그 섬 이야기를 했던 건데, 그런데 그 이야기가 여기서 왜 나오느냐고?"

"영원히 사랑한다"는 말을 한 지 두 시간도 지나지 않은 때, 나는 영원은 고사하고 한순간도 그녀를 편안히 해주고 있지 못했다. 그러나 나는 그때 그것을 전혀 깨닫지 못하고 있었다.

아아, 나는 얼마나 속이 좁은 사람이었던가, 나는 얼마나 편협한 사람이었던가. 나는 그녀의 추억 하나조차에도 시비를 걸고 있었다. 그녀가 아빠와 함께 갔던 카프리섬이라는 말이 나오자마자, 내 가슴이 쿵 하고 내려앉았다. 나는 그것이 그녀의 약혼자와 갔던 곳이라고 혼자 독단했으며 질투했고 그것도 모자라 그것을 가슴에 칼처럼 품은 채 호주머니 속에 넣고 호주머니 속에 있다고 스스로를 기만하면서 그녀를 찌르고 있었던 거다.

우리는 우울한 얼굴로 다시 역을 향해 갔다. 가난한 내가 그녀를 데리고 할 수 있는 일이 없었다. 하루가 너무 길었고 너무 많은 돈이 필요했다. 한 치 앞이 유리로 된 벼랑 같았다. 내 사랑이 여기서 산산조각 나버리는 듯했다.

37

멀리서 천둥소리가 낮게 으르렁거리는 것 같았다. 아니나 다를
까, 우리가 기차를 타니 비가 퍼부었다. 예기치 못한 날씨였다. 오
늘 일기예보에도 비 소식은 없었다. 아무것도 예측할 수 없는 것이
삶 같았다. 기차에 자리를 잡고 나서 내가 뾰로통한 채로 창밖만
보고 있는 소희의 어깨를 툭 하고 건드렸다.

"왜?"

소희가 새초롬하게 눈을 뜨고 나를 바라보았다. 내가 머뭇거리
자 소희가 다시 고개를 창밖으로 돌렸다. 내가 다시 그녀의 어깨
를 툭 하고 쳤다.

"왜 그러냐니까?"

소희가 이번에는 좀 짜증스럽다는 듯이 나를 바라보았다. 나는
어떻게 그녀의 마음을 풀어야 할지 몰랐다. 그녀가 다시 창밖으로
고개를 돌리려 하자 나는 그녀의 손을 살며시 잡았다. 손끝에서
긴장이 느껴졌지만 소희는 손을 뿌리치지 않았다.

"창밖만 보지 말고 나 보라구. 보고 싶어, 네 얼굴."

내가 말하자 소희가 나를 바라보더니 더 이상 참을 수 없다는
듯 푸하하하 하고 웃음을 터뜨렸다. 우리는 텅 빈 기차에서 잠시
이마를 맞댔고 그리고 가벼운 키스를 나누었다. 아아, 육체가 가져
다주는 부드러움과 달콤함이여, 이것이 저승보다 억세고 어떤 바
다를 가져다 부어도 꺼지지 않는 불길처럼 극성스러운 쾌락이라
는 것을 나는 그때 알았다. 우리는 가까이 붙어 앉아 있었다. 내

손이 그녀의 부드럽고 둥근 어깨와 팔을 어루만졌고 소희는 내 어깨에 머리를 기대어 잠들었다. 우리는 그렇게 다시 한 걸음 가까워졌다. 우리는 큰 역경이라도 이겨낸 연인처럼 애틋해졌고 그리고 더욱 사랑하고 있었다. 소희와 마주 잡은 손에서 그것이 느껴졌다. 누군가 말하지 않았던가, 재채기와 미친 것과 사랑은 감출 수 없다고.

W역 입구에서 우산을 한 개 사서 우리는 걸었다. 우산 속에서 우리는 자연스레 강가로 향했다. 우리가 처음 사랑을 확인했던 그 벤치는 비를 맞고 있었다. 그렇게 걷다가 입 맞추고 걷다가 입 맞추고 우리는 저물 무렵이 되어서야 헤어졌다. 비가 그쳤다.

38.

수도원 입구로 들어서는데 종소리가 울리고 있었다. 이제 나와는 아무 상관도 없을 종소리. 그리고 상관이 없어야 할 종소리, 상관없어졌으면 좋을 그런 종소리.

나는 일부러 천천히 걸었다. 종소리에 복수하는 기분도 있었다. 푸른 새벽, 주전자에서 뿜어져 나오는 것처럼 하얀 입김을 뿜어내면서 종소리를 올려다보면, 그때 종소리는 하늘에서 풀어져 내려오는 줄사다리 같았다. 그걸 타고 오르면 천사들을 따라 하늘로 올라갈 수 있을 것만 같은 환영을 느끼던 그 어린 수사는 이제 없다. 그때 나는 저 종소리를 따라 기도하던 젊은이 두 명을 하늘이 그토록 무자비한 방법으로 데려갈 거라고는 생각하지 못했다.

그런 생각을 하면서 걷고 있는데 어떤 여자 하나가 내 뒤를 따라 오고 있는 것이 느껴졌다.

내가 얼핏 돌아보자 그녀가 머뭇거리면서 내게 다가왔다. 키가 좀 작고 얼굴은 각이 져 있었는데 눈가에는 검은 기미가 가득했다. 한눈에도 부른 배가 눈에 띄었다. 순간 나는 그녀의 눈을 보았는데 텅 비어 있었다. 가슴이 철렁했다.

"저기, 신부님이시죠?"

"아, 저는 신부가 아닙니다. 누굴 찾으시는데요?"

작은 키의 여자가 나를 올려다보았다. 순간 나는 그 여자의 눈에서 짙은 어둠을 감지했다. 여자는 세상의 모든 끈을 놓고 이제 마지막 남은 끈마저 놓기 직전의 표정이었다.

"여기 계시는 분들 모두 신부님이 아니신가요?"

여자가 딱히 알고 싶다는 호기심에서가 아니라 말이 말을 이어 나오는 듯 의미 없는 음성으로 물었다.

"그게, 저…… 제 얘기를 들어주시겠어요? 제 백 속에는 약이 들어 있어요. 한 달 동안 모았어요. 죽으려고 낙동강 쪽으로 가는데 언덕 위의 십자가가 눈에 들어왔어요. 어릴 때 성당을 다닌 적이 있었죠. 영세명은 모니카예요."

실제로 그런 것은 아니었지만 나도 모르게 나는 그녀의 옷자락을 잡을 뻔했다. 그냥 해보는 말이 아니라는 것이 그녀의 눈에 선명했다. 그 눈 속에는 모든 빛이 꺼져 있었고 마지막 빛이 막 꺼져 가고 있었다.

"아, 모니카 자매님, 그럼 제가 상담하시는 신부님을……."

내가 말을 돌리려고 했지만 그녀는 이미 말을 시작했다.

"그 사람을 사랑했어요. 결혼하는 줄 알았어요. 임신했다고 말한 다음부터 행방이 묘연해졌어요. 전화번호도 바꾸고 자취하던 집에서도 이사해버렸어요. 전 여기 공단에서 쫓겨났어요. 전 어떻게 해야 하는 거지요? ……우리 아버지가 이 사실을 알면 절 죽일 거예요."

여자는 얼핏 웃었는데 눈에서 굵은 눈물이 흘러내렸다.

"십자가를 보고 있자니 여기 오면 누군가가 내 말을 들어줄 거 같았어요. 여기는 좋은 분들이 계신 곳이잖아요."

여자는 쉴 새 없이 울었다. 비 개인 오후 구름 사이를 비집고 나오는 늦여름의 석양빛이 따가왔다. 나는 일단 그녀를 양초 공예실 앞 등나무 그늘로 이끌었다. 그때 문득 나는 내가 아주 짧은 순간이었지만 안젤로가 떠난 후 처음으로 안젤로를 의식하지 않았다는 것을 깨달았다. 산 자의 고통이, 그녀에 대한 막연하지만 구체적인 연민이 죽은 자를 망각하게 해준다는 것도 처음 알았다. 뭐랄까, 지금 돌이켜 생각해보면 나는 타는 가슴속으로 한줄기 빗물이 흘러내리는 것을 그때 이미 느낀 것 같았다.

39.

그것도 그 후에 든 생각이었을 뿐 당시 나는 그녀에게서 죽음의 짙은 그림자를 이미 보았고 어쨌든 그것을 막아야 한다는 생각뿐이었다. 여자는 계속해서 울고 있었다. 말을 들어보니 집도, 돈도, 친구도, 그리고 희망도 없었다. 당장 오늘 밤 배 속에 든 아기와 함께 몸을 누일 곳도 없는 듯했다. 나는 일단 그녀에게 손님의 집 방을 하나 내어주었고 나중에 문지기 수사님께 양해를 구하리라 생각했다. 그리고 대구의 아는 수녀님께 전화를 걸었다. 미혼모들을 돌보는 수녀님이셨다. 그리고 날이 밝으면 그녀를 그 수녀원에서 운영하는 '생명의 집'에 데려가기로 했다.

나는 다시 손님의 집으로 걸어갔다. 걸어가면서 오늘 퇴원해서 대구의 호텔로 간 소희 대신 내가 그녀를 찾아가고 있다는 사실이 문득 의식되었다. 손님의 집은 어쩌면 수도원에서 세상으로 나 있는 창문 같은 곳이라는 생각이 들었다. 아름답고 당당하고 매혹적인 소희, 미카엘 수사를 사랑했던 얼굴이 길었던 그녀, 그리고 지금 난데없이 나타난 얼굴이 검고 각진 모니카까지. 행복하고 불행하고 슬프고 아름다운 세상의 빛들이 잠시 드리워지는 스크린 같은 그런 곳이라고나 할까. 나는 모니카라는 여자와 그녀의 배 속 아기를 구해내는 일이 내가 수도원에서 할 수 있고 해야만 하는 마지막 일이라고 생각했다.

"여기는 비싼 데가 아닌가요?"

내가 수건과 물을 준비해 손님의 집으로 찾아가자 모니카가 방 구석에서 일어났다. 돈은 필요 없다고, 사실 저렴하긴 하나 돈을 내야 하지만 그건 어떻게든 내가 처리를 할 생각에 그녀를 안심시키고 나서 나는 조금 있다가 종소리가 울리면 식사도 준비될

거라고 말해주었다. 그녀는 고개를 푹 숙이더니, 조그만 소리로
말했다.

"아아 신부님, 정말 감사합니다. 사실은 아까 십자가만 보고 이
리로 걸어오면서 10년 만에 기도했어요. 살려달라고 살고 싶다고
도와달라고……."

여자는 말을 다 마치지 못하고 무너지듯 주저앉았다. 헤매던 조
난자가 구조자를 본 듯한 표정으로, 칠흑처럼 어두운 깊은 구덩이
속에 빠진 자가 하늘 같은 지상에서 내려오는 희미한 구원의 랜턴
빛을 발견한 그런 표정으로, 구원의 징표 앞에서 그동안의 안간힘
을 내려놓고 쉬는 표정으로 여자는 울었다.

"대구에 계실 곳도 마련해놓았어요. 수녀원에서 운영하는데 아
기를 낳고 자립하실 수 있도록 돌보아드릴 겁니다. 내일 수녀님께
서 차를 가지고 이리로 오신다고 했으니 오늘 여기서 편히 주무십
시오."

"고맙습니다. 정말 고맙습니다. 신부님 성함이라도 알고 싶어요.
아이가 여자면 수녀님이 되라고 하고 아이가 남자면 신부님이 되
라고 하고 싶어요. 네가 배 속에 있을 때 이런 일이 있었다고 이야
기해주고 싶어요. 감사합니다. 감사합니다, 신부님."

나는 내가 신부가 아니라고 말을 하려다가 입을 다물었다. 그녀
에게는 내가 신부인 편이 좋을 것이었다. 그 순간 나는 내가 신부
였으면 좋겠다고 생각하고 있는 나 자신을 발견했다. 나도 모르게
그녀와 그녀의 아기를 위한 기도가 마음속으로 울려 나왔다. 그

기도는 입에서 모래알처럼 버석거리는 것이 아니라 구체적이었고 진실했다.

여자가 너무 우는 것 같아 내가 진정을 시키려고 그녀의 등을 토닥이기 위해 다가갔는데 그녀가 와락 내 품에 안겨왔다. 그 순간 그녀의 몸으로 수많은 언어들이 전해져 왔다. 그녀에게 배어 있는 짙은 외로움과 고통이 마주친 옷깃으로 밀려들었다. 나는 그녀를 꼭 안아주면서 내가 살아 있구나 하는 느낌을 받았다. 나는 나도 모르게 중얼거리고 있었다.

"하느님, 나를 구하소서. 주님, 어서 오사 나를 도우소서."

"성함을 알려주세요. 죽는 날까지 아이와 함께 매일 기도하겠습니다."

내가 여자를 살며시 떼어놓자 여자는 그제야 자신이 한 행동이 부끄러웠는지 얼굴을 돌리면서 물었다.

"전 정요한……."

"아, 요한 신부님. 기억할게요, 정요한 신부님."

여자 앞에서 다시 한 번 신부가 아니라고 말을 하려다가 나는 그냥 입을 다물었다. 그녀에게 내가 신부인 편이 좋을 테니까. 나는 아직 눈물이 남아 있는 그녀에게 손수건을 내밀었다. 모니카가 손수건을 받아 들고 눈물을 닦았다. 그러고는 말했다.

"따뜻해요, 손수건이 참……."

여자의 목이 메어오는 듯했다. 여자는 오래도록 인간의 체온을 그리워한 것 같았다. 내가 처음 소희를 안았을 때 느꼈던 그 체온

이 기억났다. 인간이 인간의 따스하고 보드라운 체온을 그리워하는 것을 오래전부터 이해하고 있었기에 나는 모니카라는 여자에게 무한한 연민을 느꼈다.

"모니카 자매님……."

여자가 화들짝 놀라 나를 바라보았다.

"세례명이 모니카라고 하셨죠? 모니카…… 참 좋은 이름입니다. 모니카는 대성인 학자 아우구스티누스라는 분의 어머니시죠. 모자가 같이 성인 성녀를 이루는 예는 성모님과 예수님 말고는 거의 없습니다. 그러니 모니카 자매님은 훌륭한 자녀를 두실 거고 좋은 어머니가 되실 겁니다. 우리의 이름 하나도 하느님께서는 허투루 허락하시는 법이 없습니다. 어릴 때 영세를 받으셨다고 하셨죠? 잊지 마십시오. 우리가 신자가 된 것은 우리가 잘나서 우리가 선택한 것이 아닙니다. 하느님께서 우리를 먼저 부르신 겁니다. 모니카 자매님은 그때 부름을 받았고 오늘에야 그 초대에 응한 겁니다. 잘 오셨습니다. 이제 다시는 하느님을 떠나지 마십시오. 원망하고 투정을 부리더라도 떠나지는 마십시오."

"하느님이 저 같은 것을…… 좋아하실까요, 신부님?"

여자가 다시 울먹였다. 내가 웃었다.

"그럼요. 당신이 상상하시는 것 이상으로 하느님은 당신을 사랑하십니다."

여자의 눈이 의혹으로, 그러나 희망의 희미한 빛을 켜면서 빛났다.

"정말……인가요?"

내가 그녀의 어깨를 두드렸다.

"그럼요. 믿는다는 것은 그분이 우리를 사랑하신다는 것, 엄마가 아이에게 아픈 주사를 맞히는 것이 사랑이듯 우리가 때로 그분에게 매질을 당하고 있다고 생각하는 그 순간에도 그분은 우리를 사랑으로 대하고 있다는 것을 믿는다는 겁니다. 어미가 배속의 아이를 잊어도 나는 너를 잊지 않는다고 이미 말씀하셨습니다. 그러니 믿으십시오, 그분이 당신을 아주 많이, 사랑한다는 것을."

여자의 눈빛이 잠시 평화로이 고요해졌고 아직 가시지 않은 눈물 자국 속에서 희미한 빛이 켜졌다. 나는 그녀의 등을 두드려주고 다시 한 번 식사를 거르지 말 것을 당부한 후 손님의 집을 나섰다. 이상하게도 가슴 한편이 서늘해졌고 또 한편으로 뜨거워졌다.

"엄마가 아이에게 아픈 주사를 맞히는 것이 사랑이듯 우리가 때로 그분에게 매질을 당하고 있다고 생각하는 그 순간에도 그분은 우리를 사랑으로 대하고 있다는 것을 믿는다는 겁니다."

나는 스스로를 위선자처럼 느꼈다.

40.

내 방으로 들어가자 두 개의 쪽지가 와 있었다. 하나는 수련장 신부님의 공문이었고 하나는 병실 수사님의 쪽지였다. 수련장 신부님의 공문은 오늘 내가 한 "무단 외출과 앞으로의 일에 대해 깊은 우려를 가지고 있으며 내일 아침기도를 마친 후 방으로 와주

기 바란다"는 내용이었다. 나는 병실 담당 수사님의 쪽지를 집어
들었다.

　토마스 수사님께서 위중하십니다. 의사의 말로는 앞으로 그리 오
래 사시지 못할 것 같다고 합니다. 토마스 수사님께서 요한 수사님을
보고 싶어 하십니다. 실은 오래전, 그러니까 그 불의의 사고가 일어
난 후부터 토마스 수사님은 요한 수사님을 기다리셨습니다. 요 며칠
전 밤 혈압이 심하게 떨어지고 호흡 곤란으로 밤새 큰 고비를 넘기
신 이후 드디어 제게 요한 수사님을 뵙고 싶다는 말을 전해달라 부
탁하셨지요. 내왕을 부탁드립니다.

　불의의 사고라는 말이, 달구어진 인두처럼 내 가슴으로 다가왔
다. 불의의 사고란, 미카엘과 안젤로의 죽음을 의미하는 것이었다.
이제 수도원에서조차 그들의 이름은 금기처럼 잊히고 그저 불의의
사고라고 불리게 된 것일까. 나는 내가 토마스 수사님을 애써 외
면하고자 얼마나 안간힘을 썼는지 그때서야 깨달았다. 마지막까지
미카엘과 안젤로를 보았던 수도원 내부의 사람. 나와 그들을 아버
지처럼, 아니 그보다 더 사랑했던 사람. 나를 수도원에 입회시키는
데 결정적으로 역할을 다했던 사람.
　수도원에 들어온 첫날, 석양이 비치는 긴 복도에서 천천히 대걸
레를 끌면서 오던 그가 떠올랐다. 나를 보고 얼핏 웃었던 그의 선
량한 주름살이 아직도 내 가슴에 남아 있었다. 그때 그는 성스러

운 물고기 같았다. 그가 긴 복도에서 천천히 대걸레를 밀면서 오던 모습은 내 가슴에 수도원의 문장(紋章)처럼 각인되어 있었다. 아빠 스님 방에 들어가 "저분처럼 살다가 죽기를 원합니다"라고 말했던 것은 그러니까 죽음이란 너무도 젊은 나와 너무 먼 일이라고 생각했기에 가능했던 것이었으리라. 그런데 그분마저 이제 죽음을 앞두고 있다. 그리고 나를 보고 싶어 하고 있다.

나는 쪽지를 쥔 채 잠시 망연히 서 있었다. 어쩌면 차라리 하느님께 불려 가는 일이 나을 듯했다. 하느님 앞이라면 차라리 "왜요? 꼭 그렇게 하셔야 했습니까?"라고 반항이라도 할 수 있겠지만 조그만 체구의, 장난꾸러기같이 맑은 눈을 하고 웃는 토마스 수사님을 만나는 일은 생각만 해도 두려웠다. 아아, 아무도 미워하지 않는 이를 만나는 것은 얼마나 두려운 일인가. 그러나 한편으로는 미카엘과 안젤로의 장례식에도 참석하지 못한 그의 아픔이 느껴졌고 그를 팽개쳐두었다는 죄책감이, 그런 그를 내버려두었다는 죄책감이 밀려왔다. 내가 거부하고 싶었던 것은 그런 죄책감이었다. 그는 너무도 고요하고 투명했기에 내 모습이 고스란히 비추어질 것이었다. 아아, 나는 실은 거울을 보고 싶지 않았다.

41.

다음 날 아침기도 후 나는 수련장 신부님께 갔다. 나는 그에게서 들을 가지가지 훈계를 예상했고 내가 대처해야 할 말을 생각했다. 그러나 그는 뜻밖에도 다른 말을 꺼냈다.

"할머니가 보고 싶어 하십니다. 휴가를 좀 청했습니다. 1주일 정도 집에 다녀오십시오."

뜻밖의 말에 나는 그를 멍하니 바라보았다. 수련장 신부님은 푸른 눈으로 나를 천천히 응시하더니 다시 말했다.

"요한 수사님, 1,500여 년 전 베네딕도 성인부터 오늘의 젊은 지원자까지 우리는 모두 같은 고통과 갈등을 겪고 있습니다. 그것은 당신 한 사람의 일이 아닙니다. 그러나 신중해야 합니다. 언제나 잊지 말아야 할 한 가지 사실은 우리가 택하기 전 하느님께서 우리를 먼저 부르셨다는 것입니다. 하느님은 당신을 당신보다 잘 아시며, 당신이 생각하는 것 이상으로 당신을 사랑하십니다. 일단 휴가를 떠나십시오. 다녀와서 다시 이야기합시다."

나는 아무 말도 하지 못했다. 그리고 돌아 나오는 길에 복도에 있는 십자가 앞에 섰다.

무력하게 고통스럽게 비참하게 이 세상에서 그보다 더 아프고 무력할 수 없는 십자가에 달린 그 사람에게 나는 말했다.

"당신도 하느님의 택함을 받았군요. 당신도 하느님의 사랑을 받았군요. 그래서 그렇게 아팠군요."

42.

차라리 원망을 하는 것이 나를 편안하게 하리라. 차라리 울고 있거나 차라리 노여움을 표시하거나 말이다. 그러나 토마스 수사님은 여전히 웃음을 머금고 계셨다. 내가 병실로 들어서자 오래도록 엄마를 기다린 아이처럼 천진한 미소를 지으셨는데 나는 그게 많이 아팠다.

"당신을 위해 기도했어요, 요한 수사님."

이윽고 그가 그렇게 입을 열었을 때 나는 목울대로 차오르는 내 울음을 참느라 입을 열지 못했다.

"죽은 사람이야 하느님이 어련히 알아서 하실까 싶은데 아직 이렇게 살아 있는⋯⋯."

그는 잠시 나를 바라보면서 야윈 손을 들어 나를 향해 뻗었다. 나는 얼결에 그의 손을 잡았다. 뼈만 남은 앙상한 손이었는데 뜻밖에도 손은 아주 따뜻했다. 그 따뜻함은 난데없이 미카엘과 안젤로의 시신을 떠올렸다. 검고 딱딱하고 차가웠던 그들의 몸뚱이를. 삶과 죽음이 그렇게 손끝에서 구분되는 듯했다.

"이렇게 펄펄 살아 있는, 당신이 정말 걱정이 되었어요. 많이 힘들었죠? 얼마나 힘들었나요?"

"죄송합니다. 진작 왔어야 했는데, 진작 왔어야⋯⋯."

입을 열자 마치 온몸의 모든 닫힘 장치가 풀려나간 듯 내 눈으로 눈물이 쏟아져 나왔다. 눈물로 흐려진 시야 속으로 이 자리에서 울던 미카엘이 떠올랐다. 토마스 수사님에게 죽을 떠먹여주다 말고 하염없이 울다가 그는 드디어 말했었다.

"내가 병들고 죽어가는 인간이라는 것을 인정하겠어."

그날 저녁기도 시간에 미카엘은 많이 울었다. 덩달아 안젤로도 울었다. 그리고 미카엘이 오만하고 딱딱하던 껍질을 깨고 나와 정말 아름다운 수사로 변화되는 것을 나는 보았었다. 그런데…… 아아, 나는 두 사람의 환영을 짊어지고 언제까지, 어디까지 가야 하는 것일까.

내가 우는 모양을 바라보고 있던 토마스 수사님의 얼굴이 덩달아 조금씩 어두워지더니 이윽고 구겨졌고 굵은 눈물이 떨어져 내렸다.

"하느님, 참 늙고 병들어 쓸모없는 나를 데려가시지, 왜 그들을…… 왜 그들을."

나는 그의 눈물을 닦아주었다. 닦으면서 내가 왜 그를 사랑하는지 알 것 같았다. "이것도 하느님의 뜻"이라거나 "여기서 뜻을 찾아야 한다"고 했다면 마음속에서 일어났을 폭풍 같은 냉소가 그에게는 일지 않았다. 그는 약한 우리의 믿음으로 인한 고통을 이해했고 공감해주었다. 나는 그 후로도 가끔 생각했는데, 결국 진정하고 강한 믿음을 가진 이만이 약하고 흔들리는 이들을 공감할 수 있다는 것을 깨달았다. 어쨌든 그는 그날 한 번도 하지 않은 이야기를 내게 꺼냈다.

43.

"독일 뮌헨 인근 오틸리엔 수도원에 입회한 내가 함경남도 원산 근처에 있는 덕원 수도원으로 가라는 발령을 받은 것이 내 나이 스물두 살의 일입니다. 세상의 끝에 있는 조선이라는 나라, 일본의 식민지였던 나라로 나는 떠났지요. 그날부터였던 거 같아요.

그날 이후로 단 하루도 하느님께 '왜?'냐고 묻지 않은 날이 없었어요……. 요한 수사님, 이 늙은이가 거북스럽지 않다면 짧은 이야기를 들어주시기 바랍니다. 혹여 이 늙은 수사의 고통스러운 과거가 당신에게 누를 끼치지 않는다면 말이지요."

토마스 수사님은 이제 눈물을 그치고 평온한 눈으로 나를 바라보았다. 나는 그의 곁에 앉아 그의 손을 잡았다. 생명이 꺼져가는 한 노인의 따스한 손을 잡고 앉아 있노라니 마치 어머니의 자궁 속에 들어온 듯 이상하게 평온하기도 했다.

44.

"나는 마을의 유명한 장난꾸러기, 말썽쟁이였어요. 놀기를 좋아했고 마시는 것도 좋아했어요. 여자 친구도 있었죠. 어머니와 아버지는 맥주를 제조하는 기술자였어요. 나는 이유식을 맥주로 했어, 그 후로도 농담 삼아 말하곤 했답니다.

어린 시절을 생각하면 떠오르는 가장 큰 기억은 단 하나, 어머니의 새벽기도였어요. 언제나 눈을 뜨면 어둠 속에서 어머니가 기도하는 것이 보였죠. 어머니는 우리 아홉 남매의 이름을 하나하나 부르면서 기도했어요. 글씨를 읽을 줄 모르는 어머니가 기도문을 다 외우지도 못했는지, 그때는 라틴어 기도문이었으니까요, 어린 내가 뒤에서 들으면 주기도문도 성모송도 틀리곤 했죠. 틀렸어 엄마, 내가 말하면 어머니는 나를 돌아보면서 웃으셨어요.

'걱정 마라 토마스, 그래도 하느님은 다 알아들으셔.'

어느 날 무슨 축제일이었던 것 같은데 나는 여자 친구들과 실컷 춤을 추고는 거의 새벽녘이 되어서야 집으로 돌아왔답니다. 어머니는 벌써 일어나 기도하고 계셨죠. 어머니 등 뒤에 앉아 어머니의 기도가 끝나기를 기다린 다음 나는 어머니께 말했어요.

'어머니, 수도원에 들어가 수사가 되겠어요. 전쟁터에 끌려가 사람을 죽이는 병사가 되느니 그게 좋겠어요.'

그래서 나는 수도원으로 떠났죠. 어머니는 내가 수사가 될 때도 내내 기뻐하셨는데, 한국으로 발령을 받고 떠나던 날 기차역에서 무너지면서 우셨어요.

'대체 한국이 어디냐? 아프리카냐? 거기에는 흑인들이 사니? 아니면 식인종이 사는 건 아니겠지?'

어머니는 울면서 물었어요. 나는 세상에 태어나 그렇게 무너지는 어머니의 모습을 처음 보았답니다. 어머니는 어떤 일이 있어도 웃으시는 분이었는데 말이죠. 그게 어머니와의 마지막이었죠. 제가 한국에 도착한 것이 1941년 초, 내가 떠나온 직후 우리 수도원은 나치 게슈타포에 의해 폐쇄당하게 됩니다. 오오 하느님, 내가 그때 독일에 남아 있었다면 어떤 인생이 나를 기다리고 있었을까요. 제 말이 들을 만합니까, 요한 수사님?"

그가 나에게 물었다. 반쯤 마비된 입술 때문에 발음이 좀 부정확하기도 했고 속도는 느렸으나 나는 그의 눈에 빛나는 간절함을 읽었다. 나는 고개를 끄덕였다.

"오래 걸리지는 않을 겁니다. 그냥 이 말을 요한 수사님께 해야겠다고 내내 생각했어요. 이 말을 당신에게 하고 죽어야겠다고. 그래서 하느님께 청했죠. 제 생각이 맘에 드신다면 제가 이 말을 다 마친 다음에 죽게 해달라고요. 그러니 참 감사합니다, 하느님 그리고 요한 수사님."

나는 토마스 수사님의 주름진 손을 잡았다. 토마스 수사님은 방긋 웃었다. 그러자 비로소 밤새 춤을 추던 젊은이의 모습이, 맥주를 이유식처럼 마셔댔다는 젊은이가, 잘 웃는 그의 어머니와 가족이 실감 났고 비로소 한 인간의 생이 작고 주름지고 병든 몸속에 응축되어 있다가 펼쳐지는 것이 느껴졌다. 기도문을 틀리지만 매일 일어나 아이들의 이름을 부르는 그의 어머니의 뚱뚱한 뒷모습도 언젠가 본 듯이 실감되었다.

45.

"6주간 배를 타고 인천 제물포에 도착해서 기차로 원산까지 갔어요. 먼저 한국에 도착한 수사님들이 한국인들과 함께 힘을 합쳐 덕원에 아름다운 수도원을 지어놓으셨더군요. 인쇄소도 있었고 포도주와 맥주, 치즈와 소시지도 만들었고 젖소에서 우유도 얻었어요. 빵 굽는 냄새도 났지요.

한국은 아름다운 곳이었어요. 나지막한 산들이 끝나는 듯 이어지고 끝나는 듯 이어지고 골짜기마다 초가집들이 버섯들처럼 옹기종기 모여 있더군요. 덕원에서 바다도 그리 멀지 않았어요. 언젠가 여름에 수사님들과 함께 갔던 원산의 명사십리 바닷가의 아름다움은 아직도 천국의 한 자락처럼 내게 남아 있답니다. 그러나 사람들은 가난했어요. 이미 가난했는데 날마다 더 가난해지고 있었지요. 일본은 한국인들에게서 죽지 않을 만큼의 먹을 것만 남기고, 모든 것을 빼앗아갔어요. 취직자리도 없었지만 취직을 한다 해도 노예처럼 일하더군요. 한국에는 노동자들을 보호할 아무 법도 없었어요.

무엇보다 먼저 한국말을 배우라는 아빠스님의 지시에 따라 한국말을 열심히 익혔죠. 다행히도 주님께서 제게 언어에 대한 예민한 감각을 주셨는지 저는 한국말을 금세 익힐 수 있었어요. 저는 주로 아이들과 놀았거든요. 우리 수도원에서 세운 학교에는 아이들이 있었어요. 여학생도 있었고 신학생들도 있었죠. 저는 그중에서 어린아이들을 좋아했어요. 아이들은 단순한 말을 통해 뜻을 전달한답니다. 충분히! 저는 아이들만큼만 한국말을 익히고자 애썼죠. 그러나 솔직히 말하면 한국말……. 오오, 너무 어려운 언어!

그렇게 한국말을 익혀가고 있는데 일본은 갑자기 모든 사람에게 한국말을 금지시켰고 일본어만 쓰게 했어요. 그때였어요, 내가 진정 한국인들과 친구가 된 것은 말이지요. 저는 갑자기 모국어를 중단해야 했던 아이들의 처지를 충분히 이해했답니다. 아이들도 내가 겨우 배운 한국말을 사용하지 못하고 일본말을 전혀 모르는 채 어리둥절해하는 것을 동정했어요. 그래도 우리는 재미있게 놀았어요. 교리를 가르칠 수는 없었지만 놀 수는 있었죠. 우리는 벙어리 놀이를 하기도 했답니다. 어떤 언어도 어떤 폭력도 웃음을 막을 수는 없었죠. 그래서 우리는 뜻이 통하지 않는 언어로 힘들 때는 웃었어요. 신기하게도 그러면 모든 것이 해결되곤 했죠.

2차 세계대전 동안 일본과 독일은 같은 동맹국이었지만 일본인들은 우리를 아주 싫어했어요. 그것은 우리가 그들이 천황이라는 인간을 신으로 모시는 것을 싫어하고 반대했기 때문이었지요.

석유가 바닥나 난방이 끊기고 혹독한 겨울이 계속되었어요. 하루는 영하 30도쯤 되던 아주 추운 날이었어요. 수도원의 지붕이 날아갈 듯 바람이 불고 며칠째 내린 눈이 80센티미터나 쌓였지요. 그날은 주일이었어요. 우리는 아침 식사를 하면서 독일에서는 이런 날 아무도 움직일 수 없을 거라고, 오늘 미사는 일반 신자 없이 우리끼리 드릴 거라 예상했지요. 한국인들이 우리 수도원까지 오려면 걸어서 한 시간에서 두 시간. 그런데 막상 미사 시간이 다가오자 사람들이 모여들었어요. 변변한 옷도 없이, 변변한 방한복도 없이 말이지요. 볼이 얼어 빨갛게 터질 듯한 아이들을 데리고 사람들은 성당으로 왔어요. 미사는 여느 때처럼 빈자리 없이 신자들로 채워져 진행되었어요. 미사가 끝나면 이 사람들은 저 눈보라 속을 어린것들을 데리고 또 걸어가야 하겠지요. 따뜻한 국물 한 그릇 먹여 보내지 못하는 수도원의 처지가 얼마나 서글프던지요.

저는 그때 이 나라 사람들이 하느님의 사람들이라는 생각을 했던 거 같아요. 선교사들에 의해 포교를 당하기도 전에, 깨어난 지식인들에 의해 천주교를 배우고자 중국에 사신을 파견했던 지구상의 유일한 나라 조선. 전교를 당한 것이 아니라 선교사를 초청

했던 나라 조선. 이 나라의 신앙은 평신도에게서 시작되었다는 이야기를 들었지요. 저는 바로 그 평신도들의 위대함을 보았다고나 할까요. 어쩌면 이 나라 사람들이 대대로 가지고 있던 하느님이라는 개념―이들은 이미 하느님이라는 이름을 가지고 있었지요. 아시다시피 하늘에 계시는 분이라는 뜻의 하느님은 정의와 공평과 자애의 이미지를 가지고 있었기에―은 사실 우리 기독교의 하느님과 충분히 부합되는 분이라고 해도 과언은 아니겠지요. 오스카 와일드식으로 말하면 그리스도 이전에도 그리스도인은 있을 테니까요.

46.

그렇게 어려운 시간들이 가고 조선은 해방되었습니다. 그러나 시련은 이제 겨우 시작이었죠. 원산 지역으로 소련군들이 들어왔고 우리가 성당을 세웠던 연길 지역은 중국 공산당의 손에 들어갔습니다. 시련은 훈춘에서 내려온 한 신학생의 증언으로 시작되었습니다. 신학생은 겁에 질려 몇 날 며칠을 걸어 우리 수도원으로 와서는 남한으로 보내달라 애원했어요. 그에게서 들은 바에 따르면 소련군이 성당을 점령하고 주임 신부님 방에 들어갔다 나온 후, 주임 신부님이 따귀를 맞았는지 얼굴이 부어올라 쓰러져 계시다고 했지요. 손목시계를 빼앗겼고 며칠 후 밤에 다시 소련군들이 들이닥쳤다고 했습니다. 그들은 그 밤 신부님을 트럭에 태웠고 신부님은 다시는 돌아오지 않았다고 말이지요.

우리는 겁에 질린 그를 사람을 딸려 삼팔선 이남으로 도피시켰습니다. 아직 삼팔선으로 어느 정도의 내왕이 있었기에 가능했지요. 실제로 그는 서울 출신이었고 그것이 발각되면 좋을 일이 없었겠지요. 독일로부터의 원조도 교신도 끊긴 지 오래되었습니다. 그때 우리는 전쟁의 피해로 우편물이 끊긴 독일 대신 미국 뉴튼의 우리 수도원으로부터 세상에 대한 소식을 들을 수 있었습니다. 나치가 미웠지만 패전한 독일의 비참함과 분단도 서글펐습니다.

우리는 우리가 파견한 중국의 형제들 소식도 들었습니다. 중국의 사정은 소련과 또 달랐습니다. 날마다 소년병으로 보이는 아이들이 신자였던 사람들을 사냥하듯 몰아세우고 몰매를 때리고 있다고, 신부와 수녀님 그리고 수사님 들은 날마다 인민재판에 나가 자신이 인민들을 기만하고 괴롭혔던 죄를 고백하여야 하는데 그때마다 마을 사람들에 의해 돌아가면서 따귀를 맞는 벌을 받고 있다고 말이지요. 옷에는 '저는 인민을 기만하는 가짜 귀신 예수를 선전했습니다'라는 뜻의 명찰을 붙이고 말이지요. 우리는 그 소식을 듣고 모두 울었습니다. 예수가 가시관을 쓰고 '유다인의 왕 예수'라는 팻말을 붙인 채 십자가형당했던 그것을 떠올렸지요.

그러나 아직 희망은 있었습니다. 북의 공화국은 적어도 '신앙의 자유'를 선포한 상태였고 덕원 수도원을 찾아온 소련 장교들은 거칠었으나 개중에는 신자들도 몇 있었기에 커다란 봉변은 면했던 거지요. 그러나 우리는 젖소와 우유, 미사용 포도주 등을 있는 대로 빼앗겼고, 그들이 원하는 대로 빵과 버터 등을 생산해 바쳐야 했습니다. 그때 내게는 한 젊은 친구 신부님이 있었습니다. 그의 이름은 요한이었죠."

47

토마스 수사님은 나를 바라보았다. 요한 루드비히 신부. 나는 토마스 수사님의 눈에서 그가 내 모습에서 같은 이름의 요한 신부님을 더듬는다는 것을 느낄 수 있었다. 그러나 나는 아무 말도 할 수 없었다. 수도원에 입회한 이후에 한국 현대사와 함께한 우리 수도원의 역사 이야기를 들은 적은 있었다. 몇 십 명이 희생되었고 끔찍한 고초를 겪었다, 라는 것도 물론 알고 있었다. 그러나 그 장면에 독일에서 온 청년, 잘 웃고 맥주를 좋아하고 춤추기를 좋아했던 이 사람을 그때 그들의 대열에 끼워 넣자 이야기는 전혀 달라졌다. 박제된 문서 속에서 현실로 다가오기 시작한 것이었다.

"젊은 요한 신부는 일본이 패퇴하기 전부터 원산 지역의 노동자들과 긴밀한 연락을 취하고 있었던 것 같았습니다. 원산, 흥남 등은 이미 일본이 공업화한 지역으로, 말하자면 근대화된 도시들이었습니다. 요한 신부는 가끔 제 방에 들러 제가 아껴두었던 맥주를 함께 마시면서 말했습니다.

'이번 총파업에서 노동자들이 졌어. 타격이 아주 크네. 여기 몇 사람을 숨겨두긴 했는데 곧 훈춘 쪽으로 도피시킬 예정이네. 아빠스님께도 이 이야기를 하지 않았는데 내가 자네한테 밝혀두는 것은 만일 내가 어디에 있었는지 누구를 만났는지 추궁당할 때 자네의 도움이 필요하기 때문이야.

　현재 원산과 함경남도는 이미 융성한 개신교가 그 권위를 잃고 있어. 그들은 너무도 권력과 가진 자들의 편에 서기 때문이야. 그 틈으로 공산주의는 엄청난 위세를 가지고 맹위를 떨치고 있어. 실제로 현재 조선 땅에서 일제에 실질적으로 대항하는 세력은 공산당뿐이라고 해도 과언이 아니야. 그들은 정확한 정세 판단을 하고 있고 그들은 핍박받는 인민들의 아픔을 정확히 헤아리고 있어.

　우리 신자들 중에서도 몇몇이 공산당에 입당했네. 마르크스와 그리스도교는 물과 불입니다, 라고 말하고 싶었지만 그럴 수 없었네. 현실은 이미 그 차원을 넘어서고 있어. 제국주의 파시스트와 싸우는데 지금은 아이러니하게도 그리스도교와 공산당이 하나가 될 수밖에 없으니까 말이야. 독일 내부에서도 나치와 조직적으로 싸우고 있는 것은 공산당 조직뿐이네. 그러나 어쩌면 좋을지. 이 전쟁이 끝나면 공산당과 우리는 갈라져 싸우게 될 거야. 나는 그게 참으로 걱정스럽네. 유물론이란 근본적으로 그리스도교와 대적하고 있지 않은가.'"

48.

　"그가 예언한 그날이 오고야 말았습니다. 그날을 어찌 잊을 수 있겠습니까. 1949년 5월 9일 자정, 우리는 수도원에서 울리는 요란한 종소리에 모두 깨어났습니다. 복도로 나가니 인민 군복 차림의 군인들이 아빠스님을 끌어내고 있었습니다. 다른 쪽에서 원장 신부님과 부원장 신부님이 끌려 나왔습니다. 죄목은 포도주 밀주 제조, 반정부 유인물 인쇄, 반정부 활동을 위한 바티칸과의 비밀 교신. 이 모든 것은 허위임이 나중에 입증되었으나 처음부터 그런 것은 아무런 상관이 없었겠지요. 그리고 그분들은 끌려가셨습니다. 그분들은 다시는 못 돌아올 길로 떠난다는 것을 아셨던 것 같습니다.

다음 날 우리도 모든 것을 빼앗긴 채로 평양 감옥으로 이송되었습니다. 우리는 가축처럼 끌려가던 기차 안에서 함께 탄 원산의 수녀님들을 만났습니다. 그녀들도 모든 것을 빼앗긴 채로 끌려온 상태였습니다. 심지어 베일도 벗겨지고 행색은 차마 말로 형언하기 힘들었지요. 그러나 이 모든 것은 그저 시작에 불과했습니다. 날은 찌는 듯 더워지기 시작했습니다. 아시지요, 한국의 이 고온 다습한 날씨?"

49.

"우리 열여덟 명은 가로 4미터 세로 2미터의 방에 수용되었습니다. 상상할 수 있나요, 요한 수사님? 자그마치 열여덟 명의 청년들이 폭 4미터의 방에서 꼼짝 않고 앉아 있었습니다. 간수는 작은 구멍으로 우리를 들여다보다가 조금이라도 이야기를 나누는 기색이 발견되면 욕설을 퍼부었습니다. 아, 한국어를 왜 배웠던가요? 그 욕설과 모욕을 알아들어야 하다니요……

우리는 밤이 되면 간수의 구령에 따라 누워 잠들어야 했습니다. 포개어 잔 탓에 옆 사람의 발이 제 코 앞에 닿아 있었고 제 발 또

한 상대방의 얼굴을 겨냥하고 있었겠지요. 빈대와 벼룩, 이가 극성을 부렸지만 긁기 위해 몸을 움직일 수조차 없었습니다. 감방 구석에 조그만 배수구 하나가 있었는데 그게 우리 모두의 화장실이었습니다만, 뚜껑을 덮고 그 위에까지 누워서 잤습니다.

악취는 코를 찌르다 못해 머리를 지끈거리게 했고 잡곡으로 가득 찬 하루 세 번의 식사는 구정물 같은 소금물과 함께였지요. 처음에는 모두 먹지 못했습니다. 다 같이 설사를 심하게 하기 시작했지요. 그러나 나중에는 그 식은 밥 덩이를 애타게 기다리면서 하루를 보냈습니다. 신선한 공기 한 줌을 마실 수 있다면, 아아 물이라도 마음껏 마실 수 있다면, 아니 중노동을 해도 좋으니 움직일 수만 있다면……. 그들은 가끔 선심 쓰듯 우리에게 물 몇 바가지를 뿌려주었습니다. 우리는 입을 내밀고 그것이라도 받아 마셔 목마름을 채우려고 아우성치면서 입을 내밀었습니다.

우리는 하느님의 뜻을 따라 독일 수도원에서 이곳에 파견된 사람들이었습니다. 최소한 고등학교 졸업 이상의 학력을 가지고 있었고 최소한 세상을 이렇게든 선하게 살려고 애써온 사람들이었습니다. 학교를 세워 아이들을 가르쳤고 인쇄소를 세워 책을 찍었습니다. 그런데 이제 죄명이 무엇인지도 제대로 모른 채 좁디좁고 환기 안 되는 감방에 앉아 서로의 체온을 못 견뎌하면서 절망에 사로잡혀 있는 것입니다. 더러운 배추가 둥둥 떠 있는 소금 국물에 손으로 밥 덩이를 받아 우적우적 씹으면서 간수가 장난치듯 뿌려주는 몇 바가지의 물에 이리 일어서고 저리 일어서면서 약한 형제들을 짓밟기까지 하는 제 모습을 보며 저는 그때 처음으로 물었습니다. 주님, 왜? 대체 왜? 왜입니까!"

50.

"폭 4미터 정도의 공간에 스무 명을 몰아넣은 방의 수녀님들에게도 사정은 마찬가지였지요. 하루 종일 꼼짝없이 다리를 구부리고 바닥에 앉아 오물 내가 진동하는 감방에서 땀을 줄줄 흘리는 것, 그것이 우리 모두의 일과였습니다.

'이 돼지들은 예전에 맛있는 먹이를 너무 잘 처먹어서 이제 좀 굶을 필요가 있어. 너희들은 마땅히 고통받아야 해.'

이 욕설은 기실 아주 중요한 것이었습니다. 나치가 유대인들을 돼지라고 부르고 숫자로만 부르려고 했다는 사실 기억하시지요? 저는 나중에야 이것이 커다란 의미를 가지고 있다는 것을 알았답니다. 그 이야기는 조금 더 이따 하기로 하고요.

우리는 거기서 몇 달을 지내다가 다시 끌려 나왔습니다. 그날 우리는 한국인 성직자들과 수도자들과도 생이별을 해야 했습니다. 우리는 서로 말을 나눌 수 없었지만 이 지상에서 다시 만날 일을 포기했습니다. 나중에 들은 이야기에 따르면 그들은 한국전쟁이 발발하고 한국군과 유엔군이 다시 평양 쪽으로 밀고 들어오자 어느 날 밤 모두 사라졌답니다. 그들은 대동강 변에서 스스로 들어갈 모래 구덩이를 판 후 그 속에 들어가 생매장당했다고 합니다. 그러니 아직은 살아 있는 우리 독일 신부 수도자들이 차라리 행복했던가요? 아니요, 우리는 사실 죽은 자들을 부러워했습니다."

51.

"우리는 지금의 북한 자강도에 있는 옥사덕 수용소로 끌려갔습니다. 금모래 언덕이라는 아름다운 이름의 옥사덕(玉沙德). 우리는 그곳을 옥사독이라고 불렀습니다. 감옥에서 죽어버릴 정도로 독기 어린 곳이라고 말이지요.

말이 수용소지 쓰러져가는 농가와 축사가 한 채 있었을 뿐이었습니다. 뒤는 원시림이고 앞은 깎아지른 급격한 계곡이었습니다. 천혜의 수용소 터였지요. 겨울이 7개월이 넘게 계속되는 그곳. 우리는 벌써 영하로 내려가는 언 땅을 장갑도 양말도 없이 변변한 도구도 없이 거의 맨손으로 일구어 우리가 살 집을 지어야 했습니다.

그곳의 생활을 어떻게 묘사할까요. 나중에 전쟁이 끝난 후 아우슈비츠를 묘사한 영화나 다큐멘터리를 보았는데 그곳이 아마 우리가 지냈던 그곳과 가장 유사했을 것입니다. 아침 5시부터 밤 8~9시까지 노동은 계속되었습니다.

나중에는 우리와 함께 밭을 갈던 황소가 주저앉아버리는 일도 생겼습니다. 황소는 다시는 일어나지 못했지요. 그러나 우리는 일어나 노동을 하러 나가야 했습니다. 욕설과 구타는 계속되었고 우리는 죽거나 노동하거나 둘 중 하나 외에는 택할 수 없었습니다. 하루 200~400그램 정도 배급되는, 기름기라고는 전혀 없는 형편 없는 식량, 살을 에는 추위, 신발도 없이 질펀한 곳에서 일을 할 때 얼어버린 발이 전하는 찌르는 듯한 고통, 동상, '빨리빨리!'라는 욕설들. 돼지로 불리던 우리……."

52.

"그곳에 도착한 첫날 우리는 겨우 미사를 드렸습니다. 그리고 〈성모여, 이 비탄의 골짜기에서 우리를 구하소서〉라는 노래로 기도를 마쳤지요. 그날 수용소 소장은 우리에게 연설을 했습니다. 우리는 분명 그의 연설에서 에덴이라는 말을 들었습니다. 그는 말했던 것 같습니다. 같다고 말하는 것은 우리 모두가 귀를 의심했기 때문입니다. 그는 말했지요.

'당신들의 신성한 노동으로 이 동산을 에덴으로 만드시오!'

에덴, 에덴이라고 그는 말했습니다. 나중에 아우슈비츠의 입구에 '노동이 너희를 자유케 하리라'라고 하는 구호가 적혀 있었다는 것을 들었습니다. 아아, 이 모든 언어에 대한 왜곡과 모독, 이것이 바로 악의 본질 중의 하나입니다."

53.

"수용소의 소장은 아래 부하들을 누가 우리를 더 괴롭히는가로 경쟁시켰고 실제로 부하들은 그것을 가지고 소장 앞에서 경쟁했습니다. 그는 정말로 우리를 돼지라고 부르면서 우리가 영양실조로 퉁퉁 부은 발이 아파 쓰러지거나 더운 햇살 아래서 더는 견디지 못해 쓰러지는 것을 즐겼습니다.

가장 이해 못할 것은 바로 그것이었죠. 중노동도, 수용소도, 우리를 감금하는 것도 이해할 수 있다 칩시다. 정치적으로 이데올로기적으로 역사적으로 사회적으로 백 번 천 번 양보해 이해할 수 있다고 치지만 그 비웃음, 그들이 우리의 고통을 즐김, 나는 도저히 이것을 이해할 수 없었습니다. 인간에 대한 환멸이 육체의 지침이 나를 죽음의 유혹으로 이끌고 갔습니다. 실제로 하나둘씩 영양실조와 과로, 추위로 쓰러져갔고 사망자가 나오기 시작했죠.

더욱 끔찍했던 것은 모든 사람의 귀와 코에서 쏟아져 나오는 기생충들이었습니다. 대부분의 사람들에게서, 수녀님들에게서까지 코와 입으로 100~180마리의 기생충이 나왔습니다. 젊고 아름다운 수녀님의 코에서 쏟아져 나오는 기생충을 처음 본 순간 나는 다시 한 번 절규했습니다. 주여! 왜? 왜! 왜입니까?"

54.

"우리는 오래오래 간청한 끝에 산토닌이라는 약을 겨우 받아냈지요. 우리는 죽은 자들을 부러워했습니다. 정녕 그랬습니다. 그런데 요한 수사님, 인간은요, 인간은 참으로 이상합니다. 인간은 알고 보면, 기생충 하나에도 비틀거리는 인간일 뿐이지만 또 한편으로는 단지 그렇기만 한 것도 아닙니다.

우리는 황소가 넘어져 일어나지 못하는 혹독한 고난 속에서도 우리의 움막을 지어 거기에 성 플라치도관이라 이름 지었습니다.

우리의 숙소와 성당을 짓고 그곳을 성 마오로관이라 불렀고 수녀
님들을 위해 숙소를 짓고 그것을 성녀 젤트루드관이라 이름 지었
습니다. 병실도 경당도 지었습니다.

이름을 지어준다는 것, 그것을 아십니까? 그 끔찍한 누더기 같
은 움막에 성 마오로니, 성 플라치도니, 성녀 젤트루드라는 이름이
붙자 그것은 신비하게 빛났습니다. 아아, 이름의 신비를 아십니까?
저는 왜 하느님이 아담에게 동물들의 이름을 손수 붙이라고 했는
지 그때 알게 되었습니다.

그것은 이제 어떤 의미로 서로 맺어진다는 것을 뜻하지요. 인형
에게 애완견에게 혹은 고양이에게 이름을 붙이는 순간 그것들이
나와 관계를 맺게 되고 모든 관계를 맺은 것들은 추억이라는 것을
공유하게 되듯이 말이지요. 저는 요한이라는 이름을 좋아했기에
아마도 수사님이 우리 수도원에 오시는 걸 본 첫날 특별한 기쁨으
로 설레었던 것 같습니다."

그는 힘이 드는지 잠시 눈을 감았다.

55.

그가 쏟아낸 말들은 정말로 금빛 모래언덕에서 흘러내린 고운
모래처럼 내 앞에 쌓였고 그리고 조용히 흘러내렸다. 그가 이야기
를 하는 동안 병실 수사님이 몇 번 들어와 링거의 수액을 조절했
고 멀리서 높은 소리로 우는 새소리가 들렸다.

처음 수도원을 찾아오던 날 그를 만난 것이 진정 하느님의 뜻이

었을까. 나는 그의 입에 따뜻한 차를 흘려 넣어주면서 생각했다. 성스러운 물고기처럼 대걸레를 끌고 천천히 수도원 복도를 청소하던 그가 나를 보고 던지던 미소. 아아, 정녕 황소도 쓰러지는 노동이란 어떤 것일까. 돼지로 불리며 학대당하고 감금당하는 것은 어떤 일인가. 왜 그런 일이 이들에게 일어났을까. 젊은 수녀님의 입과 코로 쏟아져 나오는 기생충이란……

토마스 수사님은 눈을 뜨고 다시 빙긋 웃었다.

"차가 참 맛있어요. 달콤하네요. 어릴 때 어머니가 그러셨죠. 토마스는 단것을 너무 좋아해. 이가 썩을까 걱정이구나……. 하지만 난 단것이 좋아요, 요한 수사님. 달콤한 것을 먹고 있으면 그게 어디든 집으로 온 것 같아서."

그는 다시 웃었다.

"아직도 거기서 맞았던 첫 번째 크리스마스를 잊지 못합니다. 우리는 간수들에게 애원해서 겨우 캐럴을 조금 부를 것을 허락받았어요. 그중 한 간수는 참 좋은 사람이었어요. 우리가 크리스마스 미사를 하는 동안 누가 오나 망을 봐주었지요. 그는 지금 어떻게 되었을까요. 어느 집단이든 나쁜 사람이나 좋은 사람만 있는 것은 아니겠지요. 아무도 모르게 미사가 시작되었답니다. 미사가 끝나고 주방에서 일하던 수녀님들이 누룽지를 가져왔답니다. 아아, 그토록 맛있었던 크리스마스 쿠키란!

그렇게 그해 겨울이 지나가고 있었답니다. 우리를 살린 것은 무엇이었을까요? 수녀님들은 언 무와 썩은 감자로 어떻게 하든 우리에게 조금이라도 더 입에 맞는 음식을 해주려 피나는 노력을 하셨습니다. 매일의 식단이란 이런 것이었죠. 하루는 길쭉하게 썬 언 뭇국, 다음 날은 네모로 썬 언 무 무침, 다음 날은 채를 썬 언 무 조림, 이런 식으로요.

조금이라도 우리에게 다른 음식을 먹게 해주려는 그분들의 정성 때문에 음식은 정말 맛있었어요. 우리는 정신이 나간 것처럼 말하기도 했답니다. 우리 나중에 자유의 몸이 되어서 다시 세상에 나가더라도 이 음식을 꼭 다시 먹자, 뭐 이렇게 말이지요. 서로 죽어가고 있었지만 우리에겐, 그래요, 우리는 서로에 대한 우정과 연민, 연대감이 있었습니다. 사랑 말입니다."

토마스 수사님은 말을 마치고 나를 바라보았다. 그리고 다시 빙그레 웃었다.

"늙은이의 말이 너무 길어지고 있군요. 죄송합니다. 이제 조금만 하면 다 끝납니다. 그렇게 첫 번째 겨울이 갔지만 우리에게는 아무런 희망이 없었어요. 영문도 모르는 폭력과 감금, 오늘과 다를 가능성이 아무것도 없이 오직 고통뿐인 내일이 우리를 점점 더 병들어가게 했어요. 영양실조로 쓰러져 죽는 사람들이 속출하기 시작했죠. 모두가 퉁퉁 부어 있었어요. 우리는 실제로 가축들이 먹는 밀기울, 탕아도 먹지 않았던 돼지죽을 후회도 분별도 없이 주워 먹었죠.

어느 날 우리가 덕원 수도원부터 늘 존경해오던 신부님 한 분이 사라지셨어요. 난리가 났지요. 모두가 흩어져 그분을 찾으라는 명령이 내려졌어요. 온 숲과 들을 헤매면서 찾아다니다가 우리는 그분을 발견했어요. 그분은 이미 죽은 사람의 무덤 앞에서 어린아이처럼 엉엉 울고 있는 채로 발견되었어요. 한눈에도 그분의 상태가 정상이 아닌 것이 느껴졌죠. 아니, 아니, 우리 모두 상태가 정상일 수는 없었겠지요. 우리는 이미 죽은 사람들, 총살당했던 사람들, 감옥에서 이미 죽은 사람들을 부러워하고 있었죠. 그때 나는 알았습니다. 침묵과 경악 속에서 깨달았죠. 아아, 모든 것은 끝났어. 신은 우리를 버렸어. 이제 희망이란 없구나. 그리고 그 신부님마저 돌아가셨습니다. 우리에게는 장례의 시간조차 허락되지 않았어요."

56.

"요한 신부, 그래요. 더 늦기 전에 요한 루드비히 신부 이야기를 해야겠지요. 그는 키가 아주 컸어요. 팔과 다리가 길었고—실제로 우리같이 키가 작은 사람들이 영양실조나 극한 상황에서 살아남는 것이 훨씬 유리할지도 몰라요. 실제로 그의 몸은 훨씬 더 많은 열량을 필요로 할 테니까요—참으로 아름다운 눈을 가진 사람이었습니다.

젊은 요한 신부의 상황도 심각했어요. 그는 발이 퉁퉁 부어올라 잘 걷지 못했고, 차오르는 복수 때문이었던 것 같은데 배가 늑골 아래로 심하게 부풀어 올라 숨을 제대로 쉬지 못했어요. 악독한 소장은 왜 그랬는진 모르겠지만 요한 신부를 특별히 미워했지요.

해가 지고 노동이 끝나도 요한 신부는 돌아오지 못할 때가 많았어요. 온갖 트집을 잡아 소장은 그에게 일을 더 시키곤 했죠.

그의 친구라는 저는 그런 요한을 위해 고작 화살기도 한 문장다 바치기도 전에 잠이 들어버렸답니다. 아침에 깨어보면 그는 죽은 듯 누워 있었어요. 그가 아침에 눈을 뜨기 전에 나는 실은 시체와 함께 밤새 잠을 자고 있었던 것이 아닌가 가슴이 철렁했답니다.

어느 날 그와 개울가에서 잠시 쉬고 있었어요.

'토마스, 요즘 깨닫게 된 것이 하나 있네. 모든 죄는 결국 에덴에서 아담과 하와가 했던 그 생각, 즉 나도 하느님처럼 되고 싶다, 의 변주(變奏)라는 걸. 여기서 우리에게 군림하는 저 소장도 저 감시원도 독일을 초토화시켜버린 히틀러와 그 일당도, 모든 독재자와 고문하는 이들, 자기보다 약한 자들을 학대하는 모든 이는 결국 같아. 그들은 그들이 학대하는 그 사람들에게 하느님이 되고 싶은 거야.'

하루 종일 머릿속이 먹을 것에 대한 생각으로 가득 차 있던 제게 그것은 참으로 난데없는 이야기였습니다. 요한 신부는 이상하게도 평화로운 목소리로 다시 말을 이어갔지요.

'그리하여 학대를 받는 모든 사람은 하와가 뱀에게 질문을 받을 때 느꼈던 그 혼돈, 그 딜레마에 빠지게 되지. 즉 하느님이 우리를 속였을지도 모른다, 라는 혼돈일세. 신이 우리를 사랑하지 않고 돌보아주지 않고 소풍을 가버렸을지도 모른다는 의심 말일세. 토마

241

스, 그렇지 않나? 생각해봐. 그러므로 저들이 혹은 악이 우리에게 원하는 것은 뱀이 하와에게 원했던 그것, 즉 하느님이 우리에게 이미 에덴을 주었고 우리를 사랑한다는 사실을 기억하지 못하게 하려는 것이야. 사랑을 의심하여 배신하게 만들려는 수작이란 말이지. 그 수작이란 어렵지 않아. 바로 우리가 우리 자신을 사랑하지 못하도록 하는 것이네. 우리가 스스로를 존엄하게 생각하지 못하게 말이야. 하느님이 손수 주신 우리의 세례명을 박탈하고 우리를 돼지로 부르는 것이나 숫자로 부르는 일 모두가 같네. 우리가 우리를 사랑하지 못하게 하려던 거야, 그건.

나도 처음엔 의아했지. 그들은 왜 우리에게 이런 노동을 시킬까, 그들은 왜 우리를 거센 바람이 부는 혹한의 밤에 불러내어서 손을 들고 벌을 세울까, 이 우스꽝스럽기까지 한 고통은 정말 신이 우리에게 원하는 것일까. 그들은 우리를 죽도록 일 시키고 있네. 정말 노동력이 필요해서? 아니지. 나는 저들의 행위를 이해하려 애썼네. 우리는 죄인도 아니고 우리는 저들에게 기실 아무 나쁜 짓도 하지 않지 않았나 말일세. 그러나 이곳 소장의 눈빛은 실제로 우리에 대한 증오로 빛나고 있어. 왜일까? 저들은 왜 우리를 미워하고 괴롭힐까?'

요한 신부가 가진 의문은 실제로 제가 가진 의문이었기에 저도 대답할 수 없었습니다.

'토마스, 저들과 우리가 왜 여기서 만나 이러고 있는 것일까? 저들의 짧은 인생과 우리의 짧은 인생을 더듬어 아무리 그 이유를 찾아내려 한들 우리는 아무 답도 찾을 수가 없다는 것을 나는 이제 알게 된 것일세. 이것은 신비야. 악의 신비라구!

우리는 그저 하느님과 예수라는 사랑의 편에 서려고 했기 때문에 그것을 반대하는 저들의 먹이가 되었네. 우리는 우주의 커다란 두 세력이 충돌할 때 하필이면 그 변방에서 그 충격을 몸소 맞으면서 서 있게 된 걸세. 저들도 자기들이 왜 여기에서 우리를 미워하고 있는지 모르겠지. 우리와 저들의 대치는 어쩌면 처음부터 말도 안 되는 싸움이고 일방적인 저들의 승리인 싸움인 듯도 보이네. 그러나 예수가 처음부터 우리에게 요구한 것은 기실 이제까지 인류 역사와 전혀 다른 방식으로 싸우라는, 즉 사랑 안에서 패배하라는 명령이었네. 우리가 한국에 파견될 때 받았던 선교의 사명은 이곳에서도 계속되고 있는 것이네. 아니 어쩌면 이곳에서 가장 크게 요구되는 것인지 모르지. 우리는 기필코 패배해야 하네.'"

57.

"내가 그 말뜻을 생각하기 위해 입을 다물고 있는 동안 요한 신부는 잠시 후 노래를 흥얼거리기 시작했습니다. 〈사랑의 송가(頌歌)〉, 고린도 전서 13장에 곡을 붙인 그 노래 말이지요.

'내가 인간의 여러 언어와 천사의 언어로 말한다 해도 나에게 사랑이 없다면 나는 요란한 꽹과리나 징에 지나지 않네. 내게 예언하는 능력이 있고 모든 신비와 모든 지식을 깨닫고 산을 옮길 만한 믿음이 있다 해도 사랑이 없으면 아무것도 아니네. 내가 모든 재산을 나누어주고 내 몸까지 자랑스레 넘겨준다 하여도 사랑 없으면 그 무슨 소용 없네. 사랑 없으면 소용이 없네. 아무것도 아 니라네.'

노래를 마친 그가 저를 바라보았어요.

'토마스, 바오로 사도의 이 말씀이 사실이라면 말이야. 우리가 천사의 말을 하지 않아도, 우리가 예언하지도 못하고 지식도 없고 심오한 진리를 깨닫지 못해도, 심지어 하느님 말씀을 전하지 못한 다 해도, 우리가 우리의 몸을 다 바치고 있지 못한다 해도, 사랑만 있다면 우리는 아무것도 아닌 존재가 아니라는 거겠지.'

한 번도 그 구절을 거꾸로 해석해본 적이 없기에 저는 조금 놀 랐습니다. 요한 신부는 누더기를 입은 두 팔을 올려 하늘을 향했어 요. 아직도 그 장면을 기억하는데 나는 그에게서 어떤 빛 같은 것이 쏟아져 나오는 것을 보았어요. 그가 다시 말했죠.

'우리가 이 시련을 다 이긴다 해도, 우리가 심지어 여기서 하느님 을 위해 순교한다 해도, 아니 자네와 내가 여기서 이 모든 사람을 무찌르고 탈출한다 해도 우리가 이 시련을 사랑이 아니라 악으로 참아내는 거라면 우린 아무것도 아닌 게 되는 거라네.

어제 저녁 경당에서 졸면서 경배드릴 때 나는 하느님에 대한 사 랑, 예수에 대한 사랑, 진리에 대한 사랑으로 이 시련을 수락했네. 하느님께 예, 하고 말씀드렸어. 나는 알았네. 저들이 우리에게 빼앗 을 수 없는 단 한 가지는 그들이 억지로 우리에게 준 이 고통을 우 리가 기꺼이 받아 사랑에게 봉헌한다는 것이네. 그건 저들이 우리를 죽인다 해도 어쩔 수 없겠지. 우리는 참으로 존귀하며 우리는 이 모든 우주의 주인인 분이 특별히 지어내신 귀염둥이들이 아닌가 말일세. 이 짧은 세상이 끝나고 설사 죽어보니 모든 게 무(無)로 돌아간다 해도, 나는 저들과 나 둘 중 어떤 역을 맡겠느냐고 묻는 신에게 저들처럼 학대하는 역을 맡지는 않겠다고 분명히 말씀드릴 걸세. 그러자 모든 고통의 의미가 내게로 다가왔네. 나는 적어도 무의미의 고통에서는 벗어났네…….'

그는 웃었습니다. 아주 활짝 웃었어요. 그리고 다시 두 팔을 하늘을 향해 들었지요.

'모든 것을 가르쳐주신 하느님, 감사합니다. 넘치는 햇살, 맑은 개울물, 신선한 공기를 주신 하느님, 찬미 받으소서.'"

58.

"나는 그가 미쳐가고 있다고 생각했습니다. 아니 실제로 그랬을지도 모릅니다. 찬미라니요? 찬미라니요? 우리는 겨우 존재하고 있을 뿐인데. 설사 그의 말대로 이 의미 없는 죽음의 행진에 그런 의미가 있다 해도 나는 묻고 싶었거든요.

'하느님, 꼭 이 방법을 쓰셔야 했습니까?'

그날 석양이 질 무렵 뜨거운 땅의 열기가 복사열을 다시 쏟아낼 때 나무를 하던 제가 숲에서 나와보니 그가 거름 더미에 앉아 있었습니다. 무얼 하고 있느냐고 물으니 거름 더미를 두드리라는 명령을 받았다고 하더군요. 아마 발과 배가 부어오를 대로 부어오른 그가 움직이지 못하니 그런 일이라도 시킨 것 같았습니다.

건초와 인분이 한국의 여름 열기에 발효되어 독한 메탄가스가 올라오고 있었습니다. 근처에 있는 저도 똑바로 서서 숨 쉬기 힘들었습니다. 가까이 가보니 거름 더미 위는 허연 구더기의 덩어리들로 덮여 있었고 파리들이 그의 온몸을 잡아먹을 듯이 맹렬하게 그의 얼굴과 머리 심지어 귀까지 뒤덮고 있었습니다. 구더기는 그의 종아리까지 꼬물거리고 있었고 파리들이 미친 듯이 윙윙거리는 소리가 들렸지요. 그의 모습은 지옥의 한가운데에 서 있는 가련한 먹이 같았습니다. 그런데 나와 문득 눈이 마주쳤을 때 그는 어쩌면 웃는 것 같았습니다. 조금이라도 입을 벌리면 파리가 그 입속으로 들어갈지 모르기에 그는 입을 다물고 있었지만 저는 그의 눈이 하는 소리를 들을 수 있었습니다.

'토마스, 아까 말했지 않나? 나는 예, 하고 대답했네. 이제 나는 저들이 나에게 강제로 시키는 모든 고통은 기꺼이 내 것으로 받아 하느님께 바치는 봉헌물이 되었네. 이로써 무의미는 의미로 변하고 악의는 사랑의 열매로 변할 수 있다네.'"

59.

"끔찍했습니다. 그는 드디어 미친 것 같았습니다. 나는 그를 지나쳐 일단 숙소 옆으로 갔습니다. 무감각할 수 있었던 또 하나의 이유는 그런 노동도 기실 그 당시 우리에게는 그리 낯선 풍경은 아니었기 때문이기도 했습니다.

저녁 식사 시간에 그가 들어오지 않아 나는 그에게로 갔습니다. 발이 불편해 거름 더미 위에서 내려올 수 없을 것 같아서 도와주려고 말이지요. 그는 거름 더미에 엎어져 있었습니다. 내가 달려가 그를 안았을 때 그는 이미 숨을 거둔 지 좀 된 것 같았습니다.

파리가 뒤덮은 그의 얼굴에서 나는 미친 듯이 파리 떼들을 몰아내고 그의 얼굴을 보았습니다. 그의 얼굴은 미소 띤 채였습니다. 내가 이제껏 보아왔던 어떤 모습보다 그의 얼굴은 평화로웠고 아름다웠습니다. 믿을 수 있으신지요? 믿을 수 없으시겠죠? 저도 제 눈으로 보아놓고 오래도록 믿을 수 없었으니까요. 소장이 말했죠.

'잘됐군, 어차피 일도 못하고 밥만 축내는 돼지 한 마리.'"

60.

"그의 죽음은 우리 중 가장 젊은 죽음이었습니다. 수녀님들은 소장과 싸워 그의 장례식 미사를 허락받아냈지요. 조팝나무 하얀 꽃으로 화관도 만들었습니다. 하얀 꽃으로 장식된 그의 아름다운 얼굴 앞에서 수녀님들은 눈물도 흘리지 못하고 노래를 불렀습니다. 장례미사가 시작되었지만 나는 기도할 수 없었습니다. 나는 미사를 드리고 싶지 않았습니다. 나는 기도하고 싶지도 않았고 신이 더 이상 우리를 사랑한다는 생각도 하고 싶지 않았습니다. 아니, 나는 오히려 그를 증오하고 싶은 마음이었습니다. 미사가 끝나고 그의 몸이 흙 속으로 들어가려 할 때 나는 모두를 제치고 다가가 그를 안았습니다. 그리고 소리쳤습니다.

'왜! 대체 왜!'

모든 것이 무의미했습니다. 무의미……. 그것은 참으로 무서운 것이었습니다. 그것은 나를 부정했고 나의 생명을 부정했고 내 곁에서 오로지 생존을 위해 애쓰는 모든 사람을 부정했습니다. 나 또한 죽음을 향해 한 발걸음씩 걸어가고 있었습니다.

아아, 죽음이 그토록 아름답게 내게 다가오다니요. 그것은 달콤한 휴식 같았고 그것은 이 모든 것의 영웅적 귀결처럼도 보였습니다. 삶은 구차했고 내 주변의 모든 이가 갑자기 그저 생존을 위해 하루하루 살아가는 짐승 혹은 벌레들 같았습니다. 그리하여 모든 것이 혼돈으로 소용돌이쳤습니다.

그런데 그렇게 얼마간의 시간이 지났을까요. 어느 날 우리는 잠깐 쉬고 있었습니다. 독일에서와 같이 한 잔의 커피도 한 조각의 달콤한 과자도 없이 맥주나 소시지는 더더욱 없이, 우리는 그저 앉아 지친 몸을 쉬고 있었죠. 그때 우리를 조롱하는 그들의 말이 제 귀에 들려왔습니다. 그들은 우리를 돼지라고 부르며 시시덕거리면서 담배를 피우고 있었습니다. 순간 세 가슴속에서 주먹만 한 불덩이 같은 것이 솟구치는 것 같았습니다. 저도 모르게 저는 중얼거렸습니다.

'미안하지만 너희를 조금도 부러워하지 않아. 너희는 모르지. 정신의 기쁨을 위해 희생되는 육체의 어떤 뿌듯함을. 힘듦을 참으며 양보하는 손길의 따스함을. 죽음 너머의 삶을 생각하는 우리의 존엄을. 죽음 후에도 계속되는 우정과 그리움을. 그래 설사 죽고 난 후에 이 모든 것이 무의미함을 발견하고 내가 내 삶을 돌아본다 해도 나는 너와 나 중에서 학대하는 자의 역할은 맡지 않을 거야. 그러니 나는 너희를 조금도 부러워할 생각이 없어. 또한 너희가 우리를 두고 하는 이 조롱에 조금도 동의할 생각이 없어.'

그랬죠. 설사 모든 것이 혼돈이고 무의미라 해도 그들의 역할을 거부할 것은 확실했습니다. 그러자 모든 것이 다 제자리를 찾아갔습니다. 그때 나는 알았습니다. 내가 요한 신부의 말을 누구보다 가슴 깊이 간직하고 있었고 그의 말에 깊이 영향받고 있었다는 것을 말이지요.

우리는 그 후로도 그렇게 네 번의 거울을 더 버텼고 드디어 서독 정부의 손길에 의해 독일로 송환될 수 있었습니다. 우리 수도원에서는 그 겨울 동안 한국인을 포함해 그렇게 서른여덟 명을 잃었습니다."

61.

나는 나도 모르게 자리에서 일어났다. 아까 토마스 수사님이 거름 더미에서 죽은 요한 신부의 시신을 안고 '왜 하느님, 대체 왜?' 하고 물었을 때부터 그러고 싶었다. 창가에서 잠시 마음을 추스르고 돌아보니 토마스 수사님은 오랜 이야기가 힘에 겨운 듯 잠시 눈을 감고 있다가 나와 눈이 마주치자 조그맣고 파란 눈을 아이처럼 찡그리면서 또 웃었다.

"그 후로도 나는 가끔 옥사덕을 만났어요. 박정희가 해방신학에 대한 책을 인쇄한다고 우리 인쇄소를 압수했을 때, 그때 우리 독일 사람들은 차마 못 건드리고 한국 수사님들, 직원들 데려갔을 때, 가난한 사람들의 사진을 자주 찍는다는 이유로 최민식 작가의 사진집을 압수했을 때, 나는 옥사덕을 보았지요. 남미의 로메로 주교의 학살에서 옥사덕을 보았고, 80년 5월 도륙당하던 광주…… 에서 다시 옥사덕을 만납니다. 한국적 민주주의…… 이런 말들, 잘 살아보세 이런 언어의 왜곡에서 다시 옥사덕을 만납니다.

요한 수사님, 악은 수많은 얼굴로 다가옵니다. 사실 사람인 우리가 그것을 식별하는 것은 은총에 의지할 뿐입니다. 그러나 한 가지 확실한 것도 있어요. 우리가 사랑하려고 할 때 그 모든 사랑을 무의미하게 느껴지게 만드는 모든 폭력, 모든 설득, 모든 수사는 악입니다. 너 한 사람이 무슨 소용이야, 네가 좀 애쓴다고 누가 바뀌겠어, 네가 사랑한들 아는 사람 하나도 없어…… 속삭이는 모든 것을 경계해야 합니다. 어쩌면 옥사덕이나 남미 로메로의 피살이나 유신 혹은 광주 학살 같은 것은 아직 난이도가 높은 것은 아닐지도 모르죠. 이제 악은 다른 얼굴로 우리에게 달려듭니다. 소리 없는 풀 모기처럼 우리를 각개격파하러 옵니다. 그들이 우리에게 원하는 것은 단 한 가지입니다, 그것은 무의미입니다.”

3부 _____ 🖋

그러면 제가
살겠나이다

주님, 주님의 말씀대로 저를 받으소서.
그러면 저는 살겠나이다.
주님은 저의 희망을 어긋나게 하지 마소서.
— 베네딕도, 〈봉헌의 노래(Suscipe)〉

1.

종소리는 한낮의 햇살을 뚫고 내리꽂혔다. 나는 종탑을 올려다보았다. 이렇게 서서 저 종소리가 풀려나오는 곳을 올려다보는 것이 얼마 만인지 몰랐다. 나는 휴가 짐을 들고 수도원을 나섰다. 문득 소희에게 아직 이 소식을 알리지 않았다는 생각이 들었다. 소희 역시 오늘 서울로 간다고 들었던 것도 떠올랐다. 하지만 어차피 W역으로 가서 전화를 해도 늦지 않을 것이었다.

우리는 함께 서울로 갈 것이었다. 소희를 미국으로 보내고 난 후나도 내 앞날을 모색하게 될 것이었다. 가족들은 놀라겠지만 시간이 걸려도 궁극에는 이해해줄 것이었다. 나는 새로운 인생을 찾을 것이었다. 새벽마다 땅속 저 깊숙한 곳으로부터 나와 나를 침상으로 끌어내리던 밤의 졸림에서도, 종소리에 끌려가듯 달려가던 기도 시간에서도, 제복에서도 나는 자유로워질 것이었다. 나는 어쩌면 새로운 행복, 평범한 일상 속의 기쁨을 가지고 살아가리라. 아니 그렇게 될 것이었다.

그런데 그때 '무의미'라는 단어가 떠올랐다. 토마스 수사님의 말이 내 머릿속을 웅웅거렸다. 거름 더미 위에서 기쁘고 평화로운 얼굴로 죽어갔다는 나와 이름이 같은 요한 신부님의 이름도 머릿속으로 지나갔다. 옥사덕에서 죽은 우리 선배 수사님들과 평양의 감옥에서 죽어간 우리 선배 신부님들.

나는 W역사에 들어서면서 언덕에 선 우리 수도원을 올려다보았다. 언젠가 기차를 타고 이곳을 지나쳐 가버렸을 때 내가 느꼈던 쫓겨난 자의 서러움 같은 것이 가슴 저 밑바닥에서 올라왔지만 나는 마른침을 꿀꺽 삼켰다. 더 이상은 동요하고 싶지 않았다. 그래서 공중전화 앞으로 갔다. 소희는 약간은 졸린 목소리로 전화를 받았다.

"놀라지 마. 나 지금 네게 가려고. 휴가야. 일단 휴가로 처리되었어."

소희는 전화기 저쪽에서 많이 놀라는 것 같았다. 나는 놀라 토끼처럼 눈을 뜨는 그녀의 둥글고 검은 눈동자와 통통한 볼 그리고 도톰하게 오므린 입술과 그 입술 사이로 귀엽게 덧나온 하얀 이를 떠올리면서 다시 말했다.

"일단 내가 갈게. 그리로 가서 같이 서울로 가자. 내가 공항까지 널 배웅할 수 있을 것 같아. 이제 다시는 널 혼자 내버려두지 않을 거야."

순간 온몸으로 전율이 지나가는 듯했다. 소희의 입술이 닿았던 내 입술이 부드럽게 경련을 일으켰고 그녀의 손끝으로 느껴지던 하얀 살의 촉감이 손끝으로 전해져 오는 듯했다. 나는 기쁨에 넘쳤다. 옥사덕은 옥사덕이고 순교는 순교이고 무의미는 무의미여도 좋았다. 소희는 소희니까 말이다.

"아, 요한…… 정말이야? 정말 괜찮은 거야? 어서 와. 설마 이게 꿈은 아니겠지? 얼마나 보고 싶었는지."

아마도 이런 말을 나는 기대했던 것 같다.

"엄마한테 전화하겠어. 내가 사랑하는 사람과 함께하겠다고, 허락해달라고. 요한 고마워, 내게 와줘서."

아마 이런 말을 기대하기도 했을 것이다. 나는 공중전화 수화기를 붙들고 웃고 있었다. 아마도 그랬던 것 같다. 그런데 전화기 저쪽에서 뜻밖의 소리가 들려왔다.

"요한, 난, 그러니까 오지 마, 오지 말라고. 네가 오지 못할 줄 알고 다른 사람과 약속을 했어."

소희는 중학교 때 온 가족이 미국으로 건너간 사람. 한국이나 대구에 특별한 친구가 있다는 말을 들은 일은 없었다.

"친구가…… 있었어?"

2.

불길하고 슬픈 예감 같은 것은 느끼고 싶지 않았다. W역사에는 빨간 칸나들이 줄지어 서 있었고 노인들이 천천히 그 곁을 오가고 있었다. 햇살은 투명하고 강렬했다. 나는 공중전화 수화기를 붙들고 애써 명랑하게 물었다. 소희는 대답하지 않았다. W역 역사가 뿌옇게 변하더니 이내 어둑해지는 듯한 환각을 나는 느꼈다.

"미안해, 요한. 네가 이렇게 갑자기 이러니까 내가 당황스러워. 난 네가 계속 수도원에 있어야 하는 줄 알았……어. 내게로 올 줄…… 몰랐……."

소희는 말을 더듬었다. 몹시 당황한 것 같았다. 그러자 갑자기 나도 몹시 당황스러워졌다. 나는 나도 모르게 수화기를 귀에서 조금 떼어내었다. 온몸에서 힘이 다 빠져나갔고 귀가 먹먹해왔다.

"난 아직도 아프고 혼자서 미국으로 갈 힘이 없었어. 그래서 데리러 온다길래 그러라고 한 거야. 그 사람 어제 한국에 도착했고 지금 이리로 오고 있는 중이야. 요한, 나는 자신이 없었어……."

"그렇구나……."

"이해해줄 거지, 요한?"

"아팠다는 거, 자신 없다는 거……. 그래, 그럴 수 있지. 넌 내가 오늘 휴가를 받을 거라는 것도 몰랐잖아."

"맞아, 바로 그거야."

나는 그때 문득 소희가 웃는다고 느꼈다. 소희가 웃으니까 나는 좋다고, 괜찮은 거라고 나는 생각했다. 그러나 눈앞은 계속해서 캄캄해왔다. 나는 여러 번 눈을 깜박였다. 그때 내 시야로 멀리 수도원의 종탑이 보였다. 아니 그것은 환각이었을까. 문득 그때가 낮기도 시간이라는 것이 떠올랐다. 낮기도가 끝나면 곧 식당으로 이동할 것이었다. 복도에 풍겨 나오는 음식 냄새로 그날의 메뉴를 점쳐보며 미카엘과 안젤로와 내기를 하면서 걸어가던 수도원 복도. 여름철 흰 수도복으로 갈아입은 수도자들이 길게 줄을 지어 걸어가던 복도. 포도주가 올라왔던 식탁들. 수련장 신부님 몰래 포도주를 마시고 취하던 우리 동기들. 지금은 모두가 뿔뿔이 흩어진 그들……. 심지어 둘은 하늘나라로 흩어져 갔다고 말해야 하나. 나는 내가 그 시절을 어쩌면 그리워하고 있다고 생각했다. 그토록 벗어나고 싶던 그 시절을 말이다.

"이해해줘서 고마워, 요한."

"아니야, 뭘. 당연한 걸……."

"요한, 나 서울 가면 한 며칠 머물다가 미국으로 갈 거야. 너도 휴가라면 우리 그때 만날 수 있어. 그 사람 어차피 서울에서 일 보느라 낮에는 나와 함께 있을 수 없거든. 그러니 우리 만날 수 있어, 요한."

소희의 말투는 명랑함을 되찾았고 빠르고 경쾌했다. 나는 그녀가 말하는 것이 대체 무슨 뜻인지 잘 알아들을 수 없었다. 다만 서울에서 다시 만날 수 있다, 라는 말만이 내게 희망의 동아줄처럼 느껴졌다. 나는 억지로 웃었고 그러면 잘 올라가라고, 서울에서 보자고 부드러운 인사말까지 건네면서 전화를 끊었다.

3.

　기차가 떠난 플랫폼은 텅 비어 있었다. 그때 나는 나도 모르게 또 우리 수도원을 올려다보았다. 종이 울리고 있었다. 아니 그것은 환각이었을까. 종소리는 여전히 소리의 사다리를 지상으로 풀어놓는 듯 천천히 육중하게 울려 퍼지고 있었다. 아무 생각 없이 그 종소리를 듣고 있자니 모든 헝클어진 생각들이 가지런하게 제자리를 찾아갔다.

　'그 사람'은 그녀의 아빠가 아니었다. 그녀는 '그 사람'과 서울의 어디에서 머문다는 것일까. 그리고 '그 사람'이 없는 낮에 그녀가 나와 만난다 해도 '그 사람'이 오는 밤에 그녀와 '그 사람'은 어디서 무엇을 하는 것일까. 그 말을 할 때 소희의 목소리가 명랑했던 것은 대체 무슨 의미일까. 나는 다시 전화를 걸어 말해야겠다고 생각했다.

　"소희야, 잘 들어. 그건 아니야, 아니라는 것은 네가 더 잘 알 거야. 지금 당장 그 사람에게 전화를 걸어. 그리고 말해. 사랑하는 사람이 있다고."

　나는 자리에서 일어나 다시 공중전화 쪽으로 걸어갔다.

　"말해, 네가 사랑하는 그 사람이 나 소희를 위해 모든 것을 포기하고 왔다고. 나도 그 사람과 남아 있는 모든 나날을 함께하고 싶다고. 아프게 하려는 게 아니었고 배반하려는 게 아니었고, 다만 사랑이 우리에게 그렇게 왔다고. 그 사랑이 너무 간절해서 우리는 온 생애 동안 가져온 것들을 다 놓아버릴 수밖에 없었다고,

사랑이 우리를 꾀어 빈 들로 나가게 했다고, 우리는 그 빈 들에서라도 서로를 부둥켜안을 수밖에 없었다고.

네가 그 말을 하는 동안 내가 달려가 네 옆에 있어줄게. 떨리는 네 어깨를 꽉 안아주고 떨리는 네 손을 잡아줄게. 그리고 네 이마와 관자놀이에 송송 밴 네 땀을 내 입술로 닦아줄게. 네가 날 믿는다고 말해주면 내가 대신 말할 수도 있어. 내가 그를 만나 잠시만요, 하고 정중하게 양해를 구한 다음 내 온 마음을 다해 그에게 사과할 수 있어. 미안하다고, 강물로도 끌 수 없는 불길 같은 사랑이, 저승보다 더 억센 운명 같은 사랑이 그렇게 우리를 점령했다고. 그가 내 멱살을 잡는다면 기꺼이 잡혀줄게. 그가 나를 때린다면 맞아줄 수도 있겠지.

그래, 그렇게 하자, 소희야. 그렇게 하자. 그러고 나면 우리 가족에게 인사를 드리고, 그러고 나서 내가 너와 함께 미국으로 동행해줄 수도 있어. 내가 아픈 너 대신 너의 짐을 들고, 내가 아픈 너를 업어 네 집으로 데려갈 수도 있지.

그래 그러자. 그러면 우리는 모든 걸 새로 시작할 수 있을 거야. 나는 미국에서든 한국에서든 다시 공부를 시작할 수도 있고 우리는 작은 집을 얻고, 우리는 어쩌면 너를 닮은 딸과 나를 닮은 아들을 하나씩 낳을 수도 있겠지. 뜰에는 파초를 심을까? 비가 오면 제일 먼저 그 빗방울 소리를 알리는 커다란 이파리의 그 식물을. 그 한편에는 작약과 모란을 심고 연못도 파자. 작은 물고기들을 풀어놓고 연잎도 몇 개 띄우자.

우리는 깨끗하게 풀 먹인 우리 두 사람만의 침대에서 밤마다 긴 사랑을 나누고 손을 잡고 잠들 거야. 어떤 비 오는 날은 라면에 식은 밥을 말아 소주와 함께 먹으면서 새벽이 다가오도록 이야기를 나눌 수 있겠지. 어떤 날은 정원에서 담요를 뒤집어쓰고 그날 밤 떨어지기로 한 유성들을 기다릴 수도 있어. 서로의 체온 때문에 우리는 춥지 않을 거고, 어쩌면 그 담요 안에서 입을 맞추느라 낙하하는 유성을 놓쳐버릴지도 몰라. 너는 가벼이 나에게 눈을 흘기고. 토라진 너에게 나는 바로 오늘을 이야기할 거야. 그때 내가 너를 위해 목숨을 걸었고 온 생애를 걸었고 하느님을 걸었다고, 그리고 나는 너에게로 가서 너의 사람이 되었다고. 다시 한 번 맹세한다고, 나는 너를 사랑하겠다고, 영원히 영원히 너만을."

나는 공중전화로 다시 걸어가 그녀에게 전화를 걸었다. 그녀의 전화기는 꺼져 있었다. 그리고 며칠이 지나도록 다시 켜지지 않았다.

4.

인간을 가장 고통스럽게 만드는 것은 무엇일까. 그것은 모호함이다. 모호함 중에서도 진한 불행의 기미를 가진 모호함이다. 기실 인간이 가장 두려워하는 죽음, 그것도 그 사건의 여파에 대한 불신, 모호함 때문이며, 그보다 더, 가족의 죽음보다 더 실종이 고통스러운 까닭도 그 때문일 것이다. 그것은 차악(次惡)의 희망인 체념조차 불가능하게 하니까.

5.

그 사흘이 지나는 동안 나는 지옥 속을 통과하고 있었다. 서울 집으로 오는 동안 공중전화만 보이면 달려가 계속 그녀에게 전화를 걸었다. 그녀가 의도적으로 전화기를 꺼놓은 상태에 대한 상상부터 그녀가 갑자기 쓰러져 사경을 헤매거나 난데없이 침입한 괴한에 의해 처참한 주검으로 누워 있는 환영까지 모든 악한 가능성들이 나를 짓밟고 지나갔다.

집으로 가서 가족들을 만나고 내 방으로 들어가 홀로 있을 때도 나는 전화를 걸었다. 나는 하는 수 없이 다시 신께 매달렸다. 그녀의 무사를 빌었다. 그냥 무사하게만 해주신다면 어떤 감사라도 드릴 것 같았다. 그냥 배터리가 방전되었거나 전화기가 고장 났거나 하는 상황이기를 빌었다. 그렇게만 해주신다면 더 욕심부리지 않겠다고, 그녀를 지켜달라고 나는 기도했다.

나는 호리병 속에 갇힌 거인 같았다. 처음 호리병에 갇힌 100년 동안 거인은 그 안에서 맹세했다. 나를 구해주는 사람에게 내가 가진 것의 반을 주겠다고. 날마다 날마다 누군가가 자신을 호리병 속에서 꺼내주기를 기다리면서 그는 시간을 보냈다. 누군가에게 할 감사의 말과 누군가에게 갚을 보은의 선물을 준비하면서. 그러나 그렇게 100년이 지나자 보은의 결심은 체념으로, 체념은 그렇게 된 자신의 처지에 대한 분노로 바뀌어갔다. 이제 그는 그게 누구든 자신을 꺼내주는 사람을 죽여버리기로 마음먹는다. 그리하여 300년 같은 사흘이 지난 아침 그녀가 전화를 받았을 때, 그리고 그 목소리가 전혀 위급하지도 않고 병들어 있는 기미도 없었을 때 나 역시 거인처럼 모든 것이 끝났음을 직감했다. 참을 수 없는 절망과 분노가 내 속에서부터 수직으로 올라왔다.

"나 여기 서울 시내 S호텔이야. 아무 데서고 만나. 나가서 말할게."

소희는 낮은 목소리로 말했다.

6.

한낮의 햇살이 내리쬐는 거리에서 우리는 만났다. 소희는 많이 야위어 있었다. 막상 그렇게 야위어 있는 그녀를 보자 미운 마음은 사라지고 나도 모르게 그녀의 손을 잡았다. 한여름 그녀의 손은 한겨울 창고 속에 보관되어 있는 양초처럼 찼다. 나를 바라보는 퀭한 눈 밑에는 검은 그늘이 드리워져 있었다. 그러나 검은 포도 알 같은 두 눈에는 여전히 나를 향한 열망이 빛나고 있다는 것을 나는 느꼈다.

아버지의 차를 가지고 간 나는 일단 강변으로 차를 몰았다. 한 강 변에는 소풍을 나온 사람들로 붐비고 있었다. 인적이 드문 한 편에 차를 세우고 천천히 그녀를 바라보았다.

"많이 기다렸지? 나도 어쩔 수가 없었어."

소희의 목소리는 떨리고 있었다. 이별이 우리 사이를 안개처럼 비집고 들어서고 있다는 것을 알았지만 나는 인정하고 싶지 않았다. 어쩌면 그건 그녀도 마찬가지였던 것 같다. 내가 먼저 입을 열었다.

"소희야. 이제 더는 갈팡질팡하면 안 돼. 사랑은 선택하는 것이고 선택은 곧 다른 하나의 포기야. 둘 다 가질 수는 없어."

나는 고개를 숙이고 있는 그녀의 얼굴을 두 손으로 감싸 그녀의 이마에 입 맞추었다. 내가 입을 떼려는 순간 소희의 두 팔이 내 목을 끌어안았다. 그녀의 차가운 뺨이 내 뺨에 닿았다.

"요한, 참 따뜻하다. 참 따뜻해. 언제까지나 너의 뺨에 내 뺨을 비비면서 살고 싶어."

소희는 전화기를 꺼놓은 것에 대해 설명하지 않았다. 나는 소희에게 '그 사람'과 함께 묵고 있는지 아닌지 묻지 않았다. 야위어진 그녀의 얼굴을 보고 그런 것을 묻는 것은 잔인하다고 생각했기 때문이었다. 일단 그녀는 미국 뉴저지의 집으로 돌아가야 하고 '그 사람'이 적어도 소희를 힘들지 않게 그리로 데려다줄 것이었다.

나는 그녀의 나에 대한 성실을 의심하고 싶지 않았다. 내가 그녀에 대한 내 성실함을 의심하지 않듯이 말이다. 나는 그녀를 내 품에 안고 하느님께 우리의 사랑을 지켜달라고 기도했다. 필요하다면 내가 이 모든 것을 포기하고 그녀를 미국으로 데려다줄 수도 있다고 이야기했다. 그녀는 내 가슴에 얼굴을 묻고 잠깐 울었다. 그리고 이번만은 '그 사람'과 함께 미국으로 가겠다고, 그동안 기회를 잡아 모든 것을 털어놓고 용서를 빌겠다고 말했다.

글쎄, 내가 그것을 허용했던 것이 실수였을까. 나는 '그 사람'을 미워하거나 질투하고 싶지 않았다. '그 사람' 역시 소희를 사랑하고 있었고 이 모든 예의를 받을 만한 자격이 있었다. 어쨌든 나중에 끼어든 내가 그 정도의 인내와 양보는 해야 한다고 생각했다. 나는 나를 바라보는 소희의 눈빛을 믿었고 운전하는 내내 내 팔을 만지작거리며 쓰다듬는 그 접촉의 진심을 믿었다. 내 품에 안겼을 때와 내 입술을 받아들였을 때 두 몸은 정직하게 서로를 요구하고 있다는 것을 가르쳐주었다.

7.

그날 밤 나는 그녀를 '그 사람'과 함께 묵는 호텔 앞에 내려주었다. 차가 멈추었을 때 문을 열기 위해 손잡이를 잡다 말고 소희는 한 번 더 내게 안겼다. 호텔 현관에서 약간 비껴선 곳이었지만 그래도 누군가가 보려고 마음먹는다면 우리를 볼 수 있는 위치였다. 그랬기에 나는 그녀의 사랑을 조금도 의심하지 않은 채 너그러이 그녀를 보낼 수 있었다.

나는 그녀의 머리카락을 쓸어주면서 오히려 그녀를 달랬다. 그녀는 가고 싶어 하지 않았다. 나 역시 그녀를 보내고 싶지 않았다. 그러나 나는 '그 사람'에게도 기회를 주고 싶었다. 도둑질하듯 소희를 데리고 오고 싶지 않았던 거다. 성인인 그녀가 성인인 그와 함께 합리적이고 이성적인 고통의 절차를 밟아야 한다고 느꼈던 거다.

내리기 전 그녀는 나를 한 번 더 바라보았다. 참으로 이상하다. 그 당시에는 느끼지 못했지만 돌이켜보니 그때 이미 그녀는 이별을 결심하고 있었던 것 같다. 나는 그것을 기억하고 있었다. 그러나 그 당시에는 그것을 알아차리지 못했다. 그래서 그녀의 이 말을 흘려버리고 말았다.

"요한, 너를 만나고 사랑이라는 게 이런 거라는 걸 알았어. 그 말 꼭 하고 싶었어. 사랑해 요한, 영……원히."

8.

그날 소희를 내려주고 나서 나는 오랜만에 대학 동기를 만났고 늦은 밤 집 앞에서 술을 한잔 마셨다. 술잔 위에도 문득문득 소희의 얼굴이 어렸지만 기다려야 한다고 믿었다. 새털보다 많은 나날이 우리 앞에 놓여 있다고 믿었기에 느긋해야 한다고 말이다. 그리고 술에 취해 돌아와 쓰러지듯 잠들었고 다음 날 일어나 동생의 컴퓨터를 켰다. 메일이 몇 통 도착해 있었다. 그중 한 통은 소화 데레사, 소희의 것이었다.

만나면 결심이 흐트러져 말하지 못하기에 편지를 쓴다. 그 사람을 배신할 수 없어. 너무도 긴 시간을 함께해온 사람이기에, 한 번도 날 배신하지 않았던 사람이기에, 내게 천사와도 같이 모든 걸 준 사람이기에, 나만을 바라본 사람이기에. 어제 네가 내 손을 잡고 도망치자 말하면 나는 모든 것을 버리고 떠나려고 했지. 그러나 이렇게 되었어. 돌아와 그 사람 오기 전에 네게 이 말을 해야 한다고 생각했어. 요한, 사랑해, 그리고 안녕. 부디 안녕히.

나는 난독증 환자처럼 그녀의 말을 도저히 이해할 수가 없었다. 다시 한 번 눈을 비비고 편지를 읽었다. 이해할 수가 없었다. 나는 다시 그 편지를 읽었다. 생각보다 먼저 온몸이 바들거리면서 떨려 왔다. 그러나 아직도 나는 아무것도 이해할 수 없었다. 모든 것이 끝났다는 것을 인정한 것은 그로부터도 오랜 시간이 지나서였다.

9.

머리보다 마음이 먼저, 그리고 마음보다는 몸이 언제나 먼저 정직하게 상황에 대면한다. 머리로는 그녀의 말을 도저히 이해할 수 없었지만 나는 그 메일을 읽고 그 자리에서 얼어붙은 듯 움직이지 못했다. 온 세상의 모든 소리가 정지했고 내 눈앞의 모든 사물이 편지를 간직한 컴퓨터만 남고 재로 변해 내려앉은 듯했다.

눈앞이 뿌옇게 변했는데 그것이 뿌연 안개였는지 아니면 요셉 수도원 먼 곳에서 내가 그녀를 처음 봤을 때 무대 장식처럼 피어 있던 화사한 배꽃의 환영이었는지조차 구별할 수 없었다. 그녀는 그때 머리를 귀 뒤로 넘기면서 고개를 뒤로 젖히고 웃었다. 완두콩 빛 헐렁한 니트와 흰 스커트. 그리고 W시, 기차가 도착했고 그녀가 내렸다. 연둣빛 데크 슈즈가 앙증맞았던 그녀의 작은 발. 추워요, 그녀가 내게 처음 한 말이었다. 너무도 태연하고 너무도 무연한 눈동자 앞에서 춥지도 않은데 떨고 있었던 것은 나였다.

……그녀와 만났던 순간부터의 시간들이 빠르게 내 눈앞을 스치고 지나갔다. 그러나 몸은 모든 뼈가 무너져 내리는 것처럼 힘이

없어서 나는 컴퓨터 앞에 앉기 전 핸드드립으로 내렸던 커피를 한 모금도 마시지 못하고 동생의 침대 위에 쓰러지듯 누웠다. 모든 것이 끝났어, 라는 생각이 선명하게 나를 스쳐 지나갔다. 끝난 거야. 다시는 돌아갈 수 없어. 나는 일부러 굳어져가는 입술을 움직여 천천히 발음했다. 그러자 그녀의 변덕스러움에 대한 분노가 나의 모든 슬픔을 제압하고 우뚝 일어섰다.

생각해보면 그것은 참으로 다행한 일이었다. '그 사람'을 상처 입히지 않기 위해, 그의 사랑을 위해 그녀는 나를 상처 입히는 걸 택한 것이었다. 아무리 무슨 말로 변명을 해도 그런 것이었다. 그날 아침 내가 드렸던 성무일도(성직자 수도자들이 매일 바치는 시편 기도)가 갑자기 그때 내 머릿속으로 떠올랐다.

당신은 낮에서 밤에 이르기까지
나를 막다른 곳으로 이끄시니
나는 아침에 이르기까지 부르짖었나이다.
당신은 사자처럼 내 모든 뼈를 분지르고
낮에서 밤에 이르기까지 나를 막다른 곳으로 이끄시나이다.
제비처럼 나는 울고
비둘기처럼 탄식하면서 부은 눈을 들어
"주여, 나는 괴롭나이다. 나를 지켜주소서" 하였나이다.

10.

나는 모든 뼈가 부러진 사자 같았다. 나는 밤새 울어 부은 눈을 한 제비 같았다. 그러나 나는 더는 기도하지 않았다. 나는 그녀에게 전화 걸지도 않았다. 전화를 걸어서, 소희야 만나서 이야기하자, 왜 그러는지 대체 왜 그러는지 이유라도 듣자, 라고 하고 싶었지만 나는 전화 걸지 않았고 내 스물아홉을 살아온 생의 힘을 다해 전화기를 들고 싶은 욕망을 견뎠다. 그것만이 분노의 힘을 빌려 내가 할 수 있는 유일한 일이었다.

사랑의 포탄은 그것이 터져버렸을 때 모든 세상을 황무지로 바꾸는 힘을 가진다는 것을 나는 처음 알았다. 하늘은 흐렸고 태양은 빛을 잃었으며 오직 피를 진득하게 굳게 하는 뜨거운 태양만이 시련처럼 떠올랐다. 세상은 희미한 무채색이었으며 어떤 것도 나를 가슴 뛰게 하거나 웃게 만들지 못했다. 가끔 집의 전화벨이 울릴 때, 내가 그 곁에 무심히 앉아 있을 때 벨 소리를 듣고 거기에 손을 뻗어 그것을 받는 사이 약 몇 초간, 희미하게 희망이라는 잊힌 단어가 내게 떠오르기도 했시만 그것도 늘 익숙한 쓰러짐과 절망의 절차를 반복했다. 딱 한 번 할머니를 모셔다 드리러 성당에 갔는데 미사 도중 나는 밖으로 나와버렸다.

나의 이런 변화를 제일 먼저 눈치챈 것은 아마도 할머니였던 것 같다. 그녀는 나를 사랑했고 그래서 나에 대해 예민했다. 아직도 해병대 스카프를 방에다 걸어놓은 아버지와 숨죽인 채 사는 오래된 가정부 같은 어머니 말고 할머니가 나를 바라보는 눈빛에서 나는 그것을 다시 한 번 느낄 수 있었다. 드디어 할머니가 나를 호출했다.

11.

"갈 데가 좀 있다"라는 말로 할머니는 나를 불러내었다. 내가 방문을 열자 할머니는 기색이라도 살피듯 물끄러미 나를 바라보았는데, 나는 그때 그녀가 오랜 생의 경험으로 나의 방황을 어찌 되었든 대충 눈치채고 있다는 것을 알았다. 그러나 할머니 쪽은, 언제나 모든 걸 직접적으로 드러내고야 마는 아버지나 언제나 무대 뒤에 있어야 편안하겠다는 얼굴인 어머니와는 다르게 그 모든 것에 대해 당당했으나 그렇다고 그걸 다 내색하지도 않았다. 할머니가 나를 사랑하는 것은 어쩌면 그녀와 내가 그렇게 닮은 점을 가지고 있었기 때문이기도 했을 것이다. 우리는 태연함이라는 가면을 익숙하게 쓰는 데 있어서 우월한 유전자를 가지고 있었다. 나 역시 그러므로 나의 방황을 눈치챈 것을 서로 알았다 해도 굳이 그것을 꺼내서 서로를 불편하게 하지 않는 할머니 쪽이 편안했다.

"많이 야위었구나. 네 에미 말로는 통 먹지를 못한다고 하던데……. 내 청을 들어주면 나도 네게 맛있는 걸 대접하마. 어때, 요한?"

나는 아버지 차에 할머니를 태우고 할머니가 이야기하는 대로 북쪽을 향해 달렸다. 한강 변을 따라 일산을 지나고 내비게이션은 우리를 파주 벌판의 황토가 쌓인 곳으로 데려다주었다. 아무것도 없는 벌판의 황토에는 '참회와 속죄의 성당 부지'라는 팻말이 서 있었다. 할머니는 아무 말도 없이 차에서 내려 잠시 그것을 바라보더니 딱히 이 땅을 보기 위해 온 것은 아니라는 듯 다시 차에 올라탔고 한 음식점으로 나를 데리고 갔다. 임진강 가의 명물인 장어구이집이었다.

"그 땅에 참회와 속죄의 성당이라는 게 들어선단다. 참회와 속죄는 우선 한국전쟁의 비극에 대한 것을 말한다고 하더라. 그다음에는 북한을 침묵의 교회로 남겨둔 죄. 성당의 외관은 1926년 신의주 진사동 성당을 따고 내부는 덕원의 수도원을 재현한다고 들었다. 그래서 이 할미도 이번에 기부 많이 했다. 소원이 있다면 하느님께서 내가 죽기 전에 우리 덕원 수도원을 재현한 그 성당이 다 지어지는 것을 보게 해주시는 거지. 정말 그렇게 될 수 있을까 싶어. 아직도 잘 믿기지 않는다. 솔직히 덕원을 다시 보게 된다니, 꿈만 같단다."

할머니의 얼굴은 얼마간 상기되어 발그스레해 보였는데 생각해보니 할머니가 그곳을 떠난 나이가 스무 살, 그 기억 속의 그녀는 영원히 숱 많은 머리칼이 삼단같이 흘러내리고 볼이 탱탱한 스무 살일 것이다. 그러고 보면 영원이라는 것이 시간의 지배를 받지 않는다는 것을 의미한다면 우리 기억 속의 어떤 장면도 늙지 않고 거기 있을 때 우리는 어쩌면 이 지상에서 아주 소소한 영원을 이미 경험하는 것이 아닐까.

그러자 할머니의 그 발그스레하게 홍조를 띤 얼굴에서 문득 나는 소희의 영상이 겹쳐지는 것을 느꼈고 서둘러 그것을 털어내기 위해 숯불에 구워져 나온 장어를 입에 넣고 우적우적 씹었다. 아마, 그러나 영원이라는 것이 꼭 좋은 것일까. 소희의 영상을 따라서 미카엘에 이어 안젤로가 떠올라왔다. 나는 생강편을 입에 넣고 다시 씹었다. 하필이면 쌉싸름한 생강의 향기가 미카엘과 닮았다고 느껴졌다. 미카엘 앞에서라면 나는 말했으리라.

"할머니는 아버지에게 냉면집의 경영을 다 맡기셨다고 하지만 아직도 냉면 국물과 면발의 레시피를 다 넘겨주지 않았기에 실질적 소유주는 할머니야. 할머니는 어려운 사람들을 위해 거액을 기부하고 우리 수도원에도 해마다 적지 않은 돈을 내시지. 그러나 할머니는 아버지가 연변에서 온 조선족을, 그것도 이제는 불법 체류자가 된 사람을 터무니없이 착취하는 것을 모른 척하고 계시지. 노동삼권 같은 것은 우리 냉면 체인점에는 아예 없어. 그러고도 할머니는 천국을 보장받은 것을 의심하지 않아. 할머니는 실제로 기도도 열심히 하시고 수도원이나 교회의 큰손이야. 미카엘 수사님 표현대로 하면 할머니는 '열쇠로 채운 방에 그분을 몰아넣고 어찌되었든 호사스럽고 편안하게 해드린 다음, 나오지 마시고 편히 머무시라 세상일은 우리가 알아서 할 테니까요' 하는 거지"라고.

만일 안젤로 앞이었다면 나는 말했으리라.

"그렇게 미화하지 말아, 안젤로. 어떻게 생각하면 돈을 내는 것이 가장 쉬운 일이야. 돈을 내는 만큼 대접도 받잖아. 내가 이 수도원에서 대접받는 것도 가끔은 그런 입김 때문이 아닐까 나는 생각해."

그러면 안젤로는 고개를 갸우뚱하면서 말했으리라.

"아, 그렇게 생각하실 수도 있지만 수사님, 부자들이 돈 내는 거 나는 못 봤어요. 모든 사람이 완벽할 수는 없잖아요. 할머님에 대해 신랄하시지만 그분의 믿음이 오늘의 수사님을 만든 걸 알고 계시잖아요. 저는 수사님 할머님 존경해요."

나는 "안젤로, 너는 언제나 그러니까, 안젤로 네게 나쁜 사람이 있을 리 있나. 에휴, 말을 꺼낸 내가 잘못이지" 하겠지만 실은 마음 깊숙한 곳에서 그의 말에 위로받고 있었으리라. 언제나 따스한 말이 사람을 움직이니까 말이다. 안젤로, 아아, 안젤로.

그리고 소희 앞이라면……. 그러자 해운대의 더운 바람이 떠올라왔다.

"나보고 냉면집…… 사모님이 되라고?"

고개를 뒤로 젖히고 그녀는 웃었다. 그때 느꼈던 모멸을 상기하려고 머리는 애쓰고 있었다. 그것은 내 할머니와 내 어머니에 대한 모독이며 모든 노동에 대한 모독이었고 애쓰면서 사는 모든 이의 삶에 대한 모독이었으니까. 그러나 마음은 그날 먼지 낀 모텔에서 힘겨워하던 그녀에 대한 후회로 가득 차버렸다. 그날 아직 다 회복되지 않은 몸으로 가난한 나를 따라오던 그녀. 어떻게든 명랑하려고 애쓰던 그녀. 북적이는 바다와 더러운 모텔 방까지 따라와주었던, 야위어서 아름다웠던 그녀의 얼굴. 돌아오는 기차 안 그녀를 달래려던 내게 다른 사람의 시선을 피해 나누었던 입맞춤까지 생생하게 아직 거기 있었다.

할머니의 덕원처럼 이 기억들도 내게는 늙지 않고 남아서 아주 먼 훗날 손자와 마주 앉아 이 기억을 꺼내면 갓 잡은 짐승의 붉은 간처럼 여전히 싱싱하고 섬뜩할까? 나는 입속에서 우물거리던 장어를 삼킬 수가 없었다. 장어구이에 맞춰 매실주를 한 잔 청해 들고 있던 할머니가 그런 나를 바라보다가 불쑥 물었다.

"내가 네 할아버지에 대해 이야기한 적이 있던가?"

뜻밖이었다. 나는 나도 모르게 장어를 꿀꺽 삼켰고 물을 한 모금 마셨다. 할머니는 잔을 들었고 나는 선홍빛 매실주를 한 잔 따랐다.

"그래, 내 입으로 네게 이런 이야기를 꺼내는 것을 보니 하느님께서 나를 데려가실 날이 멀지는 않은 것 같다, 요한."

할머니는 설핏 웃었다. 그때 그녀는 스무 살 먹은 처녀의 표정이었다.

"그래, 네 아버지에게도 이 이야기는 한 적이 없다. 요한, 네 할아버지는 나와 정식으로 결혼한 사람이 아니었단다. 우리 집안의 반대가 너무 심해 우리는 결혼할 수 없었어. 그는 아나키스트, 아니 일본 식민지하에서는 그랬다가 이내 다른 사람이 되었단다. 그는 공산주의자였다."

12.

나는 젓가락을 허공에 댄 채 할머니를 멍하니 바라보았다. 할머니는 대체 무슨 말을 하려는 것일까, 그리고 왜 이런 이야기를 내

273

게 꺼내는 것일까. 나는 젓가락을 놓았고 할머니를 응시했다.

"대대로 가톨릭 집안에서 자라고 수도원에서 세운 학교에서 교육받은 내가 어떻게 우리 신부님들 수사님들을 잡아가고 수도원으로 난입해서 예수님의 초상을 떼고 그 자리에 김일성의 초상을 붙인 그 부류의 공산주의자와 사랑에 빠질 수 있었을까? 누구나 그렇게 물었지. 그러나 요한, 나는 한 번도 거기에 대해 의문을 가져본 일이 없었다. 사랑은 소나기처럼 그냥 오는 거란다. 등산 도중 산등성이에서 앉아서 쉴 때 난데없이 세차게 불어오는 바람처럼 그냥 홀연히 다가오는 거야. 선택하는지 안 하는지가 우리의 몫이라고 하지. 그러나 거부할 수 있다면 그건 어쩌면 사랑이 아닐지도 몰라. 그냥 바람일지도. 어린 나이였고 세상에 태어나 처음이었지만 나는 그것이 운명이라고 느꼈다.

너도 짐작하겠지만 나는 그런 종류의 생각을 하는 사람이 아니다. 너도 알잖니? 나는 갑각류와 같은 사람이란다. 나는 뼈가 피부 밖에 있는 사람이야. 뼈가 피부 밖에 있기에 웬만하면 찔리지 않는다. 그러나 한번 찔리고 나면 그것을 빼낼 방법이 없단다. 그런 면에서 그토록 상처 입는 연한 피부를 뼈 밖에 내어놓고 다니는 포유류가 진화의 우위에 서 있는 건 너무 옳다. 그들은 자주 찔리긴 하지만 곧 떼어낼 수 있고 그리고 그 상처를 치유하면 되니까. 그런 나에게 그 사랑은 치명적이었단다. 나는 그 사람의 아이를 가졌고 가족 몰래 도망쳐 나와 그 사람의 숙소로 들어갔지. 하느님께 빌었단다. 얼마나 빌었는지 모른다.

그런데 우리가 결혼하기로 한 그해 여름, 전쟁이 터졌다. 처음엔 아무 일도 없는가 싶었는데 곧 유엔군이 들이닥쳤다. 그때쯤엔 그도 북한 공산당의 정체에 대해 회의를 느끼고 있었다. 나를 사랑했기에 가톨릭 세례도 받으려고 준비하던 중이었다. 다행히 그는 농업 대학의 교수 겸 연구원이어서 징집당하지 않았고 처벌도 받지 않았다. 정치적인 활동을 직접 한 일은 없었으니까. 그렇게 통일이 되는 줄 알았다. 유엔군은 파죽지세로 우리를 스쳐 지나갔다. 그런데 겨울이 왔고 곧 다시 폭격이 시작되었다."

할머니는 담담하게 말을 이어갔다. 할머니가 갑각류라는 표현을 썼을 때 딱딱한 내 뼈 안에 이미 나 있는 깊숙한 상처의 통증이 느껴졌다. 나는 순간 숨을 멈출 뻔했다. 왜 내가 그토록 많이 아픈지 나는 이제 알 것 같았다. 왜 내가 그동안 무난히 지냈는지도 알 것 같았다. 갑각류. 평소엔 전혀 찔리지 않으나 한번 찔리고 나면 이미 나 있는 상처를 치유할 방법이 없는.

13.

"전쟁은 모든 이에게 살인 면허를 준다, 요한."

할머니는 다시 나를 응시했다. 70이 넘은 할머니와 이렇게 지적인 대화를 나눌 수 있는 손자여서 행복하다고 나는 예전에도 늘 생각하곤 했었다. 그리고 한 번 더 알았다. 할머니가 왜 아버지와는 이런 이야기를 나누지 않았는지. 하느님이 반공주의자라고 굳게 믿는 아버지와 말이다.

"전쟁은 인간의 진화를 거역하고 다시 짐승으로 돌아가고 싶어 하는 자들의 승리와도 같단다."

할머니는 잠시 진저리를 쳤다.

"죽음의 숫자 같은 것은 어쩌면 아무 의미도 없다. 큰 경지에서 본다면 가만 놔두었어도 그들은 이미 거의 다 죽었겠지. 그러나 문제는 그것이 아니라 전쟁이 우리에게 유혹하는 것이다. 모든 강한 악의가 그렇듯 전쟁은 우리에게 모든 부드러움과 따스함과 선의를 빼앗아간다. 생명의 보존이 모든 것에 앞서게 되면 인간은 순식간에 짐승으로 변하고 이 세상은 순식간에 아수라 지옥으로 변한단다. 나는 거기서 지옥을 보았단다. 하느님이 설사 죽어서 나를 지옥에 보내신다 해도 전쟁을 겪은 인간들은 별로 놀라지도 않을 거다. 알겠니? 어떻게 설명해야 할까.

아침에 문을 열고 나가면 어제 인사를 드렸던 이웃집 아저씨가 내장이 터진 채로 집 앞길에 쓰러져 있다. 벌거벗은 채 꽁꽁 얼어서 말이다. 이미 옷은 누군가가 다 벗겨 간 상태. 평소에 미웠던 이웃집 사람을 누군가 끌고 가 밤새 죽인다 해도, 평소에 눈독을 들여놓았던 건넛마을 처녀를 끌고 가 강간하고 목 졸라 죽인다 해도 아무도 개의치 않는다. 약한 인간은 자기보다 좀 더 강한 자에게 무조건 무릎을 꿇어야 한다.

설상가상 시련처럼 강추위가 닥쳐오는데 먹을 것이라고는 조금도 없었다. 그리고 포탄이 쏟아져 내렸다. 중공(지금의 중국이지)군들이 밀려온다는 소문이 온 시내를 휩쓸었다. 중공군에 대한 우리의 두려움은 너무도 컸단다. 이미 소련군들에게 몹쓸 짓을 당하고 난 후였던 우리, 일본에게 그토록 오랜 시간 당하고 나서 겨우 동포라는 북한군들을 보았는데 이젠 미군에 다시 중공군까지.

어느 날 아침 일어나니 끝도 없는 피난 행렬이 남으로 남으로 줄을 짓고 있었다. 멀리서 들리던 폭격 소리가 더 가까워오기 시작했다. 거의 만삭에 가까운 배를 안고 나도 네 할아버지와 함께 걸었다. 그렇게 우리는 흥남에 도착했다. 영하 20도. 남의 집 헛간에서 선잠을 자면서 걸어온 길. 그런데 앞은 막막한 바다였다. 떠 있는 건 모두 미국 배들이었는데 군인들 외에는 누구도 배를 탈 수 없다는 명령이 떨어져 있다고 했다."

할머니는 다시 매실주를 한 잔 더 마셨다.

14.

"영하 20도의 바다에 아기들의 시체가 둥둥 떠다니고 있었다. 남쪽으로 가는 거라면 뭐라도 얻어 타기 위해 사람들은 영하 20도의 바다로 들어갔고 거기서 업고 있거나 안고 있던 아기들을 놓치고 만 거였다. 통곡 소리는 이제 별로 새로운 것도 아니었다.

그때 우리 앞에 서 있는 어떤 배 위로 사람들이 몰려들었다. 좀 작은 배였다. 이 모진 파도를 헤치고 남쪽까지 갈 수 있을지도 의심되는 그런 작은 배. 나는 그 배를 타려고 달려들었으나, 타지 못했다. 우리 눈앞에서 배가 출발하는데 사람이 너무 많이 타서 곧 가라앉을 거 같았다. 네 할아버지, 그래 젊은 그가 나를 만류했다.

눈앞에 둥둥 떠가던 그 배는 정말로 가라앉을 거 같았다. 부둣가의 우리는 그 광경을 보고 있었다.

'가진 거 다 던져! 배가 가라앉는다!'

누군가가 외치자 사람들은 지고 있던 보따리를 다 내던지기 시작했다. 이불 보따리, 식량 보따리까지. 그러고도 배는 아직도 가라앉을 듯 위태해 보였다. 더 앞으로 가지 못했어. 아마도 더는 던져버릴 것이 없었던 그때 나는 이 세상에서 가장 끔찍한 장면을 보고 말았단다.

한 여자가 등에 아이를 업고 한 아이는 붙들고 있었던 것 같았는데 배 끝에서 반쯤 허리를 뒤로 젖히고 몰려 있는 것이 보였어. 부두에 앉은 우리에게도 사람들의 표정이 보였지. 누군가가 지르는 고함이 들렸어. 거기에는 우리 성당 신도들도 타고 있었다. 모두가 북한에서 나름 고난을 겪은 선한 이들이었어. 그들이 방금 전, 그 배에 타기 전까지 기도하고 찬송가를 부르는 것을 나는 보았지. 그런데 그들도 외쳤다.

'이 빨갱이! 빨갱이 종자들! 당장 이 배에서 내려!'

멀리서도 여자의 눈에 실린 공포가 보였다. 설마 사람들이 그녀를, 하고 생각하는 순간, 사람들의 시선과 고함에 몰린 그녀가 아이를 업은 채 찬 바다로 내던져졌다. 그리고 곁에 선 예닐곱 살짜리 아이도…… 누구도 그녀를 구하러 들어가지 않았다. 그렇게 몇 번 파도 위로 절망적인 여자의 얼굴이 허연 공처럼 떠오르더니 이내 사라졌다. 아이들 둘 역시…….

나는 전쟁이 내게 보여준 이런 장면을 그 후로도 백 번은 더 보았다고 말할 수 있다, 요한."

15.

"그 광경을 본 그는 겁에 질렸다. 나 역시 마찬가지였지. 누군가 그를 가리켜 '너 공산당원이지?' 하는 순간 우리의 목숨은 공개적으로, 야만적으로 누구의 제지도 없이 사라질 그런 공포. 공습은 하늘에 있고 폭격은 등 뒤에 있고 망망대해는 눈앞에 있고 이제 내 곁에 있는 같은 처지라고 믿었던 피난민들마저 언제든 손가락질 하나로 나와 그 그리고 내 배 속의 아이의 생명을 빼앗을 수 있는 사형집행인처럼 변해버린 것이었다. 게다가 모든 민간인은 이제 더 이상 부둣가로 다가오지 말라는 명령까지 내려졌다. 부둣가는 발 디딜 틈이 없었다. 손을 놓치면 그 자리에서 더 이상 누구도 찾을 수 없었다. 그렇게 부모를 잃고 우는 아이들, 그렇게 아이의 손을 놓치고 그렇게 남편과 아이와 헤어진 사람들의 고함과 울음소리……

그러다 우리 앞에 홀연히 배 하나가 나타났다. 그냥 배가 아니라 내게는 갑판의 끝이 하늘에 닿아 있는 듯했던 너무도 커다란 배. 사람들이 그리로 몰려가기 시작했다. 나는 보았어. 그때 하늘로 솟은 그 배의 높은 난간에서 홀연히 풀어져 내려오던 사다리를. 사람들이 그 사다리를 타고 배에 오르기 시작했다. 아아, 성서에 나오는 야곱이 보았다는, 하늘로 오르는 통로, 천사들이 오르내리던 사다리가 그것보다 황홀했을까."

이건 어떤 공감각의 작용이었을까. 순간 나는 내 귓가로 수도원의 종소리가 울리는 것을 느꼈다. 하늘에서 풀어져 내려오는 사다리의 환영은 그러므로 이미 그때 할머니의 배 속에 있었던 아버지와 그 피를 이은 나의 유전자에 새겨져 있었던 것일까.

할머니는 이미 나를 보고 있지 않았다. 할머니는 이미 나에게 주의를 기울이고 있지 않았다. 70이 넘은 양반이 한여름 대낮에 벌써 매실주를 세 잔째 기울이고 있었다.

"나와 그도 그리로 달려갔다. 사다리를 오르면서 올려다보니 미국인으로 보이는 서양인이 갑판에 서 있는데, 그때 나는 보았어, 손끝에 매달린 묵주를. 나는 그때 살았다고 확신했다. 하늘에서 그 배를 보내주신 거라고 믿었지."

할머니의 말이 떨리고 있었다. 스스로를 갑각류라고 한 할머니. 나는 언제나 그녀의 딱딱한 껍데기만을 보고 살았다. 그녀는 상처 입지 않을 거라고 믿었고 입는다 해도 대수롭게 여기지 않는다 생각했다. 그런데 할머니는 밀했다. 일단, 상처가 그 딱딱한 껍질을 뚫고 나면 그것을 빼낼 방법이 없단다. 영원히 아픈 거란다, 갑각류는.

16.

"우리는 그렇게 배에 올랐다. 나는 수도원 수사님들에게 교육받은 사람으로서 영어를 할 줄 아는 거의 유일한 사람이었다. 일부러 선원에게 말을 걸었다. 네 할아버지도 영어를 할 줄 아는 드문 사람. 나는 선장으로 보이는 사람에게 묵주를 가리키면서 내 세례 명은 안젤라라고 말했다. 선장은 마치 이런 야만의 땅에 신앙이? 하는 표정을 잠시 짓더니 만삭인 내 배를 보고는 선원들에게 나를 선장실로 데려가게 했다. 우리는 그렇게 지옥에서 천국으로 올라갔다. 그런데 잠시 후 선원 하나가 와서 네 할아버지를 부르더구나. 피난민들을 받는데 아주 간단한 통역조차도 없다고 했지. 선장실 밖으로 나가기 전 우리는 힘껏 포옹했다. 살아난 거야. 게다가 선장실 안은 따뜻하기까지 했다.

'이제 살았어. 이제 다 괜찮을 거야. 금방 다녀올게.'

나는 웃었다. 그런데 그때 그 사람이 잠시 머뭇거렸다. 그리고 내게 다가와 다시 한 번 나를 안았어. 실상 조선인들에게 그런 애정 표현은, 아무리 서양 사람들 앞이라고 해도 절대 예사로운 것은 아니었다. 그가 나를 안고 내 뺨에 볼을 비빈 다음 그 찬 손으로 내 볼을 마치 소중한 술잔을 다루듯 부드럽게 들고 말했다.

'두려워하지 마, 안젤라. 우린 곧 만날 거야……. 사랑해, 영원히…… 영원히. 죽음 그 너머까지.'

이제 배에 올라탔고 그와 나는 영어를 할 줄 알았기에 특별 대우를 받고 있었다. 이제 여기는 따뜻하고 이것은 우리를 구하러 온 미국 배인데 무엇이 두려웠겠니? 나는 그를 향해 웃었다. 뜻밖에도 그는 아주 평화로운 얼굴이었다. 그 눈빛을 50년이 지난 지금도 나는 잊지 못한다. 사랑은 눈으로 쏟아져 나오는 거라는 걸 그때 알았지. 언제나 그랬지만 그날은 더욱 그의 눈으로 마치 세찬

비같이 따뜻한 사랑이 흘러나왔다. 나는 충분히 그 사랑의 비에 젖었고 나는 충만했어. 무슨 말과 무슨 눈빛이 무슨 몸짓이 더 필요했겠니? 나는 사랑받는 여자였고 내 배 속에는 그의 아이가 있었고 그리고 그는 여전히 나를 사랑하고 있었다……. 그게 내가 본 그의 마지막 모습이었다."

17.

막연히 혹은 아버지의 전언에 의하여 나는 할아버지가 그냥 북한에 잔류하신 줄 알고 있었다. 우연히도 할머니만 피난을 나오신 줄 알고 있었다. 그런데 그 배에 올라탔고 그게 마지막이었다? 무심히 듣고 있던 내가 고개를 들었다. 할머니의 눈은 벌써 붉어져 있었다.

할머니에게 스무 살이란 무엇일까. 사랑도 거기 그대로 있고 이별의 슬픔 또한 거기에 그대로 있는 것일까? 갑각류……. 나는 한 번 더 내 상처가 두려워져서 나도 모르게 가슴께로 손을 가져다 대고 말았다.

"무슨 일이 있었나요?"

할머니는 고개를 끄덕였다.

"나는 극도로 피곤한 상태였지. 잠이 깨어보니 밤이었다. 밤이 새고 낮이 다시 오도록 배는 움직이지 않았다. 창으로 내다보니 아직도 사람이 타고 있었어. 내 남편은 어디에 있느냐고 묻자, 선원이 친절하게 대답해주었단다.

'사다리 아래서 여자들과 아이들을 돕고 있어요. 통역도 하고요.'

그제야 안심이 된 내가 다시 물었다.

'대체 얼마나 탔나요? 이 배엔 사람이 얼마나 더 탈 수 있나요?'

선원이 웃었어. 그리고 말했지.

'우리도 몰라요. 이 배가 뜰 수 있을지도 몰라요. 이틀째 사람이 올라오고 있어요. 모두가 그대로 두고 가면 죽을 사람들…….이 배와 저 부두는 삶과 죽음처럼 확연히 다른 거예요. 그러니 어쩌면 좋을까요? 선장님이 타고 싶어 하는 모든 사람을 다 태우라고 했어요. 실은 우리도 이해할 수 없고 우리도 불안해요. 사람 몇을 더 살리려다가 여기 이미 탄 사람들마저 모두 죽을 수도 있어요. 게다가 여기는 기뢰가 많기로 유명한 바다. 이 큰 배가 이리로 들어온 것 자체도 이미 기적이에요. 이 배가 뜰 수 있을까요? 뜬다 해도 이 기뢰밭을 빠져나갈 수 있을까요? 선원들은 선장님이 이리로 배를 몰고 가라고 명령을 내릴 때부터 이미 죽을 각오를 했어요. 이대로 다…….'

그는 잠시 머뭇거렸다. 내 부른 배를 바라보다가 잠시 머뭇거렸다. 만삭의 임신부에게 말하기 어려운 듯했다. 그러나 그 자신의 불안이 나에 대한 배려보다 더 컸던 것 같았다. 그는 내 목에 걸린 작은 십자가 목걸이를 가리키면서 말했다.

'나는 이번에 고향에 돌아가 낸시와 결혼하고 싶어요. 낸시는 옆마을 뚱땡이가 돈을 가지고 그렇게 유혹하는데도 나만을 기다리고 있어요. 기도해주세요. 저도 이번에 돌아가면 교회에 다닐래요.

정말이에요. 이번에 살아서만 돌아가면 착하게 살 거예요. 술도 안 마실 거예요.'

마지막 말을 하면서 그는 시선을 돌렸다. 두려움에 찬 눈물 때문이었다. 그때 나는 알았다. 이 배도 결코 안전하지 않다는 것을. 전쟁이 아직 끝나지 않았듯 죽음도 아직 끝나지 않았다는 것을. 나는 나도 모르게 내 배를 움켜잡았다.

나는 선장실에 있던 관계로 다른 배의 사정도 볼 수 있었다. 말했지만 너무도 많은 사람이, 그 부두에 서 있었던 사람 수가 10만 정도라고 말하지만 누가 알 수 있겠니? 상상할 수 있니? 부두 전체가 출퇴근길의 지하철 안처럼 움직일 수조차 없을 정도로 사람들로 꽉 찼다는 것을.

옆 배들의 사정도 마찬가지였다. 큰 배에 줄을 많이 서자 사람들은 작은 배들로 몰려갔지. 어떤 배는 겨우 한 뼘 정도만 물 위로 나와 있었어. 더 타려는 사람들과 그만 태우려는 사람들과의 승강이로 뒤집어지는 배도 있었다. 그걸 본 다른 배들은 더 타려는 사람들을 모질게 밀어 물속으로 처넣어버렸다. 그게 말이다. 엄마가 타고 자식이 바다에 처넣어지기도 했고, 자식이 타고 엄마가 물속으로 밀려 떨어지기도 했다. 남편이 타고 아내가, 아내가 타고 남편이 그렇게……. 눈앞에서 벌어지는 끔찍한 광경에 지르는 비명이 겨울바람 소리와 파도 소리, 멀리서 들리는 포성을 찢고 모든 사람의 귀로 들려왔다. ……아아, 요한, 실은 회상하고 싶지 않다. 그 이후로 한 번도 이 광경을 내 입에 올린 일이 없었다."

할머니는 다시 나를 바라보았다. 이미 그녀는 겨우 탈출한 지옥 속으로 다시 들어가 있는 것 같았다. 할머니는 몹시 불편해 보였다. 나는 할머니 쪽으로 다가가 어깨를 안았다.

"괜찮으시겠어요?"

할머니는 앉은 자세 그대로 고개만 돌려 잠시 내 어깨에 기댔다. 그녀는 피곤하다는 듯 잠시 눈을 감았다가 떴다. 그러고는 다시 내가 언제나 보았던 커다란 바닷가재처럼 위엄 있는 얼굴로 돌아왔다.

"그래 괜찮다. 나는 며칠 전부터 하느님께 네게 이 말을 하겠다고 말씀드렸다. 나는 꼭 네게 이 이야기를 하고 싶었단다. 지금 내 심정을 무엇이라 표현하기가 힘들구나. 시간이 말이다, 시간이 가긴 가는 것인지. 아직도 한 발만 잘못 디디면, 잠시 길을 잃으면 나는 그 흥남의 지옥 속으로 들어가 있을 것만 같다.

그 불안감이 50년 동안 한 번도 나를 떠난 일이 없다. 가끔은 죽고 싶었단다. 하느님 나라에 가서 이 모든 불안 없이 잔잔한 물가에서 쉬고 싶었다. 네가 알까? 전쟁을 한번 겪은 자에게 전쟁은 결코 끝나지 않는다. 50년이 아니라 500년이 가도 그 고통을, 그 광경을, 인간이 모두 인간이기를 포기한 그 집단적 광기를 이해할 수 있을까?"

'참회와 속죄의 성당'이라는 말의 뜻이 그제야 나는 느껴졌다. 전쟁은 모든 이를 피해자이면서 가해자로 만들어버리는 것이다. 당한 이들 역시 자기보다 조금은 더 약한 이들에게는 가해자였을 것이다. 그것이 전쟁의 본질이니까. 그러나 역시 가장 먼저 참회와 속죄를 하는 것은 피해자이다. 빼앗겨보았고, 그래서 그들은 가난하고, 그래서 그들은 참회할 수 있고 속죄할 수 있는 것이다. 문득 '가난한 사람들아, 너희는 행복하다'라는 성경의 한 구절이 나를 비수처럼 가르고 지나갔다. 성경의 한 구절로 이렇게 아파보는 것은 또 처음이었다.

18.

"얼마나 시간이 지나갔을까? 기적처럼 배가 움직이기 시작했다. 드디어 배가. 나는 잠시 나를 돌봐준 선원에게 들었던 기뢰 이야기와 돌아오지 않는 네 할아버지에 대한 불안감으로 안절부절못하고 있었다. 그때 귀를 찢는 듯한 폭음이 들렸다. 순간 모든 것이 끝났다고 생각했지. 여기까지 왔는데 이제 이 배가 폭발해 죽는구나, 싶더구나. 그런데 잠시 후 눈을 떠보니 배는 그대로 가고 있었어. 엄청나게 많은 사람들이 배에 타고 있었는데 누구도 움직이지 않았고 누구도 소리 내지 않았어. 참으로 기괴했다. 다시 귀를 찢는 폭음이 들렸다. 내다보니 부두 쪽으로 수없이 많은 포탄이 날아가고 있었다.

그것은 공포였단다. 지옥 불처럼 부두 전체가 불에 타고 있었어. 내가 다시 물었다.

'나의 남편은 어디 있습니까?'

낸시와 결혼하고 싶다던 선원이 들어오자 내가 물었다. 그는 고

286

개를 돌리고 대답하지 않았다. 내가 다시 물었지.

'내 남편은요?'

그가 고개를 돌려 내 두 어깨를 잡았다. 내가 부들부들 떨고 있었다는 것을 그때 알았다. 그가 나를 잡았을 때 내 허리가 뒤로 꺾이고 있었다는 것도.

'안젤라 씨, 진정하세요. 미안합니다. 어쩔 수가 없었어요.'

나는 머뭇거리는 선원의 눈을 뚫어지게 바라보았다. 그 눈빛만으로도 사실 나는 알 수 있었다. 그가 이 배에 타지 못했다는 것을. 그가 포탄이 쏟아지고 있는 저 불구덩이 속에 남겨졌다는 것을. 그러나 사정이라도 알아야 하지 않겠니?

'이 커다란 배에 더 이상 올라탈 수 없을 정도로 사람이 타고 다시 또 올라탔어요. 그리고 더 이상은 안 되겠다 생각했는데 그러고도 수백 명이 더 올라탔죠. 배 아래로 내려진 사다리를 올릴 틈도 없이 올라탄 사람들로 가득 차버려 선장님이 드디어 이제는 더는 안 된다고 사다리를 올리라고 하셨죠. 이미 모두 흥남을 떠나라는 타전이 급하게 계속되고 있었어요. 폭격이 시작될 거라고요. 흥남에 남겨진 우리 군수물자를 중공군이 사용하지 못하게 하기 위해서 어쩔 수 없었던 거 같아요. 어서 출항하라는 지시가 계속 울렸습니다. 더 올라탈 한 뼘의 공간도 이미 없었지요.

승선을 거들던 당신의 남편이 부두 아래서 몰려드는 사람들을 밀치고 사다리 끝을 잡는 순간, 나는 배 아래서 그가 외치는 소리를 들었어요. 어린 아기를 업고 올라탄 부인의 쌍둥이 두 딸이 사다리 아래 남겨져 있다고 그가 말했어요. 살펴보니 갑판 위 내 옆에서 그 부인이 울부짖고 있었습니다. 아이 둘은 겁에 질려 울지도 못하고 있었지요.

당신의 남편은 그 아이 둘을 사다리로 올려 보내려 했습니다. 안 된다고 내가 소리쳤죠. 화를 냈습니다. 어서 타라고, 폭격 시간은 예정되어 있었고 더 지체하다가는 기뢰가 아니라 우리 군의 폭격에 배가 두 동강 날지도 모르는 거니까요. 나는 거칠게 사다리를 올리기 시작했어요. 그때 나는 보았죠, 어린 계집아이 둘이 사다리 끝에 대롱거리면서 매달려 올라오기 시작하는 것을요. 그리고 당신의 남편이 그 두 계집아이 대신 부두에 남겨져 서 있는 것을요. 배는 이미 움직이기 시작한 후였어요.'"

19.

"극심한 진통이 시작되었다. 진통이 없었다면 나는 기꺼이 배 아래로 뛰어내렸을 거야. 그래 틀림없이 그랬을 거다. 죽음 같은 것은 두렵지 않았어. 우리는 이미 죽음 속에 있었으니까. 살든 죽든 나는 주저 없이 사랑하는 사람 곁으로 한 뼘이라도 더 가까이 가는 편을 택했을 거다. 그러나 나는 갈 수 없었다. 진통이 시작된 거야. 참 이상하지. 나중에 생각해보니 초산의 진통, 찢어지는 듯한 육체의 통증이 죽음으로 가려는 나의 충동을 막고 있었다. 고통이 나와 내 배 속의 아이를 살려내고 있었던 거다."

할머니는 옥가락지 낀 손을 이마에 가져다 댔다. 주름진 그녀의 손 아래로 눈물이 흘러내리고 있었다. 할머니가 우는 모습은 내게 처음이었다. 마음으로 둔중한 종소리 같은 것이 파문처럼 낮게 낮게 울려 퍼졌다.

"진통은 계속되었다. 그리고 네 아버지가 선장실에서 태어났다. 함흥에서 온 산파가 나를 간호해주었다. 그렇게 네 아버지와 나는 만났단다. 그날은…… 예수님이 오신 크리스마스이브였단다. …… 진통이 멎었을 때 눈물이 쏟아지기 시작했다. 내가 물었다.

'주님 꼭 이렇게 하셔야 했습니까? 꼭 이 방법이어야 했습니까? 왜죠? 왜?'"

20.

"나는 네 할아버지와 일생 중 단지 1년 6개월 정도의 시간을 함께했었다. 그러나 50년이 지나도록 그를 사랑하는 내 마음이 변한 적은 한 번도 없었다. 그래 한 번도……. 너도 알다시피 그 이후에 만난 남자 친구들도 있었다. 없었다면 거짓이겠지. 그러나 그들과 더는 사랑할 수 없었다. 약속도 할 수 없었어. 내 마음속에 생생한 그 사람 때문이었다. 그런 표정 짓지 마라, 요한. 그건 그리 슬픈 건 아니야. 뒤에 만난 사람들을 덜 사랑했기 때문이 아니라 누구도 네 할아버지처럼 생생하게 사랑할 수 없었고 그가 나를 사랑할 때 내가 느꼈던 감정만큼 그렇게 생생할 수 없었기 때문이었다. 오랜 시간이 지난 후 나는 오히려 내 나이에 나처럼 행복한 여자가 있을까 생각하곤 했다."

21.

50년이 더 지난 일을 회상하면서 울 수 있는 사랑의 힘은 무엇일까? 그 고통을 두고 행복하다고 말할 수 있는 힘은? 짧았던 사랑이 그 이후의 모든 것보다 생생할 수 있다고 말할 수 있는 저 힘은? 시간이 약이라고, 시간이 지나면 다 잊힌다고 어른들이 하는 말을 믿었는데, 그렇다면 시간은 결코 고통을 완화시켜주는 것이 아니란 말인가?

나는 그 후로도 오랫동안 그 생각을 하곤 했다. 그리고 나중에야 알게 되었다. 시간이 마모시키는 것은 비본질적인 것들이라는 것을. 진정한 사랑은 마모되지 않는다는 것을. 진정한 고통도 진정한 슬픔도 진정한 기쁨도. 시간은 모든 거짓된 것들을 사라지게 하고 빛바래게 하고 그중 진정한 것만을 남게 한다는 것을. 거꾸로 시간이 지나 잊힌다면 그것은 아마도 진정에 가 닿지 못한 모든 것이라는 것을.

할머니는 눈물을 거두고 그러나 반짝이는 눈으로 다시 말했다.

"네가 어렸을 때 생각나니? 우리 가족이 모두 바닷가로 휴가를 떠났을 때 예닐곱 살의 너는 해변에서 조개껍질을 줍고 놀았다. 내가 살펴보니 너는 조개껍질 하나를 주워서 둘을 대어보고는 하나는 버리고 또 하나 주워서 둘을 대어본 다음 그중 하나를 버리고 있었어. 해변에 앉아 너를 지켜보다가 하는 양이 하도 신기하고 귀여워 물었지. 그러자 어린 네가 대답하더구나. '엄마가 방이 지저분해진다고 딱 하나만 가지고 갈 수 있다고 했어요. 그래서

고르는 거예요. 딱 하나만 간직하고 싶은 게 뭔가 하고요. 이것도
이쁘지만 어쩔 수 없잖아요. 미워서 버리는 게 아니에요' 하고 말
이다."

할머니는 나를 빤히 바라보았다. 나는 내가 그런 말을 한 게 전
혀 기억나지 않았다. 아니 어렴풋하게 그런 것도 같았다. 그거야 어
린아이들이 바닷가에서 통상 놀 수 있는 것이고 통상 할 수 있는
말이니까. 그러나 나는 할머니가 이 모든 말을 왜 시작했는지 알
수 있었다. 그녀가 무슨 말을 꺼내기 위해 나를 붙들고 있었는지
말이다.

한편 할머니가 왜 아버지를 위해 목숨을 부지하고 어린 아기였
던 아버지를 살리기 위해 살아냈으면서 끝내 아버지와 가까울 수
없었는지도 알 수 있었다. 옳다는 게 아니라, 할머니에게는 하필이
면 남편이 죽는 그 순간에 배를 찢고 태어난 아버지가 사랑하는
사람을 따라가지 못하게 한 장애물일 수도 있었다는 걸 읽을 수
있었다는 뜻이다. 그리고 심리학자들의 말대로 느낌에는 옳고 그
른 것이 없으니까 말이다. 할머니와 함께한 이 오후의 짧은 시간이
영원처럼 길게 지나가고 있었다.

"어린 네가 대답하더구나. 딱 하나만 간직하려구요, 미워서 버리
는 게 아니라구요. 요한, 네가 진정 간직하고 싶은 단 하나의 조개
껍질은 무엇이니?"

할머니는 내내 이렇게 묻는 것 같았다. 돌아오는 길에 그 생각을
하는데 문득 그녀의 얼굴이 떠올랐고 나도 모르게 나는 운전대를

꽉 그러쥐고 말았다.

"소희요, 소희가 보고 싶어요, 할머니."

22.

그렇게, 고통스러웠던 나의 휴가는 끝이 났고 나는 W시로 돌아
왔다. 예전 같으면 W역이 보이기 시작했을 때 나의 눈은 수도원의
종탑을 우러렀고 나의 가슴은 뛰놀며 나의 손은 작게 성호를 긋
곤 했다. 이곳은 나의 집, 나의 고향이라고도 중얼거리곤 했다. 내
몸이 기도 시간에 구애받지 않고 게으름을 부리면서 자유를 누리
던 휴가 기간 동안 내 귀가 종소리를 그리워했다는 것도 슬며시
깨닫곤 했다. 그러나 그해 여름이 끝나갈 무렵 집 나갔던 탕아처
럼 나는 터벅거리면서 돌아왔다. 힘없이, 희망 없이, 정처라곤 도무
지 없이.

서울을 떠나면서 나는 다시 한 번 소희와 이별하고 있다는 생각
을 했다. 이제 수도원으로 돌아가면 다시는 그녀를 만날 수 없으리
라. 수도원이 좋아서 가는 것도 아니었다. 소희가 그런 식으로 나
에게 이별을 고하지 않았다면 나는 수도원으로 돌아가지 않았을
것이었다. 그러니 이건 나로서는 비겁한 귀향이었다. 그런데도 내
발길은 그리로 가고 있었다. 심지어 내가 돌아가면 그곳에서 날 반
갑게 맞이할 미카엘과 안젤로도 없었다.

나는 사막으로 홀로 걸어 들어가는 대상(隊商)처럼 외로웠고 친
구들이 돌아간 어두운 복도에서 홀로 무릎을 꿇고 벌 받는 학생

처럼 슬펐다. 모든 자신감이 사라졌고 진한 허무가 밀려왔다. W시로 가는 열차가 뒤집힌다 해도, 누군가 으슥한 곳에서 내게 칼을 들이댄다 해도 별로 당황하지 않을 것 같다는 터무니없는 생각도 들었다. 소희에 대한 분노와 그리움, 사랑에 대한 절망과 갈망이 뒤섞여 내 머릿속은 마요네즈처럼 엉겨 붙었다. 사고는 흐릿했고 무질서해졌다. 가끔 십자가를 바라보면 외면하고 싶어서 그냥 고개가 돌아갔다.

그때까지 나는 내 인생에서 무슨 일이 일어나고 있는지 도무지 알아차리지 못했다. 나는 연일 일어나는 놀라운 일상의 반전(反轉)들에 혼란스러워하고 있었다. 도무지 어디서부터 잘못되었는지도 알 수 없었다. 토마스 수사님과 할머니의 한국전쟁 이야기가 나의 인생길의 어디에서 조우하는지도 당연히 몰랐으니까.

23.

그렇게 돌아온 수도원에서는 미국 뉴튼 수도원의 인수에 대한 이야기가 한창이었다. 그해 초 내가 신부 서품을 한 해 앞둔 수사로서 아빠스님의 비서수사가 되었을 때부터 나는 뉴튼 수도원 인수에 대한 영문 문서를 산더미처럼 번역해 올렸다.

돌아가자마자 아빠스님으로부터 여권을 만들고 미국 비자를 받으라는(그때는 미국에 가려면 일일이 대사관에 가서 비자를 받아야 했던 시절이었다) 지시를 받았다. 나는 미국에 갈 수 없는 변명거리를 찾고 싶었다. 뉴튼은 뉴저지에 있었고 뉴욕 시내까지 자동차로 한 시간이면 닿는 거리였다. 뉴저지에는 한 사람이 살고 있었다. 그 사람은 어느 배꽃 피던 날 내 가슴속으로 들어와 내 인생의 모든 것을 뒤죽박죽으로 만들어놓고 떠났다. 그녀에게는 약혼자가 있고 아빠스님은 그녀의 외삼촌이었다. 그렇게 어이없이 내게 이별을 고한 그녀가 현재 미국에 갔는지 한국에 아직 머무는지도 나는 알 수 없었다. 아니 알고 싶지 않았다. 그러나 실은 알고 싶었다. 아니, 아니, 나는 내 마음을 알 수 없었다. 두려웠기 때문이었다.

나는 여전히 아침이면 무거운 머리로 일어났고 강철보다 무거운 팔과 다리를 이끌고 무거운 표정으로 수도원 복도를 걸었다. 수도원 성당 밖으로는 한 발자국도 나가고 싶지 않았다. 늦은 봄의 어느 날 온 세상을 뒤덮는 노란 송홧가루처럼 수도원 곳곳, W시 곳곳에 그녀의 흔적이 배어 있었다. 오직 내 눈에만 보이는 그 노란 사랑의 흔적들을 나는 태연하게 바라볼 수 없었다. 아빠스님을 모시고 대구로 들어가는 고속도로로 진입하는 길에, 내게 전화해서 울던 그날 소희를 데리러 갔던 작은 슈퍼마켓이 눈에 띄었고 나는 그때 세상에 태어나 한 사람만을 사랑했다는 것이 얼마나 큰 형벌인 줄 알게 되었다.

그럴 때면 나는 문득 멈추어 서서 할머니를 생각했다. 할머니처럼 내가 갑각류라는 것도 알았다. 나는 내 속으로 들어와버린 상처를 빼낼 방법을 도무지 알지 못했다. 그리고 그 일이 일어났다. 오전 11시가 좀 넘어서라고 기억된다.

24.

하늘이 아주 높고 푸른 날이었다. 가을이 다 도착하기도 전에 코스모스가 수도원 입구를 덮었다. 오전에 뉴튼 수도원 인수 문제로 계속 회의가 열렸고 나는 아빠스님 뒤에 앉아 그것을 일일이 기록했다. 그날따라 내 방의 컴퓨터가 문제를 일으켜서 나는 도서실로 가서 그곳의 컴퓨터를 빌려 작업을 계속했다.

한국전쟁이 끝난 후 한국의 재건을 위해 물적으로나 인적으로 자원을 보내주던 미국 뉴튼 수도원은 이제 영락의 길로 들어서고 있었다. 20년째 지원자가 끊기고 있다는 것이었다. 어떻게 생각하면, 전 세계의 모든 베네딕도회 중에서 하필이면 우리 수도원에 도움의 손길을 내민 이유는 그만큼 한국의 우리 수도원이 규모가 컸고 젊은이들로 활기찼기 때문이었으리라. 물론 반대 의견도 만만치 않았다. 그 큰 곳을 우리가 어떻게 다 관리할 것인지, 젊은 인력이 최소 스무 명은 파견되어야 하는 규모의 그곳을 어떻게 관리할 것인지, 언어 장벽과 문화 관습의 차이는 어떻게 극복할 것인지 말이다.

아빠스님은 생각이 많은 듯했다. 그는 그리 모험을 즐기는 타입은 아니었다. 그는 냉정하게 실리를 따질 줄 아는 사람이었기에 나는 오랜 기간 그를 모셔온 비서수사로서 그가 이 일을 탐탁지 않게 여기고 있으며 어쩌면 이번 뉴튼 방문은 말하자면 정중하게 거절할 구실을 찾기 위한 것이라고 마음먹고 있음을 눈치채고 있었다.

자료는 산더미 같았다. 오전 중에 도저히 다 정리할 수 없을 것 같아 잠깐 머리도 식힐 겸 나는 현관 쪽으로 걸어갔다. 우편으로 신청한 여권이 도착했는지도 알아볼 겸, 그리고 여동생이 보내준다고 했던 책이 도착했는지도 알고 싶어서였다.

"뭐 특별히 온 게 없는데……."

문지기 수사님은 돋보기를 끼고 우편물 목록을 쭉 훑으면서 말했다.

"여권이 오나 싶어서요. 오면 바로 연락 주세요."

평소처럼 말하고 돌아섰다. 그렇게 몇 발자국 가는데 문지기 수사님이 나를 불렀다. 돌아보니 그가 돋보기를 손에 든 채로 엉거주춤 서서 말했다.

"방에 안 계셨던 거였어요? 아까부터 방으로 전화 안 된다고 어느 여자분이 계속 전화하던데. 무슨 일이냐고 물어보니 그냥 알거라고만 하고…… 자꾸 전화해서 방으로 돌려달라고 하던데."

"네, 방에 없었어요."

"여기 W역이라고 지나는 길이라고…… 그래서 내가 수도원으로 오시라 했더니…… 대답 없고 그냥 전화를 끊던데. 그러고도 여러 번……."

나는 문지기 수사님이 내 감정을 알아차리고 있구나, 그녀가 누군지 짐작하고 있구나, 라고 생각하기도 전에 문을 박차고 뛰어나갔다. 그녀가 누구인지 궁금하지 않았다. 왜냐고도 묻고 싶지 않았다. 내 머리는 그 모든 것을 뭉뚱그려 받아들였고 내 몸은 낼 수 있는 최선의 속력을 다해 뛰었다.

역이 보이는 수도원의 다섯 번째 담벼락에 다다랐을 때 나는 플랫폼에 서 있는 것이 그녀라는 것을 알았다. 그렇게 뛰는 와중에 그녀가 나를 바라보고 있는 것도 알았다. 어쩌면 아주 멀리서 우리의 두 눈길이 정확하게 마주친 것도 같았다. 모든 절망이 희망의 챕터로 펄럭이면서 책장을 넘기는 것도 같았다. 다 용서할 수 있다고 생각했다. 사랑할 수 있다면 할 수 없는 일이 없을 것 같았다. 그때 종이 울렸다. 내 뒤통수에 대고 종소리는 울려 퍼졌다. 그러나 종소리는 나를 막지 못했고 나는 주저 없이 뛰었다. 동시에 멀리 플랫폼으로 기차가 들어서는 것이 보였다. 나는 기도했다.

"도와주십시오. 한 번만, 마지막이라도 좋으니 단 한 번만, ……허락해주십시오."

숨은 턱까지 찼다. 내가 역으로 가는 육교로 올라갈 때까지 아직 기차는 떠나지 않았다. 나는 알고 있었다, 그녀가 분명 나를 보았다는 것을. 숨이 멎을 것 같았다. 그렇게 나는 역으로 들어섰다. 떠난 기차의 꽁무니가 사라지고 있었고 플랫폼은 텅 비어 있었다.

25.

비명이 입 밖으로 새어 나왔는지 나도 잘 모르겠다. 아마도 입술은 피가 나도록 다물려 있었으리라. 그래도 비명은 내 귀를 계속 울렸다. 비명의 여음(餘音)이 하도 커서 내 걸음은 휘청거렸다. 나는 바늘이라도 잃어버린 사람처럼 플랫폼을 두리번거리면서 서성였다. 둘러보는데 5분도 걸리지 않는 W시의 역사를 둘러보고 또 둘러보았다. 믿을 수 없었고 믿기 싫었다. 그리하여 어느 순간 사람들이 나를 자꾸 쳐다본다는 것을 의식했을 때 나는 내가 길고 검은 수도복 차림이라는 것을 깨달았고 다시 돌아갈 수밖에 없다는 것을 알았다.

나는 마지막으로 텅 빈 철길을 바라보면서 서 있었다. 철길 위로 마지막 여름의 햇빛이 쏟아지고 있었다. 그것은 군인의 퇴각처럼 잔인하고 난폭하고 뜨거웠다. 나는 줄 몇 개로 조종당하며 희롱당하는 마리오네트 인형 같았다. 나는 마른침을 삼키면서 공중전화로 다가갔다. 소희의 번호를 눌렀다. 수첩에서 박박 지워버렸지만 가슴에서는 지워지지 않던 그 숫자. 그때까지 어쩌면 아직 마지막 희망은 남아 있었는지도 모르겠다. 그리고 잠시 후 이런 소리가 들렸다.

"지금 거신 번호는 없는 국번입니다. 번호를 확인하고 다시 걸어주시기 바랍니다."

믿을 수 없었다. 그새 소희는 전화마저 없애버린 것이었다. 아니 번호를 바꾸어버린 것이었다. 네기 이별을 통보하는 메일을 받고도 그녀에게 전화 걸지 않았던 이유는 자존심 때문이 아니라 마지막으로 희망 같은 걸 하나 남겨두고 싶어서였다는 것을 나는 깨달았다. 그런데 이제 마지막 남은 자존심도 무너져 내렸다.

그녀에게 조종당하고 희롱당하는 것 같아 미친 듯이 분노가 치밀었다. 분노의 힘으로 겨우 수도원을 향해 다시 몸을 돌렸다. 역을 지나 수도원 담장을 걸어가는데 종소리가 울렸다. 종소리는 소리가 아니라 그 육중한 쇠의 무게로 말라버린 우물 바닥 같은 내 가슴 밑바닥을 우두두두 훑고 지나갔다. 그 육중한 쇠에 긁히는 마른 자갈 바닥처럼 마음이 아팠다. 내 다문 입술 사이로 신음이 번져 나왔다. 내리쬐는 햇볕은 시련처럼 뜨거웠고 머릿속이 말라붙는 우물 속 같았다. 나는 걸음을 잘 옮길 수가 없었다. 나는 수도원 담벼락을 한 손으로 짚으면서 병자처럼 절룩였다.

이제는 우리를 뿌리치고 부끄럽게 하시며
우리 군대와 함께 아니 나오시니이다.
원수 앞에서 우리를 물러나게 하시니
우리가 미운 자들은 마음껏 노략질했나이다.
푸줏간의 짐승인 양 우리를 넘겨주시고
나라 나라에다가 우리를 흩뿌리셨나이다.
헐값으로 당신 백성을 파시었고
팔아서 이익도 보지 못하셨나이다.
우리를 이웃들의 욕가마리로 삼으시고
에두른 자들에게는 비웃음과 놀림감으로 만드셨나이다.

아침에 드렸던 성무일도가 머릿속으로 선연하게 살아왔다. 그게 내 이야기였던 것인 줄 모르고 되뇌던 아침기도 시간이 다시 떠올랐다. 그것조차 모욕처럼 느껴졌다. 나는 어느덧 중얼거리고 있었다. "이렇게 놀리시니 좋으십니까? 이렇게 비웃으니 시원하십니까?

제가 조롱당하는 게 당신에게 무슨 이익이 됩니까? 대체 저한테
왜 이러시는 겁니까? 대체 왜요?"

26.

지금 돌이켜보면 휴대전화 하나만 있었더라도 일어나지 않았
을 일이었다. 그때 나는 아직 신부도 아니었고 종신서원을 한 수사
도 아니었기에 휴대전화가 지급되지 않았다. 나는 그 후로도 생각
하곤 했었다. 그날 내 컴퓨터가 말썽을 일으키지 않았다면, 그날
내가 도서관에 가 있지 않고 내 사무실에서 전화를 받을 수만 있
었다면, 그날 내가 조금만 더 일찍 현관으로 나왔더라면, 아니 그
날 내가 차라리 그녀가 온 것을 몰랐더라면……. 내 가슴은 끝없
이 그런 메아리가 울리는 어두운 동굴 입구를 방황했었다. 그러다
가 어느 날 돌부리에 걸리듯 넘어져 아프면서 나는 깨달았다. 섬
세한 연출가가 세세한 무대 장치를 신경 쓰듯이 이 모든 것은 어
쩌면 꼭 일어나야 할 일이었다는 것을. 그리고 세상에서는 그런 것
들을 운명이라고 부른다는 것을. 그리고 아주 더러 이 잔혹한 시
련을 '결국은 사랑'이라고 부르는 이들이 있는데 그래서 우리는 그
들을 신앙인이라고 부르는 것일 거다.

27.

그날 더듬더듬 수도원으로 돌아온 나는 성당에 앉았다. 나는 그
와 맞서고 싶었다. 그는 내 인내의 마지막 현(絃)을 건드렸다. 그 마

지막 사건만 아니었어도 나는 어쩌면 그냥 그대로 무릎 꿇을 수 있었을지도 모른다. 성당에 앉아 수줍고 괴롭게 기도하던 그날이 떠올랐다. 그때 내가 말했었다. 죄송합니다, 당신이 아니라 그녀를 사랑합니다, 너무 늦게 깨달았습니다, 하고. 그때 분명 그가 말했었다. 내 단전을 울리면서 그의 목소리가 온몸으로 들려왔었다.

"사랑하라, 그녀는 내가 보내준 사람, 너의 사랑이다!"

나는 허리를 펴고 두 눈을 똑바로 뜬 채로 그를 응시했다. "그래 말해봐. 그 말을 설마 네가 안 했다고 하는 건 아니겠지?" 뭐 이런 자세였을 것이다. 나는 말했다.

"이유나 알고 싶습니다. 그날 그 기도에 응답한 것이 분명 당신이 아니셨습니까? 당신이 사랑하라고 하셨지요? 대체 왜 그러셨습니까? 왜요? 왜!"

어떻게 해야 할 줄 도무지 몰랐고 내가 왜 사는지조차 알 수 없었다. 여기는 어딘가? 나는 누구인가? 사랑이라니, 대체 무슨 말라비틀어진 개뼈다귀인가…….

"당신 말을 믿고 따르다가 나는 바보가 되었습니다. 멍청이 천치 조롱감이 되었습니다. 대답해주십시오, 그날 내가 들은 말은 당신의 말이 아니었던가요?"

그때 다시 내 눈이 흐려졌고 귀가 멍해졌다. 속으로 나는 조금 놀랐던 것 같다. 눈물이 멈추었다. 내 온몸의 세포들이 청각 세포로 변하는 듯 나는 곤두섰다. 내 몸 깊은 곳에서 소리가 울렸다. 그분의 목소리였다.

"사랑하라 요한, 더욱 사랑하라."

어이가 없었다. 내가 그를 노려보았다.

"지금 장난하시는 겁니까? 지금 말씀하시는 것이 내가 목숨을 바쳐 사랑한다고 믿었던 그분 맞습니까? 사랑하라니요? 누구를 요? 저를 배신하고 그 사람에게 돌아간 그녀를요? 저를 놀리고 저를 희롱하고 저를 속이며 결국 저를 버린 그녀를요?"

28.

지금 돌이켜 고백하건대, 말이야 그렇게 했지만 내 마음속에서 약간의 흔들림이 일어났다. 그럼에도 불구하고 사랑하라 하심은 그러니까, 어쩌면 다른 운명이 우리를 다시 이어줄지도 모른다는 말인가 싶었던 거다. 그분의 전능함이 나를 유혹했다. 우리의 마음이 아직은 서로를 다 배신하지 않았고 그러니 그분은 하실 수가 있다, 뭐 이런 일말의 헛된 희망이 내게서 싹트고 있었던 것도 사실이었다. 내가 그런 헛된 갈망 속에서 머뭇거리고 있을 때 다시 목소리가 들려왔다.

"사랑이란…… 요한, ……사랑이란 모든 보답 없는 것에 대한 사랑이다!"

29.

그 자리에서 누군가가 내게 뜨거운 물을 끼얹은 것처럼 나는 화들짝 깨어났다. 그분은 입을 다물었다. 실은 나도 더는 물을 수가 없었다. 그래, 나는 알고 있었다. 사랑은 거래가 아님을, 사랑은 대가가 없는 것임을. 사랑은 오래 견디고 오래 참고 오래 바라며 사랑은 결국 주는 것을 그 본질로 한다는 것을. 스물아홉이 되도록 그리스도를 따르면서 그것을 모를 리 없었다. 그런데 막상 그분에게 그런 말을 듣고 나자, 정말이지 뜨거운 물을 뒤집어쓴 것처럼 나는 놀라고 있는 것이었다. 그럼 내가 소희에게 가졌고 주었던 그 모든 것은 사랑이 아니었던가. 나는 십자가를 올려다보았다. "그렇게 사랑하라고 내가 여기 있다", 이런 소리가 들려오는 듯도 싶었다.

나는 토마스 수사님께로 발길을 옮겼다. 그건 너무 당연한 일이었을 것이다. 내가 수도원에서 마음 붙일 수 있는 유일한 사람. 그는 이제 곧 이승을 떠나겠지만, 그에게 들은 이야기를 회상할 때마다 묻고 싶은 게 있었다. 그렇게 요한 신부가 죽고 네 번의 겨울을 더 견딘 후 뒤늦게 사안의 심각함을 깨달은 서독 정부가 북한과 협상을 해서 옥사덕에 억류되었던 그들은 본국 독일로 돌아갔다. 그리고 몇 개월의 휴가 후에 그들은 다시 이곳으로 돌아왔다. 덕원을 잃고, 피난민처럼 남한을 떠돌다가 W시로 겨우 자리를 옮긴 우리 수도원으로.

신기하게도 살아남아 본국으로 돌아갔던 사람 누구도 다시 한국으로 오는 것을 거부하지 않았다. 그들은 덕원에서 그랬듯 이곳 W시로 와서 다시 인쇄소를 세우고 출판사를 세우고 소시지를 만들고 포도주를 담갔다. 나는 묻고 싶었다. 친구 요한 신부의 비참한 죽음 앞에서 "대체 왜!"라고 물어놓고, 고문과 학대와 죽음의 땅인 이 한국으로 왜 다시 돌아왔느냐고.

토마스 수사님은 낮잠에 빠져 있었다.

"신기해요. 금방 장례 준비해야 할 거 같았는데 그때 요한 수사님과 이야기하시고 나서 몰라보게 건강해지셨어요. 여기 있다보면요, 인간이란 게 참 신비해요. 영혼과 육체가 결코 둘이 아닌 거 같아요."

병실 수사님이 내게 귀띔해주었다. 나는 병실 수사님이 건네는 저녁 식사 식판을 들었다.

토마스 수사님은 오래지 않아 깨어났다. 그러고는 나를 보고 화들짝 놀라더니 방글방글 아이처럼 웃었다.

"어때요? 휴가는 잘 다녀오셨구요? 와, 오늘 저녁은 메뉴가 뭐지요? 좋은 냄새가 나네요."

"전복죽이에요."

나는 토마스 수사님의 목에 냅킨을 두르고 그의 입에 전복죽을 떠 넣었다. 굳어진 입술 때문에 반쯤은 흘러내렸고 나는 그것을 다시 숟가락으로 훑어 그의 입에 넣었다. 춤을 추러 다녔다는 그의 젊은 날이 어른거렸다. 한국으로 떠날 때 기차역에서 무너져 우는 어머니를 두고 떠나던 젊은 그가, 한국말을 배우던 그가, 어린아이들과 놀아주는 젊은 수사였던 그가, 북한군에게 끌려가던 그가, 돼지라고 불리며 학대당하던 그가, 친구 요한 신부의 시체에서 구더기를 떼어내면서 울부짖던 그가, 그 맑은 얼굴로 스쳐 지나갔다.

그는 이제 누워 죽을 받아먹는다. 그런데 그는 아무런 근심도 없는 듯 보였다. 그런 모진 일을 겪은 사람이라고 누가 상상할 수 있을까? 나는 그의 맑고 순한 눈을 바라보다가 나도 모르게 입술을 깨물었다. 울음이 목울대로 차올랐기 때문이었다. 그러고 보니 지난 봄날 미카엘이 여기 앉아 이렇게 토마스 수사님 입에 밥을 떠 넣어주다가 울던 모습을 보았던 것이 생각났다. 그가 왜 울었는지 나는 그냥 어렴풋하게 알 수 있을 것 같았다. 토마스 수사님이 맑은 눈으로 나를 바라보았다. 이내 그 눈빛은 슬퍼졌다. 어린아이가 엄마의 눈물을 바라보다가 덩달아 슬퍼지는 듯했고, 충실한 애견이 주인의 슬퍼하는 양을 바라보면서 안쓰러워하는 듯도 했다.

"요한 수사님, 슬퍼요?"

나는 고개를 끄덕였다. 그냥 그 앞에서 아무것도 감추고 싶지 않았다. 나도 어린아이처럼 담백해지는 듯했다. 나는 눈물이 흐르는 대로 내버려두었다. 토마스 수사님은 조용히 죽 그릇을 물렸다. 눈물을 닦지도 않고 내가 물었다.

"왜 돌아오셨습니까? 이 죽음과 고문의 땅에? 그리고 왜 떠나지 않으셨습니까? 잔인한 신을?"

나는 사춘기에 막 들어선 아이처럼 복받쳐 있었다. 토마스 수사님은 앙상한 손을 내밀어 내 손을 잡았다. 뜻밖에도 그의 손은 따뜻했다. 그는 나를 바라보면서 대답했다.

"사랑했으니까요."

얼핏 내가 숨을 멈추었던 것 같다. 당연하고 놀라운 대답이었다.

"그 질문을 맘에 담고 계셨군요? 저도 여러 번 제 자신에게 물었답니다. 왜냐고……. 때로는 나 자신이 바보 같고 이해할 수 없었어요. 그런데 어느 날 알게 되었죠. 사랑했으니까요. 하느님도 한국도. 사랑은 이랬다저랬다 하는 게 아니니까요. 사랑은 가실 줄을 모르는 거니까요."

그의 마지막 말은 고린도 전서 13장의 구절 같았다. 왜였을까, 나는 이제 울음을 내 힘으로 멈출 수가 없었다. 나는 고개를 돌렸다. 미카엘이 보고 싶었다. 안젤로도. 나는 사막에 혼자 서 있는 것 같은 고독을 느꼈다. 그들이 떠난 후 마치 미다스가 그러했듯 내 손길 내 눈길이 닿는 곳마다 고독의 그림자가 드리워졌다. 이제 토마스 수사님마저 떠나면 나는 더 버틸 수가 없을 것 같았다. 모든 것이 모래알처럼 내 손을 우수수 빠져나가는 듯 나는 허무했다.

"저는 억지로 이곳으로 돌아왔어요. 갈 데가 있었다면 오지 않았을 겁니다."

나는 고해신부에게 하듯 중얼거렸다. 토마스 수사님은 물끄러미 나를, 내 눈물을 바라보았다. 비웃음도 섣부른 연민도 성급한 판단도 없는, 그냥 무연한 눈길이었다.

"그럼 그게 당신의 길일 거예요. 예수님도 골고다를 좋아서 오르신 건 아니었죠."

다시 한 번 마음속에 누군가가 뜨거운 물을 끼얹은 듯, 충격이 왔다.

"요한 수사님, 오늘은 창밖으로 바람이 많이 불더라구요. 바람은 잡을 수 없어요. 한 방향으로만 불어 가니까요. 그리고 가버리니까요. 강물도 그렇죠. 한번 흘러간 강물은 더 이상 방금 전의 그 강물이 아니죠. 시간도 한 방향으로만 흘러요. 말할 것도 없죠. 이 세상의 모든 흘러 다니는 것 가운데 어떤 한순간 한 지점에서 양방향으로 흐르는 유일한 것은 사랑이에요. 그러나 그것조차 대개는 한 방향으로 흐릅니다. 우리는 불평할 수 없어요. 그렇다고 사랑하지 않을 수도 없지요. 아니 사랑하지 않을 수는 있지만 그 에너지를 어디에 쓰는 게 좋을까? 더 나을까? 의미가 있을까? 10년이 지나도 잘했다고 느낄까? 나는 아직 그 답을 찾지 못했어요. 그래서 저는 사랑합니다."

30.

"사랑은 그것을 행하는 사람에게 상처를 입혀요. 사랑은 자기의 가장 연한 피부를 보여주는 거니까요. 사랑은 자기 약점을 감추지 않는 거니까요. 사랑은 상대가 어떻게 해도 내가 사랑하는 거니까요. 사랑은 상처를 허락하는 것이라고, 요한 신부가 그랬죠. 기꺼이 받아들여 봉헌한다고. 그 이후로 음, 그렇구나 상처 입겠구나 하고 시작하면 신기하게도 더는 상처 입지 않아요. 요한 수사님, 저는 그 이후로 매사를 너무 심각하게 생각하지 않아요. 과거는 하느님의 자비에, 미래는 하느님의 섭리에, 그리고 현재 나는 사랑합니다. 그게 전부예요."

토마스 수사님은 입을 다물었다. 나는 크게 숨을 쉬고 나서 다시 전복죽 그릇을 들었다. 토마스 수사님의 얼굴에 어린아이처럼 기쁜 빛이 어렸다. 그 모습이 하도 천진해서 나도 모르게 눈물 자국이 남은 눈으로 웃고 말았다. 토마스 수사님이 따라 웃었다.

"전복죽 맛있어요……. 이게 바다에서 나는 거라면서요?"

"네."

나는 그의 입에 전복죽을 한 숟갈 넣어주었다.

"죽은 맛있는데 살아 있는 전복은 어떻게 생긴 건지 못 보았어요. 그러니까 이게 바다에 사는 짐승이죠?"

"짐승이요? ……네 짐승이에요."

나도 모르게 웃자, 토마스 수사님의 얼굴 위로 이루 말할 수 없는 안도감이 어렸다. 나는 생각했다. 사랑이구나, 이게.

토마스 수사님은 내가 웃는 이유를 잘 모르겠다더니 잠시 고개를 갸웃했다. 그가 늘 말하던 대로 '나보다도 한국에 더 오래 산' 그가 아직 동물과 짐승을 혼동하는 것이 귀엽고 우스웠다. 우리는 잠시 그렇게 웃었다. 그도 약간의 실수를 느꼈는지, "가만있어봐요, 짐승 아닌가 동물인가……" 하면서 웃었다. 그렇게 웃고 나자 그가 날 물끄러미 바라보았다.

"……고민을 오래 한다고 해결되는 게 아닙니다. 밤잠 못 잔다고, 하느님 앞에서 울부짖으면서 큰 소리로 기도한다고 해결되지도 않아요. 그냥 내버려두세요, 꽃이 피게, 새가 울게, 바람이 할랑할랑

불어가게……. 다만 그분이 우리를 사랑하신다는 것 하나만 믿으면 됩니다. 그러면 실은 아무것도 걱정할 일이 없어요."

내가 침묵하자 그가 다시 말을 이었다.

"저는 아무것도 못합니다. 누군가가 주는 음식을 그것도 거의 반이나 흘려가면서 받아먹을 수 있을 뿐입니다. 그래도 저는 그걸 열심히 합니다. 나머지는 모두 맡겼습니다. 그러지 않을 수도 없도록 저는 약해져 있지요. 그런데 저는 뜻밖에 힘이 셌던 인생의 어떤 순간보다도 행복합니다. 요한 수사님, 젊은 당신은 저보다 더 행복할 수 있고 그래야 하는 것 아닙니까?"

토마스 수사님은 마지막 말을 하면서 다시 미소 지었다. 물론 나도 알고 있었다. 그의 눈이 그의 평화와 행복을 말해주고 있었다. 내가 수도원을 처음 찾아오던 날 말한 대로 "부디 저 사람처럼 죽어가기를" 나는 아직도 바라고 있었다. 그런데 막상 그의 입으로 "행복하다"라는 말을 듣자 가벼운 전율이 일었다. 내가 행복해야 한다고 하는 그 말이 그 순간 몹시도 낯설었다. 실은 나의 젊음이 내게는 형벌 같았기 때문이었다.

31.

다음 날 점심때쯤 나는 아빠스님의 호출을 받았다. 내가 그 방에 들어갔을 때 아빠스님은 잔뜩 찌푸린 표정이었다.

"W경찰서로 가봐야겠네."

말하기도 귀찮다는 듯이 그는 가볍게 책상을 쿵 하고 치더니 말을 이었다.

"그 미카엘 수사 여자 친구라는 여자가 오늘 낮에 창마 묘지에 와서 미카엘의 묘지를 판다 어쩐다 소동을 피우다가 지금 경찰서로 연행되었다는데……."

나는 아빠스님이 미카엘의 기억을 떠올리기 싫어하고 있다는 것을 깨달았다. 나의 눈을 바라보지 않고 그는 말을 이어가고 있었던 거다. 여자가 무덤을 파려고 했다는 것도 믿어지지 않았지만 나는 아빠스님의 그런 태도가 더 서운했다.

"경찰서장이 전화했길래 내가 대충 훈방해주라고 했더니 여자가 날 만나기 전에는 한 발자국도 물러서지 않겠다고 했다는군. 무덤을 파려고 하다니 참 별……."

"제가 가보겠습니다."

아빠스님은 눈치 빠르고 일 처리를 자신의 마음에 들게 하는 나에게 흡족한 눈빛을 보냈다. 순간 나는 울컥 치미는 배신감을 느꼈다. 적어도 그에게 벌써 미카엘을 잊을 그럴 권리는 없다는 생각이 들었다. 나는 그에게 반감을 느꼈고 반대로 그렇게라도 미카엘을 못 잊고 있는 그녀에게 차라리 더 연민이 갔다. 나는 수도원 배차(配車)부에서 차를 한 대 배정받아 W시의 경찰서로 갔다.

32.

여자는 유치실이 아닌 경찰서 소파에 앉아 있다가 나를 보자 놀라는 눈으로 일어섰다. 나는 잠깐 눈을 의심했다. 불과 몇 개월이

지났는데 여자는 완전히 다른 사람 같았다. 장례식에서 보았을 때보다 푸석하니 부기가 있어 보였고 살도 좀 찐 거 같았다. 부은 눈두덩 밑으로 보이는 눈은 흐릿했다.

"이제 가십시오, 예? 수도원에서 특별 배려하는 거라서 오늘은 보내드리지만 그러면 안 돼요. 어디 처녀가 한낮에 공동묘지에 가서 무덤을……."

경찰들의 시선이 그녀에게 일제히 쏠렸다.

"아까는 술에 취해 있었어요. 음주 운전하고 서울서 여기까지 온 것 같은데 본인은 운전대 놓고 여기 와서 먹었다고 우기니……. 상당히 취했던데 음주 운전으로 걸렸으면 그 정도면 바로 구속이었죠. 일단 창마 묘지에 차를 두고 경찰차로 연행했어요. 이제 술이 좀 깨긴 갠 것 같은데…… 운전하고 갈 수 있는지. 아무튼 수사님, 일단 여기 사인을 좀."

경찰은 여자를 보면서 혀를 찼다. 여자는 흐릿한 눈으로 경찰을 노려보았을 뿐 더는 반항하지 않았다. 그리고 나를 따라 얌전하게 경찰서를 나왔다. 차들이 바삐 움직이고 있었다. 저 사람들은 모두 어디로 가고 있을까? 저들은 결국 제가 어디로 가는지 알까? 나는 갑자기 미카엘의 옛 약혼자와 길거리에 나란히 서서 망연해졌다. 알짜배기 사람들은 모두 떠나고 그녀와 나는 그들의 그림자처럼 서 있는 것 같았다.

"아빠스님은 중요한 회의가 있으셔서 제가 대신 왔어요. 어떻게…… 묘지로 가서 차를 픽업하시겠습니까? 운전하실 수 있겠어요?"

내가 묻자 그녀는 뜻밖에도 고개를 잠깐 숙였다가 "네" 하고 대답했다.

"그럼 수도원 차에 타세요. 제가 차가 있는 묘지까지 모셔다 드릴게요."

시동을 거는데 옆자리에 앉은 그녀의 시선이 느껴졌다. 나도 모르게 그녀 쪽으로 고개를 돌리다가 눈이 마주쳤다. 그녀의 눈에는 눈물이 가득 고여 있었다. 가슴 한구석으로 찌르르 통증이 지나갔다. 나는 그녀의 슬픔을 이해할 수 있을 것 같았다. 한 사람만을 사랑했던 자의 고통을 나는 이제 알 수 있었기 때문이었다. 그리고 장례식이 있던 그날처럼 우리는 서로의 모습에서 미카엘의 흔적을 찾고 있었고 나는 그게 몹시 힘들었다.

33.

그녀의 메르세데스 벤츠는 묘지 한구석에 서 있었다. 차에 대해 잘 모르는 사람이 보아도 고가의 차였다. 그러나 차는 여기저기 거칠게 긁혀 있었고 찌그러진 상처가 많았다. 그녀가 이 차를 타고 그동안 어떻게 살아왔는지 한눈에 알 수 있었다.

"미카엘을 데려가고 싶었어요."

도착해 자신의 차에 타려다 말고 그녀가 내게 말했다.

"그 사람이 보고 싶어요. 그것뿐이었어요."

딱히 나를 보고 있지 않았으니 중얼거리는 것도 같았다. 그러자 갑자기 내 가슴으로도 간절한 그리움이 일었다. 미카엘, 안젤로 그리고 소희. 창마 묘지 저 아래로 강물은 흐르고 있었다. 나는 눈을 감았다.

"세상에서 한 번도 하고 싶은 거 못 해본 적 없어요. 그런데 그만은 죽어도 내 맘대로 안 되었어요. 너무 약이 올랐어요."

그녀는 계속 중얼거렸다. 지금 생각하면 꼭 내가 아니었어도 그녀는 그때 거기서 그 말을 했지 싶었다.

"나는 그를 가지고 싶었어요. 내 사람으로 만들고 싶었어요. 그가 나에게 반항하고 나를 필요로 하지 않으면 않을수록 꼭 내 것으로 만들고 싶었어요. 내가 가진 모든 것을 다 팔아서라도 그것을 얻고 싶었어요. 그런데 그는 내가 가진 것을 하나도 원하지 않았어요. 나는 그를 위해 아빠가 내게 준 그 많은 재산을 다 줄 수가 있는데, 원한다면 명예도 만들어줄 수가 있었는데 그는 다 버리겠다고, 가난해지겠다고 덜컥 수사가 되어버린 거예요. 그런 사람을 이길 방법이 없었어요. 나는 평생 처음으로 패배했었죠. 돌이킬수가 없었어요.

그런데 그가 수도원에 적응하지 못하고 내 돈과 지원을 필요로 하자 나는 얼마나 반가웠는지 몰라요. 설사 그의 다가 내 것이 아니더라도 나 없이는 힘들었으면 하고 바랐나봐요. 수사님은 아세요? 그 사람이 나 없이는 힘들기 바라는 거, 그거 사랑 아닌가요?"

그녀는 문득 나를 바라보았다.

수도원에 입회할 무렵의 나였다면, 아니 신학생 때의 나였다면,

아니 지난봄 이전의 나였다면 부드럽게 미소 지으면서 대답했을지도 모른다.

"자매님, 그런 거 사랑 아니겠죠."

그러나 나는 이제 여기 서 있는 저 흐릿한 눈의 여성을, 신앙이라고는 조금도 없는 속물 자체인 그녀를 송두리째 이해할 수 있었다. 내가 필요 없다고 가버린 사랑이 내가 없어서 괴롭다면 그것보다 더한 복수가 또 있을까. 나는 실은 그녀의 독백을 다 이해할 수 있었기에 아무 대답도 할 수 없었다.

"그가 아이들 공부방인지 뭔지 차린다고 돈이라도 달라고 하기에 기뻤다구요. 그렇게 가느다랗게라도 이어질 수 있다는 게 기뻤다구요. 왜 그런 지저분한 곳에서 그가 그러고 사는지 나는 죽어도 이해 못하겠지만, 그래도 그가 나를 돈 때문에라도 필요로 하니까 좋았다구요. 그런데 겨우 그렇게라도 내 마음을 달래놓고 나니까 이제 그것도 못하게 덜컥 죽어버리다니 어떻게 이럴 수가…… 있는 거죠? 대체 왜 이런 일이 일어나는 거죠?"

그녀는 내 쪽으로 몸을 돌리면서 두 팔을 벌리며 물었다. 내가 신에게 했던 그 포즈였다. 토마스 수사님이 요한 신부님의 시신을 붙들고 물었던 그 물음이었다. 할머니가 남편을 불타는 부두에 남겨놓고 아이를 낳은 후 신에게 목메어 물었던 그 물음이었다. 지금 이 순간, 세계의 모든 불의가 선의를 짓밟고 짓이기고 비웃는 곳에서 물어지고 있는 물음일 것이었다.

"당신들의 신은 무엇이라고 합니까? 자기 아들마저 벌거벗겨 지독한 모욕 속에서 철저히 죽여버린 그 신은 대체 뭐라고 합니까?"

여자는 큰 소리로 물었다. 그때 나는 그녀의 입술이 푸르게 변해가고 그녀의 얼굴 위로 순간적으로 검은 그림자가 덮이는 것을 보았다. 가슴이 철렁했다.

"괜찮으세요?"

내가 묻자 그녀는 두 팔로 제 어깨를 감싸면서 오들거리기 시작했다. 돌연한 변화였기에 나는 몹시 당황했고 오한으로 떠는 그녀를 다시 수도원 차에 태웠다.

"히터를 좀 틀까요? 많이 아프세요? 병원으로 모실까요?"

내가 묻자 그녀는 잠시 아무것도 묻지 말라는 듯이 두 손을 내젓다가 한참 후에야 시트 뒤쪽으로 목을 젖히고 몸을 기대었다 겨우 진정되는 듯 큰 숨을 몰아쉬었다. 잠시 그렇게 눈을 감은 채로 있다가 나를 보지 않은 채 중얼거리듯 말했다.

"미카엘 죽은 다음 미국으로 가서 마리화나를 엄청 피웠어요. ……약도 했죠."

뜻밖의 이야기에 내 가슴이 덜컹하고 내려앉았다.

"밤새 춤도 추고 폭주도 하고 섹스도 하고 마약 파티도 했어요. ……힘이 들어요. 여기선 무엇이든 못하게 하는 사람들만 살아요. 모두들 나에게 이래라저래라 하죠. 하지만 왜 그래야 하는지 가르쳐주는 사람은 없어요. 내가 왜 공부를 해야 하죠? 아빠가 갖고 싶은 거 다 사주는데? 훌륭한 사람 되라고? 왜요? 열심히 공부해서 소위 훌륭하게 된 사람들이 무식한 우리 아빠와 엄마가 하라는 대로 하는데? 내가 왜 애쓰면서 일을 해야 하죠? 우리 집은 부자고 내 몫으로 남겨진 재산은 내가 평생 펑펑 써대도 좋을 만큼 많은데…….

　그런데도 그들은 말하죠. 이거 해라 저거 해라…… 그래야 한다 이래야 한다. 내 대답은 하나였어요. 왜? 이유를 말해줘! 아니라면 나는 싫어! 너희들이 하라는 대로 하기 싫어! 배도 고프지 않고 아쉬운 것도 없어……. 갖고 싶은 건 많은데 가져도 가져도 즐겁지 않아, 가질수록 그것이 주는 쾌감의 강도가 약해져. 지루하고 고루해. 지옥이야! 이건 지옥이야."

34.

　그녀는 다시 몸을 떨었다. 나는 정말로 지옥에서 신음하고 있는 한 영혼을 보는 듯 얼어붙었다. 그녀는 모든 것을 가졌다. 벤츠도, 젊음도, 시간도 있었다. 무엇보다 그녀는 세상 사람들이 그 하나 때문에 기꺼이 삶을 송두리째 바치는 그 돈을, 그것도 아주 많이 가지고 있었다. 돈! 어디에나 있고(omnipresence) 무엇이든 할 수 있으며(omnipotence) 누구에게도 다는 온전히 소유되지 않는, 딱히 실체가 없으면서도 분명히 존재하며 모든 인간에게 막대한 영향을 끼치는, 때로는 삶과 죽음을 무자비하게 가르는, 신의 속성을 고스란히 가진 지상의 유일한 그것. 그리하여 쉽게 신과 대치되고 혼동되며 천국의 입구로 가는 입장권이라고 불리는 그것.

35

분명 같은 조건이라면 돈이 있는 편이 돈이 없는 편에 비해 훨씬 행복하다. 그런데 무엇이 그녀를 지옥으로 몰아넣고 있는 걸까. 단순히 미카엘의 부재가 그녀를 그렇게 몰아넣은 것일까. 나는 그날 거기서 한 시간쯤 더 그녀와 함께 있었다. 책에서만 보던, 아니 책에서도 보지 못했던 화사하게 치장된 가여운 영혼의 몸부림을 보는 듯했고, 실은 그 시간 동안 나도 강제로 지옥의 아가리로 끌려가는 듯 섬뜩했다. 그녀에게서 알 수 없는 황폐의 기운이 흘러나오고 있었다. 그녀는 자신의 민감함에 몸을 떨고 있었지만 둔감해 보였다. 값비싼 옷도 손가락에서 빛나는 보석 반지도 제각기 그 황폐를 강조하는, 화려해서 불행한 소도구인 듯했다.

그녀에게 가난한 부모와 병든 동생이 있었다면 그녀는 또한 불행했으리라. 아침마다 지옥 같은 전철에 오르면서, "나는 왜 이리 가난한 부모를 만나서 쉬지도 못하고 일을 해야만 할까? 나도 배낭 메고 여행 가고 싶은 젊은이인데" 하고 슬퍼했으리라. 성질 더러운 상사에게 자존심 상하게 야단을 맞은 후 화장실에서 손을 씻는 척 눈물을 닦으면서 "나도 다 버리고 어디론가 떠나버리고 싶어. 지겨워 이 삶!" 중얼거리기도 했으리라. 하지만 적금을 탄 날이나 월급날, 사 들고 간 삼겹살 앞에서 행복해하는 가족들 때문에 아주 가끔은 행복했을지도 모른다. "정말 고맙다"라고 보내온 엄마의 문자 하나에 "세상이 꼭 슬프지만은 않은 것 같다"고 일기에 쓰기도 하리라. 적어도 그녀의 불행은 이해받을 수 있고 공감받을 수 있는 종류의 것일 테니까 말이다. 미카엘이 중얼거리곤 했던 대로 '빵이 없는 사람의 불행은 빵 하나로 해결되지만 빵이 너무 많아 불행한 이의 불행은 대책이 없다'라는 말이 무슨 의미인지 그제야 나는 깨닫게 되었다.

36.

그 후로 그녀를 떠올리면 나는, 지옥은 유황불이 타는 곳도 쇠사슬이 철렁거리고 몽둥이를 든 괴수가 보초를 서는 곳도 아닐지 모른다고 생각했다. 그녀를 통해 나는 지옥은 '무엇이든 내 마음대로 할 수 있는 곳'이라는 것을 알았다. 모든 독재자들이 왜 마지막에 착란(錯亂)으로 가는지 얼핏 알 것도 같았다. 아아, 선악과는 그래서 반드시 낙원에 있어야 했던 것이다. 만일 선악과가 없었다면, 신성한 금기가 없었다면 그건 이미 지옥이리라. 그래서 그 금기가 범해진 이후 아담과 하와는 낙원에 살지 못했다. 하느님은 그들을 내쫓으신 게 아니었다. 그것은 장소의 문제가 아니었을 것이다. 성스러운 금기가 없어진 그곳은 순식간에 낙원이 아니었을 테니까.

함께 더 있어주었으면 하는 그녀를 나는 모른 척 그냥 보냈다. 나는 아직도 그녀의 마지막 눈빛을 잊지 못한다. 그것은 지독한 외로움에 타고 있었다. ……아마 옛사람들이 보았다는 지옥의 유황불은 고립에 찌든 눈동자 속에서 불타고 있었던 건 아닐까. 그때 나는 나 자신 하나도 감당하기 힘들었기에 그녀의 곁에서 그녀의 영혼을 위로해줄 수가 없었다. 아니 어쩌면 내가 곁에 있었다 해도, 아니 미카엘이 살아와 그녀 곁에 있었다 해도 그녀가 위로받고 회복될 수 있었을지에 대해 나는 회의적이었다.

어쩌면 그 후로 나는 그녀를 다 잊었다. 미카엘과 안젤로의 기일에 창마 묘지에 가서 미사를 드릴 때 가끔 함께한 신자들 사이에서 그녀의 얼굴을 찾았을 뿐. 그러다가 몇 년 후 나는 신문에서 짧은 기사를 읽었다. 뉴욕의 한 호화 아파트에서 유서도 없이 목매 자살한 어느 재벌가의 막내딸 이름을.

37.

미카엘의 옛 약혼녀의 난데없는 등장과 퇴장은 나에게 한 여자에 대한 기억을 일깨워주었다. 며칠 전 내가 받았던 메일 속의 모니카였다. 수도원으로 찾아왔던 만삭의 여자. 휴가를 떠나기 전 내가 대구의 한 미혼모 시설에 소개해주었던 그녀 말이다.

나는 수도원으로 돌아가 아빠스님에게 간단하게 보고를 한 후 내 방으로 가 메일을 열었다. 며칠 전 건성으로 열어보았던 메일이었다. 메일 속에는 그날 내가 귀찮아서 열어보지 않았던 사진이 두 장 첨부되어 있었다. 한 장은 요한이라는 아기, 다른 한 장은 산모인 모니카가 아기 요한과 함께 있는 사진이었다.

정요한 신부님…… 아니 수녀님이 수사님이라고 불러야 한다고 말씀하신, 그래도 제게는 그냥 처음부터 쭉 신부님 같은 요한 수사님.

제가 호칭을 헷갈려하니까 수녀님께서 '하기는 이제 곧 신부님이 되실 분이니 그냥 부르라'면서 웃으셨어요. 그러니 이해해주세요, 요한 신부님.

우리 아이 이름을 요한이라고 지었어요. 수녀님도 그게 좋다고 하셨어요. 그날 신부님을 만난 것이 하느님의 인도라는 것을 저는 이제 압니다. 하느님께서 신부님을 통하여 우리 모자를 살려주셨다는 것도 알아요. 날마다 진심으로 감사하고 있습니다.

저는 이곳에서 정말 행복합니다. 여기서는 저에게 손가락질하는 사람이 아무도 없습니다. 여기서 저는 저와 같은 처지의 미혼모들과 함께 삽니다. 우리는 서로의 처지를 잘 알기에 서로 이해하고 서로 돕습니다. 솔직히 예전에 나를 전도하려던 사람들이 와서 "하느님은 사랑이십니다" 했을 때 저는 믿지 않았어요. 그런데 이제 여기에서 살면서 저는 하느님이 사랑이심을 믿습니다. 수녀님들이 정말 아무 대가 없이 저희를 위해주시는 걸 볼 때면 하느님도 같으시겠지 생각합니다.

저는 아이 낳은 몸을 추스르는 대로 속기 학원에 다니려고 합니다. 낮에 수녀님들께서 아이를 봐주시는 동안에요. 제가 자격증을 따고 나면 수녀님들이 취직을 의뢰해주신다고 했어요. 그러면 저는 아이와 함께 독립할 수 있겠지요.

정요한 신부님, 그날 저는 절망에 가득 차 있었습니다. 아직도 그날을 생각하면 눈물이 흐릅니다. 그런 저를 살려주셨던 그날, 제가 드렸던 약속을 저는 잊지 않고 있습니다. 죽는 날까지 요한 신부님

을 위해 기도하겠다는 그 약속 말입니다. 저의 아이를 신부로 키우
겠다는 것도요. 제 기도는 먼지보다 미약할지 모르지만 어느 날 신
부님의 소망이 이루어질 힘이 먼지 하나의 무게만큼 딱 모자랄 때
제 기도가 신부님께 보탬이 될 거라 믿을 뿐입니다.

모니카의 편지를 읽고 있는 동안 나는 몹시 추운 곳에서 따스한
곳으로 들어선 듯했다.

이상했다. 그녀도 불행했다. 이 혈연 중심의 유교적이고 봉건적
인 사회가 미혼모에게 어떻게 가혹한지 나는 상상조차 할 수 없
을 것이다. 그녀가 속기사 자격증을 딸지 어떨지 모르고 그녀가
순조롭게 취직이 될지도 알 수 없었다. 설사 그녀가 취직이 된다
해도 아이를 혼자 키우는 일은 힘들 것이다. 단지 경제적인 문제
외에도 지긋지긋한 편견이 그녀와 아이에게 얼룩진 그림자를 덧
씌울 것이다.

요한이라고 이름 지어진 아이를 신부로 키운다는 모니카의 바람
은 당연히 좌절될 것이다. 교구는 미혼모의 아들은 물론 장애인과
이혼 부모의 아이들도 신학생으로 받아들이지 않고 있으니까. 하
느님은 자비로우실지 몰라도 수녀님들은 천사가 아니고 교회조차
도 그 모자에게 손가락질할 것이다. 그런 어둠을 다 견디지 못하고
엄마는 지치고 아이는 뒷골목에서 비뚤어질지도 모른다. 그러자
미카엘이 어느 가난한 모자를 바라보면서 했다는 마지막 말이 떠
올랐다.

"그녀는 10년을 그렇게 살다가 어느 추운 날 새벽 술에 취한 채로 길바닥에 쓰러져 죽을지도 모르지. 이 아이는 어떻게 될까? 이 아이는 이런 골목에서 자라다가 이제 내 손을 떠나, 사랑? 하느님? 웃기지 마시라니까요, 하면서 어깨 넓은 사내들과 어두운 골목으로 스며들겠지."

38.

나는 미카엘이 왜 거기에 있어야 했는지, 그가 신과 무엇을 두고 씨름했는지 알 것 같은 기분이었다. 미카엘은 명석한 사람이었기에 "대체 왜?"라는 질문을 던져야 할 곳은 삶과 죽음 혹은 운명에 대해서가 아니라, 가난과 불의 혹은 정의와 제도에 대해서라는 것, 그러니까 신의 영역이 아니라 인간의 영역에서 신과 씨름해야 한다는 걸 알았던 거다. 신의 멱살을 붙들고 귀찮아 도망치려는 그를 끈질기게 붙들어 "지금 여기서! 잘 살도록 축복을 내려달라"고 한 야곱처럼 그는 반항했고, 그는 싸웠고, 그는 동의하지 않았고, 그는 세속의 일에 집착했고, 그래서 끝내 하늘로부터 내려온 사다리를 타고 훌쩍 올라갔는지도 모른다.

진정한 세속이야말로 진정한 천상일지도 몰랐다. 하늘나라에 대해서만 말하는 종교인들처럼 세속적인 사람이 없다는 것을 교회는 2,000년 동안 몸소 실천으로 가르쳐왔다. 중세의 타락한 교회는 세상의 로또가 아니라 하늘나라로 가는 입장권을 팔았다. "예수는 이미 하늘나라는 일찍이 너희들 사이에 있다고 선언했잖아." 미카엘의 목소리가 들리는 듯했다. 미카엘. 그런 거였어? …… 온몸으로 문득 전율이 지나갔다.

39.

먼 훗날 나는 이런 구절을 읽었다.

"우리는 '주여 왜?'라고 신에게 질문해야 한다. 죽음 앞에서, 운명 앞에서, 어처구니없는 자연재해 앞에서, 이름 모를 불치병으로 고통받으면서 죽어가는 갓난아이 앞에서, 우리는 신에게 물을 수 있다. '대체 어떻게 이러실 수가 있습니까?' 하고. 동시에 우리는 또 우리 자신에게도 똑같이 질문할 수 있으며 질문해야 한다. 독재 앞에서, 불의한 권력자 앞에서, 정의로운 사람들이 아무렇지도 않게 짓밟히는 그 현장 앞에서, 생존을 위해서가 아니라 단지 '더 많은 이윤을 위해' 가난한 사람들의 삶을 박탈하는 자본가 앞에서, 가난하기에 치료받지 못하고 죽어가는 갓난아이 앞에서 '대체 어떻게!' 우리가 그것을 그저 무심히 참아내고 아무렇지도 않은 듯 견딜 수 있는 건지."

40.

나는 내가 변하고 있다는 것을 감지했다. 예전 같으면 나는 미카엘의 여자 친구나 모니카 같은 '어떻게 손쓸 수 없이 감정적인' 여자들에게 그리 신경 쓰지 않았을 것이다. 나의 관심은 신학적 성취에 있었고 그것에 맞지 않는 이들은 그저 편리하게 내 기도 속으로 몰아넣었을 것이다.

미카엘의 그녀는 솔직히 '두 번 다시 보고 싶지 않은' 재수 없는 캐릭터였고 모니카 같은 여자는 '대책이 없어' 만나고 싶지 않아 했다. 예전의 나라면 한 남자를 향해 우는 그들의 넋두리가 그저 지루하고 어리석게 느껴졌을 것이었다. 그러나 사랑 앞에서 누구보다 어리석었던 나 자신을 겪은 후 나는 그녀들을 내 자매들처럼 여기고 있는 자신을 발견했다. 내가 소희 앞에서 어리석었던 나 자신을 미워하고 사랑한 그만큼 나는 어리석은 그녀들을 미워하고 사랑하고 있었다. 내 판단의 기준이 바뀌고 있었다. 분명 이것은 처음 있는 경험이었다. 이것이 아우구스티누스가 말한 "오, 복된 죄여!"일지도 모른다는 생각도 스쳤다. 그리고 "내가 그녀를 보냈다"라는 그분의 음성이 어쩌면 사실인지도 모른다고 생각되었다. 두려웠다.

어느 날 미사가 끝나고 제대(祭臺)에 절을 하다가 나는 다시 십자가를 올려다보았다.

"그녀를 내가 너에게 보냈다. 사랑하라, 더욱 사랑하라."

다시 그의 목소리가 울려오는 듯했다. 아직 화가 다 풀린 것은 아니었다. 실컷 사랑하라고 해놓고 "사랑은 모든 보답 없는 것에 대한 사랑이다"라고, 마치 나를 조롱한 듯한 그를 내가 다 이해한 것도 아니었다. 그러나 그즈음 어느 날 밤잠 못 이루다가 나는 풀벌레가 길게 우는 소리를 들었다. 나는 가을이 깊어가고 있다는 것을 깨달았고 그 순간 우주 전체가 기우뚱하고 아주 미세하게 움직였다는 것을 알 수 있었다. 내 깊은 곳에서부터 무언가가 변하고 있고 변하려 하고 있었기 때문이었을 것이다. 모든 변화가 그렇듯 내 속에서도 변화하지 않으려는 것들과 변화하고자 하는 것들이 싸우면서 마찰하고 있었다. 상처들이 욱신거리면서 아파왔다. 나는 내 영혼이 높은 온도로 앓고 있음을 느꼈다. 이 밤이 지나고 나면, 그것이 무엇인지 모르지만 무언가 중대한 것이 내게 다가올 것 같은 예감이 들었다. 어쩌면 삶의 환절기 같은 밤이었다.

나는 자리에서 일어나 창가로 다가갔다. 오랜만에 밤하늘을 올려다보았다. 상현달이 통통하게 떠 있고 그 반대편으로 별들이 무리 지어 빛나고 있었다. 나는 홀로 일행들과 떨어져 수도원을 올라왔던 수련기의 어느 날 밤을 떠올렸다. 그날 밤 별들의 무리가 휘감아 이상한 광채로 빛나던 수도원의 십자가도 생각났다. 그때 수도원의 십자가를 보면서 안도하던, 신성(神聖)을 향해 열렬하던 내 청춘의 진심은 어디로 갔을까?

"사랑은 가실 줄을 모르니까요."

토마스 수사님의 말이 떠올랐다.

"우리에게 비록 산을 옮길 만한 믿음이 없다 해도, 우리가 이상한 언어를 말하지 못한다 해도, 우리가 남을 위해 죽지는 못한다 해도 사랑이 있다면 우리는 그러니까 아무것도 아닌 것은 아니"라고 말했다던 독일 출신의 요한 신부님의 말도 기억났다. 내가 태어나 가졌던 모든 사랑 중에 아직도 거기에 그대로 남아 있는 것이 없다고 생각하자 마음이 몹시 쓰렸다. 나는 비참했고 죄스러웠고 떳떳하지 못했고 낙담했다.

미카엘과 안젤로가 죽은 이후부터 나는 혼자였다. 고립은 나를 더욱 고립 속으로 이끌었다. 침묵은 무거웠고 고독은 버거웠다. 어디로 가야 할지 도무지 알 수 없는 기분이었고 한 치 발 앞은 지독한 안개에 휩싸여 있는 듯했다. 어느 시인의 말대로 "한 발 재겨 디딜" 곳조차 알 수 없었다. 토마스 수사님에게 한국이 그랬듯 할머니에게는 나의 할아버지가 그랬듯, 그녀에게는 미카엘이, 모니카에게는 내가, 거기 그 사랑으로 머물러 있었다. 그런데 나에게는 아무것도 없었다. 그때 마음속에서 누군가 내게 속삭였다.

"괜찮다 요한, 그래도 괜찮다."

나는 잠시 당황했고, 머뭇거렸고, 정말입니까 묻기도 전에 몹시 울었다.

41.

샌프란시스코에 유학 중인 이사악 신부님이 아빠스님과 나의 뉴튼 방문을 위해 미리 뉴튼 수도원에 와 있었다. 이사악 신부님과 나는 그가 유학을 떠나던 3년 전까지 수도원에서 가끔 커피를 마시는 사이였다. 그는 미카엘의 학교 선배이기도 했다.

우리는 숲길을 걸었다. 서울을 떠나올 때 시작되었던 가을이 미국 동부 뉴욕시의 남쪽 뉴저지 뉴튼에서는 이미 깊어가고 있었다. 군데군데 노랑과 갈색 그리고 붉게 물든 나뭇잎들이 푸른 하늘과 어우러져 있었고 공기는 차고 깨끗했다. 아침기도를 마치고 식사를 한 후 커피 한 잔씩을 들고 숲길로 나섰다. 숲 사이 길을 채우고 있던 엷은 가을 내음이 우리가 지나가면 물결처럼 퍼져나가는 듯했다.

"나무가 참 많네요?"

내가 묻자 이사악 신부님이 대답했다.

"여기 수도원의 주 수입원이 크리스마스용 트리를 파는 거래. 아무래도 뉴욕도 가깝고 그러니까 말이야. 나도 그제 도착해 여기 수사님께 설명을 들었는데 500에이커, 한국식 표현으로 치면 61만 평? 워낙 땅이 넓어서 그런가 말이야, 이게 다 참나무 숲이라는군. 그런데 요한 수사 그거 아나? 이 세상에 참나무란 건 없다는 거 말이야."

뜻밖의 말이었다.

"그래요?"

"응. 나도 여기 와서 알았네. 참나무란 참나무 속에 속하는 여러 나무들의 공통 명칭이라는 것을. 자료를 좀 찾아보니까 수피를 잘 라내어서 굴피집의 지붕으로 썼다는 굴참나무—우리 수도원에서 순교자를 여럿 냈던 옥사덕의 지붕 자재도 아마 이 굴참나무였을 거야—, 떡을 상하지 않게 감싸주었다는 떡갈나무, 예전에 신발 깔창으로 대기 좋았다는 신갈나무, 묵을 쑤어 먹으면 제일 맛있는 열매를 맺는다는 졸참나무, 거기서 열린 도토리로 임금님 수라상에 올릴 도토리묵을 쑤었다는 상수리나무……. 한마디로 도토리가 열리는 나무가 다 참나무라는 거야."

참나무 숲속의 그늘은 서늘했다. 우리의 발소리는 그 고요한 숲의 침묵을 가르고 있었다. 가을 냄새라고밖에 표현할 수 없는 쌉싸름한 내음이 온 숲에 피어오르고 있었다.

"참나무는 20년은 되어야 비로소 열매를 맺기 시작한다고 하네. 물론 그 전에 그 수많은 도토리 중에서 싹을 틔우는 것도 몇 개 되지 않고 말이야. 그렇게 싹이 났다고 해도 열매를 맺지 못할 뿐 아니라 죽는 일도 비일비재. 여러 해충에 약하고……. 요즘 같은 세상에 20년이 지나야 열매를 맺다니……. 그때 생각했어. 이렇게 약하고 어찌 보면 느린 나무에게 참이라는 이름을 붙인 우리 조상들을 말이야. 심지어 평균 수명도 짧았을 그 시기에 자신이 심었다 해도 살아서는 그 혜택을 보지 못할 그 나무에게 세상에서 가장 좋은 참이라는 말을 붙여주다니…….

나는 어쩌면 우리 수도자들이 참나무 등속과 닮은 건 아닌가 생각해보았네……. 우리도 참이라는 하나의 카테고리 속에 다 모여 있는 건지도 모른다고 말이야. 우리를 모두 수도자라고 부르지만, 모양도 다 다르고 쓰임새도 다 다르고 심지어 제복들도 다르고……. 그렇지만 우리는 수도자, 우리는 그리스도인이라는 거…… 닮았다고……. 그렇게 20년을 잘 참아내면 참나무는 수백 년을 살기도 하네. 풍성한 그늘과 열매를 주고 퇴비가 되는 잎을 주기도 하며 숯을 만들게 하고—통일신라 시대에 경주에서 피웠다는 연기 안 나는 사치스러운 숯이 이것이라네—표고버섯의 토양이 되기도 하지."

이사악 신부님은 말을 마치면서 잠시 걸음을 멈추었다.

"미카엘과 안젤로의 사고 소식 들었을 때 나도 힘들었네. 자네만이야 할까마는 나 역시 지지부진한 공부, 답답한 가톨릭, 그리고 우리 아빠스님의 고지식함에 넌더리를 내고 있을 때였으니까. 그때 그들의 사고 소식이 내게는 내 인생의 방향을 전환하라는 경고처럼 들렸지. 힘들었어, 몇 달."

나는 이사악 신부님을 바라보았다. 까칠한 턱수염이 가무스름했다. 그들의 돌연한 죽음에 존재를 흔들려본 사람이 나 말고 또 있다고 생각하자 나는 문득 내 지난 고통들이 혹시 조금은 호들갑스러웠던 것이 아닐까 하는 생각이 들었다. 그리스도인으로서 참됨이 다 다르다면 그 참됨에 이르기까지 고통의 빛깔도 사실 다 다를지도 모른다는 생각이 들었다. 나는 오랜만에 이국땅에서 만난 이사악 신부님의 거뭇한 얼굴이 다정하게 느껴졌다. 그리고 어쩔 수 없이 이 고요 속에서 미카엘과 안젤로의 영상이 떠올랐다. 영원이라는 것, 부활이라는 것이 시간을 늘리고 육체를 복원해내는 게 아니라 시간을 초월하고 살덩이를 뛰어넘는 것이라면 어쩌면 우리가 느끼지 못해도 그들이 지금 여기에 나와 함께 있을지도 모른다는 생각도 들었다.

나는 나도 모르게 주위를 둘러보았다. 그들이 이 세상을 떠난 이후 처음으로 마음이 차분했다. 시간의 힘이었을까 공간적 거리의 힘이었을까? 아니면…….

"아빠스님의 전화를 받고 통역하기 위해 먼저 이곳에 도착해 이

참나무 숲을 거닐면서 나는 생각했네. 그래도 20년은 버텨보고 나서 무어라 말이라도 해야 하는 게 아닐까 하고 말이야."

우리는 뉴튼 수도원 뒷산을 좀 길게 산책했다. 우리는 별말이 없었지만 면적만 해도 W시 우리 수도원의 30배에 달하는 이 수도원을 우리가 인수하기에는 무리라는 데에 의견을 함께했다.

"장상들은 여기 한국 교민들이 많이 살고 실제로 한국 교민들이 이 수도원에 자주 피정하러 오는 것에 착안해 우리더러 이 수도원을 인수하라고 하지만, 우선 지리적으로 너무 멀고 우리도 인력이 부족하잖아."

"저도 그렇게 생각해요. 언제나 있는 것을 보존하는 것에 더 에너지를 집중하는 우리 아빠스님 성격에 새로운 곳을 막 개척해나가는 개념도 어울리지 않구요."

"어쨌든 자네를 이런 곳에서 만나니 참 반갑고 좋네. 미카엘이 위태위태할 때도 실은 자네가 옆에 있어서 안심하곤 했는데……."

우리는 더는 말하지 않았다. 둘 다 다문 입술 안쪽으로 혀에 솟아난 돌기처럼 아픈, 미카엘이리는 이름을 불러보고 있을 것이었다. 안젤로라는 천사처럼 아름다운 이름도 말이다.

42.

산책을 마치고 돌아가니 아빠스님은 외출 중이었다.

"어떤 여자분이 와서 모시고 갔어요, 조카라고 하던데……."

뉴튼의 수사님 한 분이 영어로 내게 말했다.

"niece(니스)", 여자 조카라는 뜻의 발음을 들으면서 내게 순간적으로 뜨거웠던 여름날이 떠올랐다. 해운대, 더웠던 바람, 낯선 모텔에서의 어설픈 포옹과 입맞춤이. 비로소 내가 우려했던 대로 이곳이 소희가 사는 곳이라는 것을 다시 한 번 깨달았다. 이곳에서 그녀는 결혼을 한다고 했다. 크리스마스 무렵이라고 했다. 만일 이 사악 신부님이 내게 산책을 제안하지 않았다면 나는 그녀와 마주쳤을까. 서리가 내린 들판처럼 가슴이 차가워졌고 이어 갈라지듯 아파왔다. 아픔은 사랑의 다른 이름이니 나는 아직도 그녀를 사랑하고 있는가보았다.

나는 뉴튼 수도원의 손님용 주차장으로 나가보았다. 텅 빈 주차장에 가을 햇살만 가득했다. 거기에도 키가 아주 큰 참나무가 진한 그늘을 드리우면서 서 있었다. 굴참나무인지 신갈나무인지 상수리나무인지 모르지만 말이다.

지구를 반 바퀴 돌아 이렇게 가까이 다가왔어도 아마도 우리는 만날 수 없을 것이었다. 나는 어깨가 시렸다. 그렇다. 겨울은 어느 날 새벽 문밖으로 나서는 내 이마에 부딪히듯이 그렇게 오고 봄이 귓바퀴로 감도는 바람으로 온다면, 가을은 그렇게 높은 하늘에서 내게로, 시린 어깨로 내려온다.

나는 천천히 걸어 성당으로 들어갔다. 울음은 오랫동안 내 목울대 아래서 출렁이고 있었다. 삭은 가래 더미처럼 뱉기 힘든 눈물을 꿀꺽 삼키면서 나는 대체 어쩌다가 이 낯선 이국땅 수도원에 앉아 있을까 하고 생각했다. 텅 빈 도로 위의 점멸등처럼 나는 막

막했고 사막의 푯대처럼 혼자였다.

43.

성당은 고요했다. 오래된 나무 의자에서는 세월의 냄새가 났다. 누군가 그랬다. 수도 생활은 포기하고 기도하는 것이라고. 그러고 나서 다시 또 포기하고 기도하고, 또 포기하고 기도하고……. 그 말씀을 듣던 할머니가 그랬다.

"수도 생활만 그렇겠니? 사는 게 그렇단다. 포기하고 기도하고 포기하고 기도하고……. 밤새 포기한다고, 버리겠다고 기도하고 그러는데 아침에 일어나면 밤 사이에 누가 다시 주워다가 그 욕망들을 다시 내 안에 넣어놓는지 나는 다시 처음부터 비우고 버린단다. 매일 말이다."

나는 침묵 속에서 그분을 바라보았다. 시간이 아주 많이 흐른 후 사랑할 수 있었던 걸 감사하게 된다고 누군가는 말했었다. 소희 입술의 부드러움, 그녀와 끼던 손깍지의 애틋함, 포옹할 때 느껴지던 엷은 복숭아 향기까지 내게는 어떤 것도 아직 지워지지 않았다. 아마도 그 검은 눈동자에서 빛나던 기쁨과 사랑은 영원히 잊지 못할지도 모른다. 감사하게 되는 것까지는 바라지 않았지만 그냥 더는 아프지 않았으면 싶었다. 그러나 태풍이 지나갔다고 바다가 바로 조용해지는 것은 아니듯 내 마음은 그 폭풍의 잔해들로 가득했고 쉼이 없었다. 짜고 거친 파도가 내 상처들을 쓸어 가는 듯이 아팠다. 맥박이 고통이었다.

뉴저지 뉴튼 수도원의 예수도 W시의 예수처럼 십자가에 달려 있었다. 사랑했기에 내가 이렇게 아픈 거라면 사랑했기에 십자가 형을 묵묵히 받아들였던 저이의 상처도 2,000년 동안 멈추지 않고 아플지도 모른다는 생각이 들었다. 그러자 나는 문득 아까 이 사악 신부님에게 동병상련의 따스함을 느꼈듯 예수를 조금은 용서할 수도 있겠는 기분이었다.

44.

그렇게 얼마를 앉아 있었을까. 고요함 속에서 누군가 뒷문을 밀고 들어오는 소리가 들렸다. 소리는 석양으로 난 성당의 문 저쪽에서 그림자로 내 앞으로 뻗쳐왔다. 내 어깨가 돌연 굳었다. 누군가가 문을 닫고 그림자는 사라졌다. 소리도 사라졌다. 나는 누군가가 문 뒤에서 안으로 잠시 들어선 채 서 있다는 것을 알았다. 어쩌면 그것이 내가 그토록 기다리고 내가 그토록 미워하고 떠오르기만 하면 나를 어쩔 줄 모르게 만드는 그 영상을 가진 그 사람일지도 모른다는 생각이 들었다. 나는 돌아보지 않았다. 소리도 더는 움직이지 않았다. 운명의 주사위를 던지는 것처럼 나는 그 순간 모든 것을 그분께 맡겼다.

얼마나 시간이 지났을까. 소리는 다시 뒷문 쪽으로 움직였다. 긴 그림자가 성당 바닥으로 달려와 문이 열렸음을 말해주었다. 소리는 문밖으로 멀어졌고 그림자가 사라지면서 마지막으로 문이 닫히는 소리가 들렸다. 그제야 내 겨드랑이와 이마에 식은땀이 흐르고 있음을 나는 느꼈다. 일어서려 했지만 힘이 풀린 다리는 나를 지탱하지 못하는 듯 후들거렸다.

나는 천천히 뒤돌아보았다. 닫힌 문이 서늘한 어둠 속에서 서 있었다. 저 문을 열고 나갈 수도 있으리라. 그러나 나는 그러지 않았다. 그것은 내 마지막 자존심, 그녀를 향한 자존심이 아니라 내 자신을 향한 마지막 자존심 같은 것이었다. 그러자 목울대 속에서 오랜 가래처럼 잠겨 있던 눈물이 천천히 그리고 뜨겁게 위로 올라왔다. 나는 다만 이렇게 중얼거렸다.

"더는 아프게 마십시오, 더는요."

45.

그리스도교의 교리에 따르면 신은 천지창조 이전에 이미 우리의 이름을 짓고 이미 우리를 사랑했다고 한다. 어린 시절 교리 교육 시간에 이 대목을 배운 내가 어머니에게 물었다.

"오늘 교리 선생님이 그런 말 했는데 아무래도 뻥 같아⋯⋯. 만들지도 않고 어떻게 사랑을 해?"

그러자 어머니가 내게 정색을 하고 말했다.

"뻥이라니, 그런 말 쓰지 말랬지!"

어머니의 착한 아들이었던 내가 머쓱해하자 어머니는 다정하게 말을 이었다.

"아니다. 사랑은 그럴 수 있단다. 엄마도 널 가지고 그걸 알았어. 아빠와 결혼하고 널 가지기 전부터 내 배 속으로 들어올 아이를

생각했고 그리워했고 사랑했단다. 배 속에 널 가지고 나서 친정에
갔다가 연탄가스를 맡았는데—너 아니? 연탄가스, 그건 죽을 수
도 있는 치명적인 거란다—그때 네가 잘못되었을까봐 얼마나 울
었던지. 그때 나는 기도했었다. 내가 죽어도 좋으니까 배 속의
아이를 무사하게 해달라고. 그때 알았지, 엄마가 된다는 건 이런
거구나. 얼굴도 못 본 너를 위해 죽을 수도 있는 거구나, 하고 말
이야."

어머니의 그 말을 나는 오래도록 기억했다. 가끔 신에 대해 생각
할 때 떠올렸다. 이 말을 여기서 하는 까닭은 그해 가을 내 방황의
종지부를 찍을 한 사람이 그렇게 후들거리는 다리로 성당을 나서
는 내 앞에 나타났기 때문이었다.

46.

"저기, 한국 분이시죠? 한국에서 오신 수도자……."

남자는 체구가 큰 전형적인 앵글로색슨계의 얼굴을 하고 있었
다. 감색의 슈트는 단정했고 여유로운 미국 중산층의 태가 났다.
영어 발음은 교과서처럼 정확해서 그가 많이 교육받은 사람임을
짐작하게 했다. 그는 머뭇거리면서 잠시 이야기를 할 수 있겠느냐
물었다. 성당 입구에서 기다리고 있었던 듯 그는 미소를 지으면서
내게 물었다.

"한국에서 오신 분들이 다들 어디 계시는지요? 당신 아빠스님
은 어디에 계시나요?"

차분해 보이는 겉모습과는 달리 가까이서 보니 그의 긴 속눈썹이 떨리고 있었다. 무언가 몹시 긴장되는 일이 있는 듯했다. 나는 아빠스님이 질녀와 점심 식사를 하러 시내로 가셨기에 오후에는 여기 오신다고 말했다. 그런데 문득 내다본 주차장에 낯선 차가 서 있었다. 현대차였다. 겨우 진정되었던 가슴이 다시 뛰었고 다리가 후들거렸다.

"나의 캡틴, 마리너스 수사님께서 당신들을 꼭 만나고 싶어 하십니다. 그분은 나이가 아주 많으시고 병석에 계신 분입니다. 당신 아빠스님과 함께 그분을 꼭 만나주십시오. 아, 저는 뉴욕에서 사무실을 개업하고 있는 변호사 L이라고 합니다."

그는 내게 명함을 내밀었다. 한국에서 온 수사들을 만나고 싶어 한다는 말을 갑자기 뉴욕에서 온 변호사가 떨리는 목소리로 하고 있는 것이 그리 심상한 일은 아니었다. 게다가 늙은 수사님을 두고 나의 캡틴이라 칭하는 그의 말을 어떻게 해석해야 할지 몰라 나는 좀 당황스러웠다.

"무슨 일이신지요?"

가끔 수도원에 와서 자신의 남은 재산을 헌납하고 죽겠다는 사람이 있었기에 나는 물었다. 변호사라는 그의 명함은 그런 짐작을 가능하게 해주었다. 그는 약간 당황할 때 하는 버릇인지 두 손을 입술에 잠시 댔다가 말했다.

"반갑습니다. 저도 오래전에 한국에 있었습니다. 이따가 2시쯤에 다시 모시러 오겠습니다. 그럼."

47

나는 긴 복도를 걸어 뉴튼 수도원에서 임시로 배정해준 내 방으로 돌아왔다. 내 방 창에서는 주차장이 잘 보였는데 주차장에는 아직도 그 차가 서 있었다. 누군가 안에 타고 있는 듯 차에는 미등이 켜져 있었다. 차는 진한 청색이었다. 그 푸른빛은 그날 그녀와 함께 바라보던 낙동강의 강물을 연상시켰다. 그러자 다시 그날이 떠올랐다. 그 전날들도 떠올랐다. 처음 만난 날들과 꽃과 밤그림자와 강물들이. 울던 그녀의 모습과 웃던 그녀의 모습과 붉은 입술 사이로 보이던 덧니와 긴 머리칼이. 그녀가 떠나고도 오래오래 울던 내 모습이.

차는 천천히 움직이기 시작했다. 그리고 수도원 앞 큰길가에서 잠시 섰다. 나도 모르게 나는 창틀을 움켜쥐었다. 그렇게 잠시 서 있다가 차는 깜빡이를 켰고 더는 망설이지 않겠다는 듯이 빠르게 아스팔트 위로 올라서 길 끝으로 사라졌다.

유리창 너머로 그 차의 뒷모습을 바라보면서 나는 이것이 우리의 진정한 마지막이라는 생각을 그때 했던 것 같다. 사랑…… 날마다 마지막을 각오하게 하는 이름……. 이제 사랑이 끝났으니 마지막 같은 건 더 각오하지 않아도 좋을 것이다, 라는 말로 겨우 나를 달래보았다. 실제로 나는 그 이후 그녀를 본 적이 없었다.

48

내가 전화를 걸었을 때 예상대로 아빠스님은 이미 수도원으로 돌아와 있었다. 시내 어디쯤으로 나가 점심을 함께하고 돌아오기에는 좀 빠듯한 시간이었다. 두 사람은 어디를 다녀온 것일까. 왜이렇게 일찍 돌아왔을까. 그러나 이제 그런 질문도 내게는 금기일것이었다. 나는 여느 때처럼, 할머니로부터 이어받은 갑각류의 피를 가진 사람답게 담담하게 어떤 변호사가 와서 마리너스라는 나이 든 수사님이 우리를 보고 싶어 한다고 했다는 이야기를 전했다. 한 시간 후쯤 아빠스님과 나, 이사악 신부님은 마리너스 수사님을 만나러 접견실로 갔다.

거기에는 무척이나 수척한 노인이 휠체어에 앉아 우리를 기다리고 있었다. 토마스 수사님이 그렇게 늙고 병든 나이에도 불구하고갓 구워낸 빵처럼 보드랍고 푸근한 느낌이었다면 마리너스 수사님이라는 사람은 푸른 대나무처럼 길고 곧았고, 사람에게 이런 표현이 허용된다면 식물 성분으로만 이루어진 세포를 가진 것 같았다. 나이에 비해 품위 있게 느껴졌던 L변호사조차도 그의 곁에서는육감적으로 느껴졌으니까.

서로의 소개가 끝나고 우리가 모두 자리에 앉자, 마리너스 수사님이 천천히 입을 열었다.

"한국에서 손님들이 온다는 소식을 듣고 참으로 기뻤습니다. 나는 한국과 약간의 인연이 있는 사람입니다."

마리너스 수사님의 눈은 바다처럼 푸르렀다. 마리너스라는 이름때문에 더 그렇게 느껴졌는지도 모르지만 말이다.

"당신들을 만나게 하신 하느님께 감사드립니다. 아시다시피 우리 수도원은 이제 젊은 지원자가 끊긴 지 오래여서 나이 드신 수사님들뿐입니다. 젊고 활기찬 한국의 수도원에서 우리를 인수하기 위해 방문하신다는 말을 듣고 저는 오래전 크리스마스를 떠올렸습니다. 제 운명을 바꾸어놓은 한국에서의 크리스마스였습니다."

담담했으나 말에는 이상한 울림이 있었다. 나는 그의 푸른 눈에 엷은 눈물이 배어 있는 것을 보았다.

"먼저 제 소개를 해야겠군요. 저는 수송선의 선장이었습니다. 배의 이름은 빅토리아메러디스호. 노스캐롤라이나에 있는 한 작은 대학의 이름을 딴 배였습니다. 2차 세계대전 중에 물자를 빠르게 수송하기 위해 건조된 빅토리(Victory)급의 배였죠, 빅토리급과 이것의 사촌 격인 리버티(Liberty)급 배들은 수천 척이나 만들어졌습니다. 30대 중반인 젊은 제가 선장이 된 것도 그런 이유였습니다.

그리고 여기, 지금은 뉴욕시에서 변호사를 하고 있는 이 사람은 당시 뉴욕의 대학을 막 졸업하고 군에 입대하여 우리 배에서 상급 선원으로 일하고 있었습니다."

마리너스 수사님은 변호사 L을 가리키면서 말했다. 아까 처음 변호사 L을 만났을 때 그가 마리너스 수사님을 가리켜 "마이 캡틴"이라고 했던 것이 이해되었다.

49.

"해군에 속해 있었기에 이미 여러 배를 타고 경험을 쌓은 저는 한국전쟁이 발발한 다음 달 처음으로 빅토리아메러디스호의 선장으로 임명되었습니다. 제게 빅토리아메러디스호는 선장으로서 첫 배였습니다. 처음으로 선장이 되어 내 배를 지휘하는 설렘을 아시는지요? 우리 배가 받은 명령은 요코하마까지 논스톱으로 항해하라는 것이었습니다.

파나마 운하를 통과하기 전 우리 배는 적당한 항해 속도인 17노트로 가고 있었죠. 우리는 배 위에서 커피를 마셨고 시가를 피웠습니다. 끔찍했던 2차 세계대전은 끝났고 바다는 놀랄 만큼 아름다웠죠. 태평양을 지날 때 밤하늘을 아직도 잊지 못합니다. 별이 비처럼 쏟아져 내리는 밤하늘. 우리는 그 별들을 바라보면서 갑판에서 질 좋은 캘리포니아산 와인과 치즈 등을 먹었습니다.

그동안도 배는 계속 진행했죠. 운명이 나를 그곳으로 데려가고 있는 줄도 모른 채 우리는 항해했습니다. 다시 돌아보면 우리는 요나가 고래 배 속에서 다시 니느웨로 가듯이 그렇게 운명을 향해 가고 있었는지도 모릅니다.

그해 미국에서는 냇 킹 콜(Nat King Cole)의 노래 〈모나리자(Mona Lisa)〉와 패디 페이지(Patti Page)의 노래 〈테네시 왈츠(Tennessee Waltz)〉가 대유행이었습니다. 우리 선원들도 그 노래들을 좋아해 우리는 배 위에서 그 곡들을 연주했고 또 노래했습니다. 그해 막 인기를 끌기 시작한 빙 크로스비(Bing Crosby)의 〈하느님의 가호가 너와 함께하기를(May the God Lord Bless and Keep You)〉도 우리가 부르던 단골 메뉴 중의 하나였지요. 우리는 배 위에서 가족이나 여자 친구에게 편지를 썼고 탐정소설을 읽었습니다. 참으로 평화롭고 운 좋고 행복한 항해였었죠. 우리 배는 특명을 받고 있었고 특명 조항에는 '선장이 지시하거나 미국 정부 혹은 정부의 어느 부처, 위원회 부서가 지시하는 세계 어느 지역, 어느 항구든지'라고 적혀 있었습니다. 12일의 항해 후 요코하마에 도착해 우리는 전투 장비를 실었습니다. 아직 가야 할 곳을 모른 채 우리는 항구를 떠났습니다. 명령서는 도쿄만을 떠난 후 개봉하도록 되어 있었습니다. 도쿄 앞바다를 떠나 푸르고 검은 바다 위에서 우리는 밀봉이 된 명령서를 개봉했지요. 거기에는 이렇게 적혀 있었습니다."

목적지 :

동해

한반도

흥남

50.

"요코하마에서 신문기자 한 명이 올라탔습니다. 그는 부상을 입어 일본으로 후송된 후 다시 전선으로 복귀하는 길이라고 했습니다. 우리는 그에게서 한국전쟁에 대한 정보를 얻을 수 있었습니다. 사실 우리는 그 전까지 한국이 어디에 있는지조차 제대로 모르고 있었습니다.

한국전쟁, 그러니까 약 6개월 전인 1950년 6월 25일 부슬부슬

비가 내리는 북위 38도 선에서 갑작스러운 총성과 함께 시작된 전쟁, 희한하게도 선전포고 없이 시작된 전쟁, 남과 북 모두 자신이 아니라 상대가 먼저 총을 쏘았다고 주장하는 전쟁, 그러므로 단지 상대가 먼저 총을 쏘았다는 것 외에는 아무런 이유가 없는 전쟁, 유럽 대륙의 2차 세계대전과도 다르고 미국이 치렀던 태평양전쟁과도 다른 전쟁, 외국인인 우리가 보기에는 그저 정권 쟁탈전과도 같은, 내전(內戰)인 그 전쟁.

종군기자는 실제로 아군과 적군이 신체적 차이도 언어도 다르지 않은 것이 제일 곤혹스러웠다고 했습니다. 정해진 전선도 없었고 안전한 후방도 없었고 있다 해도 후방의 누가 어떤 생각을 가지고 누구에게 동조하는 자인지 모르는 상황인 전쟁이라고요. 한국전쟁 발발 후 겨우 석 달 동안 30명의 종군기자가 실종되었다고도 했습니다.

그는 미국 정부에 대한 비판적인 발언도 서슴지 않았죠. 미친 트루먼의 개들이 정신 나간 보고를 계속하는 통에 중공군까지 개입한 전쟁이 되었다고 말이지요. 남쪽 한국의 수도인 서울을 다시 탈환한 후 트루먼이 맥아더에게 중공군이 참전할 것이라고 보느냐 물었을 때 맥아더는 '각하, 전쟁은 추수감사절까지는 끝날 것입니다'라고 말한 것을 알고 있느냐면서 분통을 터뜨리더군요.

게다가 그는 미국인들이 실제로 민간인들을 학살한 사례를 예로 들었어요. 아이들이 미군들의 위치와 동향을 파악해 상급자에게 전달한다는 이유로 살해된 것을 자신의 눈으로 목격했다고 말이지요. 실제로 미군은 농부들과 그들의 아내를 조심하라는 지침을 내리고 있었다고 합니다. 그들이 쌓아놓은 짚 더미와 장작 더미는 무기고로 사용될 수 있다고 말이지요. 그러나 실제로 미군들이 찔러보거나 총격을 가한 곳에서 단순히 징집을 피해 있던 젊은이들의 피가 솟구쳐 나온 것을 본 광경을 이야기할 때 그는 차마 회상하기도 힘들다는 듯이 눈을 감더군요."

51.

마리너스 수사님의 말은 차분했다. 나는 그가 하려는 말이 무엇인지 잘 알 수 없었다. 한국이라고는 전쟁으로밖에 기억하지 못하는 외국인 노인의 무용담일 수도 있지 않을까 하는 불안이 조금 일었다. 그러나 그의 태도에는 그런 경박함이 없었다. 거기에는 이상한 경건함과 숭고함 같은 것이 배어 있었다. 변호사 L이 말을 받았다.

"우리 배에는 해병대 항공단에 공급할 제트연료 10만 톤이 들어 있었어요. 흥남에 도착해 소함정의 안내를 받아 해안으로 접근하고 있을 때 그들이 우리에게 무엇을 싣고 왔느냐고 물었죠. 우리가 제트연료라고 대답하자 그들의 얼굴에 어리던 그 충격을 저는 잊지 못해요. 나중에 알고 보니 우리가 들어간 그 바다는 오늘날까지도 해전사에 기록될 정도로 역사상 가장 많은 기뢰가 매설된 곳이라고 했어요. 자석 기뢰, 미끼 기뢰, 그리고 (기뢰 위를 지나가는 배의 숫자를 세다가 다섯 번째나 열 번째 혹은 프로그램해놓은 배의 순서가 오면 폭발하는) 계산기 기뢰……. 세상의 모든 기뢰의 집합처라고 해도 과언이 아닌 곳이었습니다.

압력 기뢰라고 부르는 것도 있었는데 이것은 기뢰 위를 지나가는 배의 압력 크기에 반응해 폭발하지요. 2차 세계대전 영화들에 이런 기뢰가 많이도 나오죠. 그것들이 흥남 앞바다에 집합해 있던 것입니다. 소함정들은 처음에는 우리를 안내하러 왔다가 안내는커녕 자꾸 거리를 늘려 나중에는 다 달아나버렸어요. 제트연료를 실은 우리 배가 폭발할 경우…… 어찌 되었겠어요?"

마리너스 수사님과 L변호사는 잠시 웃었다.

"모르니까 용감하게 우리는 항구로 들어갔습니다. 소함정들이 왜 자꾸 달아날까, 하면서 말이지요. 그날이 12월 20일, 크리스마스 5일 전이었습니다. 우리를 가장 놀라게 한 것은 첫 번째로 흥남의 그 추위였습니다. 종군기자가 설명을 해주더군요. 중공군보다 더 무서운 추위를 말이지요. 소총의 노리쇠가 얼어붙어버리고 배터리가 얼어 터지고 오일이 얼어서 시동이 걸리지 않는 그 추위. 땅이 얼어서 참호를 파는 것도 불가능한 추위. 박격포의 바닥이 깨어져 나가게 하는 그 추위. 사람들의 육제와 정신을, 어쩌면 전쟁에 대한 공포까지 마비시킬 만큼 혹독한 그 추위에 대해서 말이지요. 그는 유일한 위안은 적들에게도 이 추위가 공평하다는 사실뿐이라고 했어요.

그는 그래도 얼어 터진 전투식량과 담요로 만든 외투를 입은 미군과는 달리, 새벽이면 진군하는 길에 얼어 죽은 중공군의 시체들이 즐비한 것을 보았다고 했죠. 그들은 변변한 신발도 없이 변변한 무기도 없이 그대로 이 혹한의 전장에 투입된 것이었죠. 북한군들도 어쩌면 상황은 비슷했다고 기자는 말했어요. 살아 있을 때는 그들과 적이었지만 그들이 시체일 때 그들은 그냥 한 후진국의 가난하고 불쌍한, 이념과 정권의 희생양들일 뿐이라고요. 그 기자 덕에 우리는 한국전에 대한 이해를 어느 정도 가지고 있을 수 있게 되었죠.

우리는 오일도 얼어 터지게 한다는 그 동토(凍土)의 항구로 진입해 들어갔죠. 쌍안경을 통해 바라본 저는 그때의 충격을 잊지 못합니다. 그 추위가 몰아치는 부두에 사람들이 서 있었어요. 부두에 빼곡히 들어차 바다를 바라보고 있었어요. 그중의 일부는 그 추위 속에 허리까지 차는 바닷물 속을 걸어 소형 구명정으로 가서 거기에 오르기를 애원하고 있었어요. 그들의 등에는 아이들이 매달려 공포에 질린 얼굴을 하고 있었죠.

상상할 수 있으신가요? 저는 믿을 수 없었습니다. 세계대전을 겪으면서 전쟁터를 다닌 지 오래였지만 그토록 기괴하고 처참한 광경은 처음이었습니다. 그들은 놀랍게도 소리치지도 난동을 피우지도 않았어요. 그들은 말하자면 전반적으로 조용히 애원하고 있었습니다. 간절하게요, 끔찍하고도 간절하게…….

불과 6킬로미터 뒤로 중공군이 진격하고 있었습니다. 저는 쌍안경을 눈에서 떼지 못했어요. 지금도 생각납니다. 피아노를 끌고 온 가족도 있었죠. 바이올린을 등에 맨 소녀도 있었어요. 배는 턱없이 모자랐습니다. 1,000명이 정원인 배는 보통 5,000명을 태웠죠.

그러나 그것도 모자랐어요.

해군 대령 하나가 배 위로 올라왔다는 보고가 왔습니다. 저는 나가 대령을 맞이했고 대령과 단둘이 마주 앉았습니다. 대령은 농담으로 천국에서 온 사람들이군요, 했어요. 그는 10월 20일에 갈아입은 속옷을 두 달 만에 갈아입었다고 하더군요.

지금 도저히 제트연료를 하역할 상황이 아니라고 했습니다. 그는 흥남 철수가 대대적으로 시작되었다고 하면서 미군 해병 제1사단, 미군 육군 보병 제7사단, 한국군 1군단이 이미 철수했으며 육군 보병 제3사단이 방어선을 지키는 중이라는 설명을 했습니다. 그러나 적군은 빠르게 진격해오고 있다고 말이지요. 결국 그들은 우리더러 도로 돌아가라고 말했습니다. 명령이었으므로 알겠다는 말을 하고 났는데 대령은 움직이지 않았습니다. 그런데 그가 잠시 후 꽉 잠긴 목소리로 말을 꺼냈습니다.

'방금 전 밟혀 죽은 어린 딸을 안고 부두를 떠도는 아비를 보았네. 이 배는 수송선이니 지금부터 내가 하려는 말은 명령은 아니네. 그러나 다만 얼마만이라도, 다만 몇 명이라노 태우고 남쪽으로 가줄 수 있겠나?'

그의 물음에 나는 대답하고 말았습니다.

'대령님, 이 배의 승선 인원은, 승선 정원은 열두 명입니다.'

우리 사이에 침묵이 흘렀습니다. 잊을 수 없는 침묵이.

대령은 일어서서 배에서 내렸습니다. 나는, 그저 얼치기 신자였던 나는 처음으로 하느님을 불렀습니다. 두려웠습니다. 갑자기 내가 한국전쟁 발발 한 달 후 난데없이 선장으로 임명된 것이 예사로운 일이 아니라는 생각이 들었습니다. 나는 다시 한 번 부두를 바라보았습니다. 거기 그들이 있었습니다. 사람들이 말입니다. 사람들이 있었던 겁니다."

52.

내 등으로 가느다란 소름 줄기가 지나갔다. 갑자기 나의 뉴튼 방문이, 마리너스 수사님에게 한 달 전의 선장 임명이 예사롭지 않았듯, 내게도 어떤 의미로 다가오기 시작했다. 할머니, 할아버지, 그리고 아버지. 이 방문은 대체 무엇이라는 말인지 나는 내 손 안으로 고여오는 엷은 땀을 느꼈다.

변호사 L이 말을 받았다.

"선장님은 대령이 배에서 내린 후 자신의 방으로 들어가 나오지 않았습니다. 한 30분쯤 시간이 흘렀을까요? 방에서 나온 선장님의 얼굴은 겨우 그 시간이 흘렀다고 믿기 어려울 정도로 해쓱해 있었습니다. 나중에 생각해보니 그 시간이 선장님에게는 마치 예수가 겟세마네 동산에서 피땀을 흘렸던 그 시간과도 같지 않았을까 싶어요.

선장님은 우리에게 명령했습니다.

'사람을 태우십시오. 타고자 하는 사람을 모두, 모두 다 태우십시오.'

선장님의 말이 50년이나 지난 지금도 제게는 생생합니다. 낮고 조용한 말투였고 망설임이 없었어요."

나의 머릿속으로 이곳으로 떠나오기 전 할머니에게 들은 이야기가 떠올랐다. 나는 마른침을 꿀꺽 삼켰다.

변호사 L은 물을 한잔 마시고 다시 말했다.

"그때 우리 선원 열 명은 침묵했습니다. 엄청난 침묵이 우리를 내리눌렀죠. 그 배에는 아무것도 없었습니다. 그저 딱딱한 연료 상자를 싣는 강철판이 놓여 있을 뿐이었지요. 마실 물도 화장실도, 당연히 먹을 것과 의자, 의료품도 없었지요. 피난민들을 그 큰 배에 올려 보낼 사다리도 없었습니다. 바로 그 항구에서 두 달 전 두척의 배가 기뢰에 침몰되었고, 그 배에는 불꽃 하나로 모든 것을 잿더미로 만들어버릴 수 있는 제트연료가 탑재되어 있었으며, 피난민을 태우기 위해서는 갑판에 불을 밝혀야 했지요. 포탄이 날아오는 상황에서 그건 적에게 나 여기 있소, 라고 말하는 셈이었죠.

게다가 항구에서 들은 정보에 따르면 피난민들을 싣고 가던 배의 갑판에서 얼어 죽은 사람들이 바다로 던져졌다는 소식도 있었어요. 그 배는 난방이 전혀 되지 않았어요. 그 배에 우리가 가진 무기라고는 선장님이 가진 권총 한 자루뿐이었어요. 일단 항구를 떠난다 해도 철저한 보안 때문에 그 배는 어떠한 것과도 무전 교신을 할 수 없게 되어 있었습니다. 기뢰는 바다에 거미줄처럼 깔려 있고 우리에게는 기뢰를 탐지할 어떤 장비도 없었습니다. 그런데 사람을 태우라고…… 그가 침착하게 그러나 단호하게 명령했던 것입니다."

이사악 신부님과 사무엘 아빠스님 그리고 나는 이제는 이 사람들이 왜 이런 이야기를 하는지 더는 묻지 않았다. 우리는 그날 선원들이 겪었던 그 엄청난 침묵을 함께 겪고 있었다. 전율이 빗줄기처럼 우리 사이로 쏟아지고 있었다.

"미친 짓이라고 누군가 말했어요. 선장님, 그런 명령은 수행할 수 없습니다, 라고 말이지요. 선장님은 그저 그를 조용히 바라보았어요. 선원은 항의했어요.

'와이오밍 제 고향의 서커스단에서 곡예를 본 적이 있지요. 조그만 포드 자동차에 거인 열두 명을 태우는 곡예였습니다. 지금 우리에게 그런 걸 원하시는 겁니까?'

다시 침묵이 흘렀어요. 우리는 그의 입장을 충분히 이해하고 있었어요. 충분히요. 그러나 우리는 또 알고 있었어요, 우리의 눈앞에 펼쳐진 광경을 말이지요. 이 혹한의 날씨에 아이를 안고 무등을 태우고 바닷물이 허리까지 잠기도록 들어와 애원하는 저 눈빛을 외면할 수 없다는 것을 말이지요. 그때 선장님이 다시 말했어요.

'압니다. 할 수 없는 이유 9,999가지를요. 그러나 합시다. 이건 생명의 문제입니다. 이건 흥정의 대상도 고려의 대상도 아닙니다.'

반대를 하던 그 선원은 끝내 자신의 방으로 들어가 나오지 않았어요. 우리는 선장님의 지시에 따라 묵묵히 일을 시작했어요. 적의 포탄 소리는 계속 가까워지고 있었어요. 우리가 배를 대고 있던 그 항구 바로 5~6킬로미터 전방에서 치열한 전투가 계속되고 있었던 것입니다.

선장님은 우선 언제든 급히 철수할 수 있도록 배가 공해를 향하게 기수를 돌려놓으라고 했어요. 피난민을 태우는 동안에도 바로 출발할 수 있도록 엔진을 계속 켜놓으라고도 말이에요. 설상가상 끔찍하게 차고 강한 바람이 불더니 눈이 내리기 시작했습니다. 흥남에 있는 모든 통신 부대의 장비는 다 망가져 통신은 거의 두절되다시피 하고 있었어요."

53.

"우리는 원래 화물을 운반하던 그물망을 배의 측면으로 내렸습니다. 그것은 폭이 넓은 사다리처럼 보였어요. 그때 그들의 눈에 떠오르던 그 기쁜 빛을 우리는 보았어요. 그들은 마치 지옥의 구덩이에서 하늘로 오르는 사다리를 발견한 사람들 같았어요.

피난민들은 그 사다리를 타고 배로 기어오르기 시작했지요. 강풍이 불고 눈까지 내리고 있었어요. 미끄러져 떨어지기라도 하는 날에는 누구도 그들을 구조해줄 수 없었어요. 게다가 그들은 보따리를 이고 아이를 업고 있었어요. 굶주리고 가난하고 공포에 질린, 그러나 살고 싶어 하는 강렬한 욕망을 가진 사람들이 안간힘을 써서 사다리로 기어오르고 있었어요.

그 와중에도 우리 뒤에서 우리 군의 철수를 엄호하기 위해 군함은 계속 포를 쏘아대고 있었죠. 포를 쏠 때마다 우리 배의 갑판도 크게 흔들렸고 사다리도 흔들렸어요. 모든 것을 하늘에 맡기는 수밖에 없었습니다. 노파들과 어린아이들이 강풍에 흔들리는 사다리에 대롱거리면서 매달려 올라올 때 우리는 차라리 눈을 감았습니다.

그렇게 처음으로 승선한 피난민들은 갑판으로부터 5층 아래 깊이로 이동했어요. 말이 이동이지 운반되었던 겁니다. 우리는 그들을 커다란 판자에 태워 화물칸의 가장 밑으로 이동시켰어요. 바닥만 있는 커다란 엘리베이터로 지하 5층으로 갔다고 보시면 됩니다. 그리고 뚜껑이 덮였죠. 이제 모인 피난민들은 지하 4층으로 이동되었고 다시 뚜껑이 덮였습니다. 그들의 머리 위로 뚜껑을 덮을 때 모골이 송연했어요. 거기에는 화물용의 아주 작은 환기통이 몇 개 있었을 뿐이었지요. 화장실도 없고 불빛도 없고 먹을 것도 없고 물도 없는……."

우리는 화물처럼 배의 가장 깊숙한 화물칸으로 옮겨졌다가 그 위로 뚜껑이 덮여지던 때를 상상해보았다. 그러나 실은 상상이 되지 않았다. 그 어둠 그 공포를 어떻게 상상할 수 있을까.

"1950년 12월 20일 9시경에 시작된 승선은 밤새도록 진행되어 다음 날 동이 트고 다시 정오가 될 때까지도 계속되었어요. 함께 사다리로 오르는 사람들을 바라보던 선원이 창백한 빛으로 다가와 묻더군요.

'이게 뭐지? 대체 이게 뭐야! 이 일이 끝날 수 있을까?'

신기하게도 더 태울 수 없다고 생각하는 그 순간 어디선가 공간이 생겨나는 것 같았어요. 8,000톤의 강철로 이루어진 이 배가 마치 고무처럼 늘어나고 있는 것 같았어요. 아직도 부두에는 사람들이 있었죠. 애타는 눈빛으로 우리를 바라보고 있었어요. 그런데 이제 더는 실을 공간도 없었고 이제 더는 지체할 수 없는 시간이 다가오고 있었어요. 선장님으로부터 드디어 배를 출발시키라는 명령이 떨어졌지요. 사다리를 걷어 올려야 하는 시간이 되었어요. 저는 그 후로도 가끔 악몽에 시달리곤 했습니다. 남겨져 있던 그들의 얼굴이, 그 애절한 눈빛이 그 꿈속을 둥둥 떠다녔어요."

변호사 L은 손바닥으로 얼굴을 쓸어내렸다.

마리너스 수사님이 그의 말을 이어 조용히 말했다.

"우리 군함이 계속 포를 쏘아대면서 철수가 거의 막바지에 이르렀음을 알려주었어요. 나중에 월남전을 다룬 영화에서 자주 보았던 네이팜탄이 흥남 부두에 떨어지는 것도 우리는 보았죠. 해변에 있던 군인들은 떠나고 해변에 남아 있던 사람들은 사라졌죠. 그리고 나중에 항구 자체가 사라졌어요."

54.

주방 수사님이 우리에게 새로 따끈한 차를 날라 왔다. 그가 따르는 차의 향기가 퍼지는 동안 무거운 침묵이 우리를 휘감았다. 변호사 L이 다시 말을 이었다.

"그 배에서 우리가 센 인원은 대충 1만 4,000명이었습니다. 그들에게는 변변한 식량도 물도 없는데 어떻게 해야 할지 우리는 도무지 알 수 없었습니다. 다만 만삭이 가까운 임신부가 다섯 명 있어서 일단 선원실 세 개를 비워 거기에 잠자리를 마련해주었습니다.

한번은 잘못해서 제가 그 방에서 복도로 향하는 창문을 열었죠. 그때 조금 열린 그 창문으로 손들과 팔들이 밀어닥쳤습니다. 죄송합니다. 마치 스파게티 국수 가락을 보는 것 같았습니다. 끔찍했지요. 그들은 아마도 물을 달라고 하는 것 같았습니다. 그러나 우리가 먹을 물과 산모에게 줄 물 외에는 도저히 그들에게 줄 물이 없었습니다.

실상 우리는 서로 말하지 못했지만 공포에 사로잡혀 있었습니다. 배가 뒤집어지거나 배에 포탄이 떨어지는 것 말고도 또 하나의 공포가 있었지요. 우리는 미국을 떠나기 전, 가톨릭 신자였던 선장님으로부터 아우슈비츠에서 죽은 콜베 신부님의 이야기를 들었습니다. 그가 아사(餓死) 감방에서 죽어갔다는 사실을 말입니다.

두려운 것은 아사 그 자체가 아니었어요. 아사 감방이 무서운 형벌이 되었던 것은 열 명을 수용하는 밀폐된 죽음의 방에서 그들이 죽기 전에 일어나는 일 때문이었다고 했습니다. 가장 참기 어려운 고통은 갈증. 실제로 힘센 이가 목마름을 견디지 못하고 가장 약한 이의 피를 빨아 갈증을 채우기 시작함으로써 순식간에 아사 감방은 살인과 식인의 끔찍한 장소로 변한다고 했습니다. 그래서 그 아사 감방은 아우슈비츠라는 이미 끔찍한 수용소에서도 지옥 중의 지옥으로 꼽히기에 그토록 공포의 대상이었답니다. 그런데 콜베 신부님은 죽기 싫다고, 자기에겐 기다리고 있는 아내와 자식이 있기에 죽을 수 없다고 소리치는 한 수용인을 대신해 죽음을 자청하고는 그곳으로 들어가셨다고 합니다. 콜베 신부님이 그곳에 들어감으로써 그 방에서는 어떤 끔찍한 일도 일어나지 않았답니다.

항해 내내 우리는 그 장소에 대해 이야기했었지요. 때와 장소, 조건에 따라 짐승만도 못하게 변하는 인간에 대해서도요. 그런데 이제 1만 4,000명이 어둠 속에서, 남자와 여자, 노인들과 아이들이 저 어둠 속에서 물 한 방울 없이 갇혀 있는 것을 상상해보십시오. 스파게티 국수 다발처럼 밀어닥치는 그들의 손과 팔을 보면서 나는 그런 악몽을 떠올렸습니다. 물과 먹을 것을 달라는 그 애타는 손과 팔은 다른 선원들이 여럿 와서 겨우 밀어낼 수 있었습니다. 실상 우리가 그들을 구해낸 것인지 우리는 확신할 수 없었어요. 우리는 어쩌면 그들을 저 어둠과 암흑 속에 밀폐시켜놓고 그들에게 더 못한 죄를 짓고 있는지도 몰랐죠."

마리너스 수사님이 말을 받았다.

"그러나 이제는 어쩔 수가 없었어요. 부두에서 포탄에 맞고 불에 타 죽느냐 우리 배에서 죽느냐의 문제였을 뿐이었죠. 공해까지 가는 동안 저는 제가 어떻게 키를 잡고 있었는지 아직도 기억나지 않습니다. 통신도 끊어지고 불도 밝히지 못하고 기괴한 정적 속에서 배는 항해하고 있었습니다. 어쩌면 그리 추운 날씨일 수 있었을까요? 흐린 하늘에 별 하나도 보이지 않았습니다. 그야말로 망망대해. 암흑 그리고 정적만이 우리를 감싸고 있었지요.

그때 한 선원이 다가와 말하더군요. 선장님, 이 배에 몇 명이 타고 있는 줄 아세요? 하고 말이지요. 제가 대답했죠. 1만 4,000명

아닌가? 그러자 선원은 빙긋이 웃었어요. 선장님, 이제 이 배에는 1만 4,001명이 타고 있습니다. 방금 한 여인이 아이를 순산했습니다, 하고 말이지요."

그의 입가에는 마치 그때 그러했을 법한 따뜻한 미소가 어렸다.

"이 끔찍한 조건 속에서 아이가 태어나다니요. 저는 당장 그녀에게 우리가 가지고 있는 것 중 가장 기름지고 맛있는 것을 주라고 명령했어요. 끓인 물과 신선한 물도 최대한 공급하라고 했지요. 갑자기 그녀와 아이가 몹시 걱정되어 저는 또다시 근심에 휩싸이려는데 선원이 말하더군요. 한국의 여인들은 아이 낳는 것을 자연의 일부라고 생각한다고. 주변의 노련한 아낙이 들어와 아이를 받아주고 모든 것을 의사보다 더 느긋하고 능란하게 처리하고 있다고 말이지요. 그리고 덧붙였어요. 아이를 낳은 산모의 가슴에서는 하느님의 선물인 모유가 펑펑 흘러나오고 있다고 말이지요. 이상하게 마음이 따뜻해왔어요. 그건 기적이었을 겁니다. 그 항해 동안 그렇게 다섯 명의 아이가 태어났습니다."

내가 그때 어떤 느낌이었는지를 어떻게 설명해야 할까. 설마, 하는 생각은 선장이 가톨릭 신자였다는 대목에서 확신으로 변해갔다. 나는 오직 내 눈으로 몰려드는 어떤 뜨거운 기운을 느끼고 있었고 그것을 억제하느라 애쓰고 있었다.

"그렇게 그해 크리스마스이브에 배는 거제도에 도착했습니다. 선실의 뚜껑을 열기 전, 저는 선원들을 잠시 불러 모아, 어떤 광경이 드러나더라도 침착할 것을 주문했습니다. 최대한 살릴 수 있는 사람만 살리는 일에만 주력하자고 했지요. 그저 그것이 우리가 할 수 있는 최선이었다고 생각하자고 말입니다. 사실 두려웠습니다. 만 사흘이 조금 넘는 항해 동안 대체 그 안에서 무슨 일들이 일어났는지요. 저는 마음속으로 다짐했습니다. 급작스러운 돌림병, 살인, 강간, 식인 혹은 아사(餓死)나 동사(凍死)……."

55.

"믿을 수 없었습니다. 뚜껑을 열자 침착하고 공포에 사로잡혀 있는, 그러나 너무도 위대한 사람들이 조용히 우리를 바라보았습니다. 통역이 그제야 승선해 물었지요. 죽거나 다치거나 위독한 사람이 있냐고요. 결과는 놀라웠습니다. 한 사람도 잃지 않았다는 것을 알았을 때, 아니 오히려 다섯 명의 새 생명이 태어났다는 것을 알았을 때 저는 말문이 막혀 어떤 소리도 낼 수 없었습니다. 장정도 있지만 연약한 아이도 있고 노인도 있는 그들 모두가 차고 딱딱한 철판 위에서 화장실도 없고 먹을 것 하나 없이, 물 한 방울 없이 어떻게 그 사흘긴의 항해를 견뎠는지 저는 지금도 알지 못합니다.

영하 20도의 눈보라 치는 항구를 떠나 사흘 만에 도착한 그 나라의 남쪽 항구는 영상 1도. 생명과도 같이 보드라운 바람이 불고 있었습니다. 더욱 놀라웠던 것은 거제도의 주민들이 우리 배가 도착한다는 소식을 듣고 일제히 주먹밥을 준비해 부두에 나와 있었다는 것입니다. 맑고 신선한 이 나라의 물도 함께 말입니다. 우리 선원들은 그 광경을 보았습니다. 저는 생각했지요. 예수라는 이름도 없고 교회도 없고 심지어 십자가도 없는 이곳에서 진정한 크리스마스가 펼쳐지고 있다고 말이지요."

변호사 L이 말을 받았다.

"하선 또한 이틀에 걸쳐 이루어졌어요. 하선이 모두 끝나고 저는 마지막 사람이 내렸다고 선장님께 말씀드렸지요. 선장님은 순간 멍해지더니 잡고 있던 키를 놓치고 그 자리에 엉덩방아를 찧고 주저앉으셨어요. 선장님은 눈을 감은 채 그대로 계셨습니다. 저는 묻지 않았습니다. 그게 무슨 뜻인지 저도 알고 있었으니까요. 실은 저 역시 마지막 사람이 누구도 다치거나 죽지 않은 채 배에서 내리는 것을 본 순간 주저앉고 싶었으니까요. ……그리고 나서 한참 후에야 저는 그분의 눈에서 눈물이 흘러내리는 것을 보았습니다. 제 눈에서도 역시 그랬습니다. 어떻게 그러지 않을 수 있겠습니까. 한참 후 넋을 잃고 있는 제게 선장님이 말씀하셨습니다.

'메리 크리스마스! 메리 크리스마스, 여러분.'"

56.

마리너스 수사님은 조용하게 웃었다.

"논리로 치면 그 배가 그 항구를 무사히 빠져나와 한 사람의 희생도 없이 모두를 남쪽 땅에 내려놓을 확률은 1,000만 분의 1도 되지 않았어요. 불가능한 일이었어요. 저는 때때로 생각합니다. 어떻게 그 작은 배가 어떻게 그 많은 사람을 태우고 어떻게 한 사람도 잃지 않고 그 많은 위험들을 극복할 수 있었는지 말입니다. 그러면 그해 크리스마스에 황량하고 차가운 한국의 검은 바다 위에서 하느님의 손길이 제 배의 키를 잡고 계셨다는 명확하고 틀림없는 메시지가 저에게 전해옵니다."

아빠스님이 다가가 그의 손을 잡았다. 그의 눈에서 흘러내린 눈물이 이미 그의 뺨을 적시고 있었다.

"이 순간 무슨 말을 해야 할지 모르겠습니다. 당신은 이게 무슨 뜻인지 아실 겁니다. 당신들은 참으로 영웅이십니다."

마리너스 수사님이 수줍은 듯 미소를 지었다.

"아닙니다. 저는 당신이 한 말과 같은 말을 들었습니다. 그러나 진정한 영웅은 고통 속에서 침묵과 인내로 그 상황을 견뎌낸 한국인들이었습니다. 저는 그토록 훌륭한 군중을 본 적이 없었습니다."

L변호사가 나섰다.

"선장님과 저는 가끔 그때를 회상하면서 이 말을 했습니다. 그들은 지쳤고 목말랐고 배고팠으며 추위에 노출되어 있었습니다. 다시 사다리가 내려지고 하선을 하는데 팔꿈치로 옆의 사람을 미는 이 하나 없었습니다. 그들은 자신의 앞에 선 노약자들에게 순서를 양보했고 천천히 그렇게 차례대로 질서를 지켰습니다. 우리 선원들은 모두가 그들에게 깊은 경의를 가지게 되었습니다. 그들은 한낱 목숨을 구걸하던 피난민들이 아니라 다른 이의 생명을 자신의 생명처럼 존중하는 존엄한 사람들이었습니다."

L변호사가 너무 굳어진 분위기를 의식한 듯 익살스러운 말로 분

위기를 바꾸었다.

"실은 우리의 고생은 그들이 모두 하선하고 난 다음에 시작되었습니다. 피난민들이 하선한 배를 청소하고 환기시키고 또 청소하고 한 달 후 요코하마항에 입항했는데 배의 정비사들이 코를 싸쥐고 묻더군요. 질식할 것 같은데 대체 이게 무슨 냄새냐구요. 한 달이 지난 그때까지 그 수많은 사람들이 배설했던 배설물의 냄새가 빠지지 않고 있었던 것입니다."

우리는 함께 웃었다. 다시 L변호사가 말했다.

"선장님은 그 배가 미국에 도착한 후 사라지셨습니다. 어느 날 이곳 뉴튼 수도원의 수사가 되었다는 편지를 전해오셨죠. 선장님은 이곳 수도원 입구의 성물 가게에서 성물을 파는 일을 하셨죠. 수사가 되신 후 한 번도 이곳을 떠나지 않으셨습니다. 미국 정부가 하도 성화를 해서 무슨 훈장인가를 받으러 워싱턴에 한 번 다녀오신 일을 제외하고는 외출도 하지 않으셨습니다. 누구에게도 이 일에 대해 말씀하시지 않았습니다. 그런데 어제 당신들이 여기에 도착했다는 소식을 듣고 처음으로 제게 전화를 하셨습니다. 그리고 말씀하셨죠.

'L변호사, 한국인들이 왔네. 그들과 이야기를 나누고 싶네. 자네가 좀 주선해주게.'

제 인생에서 두 번 놀란 일이 있는데 한 번은 그 끔찍한 항해에서 한 명도 다치거나 죽지 않은 일이고, 마리너스 수사님, 우리 선장님이 제게 먼저 전화를 해서 누군가를 데리고 와달라고 한 것입니다."

마리너스 수사님이, 이어 우리가 함께 웃었다.

마리너스 수사님이 입을 열었다.

"우리가 구출했던 그 한국 사람들이 쇠락해가는 이 수도원을 인수하기 위해 온다는 소식을 전해주셨을 때 저는 이제 제가 이 사실을 제 입으로 말해야 할 때가 왔다는 것을 알았습니다.

그전에 하느님은 제게 침묵을 원하셨습니다. 저도 침묵을 원했습니다. 그것은 말해질 수 있는 종류의 사건이 아니었기 때문입니다. 그러나 당신들이 도착하고 저는 하느님께서 제가 말하길 원하신다는 것을 알았습니다. 50년 전 그 바다에서 제가 사람들을 태우라고 명령했을 때 오늘 같은 날이 올 것이라는 것을…… 감히…… 상상이나……. 아마도 이 늙은이가 이렇게 오래 살아 있었던 이유가 오늘 때문이 아니었을까 하는 생각이 어제부터 내내 들었답니다."

마리너스 수사님의 눈에 처음으로 눈물이 고였다. 아빠스님의 눈에서도 다시 한 번 눈물이 넘쳐흘렀다.

"오, 아닙니다. 아직도 건강하시고 당신이 구해주었던 그 사람들과 함께 여생을 하느님을 찬미하면서 더 오래 사십시오, 마리너스 수사님. 실은 당신의 말을 듣기 전까지 저희는 전혀 알지 못했습니다. 전혀요. 뉴튼 수도원의 요엘 아빠스님도 전혀 말해주지 않았구요. 아니 지금 보니 그도 자세한 것을 하나도 모르고 있는 셈이겠네요. 그러니 이 자리를 빌려 한국인을 대표해서, 아니 제가 감히 대표는 아니지만 어쨌든 깊은 감사를 드립니다."

그러자 마리너스 수사님이 아빠스님의 손을 잡고 미소를 지었다.

"아시지 않습니까. 감사를 받을 대상은 제가 아닙니다. ……삶이 복잡한 것 같아도 실은 그저 단순한 것 같습니다. 선원들이 바다에 나가면서 최초로 배우는 격언 중에 이런 것이 있습니다. '어떤 사람이 혼자서 할 수 없는 일을 한다면 그를 도와주라!'는 것입니다. 아무리 작은 배라도, 아무리 큰 배라도 배와 배가 운반하는 모든 것의 안전은 바로 이 원칙에 달려 있습니다. 서로 돕는 배는 모든 난관을 이겨냅니다. 서로 돕지 않는 배는 작은 난관에도 안전하지 않습니다. 이 원칙은 '네 이웃을 네 몸과 같이 사랑하라'처럼 아주 단순한 것입니다. 서로 돕는 것입니다. 우리 하나하나는 모두 약하고 모자라니까요."

그는 미소 지었다. 그러나 많이 피곤한 것 같았다. 그는 천천히 말을 이었다.

57.

"저는 그들이 내린 곳으로 내려갔습니다. 한 젊은 여인이 강보에 싸인 아이를 안고 부두에 멍하니 서 있더군요. 그 여인의 허리춤에 겨우 방석보다 작은 보따리가 매달려 있었습니다. 저는 그 여인을 기억해냈습니다. 1만 4,000명 중에서 거의 유일하게 영어를 할 수 있었던 여인이었죠. 그 여인은 그날 크리스마스이브에 아이를 낳았습니다. 그런데 몸을 추스를 수도 없이, 영상 1도라고는 하지만 겨울의 땅에 서 있는 것이었습니다. 저는 그 여인의 남편이 쌍둥이 어린아이들을 마지막으로 태우느라 자신은 타지 못했다는 보고를 선원들에게 들었습니다. 아마도 그는 쏟아지는 포탄 속에서 죽었겠지요 아마도……. 그 여인이 우리와 말이 통하는 유일한 사람이었기에 우리는 그녀를 특별히 기억하고 있었습니다.

어디로 가느냐고 내가 물었습니다. 그녀의 눈에 눈물이 고이고 하염없이 흘러내렸습니다. 저는 더 묻지 않아도 그녀가 핏덩이 아이를 안고 갈 곳이 없음을 직감했습니다. 제 가슴이 몹시 아팠습니다. 그때 저는 헤로데의 박해를 피해 이집트로 도망치던 성모님을 떠올렸습니다. 솔직히 제가 그들을 구했다는 생각이 드는 것이 아니라 제가 공연한 짓을 한 것은 아닌가 하는 생각이 들었습니다.

주변의 많은 사람들이 부둣가에서 멍하니 서 있었습니다. 그들은 어디로 갈까요. 당장 오늘 밤 어디에 머리를 두어야 할까요. 아직 겨울이고 땅은 좁았습니다. 그들이 갈 곳은 없었습니다. 그들의 조국은 그들에게 해준 것이 거의 없어 보였고 실상 빼앗지나 않으면 다행인 듯 보였습니다.

눈물만 흘리던 여인이 말했습니다.

'선장님, 저기 서 있는 저 소녀는 이미 부두에서 아버지를 잃어버리고 어린 동생을 업고 사람들에 떠밀려 이 배에 올랐습니다. 저 아이는 어떻게 될까요? 저는 어떻게 되며 오늘 태어난 제 아들은 어떻게 될까요? 저는 죽음보다 삶이 더 두렵습니다.'

나는 그녀의 머리 위에 손을 얹었습니다. 나도 모르게 말했죠.

'여인이여, 약속합니다. 오늘부터 내가 죽는 날까지 그대들을 위해 기도하겠습니다. 그대들의 삶이 결코 죽음보다 두렵지 않게. 약속합니다, 여인이여.'

말은 생각보다 먼저 나왔고 나는 그때 하느님께서 이 사람들을 단지 땅으로 데려가는 일뿐 아니라 이들의 삶을 위해 평생 기도하길 바라신다는 것을 알았습니다.

고국으로 돌아온 저는 심하게 앓았습니다. 병은 깊어져 저는 입원까지 하게 되었습니다. 짧은 생을 살면서 군인으로서 저는 무수한 전쟁을 겪었습니다. 그동안 전쟁터에서 저는 이런 생각을 했었지요. 대체 왜 이런 일들이 일어나야 합니까? 어찌하여 당신은 이런 잔인한 전쟁들을 두고 보시는 겁니까? 아이들이 죽어가고 있습니다. 무고한 사람들이 학살당하고 있습니다. 악인들은 승승장구하면서 말합니다. 자 보아라, 너희의 하느님이 어디 있느냐? 하고 말입니다. 저는 물었습니다. 하느님, 졸고 계십니까? 우리를 잊으신 것입니까? 아니면 처음부터 당신은 허깨비였던 것입니까? 하고 말이지요……

조용한 병실에서 저는 물었습니다. 어떻게 제가 그런 일을 해냈는지 저는 알지 못합니다. 어떻게 단호하게 사람들을 태우라고 명령할 수 있었는지 저는 알지 못합니다. 그 기뢰가 깔린 바다에서 어떻게 제가 겁도 없이 배의 키를 잡고 나왔는지 저는 알지 못합니다. 어떻게 그 끔찍한 조건에서 단 한 사람도 죽지 않았는지 저는 알지 못합니다. 오 하느님, 제게 왜 그런 좋은 일을 하게 하셨습니까? 대체 왜?

병실에는 베네딕도회 수사님들과 신부님들이 계셨습니다. 그분들은 미사를 집전하고 죽어가는 사람들에게 희망을, 그리고 아픈 이들에게 위로를 주셨지요. 그곳에서 퇴원한 후 고향으로 돌아와 저는 많은 것들을 정리하는 시간을 가지게 되었습니다. 그리고 제가 부두에서 젊은 여인에게 했던 마지막 약속을 기억했습니다. 물론 제가 기도할 수 있는 길은 여러 가지가 있었을 것입니다. 결혼을 하고 군인으로 살아간다 해도 기도할 수 있었겠지요. 그러나 저는 하느님께서 저를 부르신다는 생각을 했고 그 부름에 대답하는 것이 행복했습니다. 저는 주저 없이, 마치 30분의 기도 끝에 주저 없이 사람들을 승선시키라고 명령한 그날처럼 주저 없이 이 수도원에 들어왔습니다.

저는 내렸고 배는 떠났으며 어쩌면 사라졌겠지만 하느님은 또 다른 배를 구해서 사람들을 구하러 떠나고 계시다는 것을 저는 느꼈습니다. 우리를 그 배의 선원으로 끊임없이 초대하고 계시다는 것도요. 선원의 제1 조항은 혼자서 할 수 없는 일을 할 때는 서로 돕는다……이니까요. 1955년 크리스마스 날 저는 수련자로 첫 서원을 하고 1959년 역시 크리스마스에 종신서원을 했습니다. 올해의 크리스마스에는 한국의 사람들과 한국의 노래를 듣고 싶습니다."

마리너스 수사님은 좀 지친 듯했으나 얼굴에는 밝은 빛이 감돌았고 미소는 밝았다. 그는 덧붙였다.

"이후 제가 땅에 내려놓은 그 1만 4,005명을 위해 하루도 빠짐없이 기도했습니다. 그리고 죽는 날까지 그러할 것입니다."

58.

저녁부터 바람이 차게 불었다. 원래 술을 잘하지 못하던 아빠스님은 그날 저녁기도가 끝난 후 우리를 자신의 방으로 불렀다. 우리가 들어섰을 때 아빠스님은 우리를 위해 질 좋은 포도주를 준비해놓고 있었다. 우리는 그가 왜 그러는지 알 것 같았다. 아빠스님은 우리에게 포도주를 권하고는 감사의 기도를 드리고 나서 말했다.

"한국에 전화를 했네. 계획을 바꾸어 뉴튼 수도원을 인수하겠다고 말했어."

"형제들이 놀라지 않던가요?"

이사악 신부님이 물었다.

"놀라지…… 놀랐겠지, 그러나 오늘 우리보다 놀랐겠나…….."

아빠스님은 우리가 처음 듣는 말을 꺼냈다.

"우리 수도원의 루가 수사님 일곱 살 때 어머니 손을 붙들고 배를 타고 피난을 하셨다네. 혹시나 하고 아까 전화를 바꾸라고 했지. 그랬더니 기억하시더라고. 어머니가 돌아가실 때까지 말씀하셨다더군. 빅토리아메러디스호를 잊으면 안 된다고. 그 선장과 선원들을 위해서 기도하라…….."

나는 아무 말도 할 수 없었다. 아까 마리너스 수사님이 한 말을 빌자면 지금 내가 느끼고 있는 이 기적과 신비는 말이라는 것으로 형용할 수 있는 것이 아니었기 때문이었다. 언젠가 아빠스님과 형제들에게 말하게 되겠지만 나는 부드러운 둔기에 얻어맞은 듯 멍한 상태였다. 그저 목이 말랐고 누군가 부드럽게 그러나 분명히 내 목을 조르면서 다가오는 것만 같았다.

"하느님 계신다는 거 믿었고, 안다고 생각했고, 또 당연하다 여겼지만…… 오늘 마리너스 수사님 말씀 들으니 놀랍습니다. 50년 전에 그분이 선장으로서 우리를 구하면서 자신의 노년을 한국인들에게 의탁하게 될 줄을 상상이나 할 수 있었겠어요? 사람은 어쩌면 빵과 집 없이도, 어쩌면 행복과 사랑 없이도 살 수 있지만 신비 없이는 하루도 살 수 없다는 성인의 말이 떠올랐어요, 아까 이야기를 듣는 내내 그랬어요. 실은 요즘 제 논문의 주제가 신비에 대한 것인데 오늘 어쩌면 그 실마리가 풀릴 거 같아요."

아빠스님은 우리의 빈 포도주 잔에 포도주를 더 채워주었다.

"일전에 우리 수도원에 한 독일 신부님이 신부직을 더 해야 할지 말지 고민하면서 본국인 독일로 휴가를 가셨다네. 그때만 해도 아직 배로 독일을 오가던 시절. 고민하던 신부님은 갑판에 서 있다가 그만 손에 낀 반지를 바다에 빠뜨리셨다네. 그 반지는 신부가 되었을 때 어머니가 해주신 금반지였지. 아마 땀이 찬 손에 반지가 미끄러진 모양이었나봐. 하느님이 나보고 신부 노릇 그만하라고 하시나보다, 생각한 신부님은 마음을 먹고 어머니 댁으로 갔다네. 결심한 바를 어머니에게 이제나저제나 이야기를 하려고 하는데 어머니가 신부님이 제일 좋아하는 연어 요리를 하셨다나봐. 그러면서 하시는 말씀이, '애야 내가 오늘 연어를 손질하는데 내가 너에게 해준 것과 똑같은 반지가 연어 배 속에서 나오더라' 이랬다더군.

남들이 들으면 나더러 당신 그러고도 신부고 아빠스야? 이렇게 물을지 모르지만…… 이런 이야기들을 들으면 어찌할 줄 모르겠다네. 가슴이 뜨거워져. 저 밑에서부터 뜨거워져. 이 나이에 이렇게 뜨거워질 수 있다는 걸 어떻게 감사해야 할지, 가끔은 나도 혼자 어쩔 줄을 모른다네. 인간은 얼마나 작은가, 인간은 그러면서 얼마나 큰가? 인간은 짐승과 신 그 사이에 있고 결국 그 어딘가에 자신을 매김하게 되는 것이라고 생각하네……."

59.

바람이 납작 엎드린 뉴저지 벌판의 뉴튼 수도원 지붕을 흔드는 소리가 들려오는 밤이었다. 잠이 오지 않았다. 나는 천지창조의 비밀을 엿본 것처럼 가슴이 벅차올랐다. 할머니에게 전화를 드리고도 싶었다. 포도주를 마시고 아빠스님의 방에서 나와 성당 쪽으로 걸어가던 나는 어두운 복도 저 끝에서 다가오는 휠체어를 보았다. 마리너스 수사님이었다. 이 우연한 만남 역시 내게는 예사롭게 느껴지지 않았다. 나는 그에게 다가가 저녁 인사를 건넸다. 그는 나를 알아보고 미소를 지었다.

"머리가 좀 아파서 약을 타 오는 길입니다."

그는 말했다. 그 푸르고 맑은 눈으로 나를 물끄러미 바라보았다.

"제가 휠체어를 밀어드리고 싶은데요."

나는 그에게 말했다. 그는 두 어깨를 으쓱하면서 아니, 하고 거절하려다가 이내 웃었다.

"그럽시다. 고맙습니다."

나는 천천히 그의 휠체어를 밀었다. 야윈 그의 등이, 내 팔목처럼 가느다란 그의 무릎이, 수도복 아래로 앙상하게 드러나 보였다. 저 야윈 몸이 한때는 1만 4,000명의 인원을 구출하는 배를 지휘했다는 사실이 믿어지지 않았다.

'오오 주님 대체 왜?'냐고 그는 물었다고 했다. '대체 왜?'냐고 나는 물었다. 지금은 병석에 계신 토마스 수사님도 물었다. '대체 왜?' 지금은 하늘나라에 계실 요한 신부님도 물었다고 했다. '대체 왜?' 우리는 모두 그렇게 물었던 것이다. 하느님이 들으시면 어쩌면 우리의 원망스러운 합창 소리가 일제히 울렸을지도 몰랐다.

마리너스 수사님이 탄 휠체어의 바퀴가 굴러갈 때마다 바퀴가 굴러가는 엷은 쇳소리가 창밖의 벌판을 불어 가는 바람 소리와 뒤섞였다. 운명의 소리를 듣고 있는 것 같았다. 나는 서툰 영어였지만 천천히 말을 시작했다.

"당신이 구해준 그녀, 갓 낳은 아이를 안고 부둣가에 서 있던 그녀, 당신이 하루도 빠짐없이 기도하겠다고 약속했던 그녀. 마리너스 수사님, 그녀가 저의 할머니이십니다."

편안히 앉아 가던 그의 등이 그 자리에서 굳었다. 나는 분명 그것을 보았다. 이어 그는 힘겹게 뒤를 돌아보았다. 그의 눈빛을 어떻게 설명할 수 있을까? 놀라움과 경이, 어쩌면 공포와 경외, 그리고 환희가 그 눈에는 다 들어 있었다. 말을 꺼내기 전까지는 꼭 그렇지도 않았는데 말을 꺼내놓고 나서 내 눈에 걷잡을 수 없이 눈물이 흘러내렸다.

"잠깐 이야기를 할까요?"

마리너스 수사님은 자신의 방으로 나를 안내했다. 불을 켜자 작고 허름한 그러나 깨끗한 침대와 옷장 그리고 작은 책장과 탁자, 안락의자가 있는 방이 나타났다. 약간의 소독약 냄새가 났다. 내 눈물은 그치지 않고 있었다. 나는 내 시원(始原)을 거슬러 올라간 연어처럼 비장했고 지쳐 있었다.

휠체어에서 힘겹게 자신의 안락의자로 몸을 옮긴 마리너스 수사님이 나를 물끄러미 바라보았다. 그는 아마 집으로 돌아가 어머니에게 반지를 잃어버린 이야기를 꺼내려던 그 신부님보다 더 놀랐을 것이었다.

"할머니가 지금 살아 계십니까?"

그는 천천히 물었다. 정말이냐고도 거짓말이냐고도 묻지 않고 바로 그렇게 물었다.

"네. 그 후에 커다란 한국 레스토랑을 스무 개나 가진 사업가가 되셨습니다. 제가 떠나오기 전 빅토리아메러디스호 이야기를 하셨습니다. 끝내 배에 오르지 못하셨던 할아버지 이야기도……. 그런데 여기서 이런 이야기를 듣게 되니, 갑자기 저는 어떻게 해야 할지 모르겠습니다."

내가 무슨 이야기를 하고 있는지 나는 알지 못했다. 나는 그냥 연어처럼, 시원에 돌아가 알을 낳고 죽어가는 연어처럼 온몸의 힘이 빠졌고 그래서 유연해졌는지 모르겠다. 나는 그를 믿고 싶었고 무슨 이야기든 하고 싶었다.

그는 침묵을 지키고 있었다.

"신부 서품을 앞두고 있습니다. 종신서원도 곧 다가옵니다. 내 모든 것이 시험받고 있는 것 같습니다. 여기 오기 얼마 전 가장 사랑하던 두 사람이 사고로 죽었습니다."

두 사람이 죽었다는 말과 동시에 마리너스 수사님의 입에서 강한 한숨이 새어 나왔다. 그는 마치 죽음의 소식이라고는 세상에서 처음 들은 사람처럼 깊게 탄식했다. 순간 그보다 내가 더 놀라고 있었다.

나는 그가 전쟁을 겪은 사람이라는 생각을 했다. 그가 본 죽음은 내가 살아서 본 사람의 수보다 많을지도 모른다는 생각도 스쳐갔다. 그런데 그는 나보다 더 깊이 탄식하고 있었다. 문득 그가 말한 "네 이웃을 네 몸과 같이"라는 말이 떠올랐다. 너무도 당연하지만 어떤 죽음도 상투적이지 않다. 수십 억의 사람이 태어난다 해도 어떤 태어남도 진부하지 않듯이 말이다.

나는 그에게 온전히 나의 슬픔을 이해받고 있는 듯했다. 그런 느낌은 처음이었다. 나는 미카엘과 안젤로가 죽은 후 처음으로 위로받고 치유받는 것 같았다.

마리너스 수사님은 잠시 침묵하다가 입을 열었다.

370

"요한 수사라고 하셨지요."

그의 목소리는 아주 조용했다. 침착했고 낮아서 평화로웠다.

"요한 수사님, 어느 해부턴가 우리 수도원의 젊은 지원자들이 끊어졌을 때 우리는 정말이지 열심히 기도했습니다. 그런데 이상하게도 한 사람의 지원자도 오지 않았어요. 기도하고 기도했지만 하느님은 침묵하시는 듯했어요. 저는 또 묻고 말았죠, 대체 왜? 그런데 오늘이 왔어요. 저는 오늘 당신들을 보면서 이제야 하느님의 침묵을 이해했습니다. 그런데…… 거기에 한술 더 떠서 하느님은 당신을 내게 보내주시는군요. 오 하느님…… 믿을 수 없어요. 이건 빅토리아메러디스호가 사람을 구한 것만큼이나 기적이 아닐까요? 어떻게 그분을 찬미하지 않을 수 있을까요?"

그가 언빌리버블(unbelievable), 하고 다시 탄식했다. 나 역시 그런 생각을 하고 있었다. 아직 다는 모르지만, 아직 다는 이해할 수 없지만 엄청난 섭리가 이곳에서 작용하고 있다는 것을 말이다.

"아까도 말씀드렸지만 그날 배를 운전한 것은 제가 아니었습니다. 당신 자신을 그대로 놓아주세요. 힘을 빼고 즐거워하세요. 그러면 어떤 항구에 도착할 것입니다. 하느님은 우리에게 절대 미리 모든 것을 가르쳐주지 않으십니다. 그러나 한 가지만은 가르쳐주셨습니다. 반드시, 반드시 고통을 통해서만 우리는 성장한다는 것을요."

언어의 장벽이 엄연히 존재했고, 그래서 우리는 길게 이야기할 수 없었다. 그러나 우리가 서로 말이 잘 통하는 사이였다 하더라도 우리는 침묵했을 것이다. 내가 그의 방을 나오기 전 그는 내 머리에 손을 얹고 간절히 기도했다. 그러고는 굿나이트 인사를 하기 전 미소를 지으면서 말했다.

"사람들은 모르죠. 하느님은 당신의 연인으로 하여금 어떤 이성보다 로맨틱한 모험을 하게 하신다는 것을요. 하느님은 내가 항해했던 어떤 바다보다 변화무쌍한 모험이었습니다. 그리하여 저는 참 행복했습니다. 요한 수사님, 저는 어떤 삶을 살든 하느님이 당신을 인도하실 거라 믿습니다. 그리고, 당신의 할머니에게 약속한 그대로, 요한 수사님 당신을 위해서도 기도합니다. 당신도 그날 내가 한 약속의 범주 안에 있는 사람이니까요."

60.

그 밤, 바람은 쉴 새 없이 불었다. 내 방으로 돌아가 나는 얕은 잠 속에서 꿈을 꾸었다. 나는 배 위에 있고 저기에 피난민들이 몰려 있었다. 갑판은 높았는데 그들을 태울 사다리가 없었다. 모두들 애가 타서 발을 동동 구르고 있었다. 그때 미카엘이 배 끝에 서서 말했다.

"내가 물로 뛰어들겠어. 그러면 나에게 그물을 던져. 한끝은 배 위에 묶은 채 말이야. 내가 그걸 부두로 가지고 가서 묶으면, 그러면 그것이 저들을 오르게 하는 사다리가 될 거야."

말릴 새도 없이 그가 검은 바다로 뛰어들었다.

"미카엘이 가면 나도 가야지. 난 잘 모르지만 그게 옳아. 설사 그가 틀리면 나는 그와 함께 틀린 사람이 될 거야. 최소한 그가 외롭지 않게."

안젤로는 작은 고양이처럼 몸을 구부려 물속으로 뛰어들었다. 그런데 물속으로 들어간 그들이 나오지 않았다. 나는 갑판 위에 서서 그들의 이름을 불렀다. 그러나 대답이 없었다.

"이 바보야, 그냥 뛰어들면 어떡해. 미카엘, 안젤로!"

나는 갑판 위의 기둥 한끝에 밧줄을 묶고 사람들로 하여금 내 몸을 묶게 한 다음 나를 배 아래로 내려달라고 했다. 가장 안전한 조치였다. 그런데 내려가다 말고 나는 밧줄이 부두까지 날 내려주기엔 터무니없이 짧다는 것을 알았다. 나는 배의 갑판과 부두 사이에 대롱대롱 매달린 꼴이 되었다.

"밧줄 올려요!"

내가 소리쳤지만 아무도 대답하지 않았다. 바람이 불 때마다 내 몸은 대롱거렸고, 나는 올라갈 수도 내려갈 수도 없는 처지가 되었다. 그때 나는 미카엘과 안젤로가 갑판 위에 가장 편안한 자세로 앉아 있는 것을 보았다.

"아 너희들 안 떨어진 거였어? 밧줄을 올려줘 어서!"

내가 소리쳤지만 그들은 대답 대신 내게 칼을 하나 던졌다. 그리고 말했다.

"칼로 밧줄을 끊고 떨어져 내려. 떨어져 내린 사람만이 배로 올라올 수 있어."

"무슨 소릴 하는 거야. 배하고 부두 사이로 떨어지면 스크루 프로펠러에 목숨을 잃을 수도 있어. 바보 같은 소리 말아."

내가 소리쳤으나 이미 그들은 보이지 않았다. 그때 나는 종소리를 들었다. 그들은 웃으면서 기도하러 성당으로 가는 것 같았다.

61.

종이 울리고 있었다. 얼핏 눈을 떴을 때 나는 여기가 뉴저지 뉴튼 수도원임을 깜박 잊고 있었다는 것을 알았다. 검푸르게 하늘을 찢으면서 핏빛 동이 트고 있었다. 나는 서둘러 수도복을 입고 성당으로 뛰었다. 마리너스 수사님은 보이지 않았다. 아침 식사 때 물어보니 열이 약간 있으시다고 했다. 어제 아무래도 너무 무리하신 것 같다고, 그 양반 생전 한 말보다 더 많은 말을 우리에게 했나봐, 하고 이사악 신부님이 미국인 수사님들에게 들은 말을 전했다. 병실 수사님이 가서 보았는데 하루쯤 푹 주무시고 일어나야 할 것 같다는 것이었다.

아침 식사 후 뉴저지 벌판에는 바다보다 푸른 가을 하늘이 출렁거렸다. 참나무 이파리들은 가지를 쭉 펴고 마지막 가을의 햇살을 깊이깊이 들이켜고 있었다. 나는 굴참나무들이 늘어선 길을 걸었다. 지난봄과 여름 그리고 가을을 지나 오늘에 이른 모든 것들이 잘 짜인 한 편의 드라마처럼 내 앞에 펼쳐지는 것 같았다.

나는 말없이 굴참나무, 상수리나무, 갈참나무가 늘어선 길을 걸었다. 숲은 고요했다. 이런 고요, 이런 침묵이 얼마 만인지 알 수 없었다. 단순히 입을 다문다고 침묵인 것도 아니었다. 속말로 끊임없이 생각이 들끓는 것을 침묵이라 할 수는 없을 테니까 말이다.

그것은 고요, 그것은 평화, 그것은 적극적인 듣기였다. 우리의 감각, 인간의 한계, 인간의 선과 악을 넘어선 어떤 것에 대한 평화로운 귀 기울임일 테니까 말이다.

그 숲속에서 나는 내가 침묵을 회복하고 있다는 것을 느꼈다. 반드시 고통을 통해서만 인간은 성장한다는 것을 받아들이고 있다는 것도 느꼈다. 어젯밤 내가 떠나려고 할 때 내 머리에 손을 얹고 마리너스 수사님이 한 말도 떠올랐다.

"저는 그 배에서 내렸지만 하느님께서는 아직도 그 배에 타고 우리를 구하러 바다를 항해하고 계십니다. 우리를 그 배로 초대하시죠. 여기 와서 나와 함께 저 사람들을 구원하지 않겠니? 하고요."

이상한 정적이 휩싸인 숲속에서 나는 걸어가면서 눈물을 흘렸다. 눈물은 소리 없이 내 얼굴로 흘러넘치고 있었다. 나는 알고 있었다. 인간은 슬플 때 울고, 또 인간이 인간의 한계를 뛰어넘는 너무나 큰 사랑을 체험할 때 운다는 것을. 그때 누군가 나를 불렀다.

"요한…… 요한."

나는 천천히 뒤돌아보았다. 아무도 없었다. 나는 다시 앞으로 걸어 나갔다. 다시 소리가 들렸다. 나는 최대한 귀를 기울여 그 목소리를 가늠했다. 그것은 소희의 목소리 같았고, 그것은 미카엘의 목소리 같았다. 다시 생각해보니 안젤로의 것 같기도 했으며, 할머니의 목소리와도 같았다. 그것은 내 마음속 깊은 곳에서 울리고 있었다. 나는 그 부름을 듣고 서 있었다. 그때 참나무들이 줄지어 선 그곳에서 그 나무와 나무 사이 빈 공간이 하느님으로 꽉 차는 것을 나는 보았다. 빽빽한 참나무 숲 사이마다 하느님의 현존(現存)이 빈틈없이 꽉 들어차 있었는데 그 현존은 몹시 투명하고 단출하고 헐렁하고 자유로웠다. 나는 그 빈 공간, 그 꽉 찬 공간, 그 침묵, 그 아우성에 대답했다. 온 마음을 다해 말했다.

"아멘, 아멘."

62.

나는 그러고 소희의 이름을 불렀다. 사랑한다고 말했다. 사랑한다고……. 우리 다시 만날 수 없다 해도, 설사 다시 만나도 손길 한번 가 닿을 수 없는 곳에서, 멀리 서로 바라만 보다 돌아서야 한다 해도 사랑한다고. 이별을 앞두고 싸우다가 그 기차 안, 손길 한 번에 뜨겁게 입 맞추어버린 그날들을 다시는 내 것으로 가질 수 없다 해도 사랑한다고. 네가 나를 잊고 내가 우스워져 다른 남자의 품에 안겨 날 돌아보지 않는다 해도…… 사랑한다고. 나는 기억하겠다고. 내 인생의 봄날 온갖 연두가 생명으로 번지고 그 대궁 위에 우리가 나누었던 눈 맞춤과 입술의 비비움, 잡고 깍지 꼈던 손가락, 무수히 다채로웠던 들꽃들이 피어났던 우리 청춘의 들판을. 나는 그 숲속 한구석에 놓인 작은 벤치에 사랑한다는 말과 소희의 기억을 두고 돌아서서 걸었다.

63.

숲길을 돌고 돌아 천천히 다시 수도원으로 돌아오는데 종소리가 울렸다. 아직 기도 시간이 아니었다. 설마 했지만 나는 그 자리에서 수도원을 향해 뛰었다. 가슴이 세차게 뛰었다. 종소리는 다급해서 무언가 우리가 예상하지 못했던 일이 일어났음을 알려주었다. 숨이 턱에 차게 뛰어갔을 때 나는 마리너스 수사님이 방금 운명하셨다는 것을 알았다. 이것이 소설이었다면 사람들은 웃었으리라. 이것이 영화였다면 사람들은 에잇, 하고 혀를 찼을지도 모르겠다. 그러나 그 순간 나는 꺾이는 무릎을 겨우 가누면서 마리너스 수사님의 병실로 뛰어갔다.

"그저 단순한 열 감기셨어요. 별로 심하지도 않았구요. 진통제 드시고 주무신다고 해서 그냥 나왔는데 한 시간 후에 들어가보니…… 주무시듯이…… 이불과 담요의 모양을 보니 흐트러지지 않았지요. 그분은 그냥 주무시듯이……."

사람들이 그의 곁을 둘러싸고 기도하고 있었다. 아빠스님이 복도에 서 있다가 이사악 신부님을 붙들고 휘청했다. 아빠스님은 그답지 않게 떨고 있었다.

"생각나나, 이사악 신부? 마리너스 수사님이 한 말…… '제가 이 말을 하기 위해 여태까지 살아 있었다는 것을 알게 되었습니다'란 그 말?"

이사악 신부님도 약간 떨고 있었다.

"기억나죠, 분명히 기억납니다."

아빠스님이 역시 떨고 서 있는 나를 발견하더니 말했다.

"요한 수사, 한국에 전화를 하게. 이제 곧 우리 수도원의 분원이 될 뉴튼 수도원, 그러니 우리 수사님이 되실 마리너스 수사님께서 돌아가셨으니 거기서도 장례미사를 엄수하라고. 그리고 메일로 그분의 이야기를 알려드리게."

내 방으로 돌아와 한국의 W시에 전화를 걸고 그분이 우리에게 남긴 말을 정리해서 메일로 쓰고 있는데 손가락이 덜덜 떨려왔다. 그것을 정리하면서 나는 다시 한 번, 어쩔 수 없이 나를 부르시는 그분의 엄청나고 꼼꼼한 섭리를 느낄 수밖에 없었다. 대체 인간이 무엇이기에 이토록 돌보아주시나이까, 하는 시편의 글귀가 떠올랐다. 대체 왜? 저를 부르셨나이까? 왜 저를 사랑하셨나이까?

64.

그날 이후 열 번의 낙엽이 더 졌다. 그 이후로 나는 종신서원을 하여 수도원의 식구로 자리매김하고 신부로서 수도원의 사제가 되는 길을 걸었다. 나는 신성하고 명징하며 단순해서 아름다운 통찰들이 가득 찬 서적들을 읽는 밤의 기쁨들을 누렸다. 그럴 때 한없이 고요하고 푸르게 내려앉던 평화를 깊이 베어 물었고, 가끔은 눈을 들어 높고 아득하나 환했던 창공으로 나의 동경(憧憬)을 우러렀다. 결국 내 것이 아니었던 허망했던 사랑 말고 나는 더 넓고 따스한 사랑을 찾아낸 것이었다.

아빠스님은 조금 전 내게 말했었다.

"소희가 온다네. 자네를 만날 수 있도록 허락을 구하더군."

안개는 더 짙어지고 있었다. 나는 회상에서 깨어나 방으로 돌아왔다. 차를 끓여 책상에 앉은 후 내 파일에 저장된 지난 시절들을 열었다. 안젤로와 미카엘의 사진들이 젊은 나와 함께 화면으로 떠올라왔다. 나는 마우스를 움직였다. 빨래하고 소풍을 가고 수영하던 우리, 수도복을 처음 받아 입고 빳빳하게 굳어진 젊은 우리……. 너무도 많은 사람들이 몰려 찍은 베네딕도 성인의 조각상 앞에 소희의 얼굴도 있었다. 그 수많은 얼굴들 중에서 나는 아직도 그녀를 금방 찾아낼 수 있었다. 그 얼굴에 커서를 대고 확대해서 보려고 하자 얼굴은 흐려졌다. 컴퓨터와 사진의 해상도가 아니라 그건 그냥 세월의 힘 같았다.

그해 뉴튼 수도원의 요엘 아빠스님이 보낸 편지도 있었다. 내가 받아 번역해서 공동 게시판에 붙여놓은 것이었다. 편지는 마리너스 수사님의 장례가 끝난 후 여러 날 후에 도착했다.

친애하는 사무엘 아빠스님, 그리고 W시의 형제님들께

모든 일에 있어 하느님은 영광 받으소서.

뉴튼에서 인사드립니다. 저는 무엇보다 먼저 우리의 사랑하는 마리너스 수사님의 선종에 대해 심심한 애도의 말씀을 해주시고 함께 해주신 것에 대해 감사드립니다. 그분의 선종은 조용하고 순박했습니다. 돌아보니 그분은 자신의 이런 여정을 미리 준비하고 계셨습니다. 우리는 형제 여러분이 마리너스 수사님을 위한 미사를 봉헌해주신 것에 대해 감사합니다. 장례식은 잘 진행되었습니다. 그분은 묘지로 가는 모든 길에 황금색 낙엽들을 떨어뜨리는 아름다운 가을 날씨까지 우리에게 선물하셨습니다.

저는 사무엘 아빠스님께서 오늘 저에게 보내준 기쁜 소식, 즉 형제들이 뉴튼 수도원을 인수하기로 결정했다는 소식을 받고 깊이 감동하였으며, 감사합니다. 여기의 우리 모두는 베네딕도회적 생활이 이곳에서 계속될 것이라는 데에 무척 위로를 받았습니다. 우리 고장을 집처럼 삼아달라는 우리의 이러한 요청을 W공동체가 받아들인 데 대해 진심으로 감사합니다.

작년 우리가 이 수도원을 폐쇄할 것인지 다른 곳으로 넘길 것인지 마지막으로 결정해야 했을 때에는 모든 것이 끝장나는 듯했습니다. 그러나 이제 우리는 이곳 생활이 새로운 형태로 지속되는 데 대해 더 많은 것을 기대하게 되었습니다. 하느님의 길은 우리가 걷고자 하는 길과는 늘 같지 않다는 사무엘 아빠스님의 말씀이 옳습니다. 사무엘 아빠스님과 W수도원의 참사회에 감사드립니다. 저는 그것이 쉬운 결정이 아니었다는 것을 잘 알고 있습니다. 여러분은 이처럼 망설이면서 결정하였기에 오래 인내할 수 있을 것입니다.

마지막으로 귀 수도원의 형제들에게 다시 한번 감사드리며, 또 우리 함께 많은 일을 협력할 수 있을 것을 약속드립니다. 마리너스 수사님은 하느님의 계획 안에서 우리를 서로 연결시켜주는 역할을 하셨습니다. 이것이 우리 공동체 안에서 그분의 진정한 역할이었다는 사실을 아무도 전에는 생각하지 못했습니다. 이제 저는 그분이 왜 오래 살아 계셨는지 알 것 같습니다.

우리 서로 만날 때까지 편안하시길 빕니다.

형제의 인사와 함께, 요엘 아빠스 드림

65.

기억 속에 잠겨 있는 내게 현실에서도 하나의 메일이 도착했음을 알리는 딩동 소리가 들렸다. 보통 이런 깊은 밤중에 오는 메일은 외국에서 오는 것이었다. 나는 받은 편지함을 열었다. 'now regret'이라는 닉네임을 쓰는 사람의 메일이 도착해 있었다. 나는 메일을 열었다. 그것은 소희 폴턴의 편지였다.

편지는 건조했고 단순한 문장으로 이루어져 있었으나 군데군데 앞뒤가 맞지 않았다. 쓰는 이의 모순되고 격앙된 감정이 그렇게 표현되는 듯했다. 너무도 오랜만이라는 것, 한국에 가려고 한다는 것, 자신의 방문에 부담 가지지 말아달라는 것, 만날지 안 만날지는 오직 하느님과 정요한, 나의 결정이라는 것 등이었다.

여백이 많은 메일의 커서를 내리다가 나는 한 대목에서 멈추었다.

그날을 기억하는지요. 그날…… 우리가 바닷가에서 돌아왔던 날, 그날 우리가 모든 것을 걸고, 두 손을 꼭 붙들고 도망이라는 것을 해보자고 결국은 모의해버린 그날, 당신은 수도원으로 가고 저는 대구의 호텔로 돌아간 그날 말입니다. 이제 그날에 대해 이야기하려고 합니다. 이 모든 것이 무슨 소용일까 생각했으니 후회 많은 한 여자의 넋두리라고 들으셔도 좋겠습니다.

그날 돌아와 프런트에서 제 방 열쇠를 받으려고 하는 그때, 손님이 기다리고 있다는 것을 알았습니다. 돌아보니 외삼촌 사무엘 아빠 스님이 로비의 소파에 앉아 계셨습니다. 그리고 제게 말했지요.

"하느님의 일을 사람이 막아서는 안 된다. 하느님의 사람을 사람이 데려가서도 안 돼. 네 어머니에게 연락했고 어머니가 네 약혼자에게 당장 모든 것을 작파하고 가서 널 데려오라고 했단다. 내일 네 약혼자 풀턴 군이 도착할 거다. 내 말을 결코 허투루 들어서는 안 된다. 그는 너를 사랑했기에 한국을 사랑했고 너를 위해 언어까지 배운 사람이 아니더냐."

외삼촌이 내게 그렇게 무서운 표정을 짓는 것을 나는 처음 보았습니다. 우리 둘의 사랑의 비밀을 모르는 것은 우리 둘뿐이라는 것도 알았습니다. 그날 밤 나는 너무도 두려웠습니다. 내가 하느님의 사랑을 더 아는 여인이었다면 아마 나는 그런 말에 굴하지 않았을지도 모르지요. 그러나 제게 하느님은 무서운 분이었고 지옥 불을 활활 지피시는 분이었기에 저는 당신을 거절해야 했습니다. 지금 돌아보면 변덕스러운 저의 어리석은 행동은 아마도 거의 다 그것에서 기인했다고 말씀드린다면 혹여라도 당신에게 변명이 될 수 있을까요?

당신은 변덕 많은 여자의 못 믿을 마음이라고 생각했다는 것을 압니다. 오랜 고통 끝에 당신이 그리 생각하시는 것이 당신에게 덜 괴로운 일이 될 거라고 혼자 결정해버렸습니다.

하지만 막상 떠나기 전날이 오자 나는 견딜 수 없어졌습니다. 나는 그 무서운 하느님에게 빌었습니다. 마지막으로 한 번만, 꼭 한 번만 그냥 보고 싶다고 말이지요. 아침 일찍 기차를 타고 W역에 도착해 전화를 걸었지만 당신은 방에 없었습니다. 전화를 연결해주는 문지기 수사님이 딱했는지 그러지 말고 수도원으로 오라고 하시더군요. 나는 그냥 내 운명에 주사위를 던지는 기분이었습니다. 기차역에서 기다리겠다는 말을 전하고 나는 기다렸지요.

드디어 나는 당신을 보았습니다. 멀리 수도원의 담벼락에서 당신이 뛰고 있더군요. 그런데 그때 저는 종소리를 들었습니다. 당신은 아주 잠시였지만 멈추어 서서 종탑을 올려다보았습니다. 그때 나는 알았습니다. 내가 풀턴, 내 남편을 택한 이유는 하느님이 무서워서도 외삼촌이 무서워서도 엄마가 강요하셔서도 아니라는 것을 말이지요. 당신이 얼마나 신을 사랑하고 있는지, 당신이 얼마나 수도자의 삶을 사랑하고 있는지, 내가 알고 있었다는 것을. 종소리를, 숨이 턱까지 차도록 뛰어오던 당신이 멈추어 서서 그 종소리를 올려다보았을 때, 저는 깨달았던 것입니다. 기차에 타서 기도했습니다. 하느님, 요한이 저를 많이 미워하게 해주세요. 그편이 그에게는 쉬울 테니까요. 그편이 착한 그가 덜 상처받는 길일 테니까요.

편지는 거기서 끝나 있었다. 아빠스님이 그녀와 나 사이를 알고 있었다는 것은 놀라운 일이었다. 우리 둘의 사랑의 비밀을 모르는 것은 우리 둘뿐, 이라는 말도 이제야 충격적이었다. 그러나 그래서? 나는 잠시 눈을 감았다. 그때 다시 한 번 가벼운 종소리가 울려 메일이 도착했음을 알려주었다.

66.

요한. 얼마나 오래 이렇게 불러보고 싶은 이름이었는지. 요한, 너는 후회했니? 나는 후회했어. 그렇게 너를 떠나온 것을. 아니, 후회하지 않은 것도 있지. 너를 사랑하고 사랑에 나를 맡기려고 했던 그 사실 말이야. 사랑은 어느 날 내 영역의 밖, 의지의 밖에서 이미 완성되어 내게로 왔기에 나는 그것을 막을 수도 피할 수도 없었으니까. 그 사실만은 후회하지 않아. 감사하고 있어.

요한……. 이렇게 말하는 것이 허락된다면 다시 한 번 네게 말하고 싶어. 사랑해. 한때는 그대의 삶과 나란히 가기를 원했던 나의 삶을 사랑하듯 사랑해. 그대와 나는 다시는 그 아름다운 나날을 가지지 못하겠지. 우리가 나누었던 사랑은 그러나 10년 전에 이미 폭발하여 우주의 먼지로 사라졌으나 너무도 멀리 있는 바람에 아직도 우리에게는 별로 반짝이고 있는 저 별처럼, 아직 밤하늘에 있어. 우리가 파편으로 흩어져 서로 다른 우주를 떠돌고 있는 지금도 우리는 아직도 한때 한몸이었던 그 빛을 보고 있는 거야. 보여, 요한? 보여?

소희는 끝내 죽음에의 예감을 내게 말하지 않았다.

창밖으로는 안개가 몰려들고 있었다. 성당 종탑의 불빛이 희미하게 멀어지고 있었다. 나는 소희의 몸이 오래된 별처럼 폭발하는 아픔을 생생하게 느끼면서 잠시 그대로 앉아 있었다. 내 시선 너머에 한 사내가 십자가에 매달려 있었다. 그의 죄목은 사랑이었다. 나는 그에게 말했다.

"누구에게나 기다려야 할 시간이 있지요. 속수무책으로 두 손 놓고 그저 기다려야 하는 시간 말입니다. 꽃이 진 자리에서 열매가 익어갈 시간, 환자가 병과 싸우는 시간, 아이가 자라나는 시간. 인내에 대해서라면 당신은 이미 10년 전 고통의 푸른 젖으로 저를 키우셨나이다. 아버지, 제게 아름다운 날들이 있었나이다. 들판은 푸르고 먼 곳에서 뇌성이 일며 우리는 향기 나는 포도주를 마셨고 몰려오는 소나기를 마중 나가 무지개다리 아래서 포개어져 사랑했나이다. 누구의 시선도 누구의 호의도 필요 없었나이다. 그저 서로의 존재만으로 충분했기에 우리는 덩달아 천둥처럼 번개처럼 소낙비처럼 혹은 파멸처럼 강렬하였나이다. 그리고 그날들은 그들과 함께 떠나고 저 혼자 여기 있나이다. 오오 주님, 저를 받으소서. 그러면 제가 살겠나이다."

67.

다음 날 아침 나는 당가(當家) 수사님에게 전화를 걸어 휴가비를 신청했다. 아침 미사 후 아빠스님에게 휴가를 떠난다는 것을 알렸고 축복을 요청했다. 아빠스님은 내가 자유롭기를 바란다고 어젯밤 말했었지만 막상 내가 휴가를 결심하자 놀라는 듯했다. 어쩔 수 없이 지금보다 10년은 젊었던 그가 대구까지 나가 소희를 만나는 장면을 나는 상상했다. 하느님의 일을 사람이 막아서는 안 된다

고 했다고. 하지만 결국 사랑이라는 천상의 일을 막은 것은 인간인
그가 아니던가? 이제 와서 그런 생각은 그저 부질이 없었다.

"1주일쯤 있다가 돌아오겠습니다."

아빠스님은 굳은 얼굴로 내게 축복을 주었다. 그것은 축복이었
을까? 그랬을 것이다. 나는 방으로 돌아와 짐을 쌌다. 전화벨이 울
렸다. 전화는 대구 '생명의 집' 수녀님의 것이었다.

"정요한 신부님, 우리 요한이가 다음 주 주일에 첫 영성체를 한
답니다. 소식을 알려드리려구요."

내게는 할머니뻘 되는 수녀님의 목소리가 오늘도 작은 새처럼
조잘조잘 울렸다. 나도 모르게 내 입이 미소를 지었다.

"요한이가 신부님 오시냐고 몇 번을 물어요. 요한 엄마 모니카도
제게 묻고……. 참 나 내가 신부님 비서도 아닌데……. 멋진 우리
정요한 신부님의 팬인 저는 그래서 이 모자를 핑계로 이렇게 전화
를 했답니다."

우연이라면 이 모든 것이 지독한 우연이었다. 그날 아빠스님이
소희에게 그런 말을 하는 동안 나는 죽음의 벼랑 끝에서 마지막
손을 내미는 모니카라는 여자의 손을 잡았었다.

"그럼요, 꼭 간다고 전해주세요. 선물도 사가지고 간다고요."

68.

나는 수도원을 나섰다. 문득 소희와 밤 산책을 가기 위해 내 수
도복을 벗어 걸어놓았던 목련 나무가 눈에 띄었다. 10년 동안 나

무는 더 많은 가지를 뻗었고 더 높이 자랐다. 그 그늘 아래서 젊은 안젤로가 완성된 밀랍 초 상자를 신고 있었다. 미카엘이 천천히 묵주를 굴리면서 성모동산을 걷고 있었다. 하얀 스웨터를 입은 소희가 귀에 이어폰을 꽂고 멀리서 내게 손을 흔들었다. 시간은 모든 것을 마모시킨다. 본질적인 것만 남기고. 결국 젊음도 본질적인 것은 아니었다. 그것도 마모되니까. 그러나 그들을 향한 내 마음은 마모되지 않았다. 내 사랑은 진심이었다.

지난해 결국 하늘나라로 가신 토마스 수사님이 언제나 내게 말했었다.

"사랑은 가시지 않아요. 사랑은 가실 줄을 모르는 거니까."

슬픔도 희석되고 실은 아픔도 아팠다는 사실만 남고 잘 기억되지 않지만, 사랑은 남아 있다는 것을 나는 이제 안다. 사랑은 사라지지 않는다는 것을. 젊음아 거기 남아 있어라, 하고 어느 시인이 노래했듯이 나는 그렇게 말하고 싶었다. 사랑아, 언제까지나 거기 남아 있어라.

그때 종소리가 울렸다. 하늘에서 푸른 밧줄로 엮은 사다리가 쏟아져 내리는 것처럼 종소리는 울렸다. 나는 걸음을 재촉했다. 이제 열 살이 된 요한이의 첫 영성체 선물로 줄 목록을 생각하면서 말이다.

이틀 전 저녁, 해 지는 아빌라에 도착했다. 마드리드에서 기차로 한 시간 반. 황량한 벌판엔 소들이 드문드문 풀을 뜯고 있었고 짙푸른 하늘 가득, 깊은 대양에서 솟구쳐 오르는 물고기 떼처럼 새들이 날았다. 집을 떠난 지 20일이 지나자 피곤이 혈관들을 따라 흘러 다녔고 빨랫감이 가득한 가방에선 곰삭은 내가 났다. 그래도 집으로 돌아가지 않고 이곳을 찾아온 이유는 무엇이었을까.

낯선 호텔 방에 짐을 풀고 먹을 것을 찾아 나섰는데 거리의 식당들은 하나도 남김없이 문을 닫았다. 호텔 레스토랑까지도 그랬다. 일요일은 주일이었던 것이다. 겨우 동네 기념품 가게에서 포도주 한 병을 사서 안주도 없이 마시고 일찍 잠을 청했는데 그만 한밤중에 깨어나고 말았다. 창밖으로 마른 가을바람이 불고 있었다. 바람 소리는 차고 거칠었다. 이불을 뒤집어쓰고 다시 누워 잠을

청하는데 갑자기 이 구절이 생각났다.

"삶은 낯선 여인숙에서의 하룻밤과 같다."

이 구절을 떠올리자마자, 그리고 이것이 바로 내가 찾아온 아빌라의 성녀 데레사가 했던 유명한 말 중의 하나라는 것을 기억해내자 내 입은 나도 모르게 신음을 토해냈다. 이해할 수 없을지도 모르겠지만 나는 내가 이 구절을 떠올리려고 이곳까지 찾아왔다는 생각을 했다. 그러자 수습할 사이도 없이 눈물이 핑 돌았고, 들을 사람이 없음에도 불구하고 이불을 뒤집어쓰고 잠깐 그렇게 누워 있었다. 삶은 낯선 여인숙에서의 하룻밤…… 같았다는 것을 나도 이제 알게 되었기 때문일 게다.

이 소설을 탈고한 지 하루 만에 짐을 싸고 떠나온 여행이었다. 거의 1년 동안 두 번의 밤 외출을 했고 친구들과 거의 만나지 못했다. 당연한 일이었다. 천재적인 재능이 없다면 가진 것이나마 아끼고 키우고 소중히 닦아야 했기에 말이다. 그러나 막상 소설이 끝났을 때 나는 그냥 떠나고 싶었다. 다시 혼자가 되고 싶었다. 더 낯선 광야에 홀로 서 있어보고 싶었다. 그러면 내 영혼이 술집의 알전구가 아니라 벌판의 별을 우러를 것이기에 말이다. 저잣거리의 소음이 아니라 침묵이 속삭이는 소리를 들을 수 있을 것 같기에 말이다.

좀 쉬고 싶었는데 착하고 성실한 편집자가 표지를 보내왔다. 후기만 도착하면 책이 완성된다는 조심스러운 전언과 함께. 나는 스페인을 떠날 날을 이틀 남기고 책상 앞에 앉았다.

미리 대답하자면, 이 소설은 하나의 구절에서 배태되었다. 2004년
인가 2005년(이것도 확실하지 않다), 나는 송봉모 신부님의 책을 읽
고 있었다(그것이 어느 책인지도 기억나지 않는다. 그분의 책들을 다 읽
었기에 헷갈리니 말이다). 그분의 책 속에 있던 100자도 안 되는 구
절이 나의 가슴을 두드렸다. 내가 이 책에 쓴 마리너스 수사와 성
베네딕도회 왜관 수도원의 신비로운 만남에 대한 구절이었다. 왜였
을까. 그 구절을 읽으면서 내 가슴은 심하게 뛰고 있었다. 나는 그
때 두 가지를 가슴속 텅 빈 파일에 저장했다. 하나는 베네딕도 왜
관 남자 수도원이라는 명사였고 하나는 마리너스 수사라는 이름
이었다. 그리고 그것은 2013년 하나의 형상으로 세상에 태어났다.

이 소설을 쓰기 전인 2012년은 많이 힘든 해였다. 나는 '하느님
대체 왜?'라는 오래된 물음과 격렬하게 씨름하기 시작했다. 몸은
피곤했고 마음은 황폐해졌다. 그렇게 속수무책으로 2013년이 왔
다. 새해를 맞으면서 나는 희미하게나마 힘을 내야겠다고 생각했
다. 이 거칠고 품위 없는 세태가 나를 휩쓸어가기 전에 더 근본적
인 것에서부터 하나씩 다시 시작하자고 결심했던 것 같다. 지금이
야말로 본질로 돌아갈 시간이다. 상황이 어려울수록 상황 자체에
집착하지 말고 인간은 무엇으로 사는가 질문하는 본연의 태도로
돌아가는 게 맞겠다 생각했다.

혼자서 피정을 다녀온 후 내 가슴속에 은밀히 봉인되어 있던 파일의 비밀번호를 눌렀다. 거기에는 큼직한 보물이 두 가지나 들어 있었다. 나는 소설을 시작할 때가 왔음을 느꼈고 기다렸다. 거짓말처럼 다음 날《한겨레》연재 제의를 받았다. 아니 연재 제의를 먼저 받은 것은 아니었다. 변덕스러운 나를 아는 그들은 조심스레 말을 꺼내려 했는데 내가 말했다. 그럽시다, 소설을 쓰고 싶어요, 아주 많이요.

이 소설의 배경에는 세 사람이 서 있다.

첫 번째는 두말할 나위 없이 마리너스 수사님이다. 그에 대한 내 모든 소설의 서술들은 아주 작은 각색을 제외하면 고스란히 사실이며 실은 내 전언보다 훨씬 더 극적인 일들이 그 안에 잉태되어 있다.

두 번째는 이 소설에 담겨 있는 토마스 수사님을 대표로 하는 일군의 사람들이다. 그들의 일부는 북한에서 순교하였고 나머지 분들은 다시 한국으로 돌아와 왜관에서 생을 마치셨거나 지금도 살고 계신다.

'작가의 말'을 쓰기 직전 역시 젊은 시절 독일에서 한국으로 와서 생을 바치셨던 임인덕 세바스티안 신부님의 부고를 들었다. 그분은 토마스 수사님보다 약간 아래 세대이시긴 하지만 독일에서 신부가 되신 후 한국에 파견되어 분도출판사를 설립하고 가난한 사람들 사진을 찍는다는 이유로 박정희 정권으로부터 미움을 받던 최민식 작가에게 생활비와 필름비를 지급하여 창작을 지속시켜주셨으며 수많은 좋은 서적을 번역·인쇄·출판하시고 이해인 수녀님 같은 시인을 발굴하셨다. 광주 항쟁을 찍은 독일인 힌츠페터의 필름을 경북 지역에서 맨 처음 상영하도록 하신 분도 그분이었다. 우리나라에 해방신학을 처음 소개하시면서 "이상히 여길 일도 놀랄 것도 없는 책이다. 예수님께서 가난하고 헐벗고 버림받는 사람들을 위해 살라고 하신 것을 실천하는 하나의 방법을 소개한 책일 뿐"이라고 하셨던…… 그분의 마지막 임종 장면을 전해 들은 것은 우연일 것이다.

마지막 순간 사람들이 그분 곁을 둘러싸고 베네딕도회 수도자들이 자신을 하느님께 평생토록 봉헌할 때 부르는 〈봉헌의 노래〉(이 책 3부 제목으로 나오는 노래, 이 책의 마지막에 또 나온다)를 불러드렸다고 한다. "주님, 주님의 말씀대로 저를 받으소서. 그러면 저는 살겠나이다. 주님은 저의 희망을 어긋나게 하지 마소서"라는 구절이 세 번쯤 반복되면 노래가 끝나는데 이 노래를 다 들으신 후 평화로이 눈을 감으셨다고. '작가의 말'을 쓰기 전 나는 앉아서 이 우연을 묵상했다. 생을 거듭 신비롭게 하는 이 우연늘을 말이다.

마지막으로 또 한 사람이 있다. 이 소설에는 드러나지 않으나 그 배경에 서 있는 또 하나 그림자 같은 여인, 나자레나 수녀님이다.

아빌라에 도착하기 전 나는 이탈리아 로마 중심에 있는 까말돌리 수녀원 안 그분의 방을 방문했었다. 그분의 방을 방문하기 전까지 나는 그분이 내 소설의 후기에 등장하게 될 거라는 생각은 당연히 하지 못했다. 그분은 미국 태생으로 오페라 가수로 활동하다가(자세한 이야기는 다음 발간될 내 책으로 미룬다) 1950년 이탈리아로 와서 까말돌리 수녀원 봉쇄 구역으로 들어가셨다. 그로부터 44년 동안 그녀는 방 안에서 한 발자국도 나오지 않았으며 죽기 직전을 제외하고는 고해신부에게도 얼굴을 보이지 않았다. 그것은 봉쇄보다 더한 봉인(封印) 생활, 죽은 후에 열린 두 평 남짓한 그녀의 방에는 의자도 하나 없었고 십자가 모양의 딱딱한 나무 침대와 담요 한 장만 남아 있었다. 그녀는 가시 복대를 두르고 중세 이후 거의 사라진 편태(鞭笞, 회초리)를 사용했으며 잠을 자지 않고 기도하는 고행을 행했다. 막상 그 방에 들어갔을 때 내 머리는 묻고 있었다.

"왜 그렇게 미친 짓을?"

그런데 머리가 대답하기 전 가슴으로 이미 뜨거운 피들이 몰려와 뭉클거렸다. 그녀는 평생 두 가지를 위해 기도했다. 하나는 바티칸을 위시한 교회의 위기를 극복할 힘을 주십사 하는 것이었고, 또 하나는 당신 자신이 소식을 들었던 불행하고 가난하며 같은 핏줄끼리 총을 쏘면서 전쟁하는 가여운 나라 한국을 위해서였다. 나는 믿을 수 없었다. 대체 왜?

나는 내 소설의 배경 뒤 저 깊은 구석에서 빛을 위하여 어둠으로 기꺼이 존재하셨던 그분을 보았다. 삶은 잔인하고 기이하며 때로는 신비롭다. 어느 하나만 계속되지 않는다. 오오, 누구였던가. 그리 말했던 이는.

"인간이여, 말대답을 하는 그대는 정녕 누구인가?"

사춘기 시절부터 시작되었던 '하느님 대체 왜?'라는 나의 반항과 원망과 항의는 이 세 분으로 인해 힘을 잃어갔다. 물론 나는 안다. 나는 물음을 멈추지 말아야 한다. 그게 나니까. 그게 신께서 내게 주신 일종의 달란트일 테니까. 그래서 나는 이 세 분(아니 그 많은 분들)에게 물었다.

"어쩌자고, 대체, 왜, 당신들은 그리하셨나이까?"

나는 여러분에게도 이 책이 이런 물음이 되었으면 한다.

당연히도 정말 많은 분들이 이 소설의 탄생에 힘을 주셨다. 먼저 연재 동안 사람들을 설레게 하는 삽화를 그려주셨던 유근택 화백님. 원고가 자주 늦어지는 나를 지난여름 그 더위와 함께 무던히도 참아주셨다.

그리고 왜관. 왜관이 처음인 나를 기차역에 마중 나와주시고 왜관으로 인도해주셨던 인 클레멘스 신부님, 수도원 문을 지키시던 두 분, 펠릭스 수사님, 방글라시오 수사님. 자주 찾아가 귀찮게 하는 나를 두 분은 언제나 웃는 얼굴로 반겨주셨고 내가 잠 못 드는 밤에는 포도주도 한 병 살짝 꺼내주셨다. 미국 뉴저지 뉴튼 수도원을 인수하던 과정과 마리너스 수사님을 증언해주신 이형우 전 아빠스님께도 감사를 드린다. 뉴저지 뉴튼 수도원의 사무엘 신부님, 오랜 체류에도 숙식비를 전혀 받지 않으시기에 내가 가난한 수도원이 그래도 되냐고 묻자 그러셨다.

"수도원이 부자여서 망하는 건 봤어도 가난해서 망한 일은 역사상 없었지요. 그러니 걱정 마세요."

새벽 5시까지 일어나야 하는 고된 수도원의 일과에도 불구하고 여러 가지 취재에 응해주시고 나의 술 권유까지 못 이기는 척 받아내신 이냐시오 수사님, 이레네오 수사님, 소시지 방의 알빈 수사님……. 그리고 처음 왜관 수도원에 쭈뼛거리면서 찾아갔던 나를 흔쾌히 받아주시고 모두에게 소개해주신 이사악 신부님께는 특별한 감사를 전한다. 사람들 사이를 중재해주셨고 흔쾌히 나를 수도원의 미로 속으로 안내해주셨다. 그분 덕에 나는 금녀의 성 안으로 내 시선을 반 발자국 들이밀고 소설을 쓸 수 있었다.

마지막으로 이 소설 속 주인공의 캐릭터로 찍어두고 내가 수많은 자료를 주십사 졸라댔을 때 친절하고 성실하게 임해주신 박현동 블라시오 신부님(그때는 젊은 신부님이셨는데 소설 연재 도중 그만, 아빠스로 선출되셨다), 그러니까 아빠스님께도 특별한 감사를 드린다.

이분은 편집자보다 먼저 내 소설을 읽으셨고 복잡한 가톨릭 용어와 덜렁거리는 내 성격 탓에 늘 조금씩 틀리고 마는 시편 글귀를 바로잡아주셨고 모든 역사적 사실들에 대해 꼼꼼하게 감수를 해주셨다. 아빠스가 된 후 몹시 바쁜 와중에도 이 소설에 대한 애정을 보여주신 것에 지금도 감사드린다.

언제나처럼 이처럼 보잘것없는 소설 하나에도 수많은 분들의 노고가 어려 있다. 그러니 내 생에는 얼마나 더 많은 분들의 노고가 얽혀 있을까. 내가 그것을 알든 모르든 말이다. 그러므로 언제나 나는 더 머리 숙이고 싶어지는 것이다.

더 열심히 쓰겠습니다. 더 깊이 절망하겠습니다. 더 높이 희망하기 위해서.

2013년 10월 15일
데레사 축일에 아빌라에서
공지영

높고 푸른 사다리

초판 1쇄 2013년 10월 28일
제2판 1쇄 2019년 9월 5일
제2판 2쇄 2022년 7월 20일

지은이 | 공지영
펴낸이 | 송영석

주간 | 이혜진
기획편집 | 박신애 · 최미혜 · 최예은 · 조아혜
외서기획편집 | 정혜경 · 송하린
디자인 | 박윤정 · 유보람
마케팅 | 이종우 · 김유종 · 한승민
관리 | 송우석 · 전지연 · 채경민

펴낸곳 | (株)해냄출판사
등록번호 | 제10-229호
등록일자 | 1988년 5월 11일(설립일자 | 1983년 6월 24일)

04042 서울시 마포구 잔다리로 30 해냄빌딩 5·6층
대표전화 | 326-1600 **팩스** | 326-1624
홈페이지 | www.hainaim.com

ISBN 978-89-6574-687-4